KB100956

아주미안나이트

아라비안나이트 

**초판 1쇄** 2006년 7월 15일 발행
**초판 13쇄** 2013년 8월 19일 발행
**2판 1쇄** 2015년 3월 2일 발행
**2판 2쇄** 2018년 5월 1일 발행
**개정 1쇄** 2020년 8월 10일 발행

**영역자** 리처드 F. 버턴
**편역자** 김하경
**펴낸이** 김성실
**표지 디자인** 오필민
**제작** 한영문화사

**펴낸곳** 시대의창 **등록** 제10－1756호(1999. 5. 11)
**주소** 121－816 서울시 마포구 연희로 19－1
**전화** 02)335－6121 **팩스** 02)325－5607
**전자우편** sidaebooks@daum.net
**페이스북** www.facebook.com/sidaebooks
**트위터** @sidaebooks

ISBN 978－89－5940－735－4 (04890)
ISBN 978－89－5940－734－7 (전5권)

*책값은 뒤표지에 있습니다.
*잘못된 책은 구입하신 곳에서 바꾸어드립니다.

이 도서의 국립중앙도서관 출판시도서목록(CIP)은
서지정보유통지원시스템 홈페이지(http://seoji.nl.go.kr)와
국가자료공동목록시스템(http://www.nl.go.kr/kolisnet)에서 이용하실 수 있습니다.
(CIP제어번호: CIP2015002516)

# 아라비안 나이트

리처드 F. 버턴의 영역본으로 김하경이 다시 쓰다

시대의창

# 편역자의 말

호르헤 루이스 보르헤스는 《아라비안나이트》에서 두 이야기를 취하여 표현만 바꿔 단편소설 두 편을 썼다. 그런가 하면 파울로 코엘료는 《연금술사》를 쓸 때 《아라비안나이트》의 하룻밤 이야기를 모티프로 삼았으며, 움베르토 에코는 '현자 두반이 유난 왕을 죽일 때 사용한 수법'(1권 〈어부에게 은혜를 갚은 마신〉)을 《장미의 이름》에서 그대로 차용하였다.

이렇듯 20, 21세기 현대 문학의 중요한 성과들이 9세기 혹은 10세기에 그 원형이 형성된 《아라비안나이트》에 여전히 기대고 있다는 사실에서 "가장 낡은 것이 가장 새로운 것"이라는 진리를 새삼 확인한다.

이 책이 세상에 나오기까지의 과정은, 이슬람식 표현을 빌리면 "알라가 정해준 운명"이라고밖에 달리 설명할 길이 없다. 거역할 수 없는 어떤 힘이 나를 여기까지 이끈 것만 같다. 5년 전에 처음 인연을 맺은 《아라비안나이트》는 이제 내게 '문학'을 넘어 '살아가는 의미'가 되었다. 《아라비안나이트》와의 처음 인연은 순전히 개인적인 동기에서 비롯되었다.

처음에 《아라비안나이트》를 꼬박 석 달 걸려 읽었는데, 감동은 둘째치고 내용이 하나도 기억나지 않았다. 그래서 할 수 없이 다시 읽었다. 이번에는 읽으면서 줄거리를 요약했는데, 깨알 같은 글씨로 대학노트 두 권을 가득 채웠다. 어느 날, 누워서 무심코 노트를 들춰 보는데 그만 재미가 들려 노트 두 권을 단숨에 읽어버리고 말았다. 재미도 있으려니와 내용이 마치 그림처럼 너무도 생생하게 그려졌다. 그래서 나는 이 느닷없는 감동을 많은 사람과 나누고 싶었다.

'요약 노트' 와 '리처드 F. 버턴의 영역판' 을 저본으로 본격적인 편역 작업에 들어갔다. 기본 전제는 "버턴의 완역판 전문의 묘미를 온전히 살리되 군살을 과감하게 제거하여 읽는 재미와 속도를 배가한다"는 것이었다. 지루한 장광설은 깔끔하게 줄이고, 지나친 반복은 과감히 생략하였다. 많은 부분을 차지하고 있는 시(운문)는 의미 반복을 피하여 선별 · 수록하되, 우리의 전통 운율과 시어를 사용하여 운문이 주는 정서를 직감할 수 있도록 하였다.

나는 이 작업을 하는 동안, 더 많은 독자가 이제 비로소《아라비안 나이트》를 "재미와 감동을 느낄 수 있는 여유"를 가지고 읽을 수 있겠구나 싶은 기대감에 내내 행복했다.

방대한 분량의 원고를 꼼꼼하게 살펴 거친 문장을 다듬고, 읽기에 더 편하도록 체제를 정비하고, 숱한 참고 문헌을 뒤져가며 내용과 표기의 오류를 바로잡기 위해 애쓴 편집자의 노고에 고마움을 표한다.

2006년 7월

김하경

## 영역자 '리처드 F. 버턴'의 서문



이 책을 영문으로 옮기는 작업은, 아무리 퍼내도 마르지 않는 샘처럼 내게 한없는 위안과 보람을 안겨주었다. 더욱이 그 당시 나는 공무(1865년에 발령받은 브라질 영사)에 매인 채 서아프리카의 황량한 벌판과 남아메리카의 단조롭고 쓸쓸한 풍경에 갇힌 몸이었다. 이처럼 따분한 환경과 일상에 환상과 공상의 날개를 달아준 이 책 덕분에 나는 권태와 실의를 한꺼번에 날려버릴 수 있었다.

마신魔神은 나를 순식간에 동경의 땅 아라비아로 데려간다. 나는 이윽고 거울처럼 맑고 푸른 하늘 아래 우뚝 서 있다. 대기의 숨결이 잘 익은 포도주처럼 내 마음을 설레게 한다. 초저녁 서녘 하늘에 백금처럼 반짝이는 샛별을 바라본다. 그러자 문득 마법에 걸린 듯, 저녁놀을 받은 광막한 대지가 신비로운 빛에 휩싸인 동화의 나라로 바뀐다. 황갈색 점토와 자갈 투성이 황무지를 뒤덮은 어스름 속에 바다위족의 천막이 검은 얼룩처럼 흩어져 있다. 창백한 모닥불이 마을 한복판에서 한 점 반딧불처럼 글썽인다.

이윽고 석양 속에서 양치기들이 양 떼를 몰며 부르는 거칠고 귀에 선 노랫소리, 낙타를 앞세우고 성큼성큼 걸어가는 창술사槍術士들의 구성진 노랫소리가 짐승들의 울음소리와 묘한 조화를 이루어 아련하게 들려온다. 길게 뽑아대는 이리의 으스스한 울음소리가 들리는가 하면, 산들바람이 종려 잎사귀를 스치는 소리도 속삭이듯 두런두런 들린다.

이윽고 무대가 바뀌면, 하얀 수염을 바람에 날리는 아라비아 노인들이 화톳불 가에 초원의 무덤처럼 옷자락을 펼치고 둥글게 앉아 있다. 나는 그들의 우정에 보답하려고 그들이 좋아하는 이야기를 읽기도 하고 읊기도 한다. 아낙들과 아이들은 그림자처럼 소리 없이 서서 귀를 쫑긋 세운다. 아무리 황당무계하고 자유분방한 상상력이 낳은 기괴한 이야기라도 이들에게는 지극히 자연스러운 일상처럼 들리나 보다.

내 이야기의 연신 북돋는 감정의 골짜기 속으로 흠뻑 빠져든 이들은, 타지 알 무르크(1권 〈우마르 빈 알 누우만 왕과 두 아들〉 속 '타지 알 무르크와 두냐 공주 이야기'의 주인공)의 의협심에 감탄하면서 그 무용담의 주인공이 마치 자기인 양 자랑하고, 아지자(1권 〈우마르 빈 알 누우만 왕과 두 아들〉 속 '아지즈와 아지자의 슬픈 사랑' 이야기의 주인공)의 헌신적인 사랑에 감동하여 눈시울을 적신다. 또 이들은 수북이 쌓인 금은보화를 닭 모이 주듯 마구 뿌려대는 대목에서는 군침을 삼키고, 법관이나 탁발승이 황야의 짓궂은 장난꾸러기에게 모욕을 당하는 대목에서는 킥킥거리며 고소해한다. 평소에는 좀처럼 감정을 드러내지 않는 이들도 수다쟁이 이발사(1권 〈꼽추의 죽음과 네 명의 범인〉 속 '재봉사 이야기'에 나오는 인물)나 쿠르드인 사기꾼(2권 〈예멘의 사내와 여섯 노예 처녀 외 열네 가지 이야기〉 속 '다마스쿠스의 경비대장과 사기꾼' 이야기에 나오는 주인공) 이야기가 나오면 배꼽을 잡고 웃어대며 땅바닥에 데굴데굴 뒹굴기까지 한다. 그러노라면 근엄한 표정으로 이야기를 들려주는 나조차도 터져 나오는 웃음보를 참을 수가 없다.

이처럼 즐거운 가운데서도 바다위인들이 가끔 느닷없이 "아스타그 파룰라!"(알라시여, 용서하소서)를 외치는 바람에 분위기가 가라앉기도 한다. 이는 이 이야기가 '황당무계한 거짓말'이라서가 아니라, 그 내용이 사막의 귀족들 사이에서는 듣기 어려운 '남녀상열지사'에 대한 것이기 때문이다.

이 불후의 걸작은, 내가 아라비아에 있을 때는 물론이고 세계 어느 곳에 가 있을 때도 내게 큰 도움이 되었다. 세상 어느 곳에서도 이 굉장한 '야담'의 매력에 빨려들지 않는 사람은 없었다.

이 책은 내가 쓴 《메디나와 메카로의 순례 *Pilgrimage to Al Medinah and Meccah*》(전3권, 1855)에서 비롯한 열매다. 1852년 겨울, 나는 오랜 친구 슈타인호이저와 의기투합하여 이 위대한 유산을 원전 그대로 번역하되 친구는 산문을, 나는 운문을 맡기로 했다. 그 뒤 수년 동안 우리는 이 문제로 편지를 주고받았는데, 친구는 뇌내출혈로 그만 세상을 뜨고 말았다. 그가 남긴 귀중한 초고는 (영국과 인도의 풍습에 따라) 여기저기 분산된 나머지 정작 내 손에 들어온 분량은 얼마 되지 않았다.

그리하여 방대한 작업을 나 혼자 떠맡게 되었는데, 여러 난관에 부딪혀 지지부진하다가 1879년 봄에야 겨우 정서 작업을 시작하여 결실을 맺기 시작했다.

그런데 1882년 겨울에 나는 우연히 문예 잡지에서 "존 페인이 조만간 새로운 번역본을 내놓을 것"이라는 글을 보았다. 그 당시 나는 수개월은 족히 걸릴 황금해안 탐험 준비에 여념이 없었으므로, 존 페인에게 "지금까지의 작업 결과물에 대한 나의 권리를 위임하고자 하니 마음대로 사용해달라"는 편지를 보냈다. 존 페인이 이를 기꺼이 받아들임으로써 이 번역본은 더 미뤄져 1885년에야 간행되었다.

앙투안 갈랑Antoine Galland, 1646~1715 교수의 흥미로운 프랑스어 초역에서 비롯한 100년 동안의 통속적인 영문 번역은 이 위대한 동양의 유산을 제대로 전달하지 못했다. 그 가운데 가장 뛰어나다는 포스터 신부의 번역도 산만하고 지루하며, 무아 부시의 번역은 문체와 어법이 프랑스풍 범벅이다. 사실 이런 번역본들은, 세계문학사상 중요한 의미를 지닌 걸작을 아이들의 단순한 흥밋거리로 전락시키고 있을 뿐이다.

갈랑의 프랑스어판이 출간된 후 약 100년이 지난 1800년에 스코트 박사가 *Tales, Anecdotes and Letters, translated from the Arabic and Persian*을 출간하고, 이어 1811년에 몬테규의 고본稿本을 바탕으로 *The Arabian Night's Entertainment*를 출간하였다.

필자 스스로 "꼼꼼하게 교정하고 원전에 따라 정정했다"고 평한 이 스코트판이 인기를 끌자 이를 저본으로 한 잡다한 제목의 책들이 나왔다. 하지만 사람들은 이러한 초역본들이 원전의 극히 일부에 불과하다는 사실은 전혀 모른 채 그런대로 만족하였다.

1838년에 이르러, 헨리 토렌스가 이집트 고본의 아랍어 원전(윌리엄 H. 맥나튼 편찬)을 텍스트로 하여 *The Book of the Thousand Nights and One Night* 번역을 시작했다.

토렌스의 번역은 원본에 충실한 축어역 문체의 좋은 본보기가 되었다. 하지만 안타깝게도 이 용감한 역자는 아랍어를 거의 몰랐으며, 더구나 이집트나 시리아의 방언에는 백지상태였다. 따라서 그의 산문은 사소한 것에 구애되어 우스꽝스러워졌으며, 그의 운문은 분위기를 살리지 못해 늘 어긋났다. 그나마도 9, 10권으로 계획한 시리즈 가운데 단 한 권만 출간하는 것에 그치고 말았다.

열정적인 아랍어 학자 윌리엄 레인도 그의 *New Translation of the Tales of a Thousand and One Nights*(1839)에서 그다지 성공한 것 같지는 않다. 축약판인 블라크 판을 저본으로 삼은 레인은 200여 편의 이야기 가운데 하필이면 한결 훌륭한 특색을 지닌 절반을 삭제해버렸다. 그는 또 '불미스럽거나 외설적인' 부분을 깡그리 긁어냄으로써 자신의 번역서를 '응접실 탁자용'으로 만들어버렸다. 게다가 그는 분류를 멋대로 바꾸어 뒤죽박죽을 만들었으며, 운문을 산문으로 번역하고서는 운문을 생략하지 않았다는 것을 태연하게 자랑하고 있다.

어디 그뿐인가. 그 번역서의 가치는 어이없는 오류로 숱한 상처를 입었는데, 졸렬하고 생경하고 과장된 문체로 인해 읽을 수도 없게 되어버렸다.

존 페인은 "갈랑판 분량의 네 배에 이르는" 명실상부한 최초의 완역판을 아홉 권으로 출간하였다. 그리고 영광스럽게도 그는 그 책을 내게 헌정하였다.

페인의 번역문은 읽기에 아주 편하다. 그의 발랄한 문체는 내용의 무거움에도 불구하고 책 아홉 권에 생기를 주고 있다. 그는 난삽한 구절도 훌륭하게 처리했으며, 독특한 원어에 상응하는 적확한 영어를 어김없이 찾아내는 등 참으로 조리 있고 정확하게 번역하였다. 따라서 이후의 어떤 번역자도 페인을 능가할 수 없겠다 싶은 열등감을 느끼면서도 그가 찾아낸 표현을 차용하지 않을 수 없었다.

그런데 이 박학다재한 역자는 발행부수를 500부로 한정하였으며, 다시는 그런 '무삭제 완역판' 형태로 발간하지 않았다. 따라서 그의 탁월한 번역서도 일반 독자들에게는 그림의 떡일 뿐이었다.

먼저 나의 새 번역본은 위에서 거론한 번역본들을 충분히 활용하고 집대성하여 하나의 집합체로 융합시킴으로써 가능했다는 사실을 고백한다.

나는《아라비안나이트》를 원래의 모습 그대로 보여주고 싶었다. 억지로 원본에 꿰맞추는 축어역보다는 "만약 아랍인들이 영어로 썼다면 이렇게 쓰지 않았을까" 하는 생각을 바탕으로 번역한 것도 이러한 이유 때문이다.

나의 번역 작업은 그저 정신뿐 아니라 수법, 문체, 내용까지도 온전히 보존함으로써 동양의 위대한 보물을 가장 충실한 모습으로 전하고픈 소망의 발현이다. 따라서 아무리 진부하고 지루하더라도 원전의 중요한 특색을 이루는 야화별 분류를 고수했다.

또 나는 모국어에 뭔가 기여하는 번역자가 되고 싶었다. 그래서 토렌스의 역겨운 노골성이나 레인의 졸렬한 직역주의를 배제하면서 원전의 이국적이고 생생한 어투며 참신한 표현을 조심스럽게 영어로 옮겼다. 예를 들어, 힘차게 말을 달리는 군대로 인해 모래 먼지가 자욱이 이는 경우 "walling the horizon"(지평선을 벽으로 가로막는다)이라고 묘사하는 등 아랍어 한마디로 압축하고 있는 비유법과 어감을 살리기 위해 각별히 주의했다. 또 원전을 살리기 위해 필요하다면 "she snorted and snarked"(여자는 코를 킁킁거리며 얄궂은 소리를 냈다)와 같은 신조어를 만드는 일도 마다하지 않았다.

나는 많은 반대에도 불구하고 문장의 균형이나 동양의 단순한 음악으로 산문의 운율을 보존했다. 그리고 모두 1만 행에 이르는 운문을 다룰 때는 아라비아 시의 운율 규칙에 구애받지만은 않았다.

한 가지, 이 책의 '외설猥褻'에 관하여 짚고 넘어가지 않을 수 없다. 이는 두 가지로 뚜렷이 대별된다.

먼저 그 하나는 단순 소박하고 유치한 외설성으로, 모든 사람의 일상에 등장하는 그런 종류의 것이다. 그것은 히브리인의 성서처럼 "자연스러운 상황을 있는 그대로 묘사하고" 있으며, 평소에는 입에 올리지 않기로 암묵적으로 금기하고 있는 일을 인습에 구애받지 않고 서슴없이 노골적으로 취급한다.

일찍이 윌리엄 존스 경이 말했듯이 "자연스러운 것은 무엇이든 망측하도록 외설적일 수 있다는 것을 인도인이나 그 입법자들은 미처 생각지 못한 모양이다. 해괴망측한(?) 것들이 그들의 기록이나 미술작품에 스며 있지만, 그들은 (이방인이 느끼는) '퇴폐'를 보여주려는 것이 아니다". 또 누군가 "원시인은 장난을 이해하지 못한다. 그들은 사물을 부를 때 그 이름을 부르고, 자연스러운 것을 탓하지 않는다"고 갈파한 말은 적절하다.

유럽의 소설가는 두 연인을 일단 결합시키면 그다음부터는 제멋대로 '남몰래' 잠자리에 들게 한다. 그러나 동양의 설화 작가 특히 이름을 알 수 없는 '산문의 셰익스피어'(《아라비안나이트》 작가)에 이르면, 멋들어진 미사여구를 나열하여 여러분을 신방으로 안내한 다음 남녀상열지사를 손금 들여다보듯 유쾌하게 방송해주지 않고서는 직성이 풀리지 않는다.

야비, 외설, 천박 따위는 때와 장소가 문제될 뿐이다. 오늘날 우리가 해괴망측하다고 생각하는 것도 엘리샤트(카르타고를 건국한 여왕. 그리스로마 문헌에는 '디도' 라고 기록) 시대에는 그저 예사로운 농담에 지나지 않았을 것이다. 이 점에서 《아라비안나이트》는 셰익스피어, 스턴, 스위프트의 작품들 속 많은 구절만큼 천박하고 외설스럽지는 않을 것이고, 알코프리바 나지에의 *divin maitre et atroce cochon*의 음란함에는 도저히 미치지 못할 것이다.

그리고 또 다른 하나는 절대적인 외설이다. 이것은 때론 기지, 유머, 해학으로 중화되어 있다. 이 점에서 우리는 페트로니우스 아르비테르(로마의 정치가, 풍자 작가)를 비롯한 여러 작가의 과장된 작품들을 가지고 있으며, 인류 가운데 신을 경배하는 마음이 가장 두터웠던 사람이 일찍이 카노푸스의 신들(고대 이집트의 신들)을 모신 신전 앞에서 온갖 추잡한 음행을 일삼은 역사를 안고 있다.

청소년을 위한 '옛날이야기' 로서가 아니라 완전한 형태의 '아라비안나이트' 를 재현하고자 한 애초의 결심에 따라, 나는 아무리 저속하게 여겨지더라도 원어에 대한 영어의 동의어를 샅샅이 뒤졌다. 그러는 한편, 그 음란함이나 외설성을 표현할 때 문맥상 고의로 한 경우를 제외하고는 되도록 품위를 잃지 않으려고 애썼다.

《아라비안나이트》를 관통하고 있는 전반적인 격조는 무척 고상하고 순수하다. 헌신의 열정은 자주 광신의 비등점까지 끓어오른다. 그 애수는 달콤하고 그윽하고 청순하며, 정겹고 순박하고 진실해서 겉모양만 번지르르한 현대의 싸구려 작품들과는 본질적으로 다르다.

권선징악의 최종 집행은 '법관'이 맡고 있는데, 그는 엄정하고 공평무사한 자세로 "악행을 비난하고 선행을 칭송한다". 풍기風紀는 지극히 바르고 건전하며, 교묘하기 그지없는 패악悖惡이나 은밀한 문란紊亂은 찾아보기 어렵다. 우리는 《춘희 *La Dame Aux Camelias*》를 비롯한 프랑스와 영국의 적지 않은 현대 소설에서, 수천 쪽에 이르는 《아라비안나이트》 원전에서보다도 한결 더 많은 '진정한' 악덕을 보게 된다.

《아라비안나이트》에는 아무런 함축도 없다. 19세기 유럽풍의 고상함, 사상이 아닌 수사修辭만의 순진성, 마음이 아닌 혀끝의 도덕성, 교묘한 위선의 탈을 쓴 미덕 따위를 예찬하지도 않는다.

《아라비안나이트》는 참으로 독특한 대조를 이룬다. 철부지 아이들처럼 얕은 소견이나 음란한 행위, '실소를 자아내게 하는' 색정적인 수사가 인생에 관한 가장 고매하고 우미한 수사와 부딪히고 있다. 이런 대조는 '이야기의 의도에 포함된 풍부한 진실'을 가장 훌륭한 장면의 변화무쌍한 움직임 속에서 묘사하고 있으며, 얼핏 거칠어 보이지만 천연덕스러운 익살과 유머로 인하여 그윽한 묘미를 자아내기도 한다.

또한 이런 대조는 강함과 약함, 파토스와 점강법, 대담한 운문과 단조로운 산문과의 교착이며, 세속의 '상쾌한' 열락과 종교의 '경건한' 도덕 사이에 이루어지는 치열한 대결이자 극적인 화해이다.

이러한 모든 것을 기이한 동양적 공상이 지배하고 있으며, 그 공상 속에서는 정신적이거나 초자연적인 것이 물질적이거나 자연적인 것과 마찬가지로 아주 예사로운 것이 되어 양자가 자유자재로 소통하고 있다. 이런 대조야말로 《아라비안나이트》를 더없이 매력적으로 만들고, 그 속에서 가장 두드러진 독창성을 자아내게 하며, 그리하여 《아라비안나이트》를 중세 이슬람 정신의 강력한 해설자로 만들고 있다.

나는 이 책을 통하여, 대중은 무척 재미있어 하지만 이른바 '점잖은 사람' 들이 불쾌해하는 풍습을 소개한다는, 내 오랜 소망을 이룰 기회를 얻은 것이다.

나는 20년 전에 인류학협회 초대 이사장을 맡은 적이 있다. 여행자들에게 하나의 구심점 노릇을 하기 위해 창립된 이 협회는, 빈약하고 허술한 필사본들 때문에 여행자들이 낭패를 보는 일이 없도록 하기 위해 이른바 '점잖은 사람' 들이 "일반에 공개하지 않는 편이 좋겠다"고 한 사회 풍속에 관한 여행자들의 진기한 견문록을 출간하기로 했다.

그러나 일을 본격적으로 시작하기도 전에 그 잘난 '미풍양속' 이라는, 사실은 부정不淨으로 가득 찬 '회칠한 무덤' (마태복음, 위선자를 가리킴)들이 우리를 반대하여 벌 떼처럼 들고 일어났다. 그들은 '예의범절' 로 위장한 온갖 헛소리로 우리를 매도했으며, 이 때문에 마음 약한 동료들이 협회를 떠났다.

'회칠한 이성' 으로 '순결한 본능' 을 억누르지 않는 오지의 원주민들 사이에서는 아직도 이른바 '성인 의식' 이 행해지고 있다. 소년들은 사춘기에 접어들자마자 주술사(대개 의사를 겸함)에게 맡겨져, 종교적인 훈련을 받으며 숲에서 몇 달을 보낸다. 소년들은 사회적 · 성적 관계의 실전 훈련을 통해 성인으로 인정받을 때까지 뼈저린 고통을 참아낸다.

문명인들은 이런 지식의 열매를 쓰디쓴 경험과 값비싼 대가를 치르고서야 얻는데, 무지의 결과는 생각보다 참담하다. 따라서 나는 독자가 간과하기 쉬운 원전의 세밀한 부분을 주석의 형태로 설명해 놓았으며, 이는 신비로운 동양의 풍속과 세계관을 들여다보는 보고가 될 것으로 믿는다.

번역 기술상의 사항도 간략히 짚어보고자 한다.

슈타인호이저와 나는 카이로에서 간행된 '블라크판' 초판(1835)에 준거하여 작업을 진행했다. 이윽고 인쇄에 넘기기 위해 번역 원고를 정리하던 참에, 이 판본의 많은 부분이 앙상한 가지만 남아 있는가 하면 머리나 꼬리가 뭉텅이로 잘려나간 나머지 만신창이가 되어 있다는 사실을 알게 되었다. 다른 필사본들과 마찬가지로 '과감하게' 편집한 블라크판도 이 때문에 오히려 원전의 가치를 크게 훼손하고 만 것이다. 그러나 블라크판 덕분에 맥나튼판(1839~1842)이 출현할 토양이 형성되었다.

나는 지금껏 나온 판본 가운데 가장 오류가 적고 완전하다고 판단한 맥나튼판을 저본으로 삼고, 브로츠와프판을 약간씩 참조하기로 했다.

'베이루트 원전'이라고 하는 *Alif-Leila we Leila*(1881~1883)는 칼릴 사르키스가 편찬한 것으로, 이 역시 블라크판에 기댄《아라비안나이트》의 우울한 견본이다. 특히 내용이 기독교 중심으로 고쳐진 대목에 이르면 그 후안무치에 비명이 터져나올 지경이다.

이처럼 허술하고 무신경하기 짝이 없는 상태로 함부로 편집 복사된 판본들이 대부분이었는데, 이것들은 내 작업에 전혀 도움이 되지 않았다.

새삼 되풀이하지만,《아라비안나이트》연구자가 레인의 주석을 참조하면서 내 주석에 의지한다면 웬만한 전문가에게 꿀리지 않을 만큼 이슬람 세계의 풍속, 관습, 법률, 종교에 관한 식견을 배우게 될 것이다. 또 만약 나의 노작勞作을 바탕으로 아랍어 원전을 읽는다면, 아랍인보다 더 큰 자부심을 갖게 될 것으로 믿는다.

끝으로, 내 별명 'Al-Haji Abdullah'(순례자 압둘라)는 수에즈가 바라보이는 언덕에서 요절한 영국의 문장가 파머(케임브리지 대학교 동양학 교수) 교수가 지어준 것임을 밝힌다.

1885년 8월 15일
원더러즈 클럽에서, 리처드 F. 버턴

# 차례

#《아라비안나이트》 배경 지도

트란스옥시아나
호라즘
카스피 해
메르프
니샤푸르
호라산
헤라트
시리아
알레포
모술
다마스쿠스
바그다드
쿠파
이스파한
나사렛
예루살렘
유프라테스 강
티그리스 강
시라즈
바스라
타부크
마크란
페르시아 만
이라크
오만
메디나
아라비아
메카
아라비아 해
하드라마우트
홍해
예멘
아덴 만
KARACATHAY
ROYAUME DE KASGAR
CONFINS DE LA GRANDE TARTARIE
DE L'EMPIRE DES PERSES
SITZISTAN
KIRMAN
MEKERAN
OCEAN
ORIENTAL
ou INDIEN
MER D'ARABIE

# 이슬람제국 칼리프 연표

## 【 정통칼리프시대 632~661 】

- 제1대 아부 바크르(632~634)
- 제2대 우마르 1세(634~644)
- 제3대 우스만 이븐 아판(644~656)
- 제4대 알리 이븐 아비 탈리브(656~661)

## 【 우마이야왕조 661~750(다마스쿠스) 】

- 제1대 무아위야 1세(661~680)
- 제2대 야지드 1세(680~683)
- 제3대 무아위야 2세(683~684)
- 제4대 마르완 1세 알 하캄(684~685)
- 제5대 아브드 알 말리크(685~705)
- 제6대 알 왈리드 1세(705~715)
- 제7대 술레이만(715~717)
- 제8대 우마르 2세 압드 알 아지즈(717~720)
- 제9대 야지드 2세(720~724)
- 제10대 히샴 1세(724~743)
- 제11대 알 왈리드 2세(743~744)
- 제12대 야지드 3세(744~744)
- 제13대 이브라힘(744~744)
- 제14대 마르완 2세 알 히마르(744~750)

## 【 아바스왕조 750~1258(바그다드) 】

- 제1대 앗 사파흐(750~754)
- 제2대 알 만수르(754~775)
- 제3대 알 마디(775~785)
- 제4대 알 하디(785~786)
- 제5대 하룬 알 라시드(786~809)
- 제6대 알 아민(809~813)
- 제7대 알 마문(813~833)
- 제8대 알 무타심(833~842)
- 제9대 알 와티크(842~847)
- 제10대 알 무타와킬(847~861)
- 제11대 알 문타시르(861~862)
- 제12대 알 무스타인(862~866)
- 제13대 알 무타즈(866~869)
- 제14대 알 무스타디(869~870)
- 제15대 알 무타미드(870~892)
- 제16대 알 무타디드(892~902)
- 제17대 알 묵타피(902~908)
- 제18대 알 묵타디르(908~932)
- 제19대 알 카히르(932~934)
- 제20대 알 라디(934~940)
- 제21대 알 무타키(940~944)
- 제22대 알 무스타크피(944~946)
- 제23대 알 무티(946~974)
- 제24대 알 타이(974~991)
- 제25대 알 카디르(991~1031)
- 제26대 알 카임(1031~1075)
- 제27대 알 무크타디(1075~1094)
- 제28대 알 무스타즈히르(1094~1118)
- 제29대 알 무스타르시드(1118~1125)
- 제30대 알 라시드(1125~1136)
- 제31대 알 무크타피(1136~1160)
- 제32대 알 무스탄지드(1160~1170)
- 제33대 알 무스타디(1170~1180)
- 제34대 알 나시르(1180~1225)
- 제35대 앗 자히르(1225~1226)
- 제36대 알 무스탄시르(1226~1242)
- 제37대 알 무스타심(1242~1258 : 카이로)

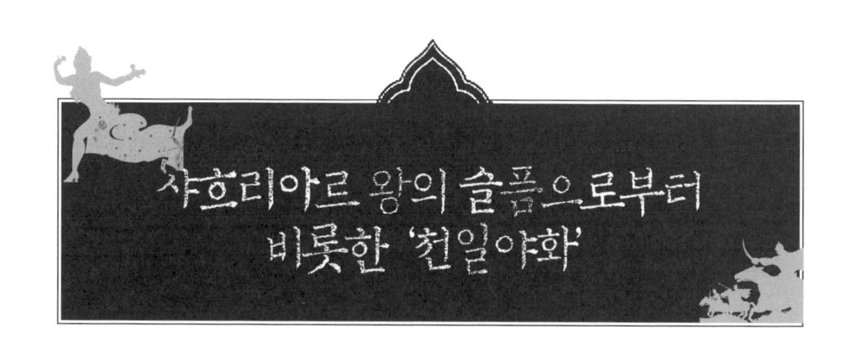

# 샤흐리아르 왕의 슬픔으로부터 비롯한 '천일야화'

아주 먼 옛날, 인도와 중국의 여러 섬을 다스리는 사산왕조*의 한 대왕이 있었다. 왕 중의 왕으로 군림한 그는 단 두 왕자를 남기고 세상을 떠났다. 형 샤흐리아르가 부왕의 뒤를 이었으며, 동생 샤자만은 멀리 사마르칸드의 왕으로 봉해져 형 곁을 떠났다.

두 형제의 선정으로 20년 동안이나 태평성대가 이어지던 어느 날, 형은 문득 동생이 보고 싶었다. 그래서 대신을 통해 친서와 함께 갖가지 진귀한 선물을 보내 동생을 초청했다. 동생은 크게 기뻐하며 국사를 재상에게 맡기고는 곧바로 길을 떠났다.

* 이란의 정복 왕조(208~651). '사산'은 창업주 아르다시르 1세의 선조 이름이다. 사산왕조 치세에 이란의 민족주의가 부활했으며, 문화예술의 르네상스를 구가했다. 조로아스터교를 국교로 인정하고, 강력한 중앙집권 정치를 펼쳤다. 남부 이란에서 일어난 페르시아제국(B.C. 550~B.C. 331)과 구별하기 위해 흔히 '사산조페르시아'로 부른다.

## 샤흐리아르 왕 형제, 왕비들의 부정을 목격한 뒤 방랑의 길을 떠나다

첫날밤, 도성 밖에서 야영을 하던 샤자만 왕은 형님에게 줄 선물을 두고 온 것이 생각나 혼자 왕궁으로 돌아왔다. 그런데 방으로 들어가 보니 왕비가 침상에서 흑인 요리사와 알몸으로 껴안고 잠들어 있는 게 아닌가. 왕은 정신이 아찔하고 눈앞이 캄캄했다. 아직 도성이 바라보이는 가까운 곳에 남편이 있는데도 이 모양이니, 형님의 궁전으로 떠나 오래 머물게 되면 저 음탕한 계집이 무슨 짓을 할지 알 수 없는 노릇이었다. 미친 듯이 노한 왕은 두 연놈을 단칼에 네 동강 내버린 뒤, 시체를 그대로 버려둔 채 아무에게도 알리지 않고 야영지로 돌아왔다. 그리고 지체 없이 출발 명령을 내리고 여행길을 재촉하였다. 그러나 길을 가면서도 왕의 머릿속에서는 줄곧 왕비의 부정한 짓이 지워지지 않았다. 결국 슬픔에 잠긴 왕의 얼굴빛은 누렇게 뜨고, 몸은 점점 쇠약해져갔다.

마침내 샤자만 왕은 형의 도성에 도착하였다. 20년 만에 만난 형제는 기쁨과 반가움으로 서로 부둥켜안고 눈물을 흘렸다. 형은 동생의 안색이 좋지 않은 걸 보고 걱정하였으나 동생은 여독이 풀리지 않아 그렇다는 핑계로 어물쩍 넘어갔다. 그러나 시간이 지나도 동생의 건강은 회복될 낌새를 보이지 않아, 용하다는 의사를 여럿 불러다 한 달이 넘도록 치료했지만 도무지 효과가 없었다. 샤자만 왕은 줄곧 왕비의 부정한 행실이 떠올라 슬픔과 절망에서 헤어나지 못하고 병은 점점 더 깊어갈 뿐, 세상의 어떤 명약도 아무 소용이 없었다.

어느 날, 형 샤흐리아르 왕은 동생에게 기분도 풀 겸 함께 사냥이나 가자고 청했다. 그러나 동생이 끝내 사양하자 할 수 없이 형 혼자 사냥을 떠났다. 왕궁에 홀로 남은 샤자만 왕은 슬픔과 탄식에 젖은 채 왕비의 부정한 행실만을 곱씹었다. 그리곤 고뇌에 시달려 수척해진 몰골로 정원을 내려다보며 한숨만 내쉬고 있었다.

때마침 형수인 왕비와 시녀들이 정원으로 우르르 몰려나오는 것이 보였다. 샤자만 왕은 몸을 숨기고 아름다운 왕비와 여인들을 지켜보았다. 여인들은 정원 가운데 연못으로 몰려가 일제히 옷을 훨훨 벗어 던졌다. 그런데 여자들 틈에 백인 노예들이 섞여 있었다. 그들은 이윽고 남녀 둘씩 짝을 지어 정원 구석구석으로 뿔뿔이 흩어졌다. 혼자 남은 왕비가 누군가를 큰소리로 부르자, 우람하고 늠름한 흑인 노예가 군침을 흘리면서 숲에서 뛰쳐나와 왕비의 하얀 목을 감아 안았다. 왕비도 그를 미친 듯이 끌어안고 알몸을 밀착시켰다. 이윽고 두 사람은 탐욕스럽게 서로의 입술을 빨면서 네 다리를 칭칭 감은 채 바닥에 누워 마음껏 욕정을 불살랐다. 다른 짝들도 이에 질세라 빨고, 애무하고, 교접하고, 분탕질을 해대더니, 날이 저물어서야 겨우 서로 떨어져 정원에서 사라졌다.

우연히 형수의 음란한 행실을 목격한 샤자만 왕은 깜짝 놀라면서도 자신의 슬픔을 달랬다.

"아, 내 불행은 형님의 불행에 비하면 아무것도 아니구나. 형님은 왕 중 왕, 나와는 비교할 수도 없이 추앙받는 대왕이다. 그런데도 궁전 안에서 이처럼 추잡한 짓이 행해지다니? 더구나 형수는 흉측한 흑인 노예와 사랑 놀음을 즐기고 있다. 그러고 보니 이런 일은 세상에 널려 있구나. 이제야 세상에 부정하지 않은 계집은 하나도 없다는 사실을 알겠구나. 이 세상 어떤 사내라도 계집의 음심에 걸려들면 넘어가지 않을 수 없다. 모든 계집에게 위에 알라의 저주 있으라. 칼의 손잡이를 계집에게 내주고 그 치마폭에 싸여 사는 얼간이에게도 알라의 저주 있으라."

그 순간 이후 샤자만 왕은 슬픔을 달래고, 고뇌와 절망, 원한과 불평을 말끔히 떨쳐버렸다. 저녁 식사를 차리기 바쁘게 그는 배 속에 거지라도 들어앉은 듯이 음식을 먹어치웠다. 그는 알라에게 진심으로 감사와 축복을 드렸다. 그러고는 언제 불면증으로 시달렸냐는 듯 편안히 단잠을 잤다. 편안한 마음으로 잘 먹고 잘 자다 보니 원기를 빠르게 회복한 그는 며칠 만에 이전의 건강을 되찾았다.

사냥을 마치고 열흘 만에 돌아온 형은 거짓말처럼 건강해진 동생을 보고 깜짝 놀랐다. 동생은 자신이 겪은 불행하고 비참한 사연을 털어놓았다. 동생이 아내의 부정으로 병까지 들었다는 이야기에 형은 불같은 노여움으로 몸을 떨었다.

그렇다면 그처럼 불행한 일을 당하여 수척해진 동생이 갑자기 건강을 회복한 까닭은 뭘까. 형은 동생에게 그 까닭을 거듭 캐물었지만 동생은 그것만은 제발 묻지 말아달라며 계속 회피했다.

"만일 사실대로 말하면 형님은 저 이상으로 분노와 슬픔에 사로잡힐 것입니다."

동생이 그럴수록 형은 더 듣고 싶어졌다. 형이 거세게 다그치자 동생은 할 수 없이 자기 눈으로 본 사실을 낱낱이 털어놓고 말았다.

"저는 형수님의 부정한 행실과 형님의 재난을 목격한 뒤, 형님이 저보다 나이도 더 많고 훨씬 위대한 군주임을 생각했을 때, 저의 슬픔은 하찮은 것으로 여겨졌습니다. 그러자 이상하게도 우울증과 절망감도 깨끗이 사라지고 마음도 전처럼 쾌활해졌습니다. 그래서 실의와 낙담을 벗어버리고 비로소 맘껏 먹고 마시고 잠도 편히 잘 수 있게 되었고, 이렇게 건강을 되찾을 수 있었습니다."

아내의 부정을 전해 들은 형은 너무 노여워서 숨이 막힐 지경이었다. 그러나 마음을 가라앉히고 직접 자기 두 눈으로 보기 전에는 믿을 수 없다고 생각했다. 두 형제는 사실을 확인하기 위해 거짓말로 사냥을 간다고 속이고 왕궁을 떠났다가 밤늦게 변장을 하고 몰래 왕궁으로 돌아왔다. 날이 밝아오자 형제는 정원이 훤히 내려다보이는 곳에 숨어서 지켜보았다.

이윽고 왕비와 시녀들이 건장한 노예들과 함께 정원으로 몰려나와 모두 알몸으로 짝지어 서로 희롱하며 분탕질을 치는 게 아닌가. 왕비도 예의 그 흑인 노예를 불러내더니 거리낌 없이 알몸으로 껴안고 비벼댔다. 흑인 노예는 왕비를 으스러져라 껴안으면서 "내가 바로 사드알딘 사우드 님"이라 외치고, 왕비는 소리 높이 깔깔대며 웃었다. 열 쌍의 벌거숭이들은 두어 시간이 넘도록 열락의 늪에 빠져 애욕을 불살랐다. 그러고는 모두 연못으로 뛰어들어 몸을 씻은 다음 옷을 입고, 아무 일도 없었다는 듯 궁전 쪽으로 사라졌다.

샤흐리아르 왕은 미친 사람처럼 소리쳤다.

"아, 온전히 독신으로 살지 않고서는 이 더러운 세속에서 벗어날 길이 없겠구나! 알라께 맹세하노니 인간 세상이란 하나의 커다란 죄악에 지나지 않다."

그리고 동생에게 말했다.

"오, 아우여! 지금 당장 여기를 떠나자. 왕위 따위엔 미련이 없으니, 알라의 대지를 두루 돌아보자. 그러는 동안 우리처럼 불행한 일을 당한 사람을 만날 수도 있겠지. 그런 사람을 만나지 못할 때는 이 세상에 살아남기보다 차라리 죽어 없어지는 편이 낫겠다."

그 길로 형제는 왕궁을 빠져나왔다.

## 왕 형제, 마신 여자의 유혹을 겪은 뒤 왕궁으로 돌아오다

두 형제는 밤낮으로 길을 재촉하여 바닷가 어느 목장 가운데 있는 큰 나무 밑에 이르렀다. 샘물로 목을 축이고 한 시간쯤 휴식을 취하고 있는데, 별안간 바닷속에서 하늘이 무너지는 듯한 무서운 소리가 울리더니 파도가 소용돌이쳤다. 그리고 그 속에서 시커먼 기둥이 솟아올라 목장 쪽으로 움직이기 시작했다. 형제는 나무 꼭대기로 기어올라가 숨을 죽이고 지켜보았다.

파도 속에서 마신 하나가 나타났다. 하늘을 찌를 듯이 거대한 체구에다 팔과 가슴은 몹시 억세고, 넓은 이마에 살갗은 먹처럼 시커멨다. 마신은 머리에 수정 함을 이고 어슬렁거리며 육지로 올라오더니 두 형제가 숨어 있는 나무 밑에 털썩 주저앉았다. 그리고 수정 함을 내려놓더니 일곱 개의 강철 자물쇠를 따고 뚜껑을 열었다.

수정 함 속에서는 놀랍게도 젊고 날씬한 미녀가 나타났다. 마신은 그 여자의 무릎을 베고는 곧 잠이 들었다. 얼마 후 여자는 잠든 마신의 머리를 살그머니 땅바닥에 내려놓고는 나무 아래에 섰다. 그리고 나무 위를 올려다보고 숨어 있는 두 왕을 향해 내려오라고 손짓했다. 형제가 말을 듣지 않자, 여자는 만일 안 내려오면 마신을 깨워 죽이겠다고 위협했다. 겁이 난 두 왕이 벌벌 떨며 나무에서 내려오자 여자는 욕정을 채워달라고 요구하는 게 아닌가. 안 들어주면 죽이겠다는 위협에 두 형제는 할 수 없이 여자의 욕정을 채워주었다.

일을 끝내자 여자는 두 형제에게 반지를 내놓으라고 했다. 그리고는 자신의 지갑을 꺼내 반지 570개를 보여주었다. 그것들은 여자가 오늘까지 흉측한 마신의 머리맡에서 몰래 정사를 벌인 남자들의 반지였다.

형제는 여자의 요구에 따라 반지를 빼주었다. 여자는 기구한 자신의 신세를 털어놓았다. 자신은 결혼 첫날밤에 마신에게 납치당했다고 했다. 마신은 자기 외에는 아무도 여자에게 손댈 수 없도록 일곱 개의 강철 자물쇠를 채운 함 안에 그녀를 가뒀다. 그래도 불안했던지 그 상자를 거센 파도가 일렁이는 바닷속에 처넣어 두었다. 그럼에도 불구하고 여자는 얼마든지 자신의 욕정을 채울 수 있었다고 했다.

"가련하게도 이 마신은 숙명이란 피할 수 없다는 걸, 아무리 막으려 해도 막을 수 없다는 걸 모른 거죠. 또 여자란 마음만 먹으면 상대방이 아무리 싫다 해도 반드시 뜻을 이루고 만다는 사실을 모르고 있어요. 정말 그래요. 그래서 어떤 시인은 이런 노래를 불렀다죠."

여자를 믿지 마라, 결코 믿지 마라.

그 마음에는 바람기 가실 날 없어

기쁨도 슬픔도 전혀 아랑곳없이

여자의 밑천은 오로지 그것 하나뿐.

여자의 맹세는 헛되고 헛되며
끝없이 이어지는 거짓말의 향연.
진실로 요셉의 본을 받아
간교한 혀와 농간을 조심할지니!
사탄에 꾀인 아담이 내쫓긴 것도
(모르셨나요?) 농간 때문이라네.

"또 다른 시인은 이렇게 노래했다죠."

나무라지 마라, 사내들이여!
화를 내자면 끝도 없으리니
그대들이 화를 낼 만큼
내 죄는 결코 무겁지 않아.
비록 내가 진심으로
사랑하는 여자가 될지라도
무수한 지난날 숱한 여자들이 맛본
그 바람기는 가실 리 없으리니.
참으로 칭송받아 마땅한
세상에 다시없는 사내는
간살스런 농간에 넘어가지 않고
태산 같은 마음을 지닌 사내라네!

여자는 말을 마친 뒤 마신에게 돌아가 마신의 머리를 다시 무릎에 올려놓더니, 마신이 깨어나기 전에 빨리 이곳을 떠나라고 형제를 재촉했다. 길을 가면서 샤흐리아르 왕은 동생에게 말했다.

"저 요상한 여자가 우리보다 몇 배나 힘센 마신을 다루는 솜씨를 보아라. 마신은 우리가 겪은 불행보다 훨씬 큰 불행을 당하고 있다. 그걸 보니 마음이 조금은 풀렸다."

두 형제는 다시는 결혼하지 않기로 굳게 맹세하고, 길을 재촉하여 다시 왕궁으로 돌아왔다.

## 샤흐리아르 왕, 처녀와 하룻밤 잔 다음 죽이는 악행을 3년 동안 일삼다

샤흐리아르 왕은 왕궁으로 돌아오자마자 그동안 섭정을 맡은 대신의 노고를 치하한 뒤, 정조를 함부로 저버린 왕비를 체포하여 때려죽이라고 명령했다. 대신은 왕비를 처형장으로 끌어내 처형했다. 왕은 직접 칼을 빼어 들고 후궁으로 들어가서 시녀들은 물론이고 함께 놀아난 사내 노예들을 모조리 죽여버렸다. 동생 샤자만 왕도 그의 나라로 돌아갔다.

샤흐리아르 왕은 이 세상에 절개가 굳은 여자는 단 한 사람도 없다는 불신감에 사로잡혔다. 그리하여 처녀를 하룻밤만 데리고 잔 뒤 왕의 명예가 손상될 것을 우려하여 다음 날 아침이면 모두 죽여버리겠다는 무서운 맹세를 하기에 이르렀다. 왕은 그 맹세를 지켜 그날부터 처녀와 하룻밤 잔 뒤 다음 날 아침이면 어김없이 죽여버렸다. 왕의 끔찍한 맹세는 변함없이 3년이나 지켜졌다.

백성의 원성은 날로 높아갔다. 왕을 저주하고 왕과 나라가 망하기를 알라께 빌 지경에 이르렀다. 여자들은 아우성을 치고 어머니들은 눈물을 흘렸으며 딸 가진 부모들은 딸을 데리고 도망쳤다. 그리하여 마침내 도성 안에는 왕에게 바칠 만한 나이 찬 처녀는 한 명도 없게 되었다.

어느 날, 왕은 대신에게 또다시 처녀를 하나 데려오라고 명령했다. 그러나 온 나라를 뒤져도 처녀는 찾을 수 없었다. 대신은 이젠 죽었구나, 하며 슬픔과 근심에 떨었다.

마침 대신에게 두 딸이 있었는데, 큰 딸은 셰에라자드, 작은 딸은 두냐자드였다. 큰 딸은 박식하고 총명하며 교양 있고 쾌활하고 상냥했다. 또한 역사, 철학, 예술 등 모든 방면에 학식이 풍부하고 기예에 두루 통달했다. 특히 옛 나라와 통치자에 대한 역사서를 많이 수집해서, 재미있는 이야기를 많이 알고 있었다.

그런 셰에라자드가 근심에 휩싸인 아버지를 보고 말했다.

"아버님, 요즘 안색이 무척 어두운 걸 보니, 무슨 큰 걱정거리라도 있는지요? 어느 시인은 근심을 두고 이렇게 노래하고 있답니다."

> 슬퍼하는 이에게 일러주게나,
>
> 슬픔은 언젠가는 봄눈 녹듯하고
>
> 즐거움에도 끝이 있게 마련이듯
>
> 근심도 곧 연기처럼 사라지리라.

대신은 딸에게 근심거리를 모두 털어놓았다. 아버지의 말을 들은 셰에라자드는 이렇게 말했다.

"오, 아버님, 알라께 맹세컨대, 그런 끔찍한 일이 언제까지 계속되는 건가요? 저는 방금 임금님과 여자 모두를 파멸에서 구해내는 방책을 생각해냈습니다. 그 대신 제가 임금님과 결혼해야 가능한 일입니다."

딸이 왕과 결혼한다는 얘기에 아버지는 펄쩍 뛰었으나 셰에라자드는 뜻을 꺾지 않았다.

"아버님, 저를 임금님과 결혼시켜주세요. 저는 반드시 무사히 살아남을 거예요. 만일 그렇지 못하더라도 이슬람 처녀들을 대신하여 목숨을 바치고 세상을 구하는 힘이 되고 싶습니다."

참다못한 아버지는 버럭 화를 내며 딸의 어리석은 생각을 꾸짖었다. 딸이 세상일에 어두워 뒷일을 생각지 못하고 목숨을 소홀히 여긴다고 생각했다. 그래도 셰에라자드는 고집을 꺾지 않았다.

아버지는 한 상인의 당나귀가 겪은 끔찍한 봉변을 딸이 똑같이 겪을까 봐 걱정되어,딸에게 황소와 당나귀 이야기를 들려주었다.

## 황소와 당나귀 이야기

한 상인이 있었다. 알라는 그에게 짐승의 말을 알아들을 수 있는 신비한 능력을 주었다. 다만 절대 비밀에 부쳐야 하며, 안 그러면 목숨을 잃는다는 계시를 내렸다.

어느 날 상인은 외양간에서 황소와 당나귀가 대화하는 걸 들었다. 황소는 죽어라 일만 하고 매까지 맞으며 구박을 당하는 자신의 신세를 한탄하면서, 배 불리 먹고 노동도 안 하고 편안히 누워서 귀여움을 독차지하는 당나귀의 팔자를 한없이 부러워했다.

당나귀는 남을 편하게 하기 위해 자기만 눈물을 흘리며 골탕을 먹는 황소를 바보라고 비웃었다. 그리고 황소에게 한 가지 꾀를 일러주었다.

다음 날 황소는 당나귀가 일러준 대로 꾀병을 부려 먹지도 않고 가만히 누워만 있었다. 하인이 아무리 끌어당겨도 꿈쩍도 하지 않았다. 구유의 콩 여물도 입에 대지 않았다. 상인은 이미 사연을 다 알고 있었으므로 당나귀를 혼내야겠다고 작정했다. 그래서 하인더러, 당나귀를 끌어다 목에 쟁기를 걸어 하루 종일 황소가 하던 일을 부리게 했다. 당나귀는 하루 종일 황소 대신 죽어라 들일을 해야 했다. 당나귀가 힘이 들어 쓰러질 때마다 하인은 당나귀의 옆구리가 빨갛게 벗겨지고 허리가 푹 꺼지고 목덜미가 멍에에 까지도록 몽둥이로 때리고 발길질을 해댔다. 해가 저물어 외양간으로 돌아올 즈음이 되자 당나귀는 초죽음이 되어 한 발짝도 떼어놓지 못할 지경이었다. 반면에 황소는 하루 종일 편안히 쉬며 배부르게 양껏 먹으면서, 당나귀가 자기 대신 혼이 나고 있는지도 까맣게 모른 채, 좋은 꾀를 일러준 당나귀에게 신의 축복을 빌었다.

황소의 공치사에 당나귀는 바싹 약이 올라 자신의 어리석음을 뉘우치면서 혼잣말을 중얼거렸다.

'남의 일에 잘난 체 나선 탓에 이런 꼴을 당한 거야. 하지만 고귀하게 타고난 내 성품이 어디로 사라지는 건 아니지. 어느 시인도 그렇게 노래하고 있지 않은가 말이야.'

딱정벌레가 풀잎 위를 걸어간들

향초의 고운 빛이 바랠 리야.

거미 파리가 둥을 틀고 산들

화려한 궁실에 얼룩이 질 리야.

조개가 비록 세상 바람을 쐰들

티 없는 진주의 가치가 사라질 리야.

'아무튼 하루 빨리 모든 일을 제자리로 돌려놓지 않았다가는 내가 죽을 판이니 이를 어쩐다….'

당나귀는 물 먹은 솜마냥 피곤한데도 꾀를 짜내느라 밤을 꼬박 새웠다.

아버지는 셰에라자드에게 "꾀가 모자라면 당나귀처럼 몸을 망치는 법이니 괜한 모험을 하여 아까운 인생을 망치지 마라"고 충고했다. 그래도 셰에라자드가 말을 듣지 않자 아버지는 역정을 냈다. 상인이 아내에게 한 것처럼 딸을 혼을 내겠다는 것이다. 그리고 상인이 아내를 어떻게 혼냈는지 이야기를 계속했다.

당나귀가 혼이 난 날 밤 상인은 또 당나귀와 황소의 대화를 엿들었다. 황소가 당나귀에게 고맙다고 인사하자 당나귀는 황소에게 "이젠 꾀병을 그만두라"고 했다. "만약 꾀를 더 부리다간 백정에게 끌려가 죽을 수 있다"고 겁을 주었다. 다음 날 황소는 당나귀의 충고대로 꼬리를 쳐들고 방귀를 뀌면서 힘차게 뛰어다녔다.

이를 본 상인은 껄껄 웃었다. 아내는 남편이 웃는 이유가 궁금했다.

그러나 아무리 웃는 이유를 말해달라고 졸라도 남편은 "알라의 명령이라 절대 말할 수 없다"고 거절했다. 아내는 막무가내로 떼를 썼다. 목숨을 빼앗길지도 모른다는 남편의 경고에도 불구하고 아내는 물러서지 않았다. 아내를 끔찍이 사랑한 상인은 견디다 못해 아내에게 비밀을 털어놓은 다음 죽어야겠다고 결심했다.

다음 날 상인은 부모와 형제, 친척과 이웃을 모두 부른 다음 법관과 공증인을 세워놓고 유언장을 작성했다. 알라의 명으로 비밀을 입 밖에 낸 죄로 죽게 될 것임을 밝힌 것이다. 모여 있던 사람들은 하나같이 아내에게 양보하라고 종용했다. 그러나 아내는 "남편이 죽는 한이 있어도 그 비밀을 알아내지 않고는 물러설 수 없다"며 끝끝내 고집을 꺾지 않았다.

결국 상인은 죽음을 결심하고 목욕을 하러 바깥채로 나갔다. 마침 그때 바깥채에서 수탉과 개가 대화하는 목소리가 들렸다. 개가 주인의 죽음을 슬퍼하자 수탉은 "여편네 하나 감당 못하는 한심한 주인 나리는 죽어버리는 게 낫다"며 비웃는 게 아닌가. 개는 애가 타서 주인님의 목숨을 구할 방도를 물었다. 수탉은 이렇게 말했다.

"저 뽕나무 가지를 꺾어 여편네 갈빗대가 부러지도록 등허리를 두들겨 패는 거야. 그럼 마님은 울고불고하다가 나중에는 잘못했어요, 앞으로 죽을 때까지 아무것도 묻지 않겠어요! 하며 맹세할 게 뻔해. 그럼 또 한 번 호되게 때려준단 말야. 그렇게 하면 평생 아무 걱정 없이 지낼 수 있어."

수탉의 말에 상인은 무릎을 쳤다. 그는 뽕나무 가지를 꺾어들고 아내의 방으로 들어가, 아내에게만 비밀을 알려줄 테니 방으로 들어오라고 했다. 아내가 들어오자마자 그는 방에 자물쇠를 채우고 불문

곡직 사정없이 아내의 온몸을 후려갈겼다. 견디다 못한 아내는 용서를 빌고 앞으로는 아무것도 묻지 않겠다고 약속했다.

## 셰에라자드, 왕과 첫날밤을 보내며 꾀를 내어 천일야화를 시작하다

"정 내 말을 안 들으면 상인이 아내에게 한 것처럼 너를 매질할 수밖에 없다."

아버지가 이렇게 으름장을 놓았지만, 셰에라자드는 물러서지 않았다. 마침내 대신은 딸의 결심을 허락할 수밖에 없었다.

대신은 왕 앞에 나아가 오늘 밤 자신의 큰 딸을 왕에게 데리고 오겠다고 아뢰었다. 샤흐리아르 왕은 크게 놀랐다. 대신의 딸만은 특별히 제외하기로 결심했기 때문이다.

"내일 아침이면 그대의 손으로 딸을 죽이라고 할 텐데, 그래도 좋은가?"

"임금님께 시집가겠다고 결심한 것은 오히려 제 딸입니다. 온갖 말로 타일렀지만 딸애는 듣지 않고 오늘 밤 임금님께 오겠다고 고집합니다."

왕은 크게 기뻐하며, 오늘 밤 당장 딸을 데려오라고 명령했다. 대신은 딸에게 왕의 명령을 전하고는 비탄에 잠겨서 알라께 빌었다.

"딸을 잃은 아버지가 고통으로 탄식하는 일이 없게 해주십시오."

한편 셰에라자드는 왕궁에 들어갈 준비를 하느라 바빴다. 셰에라자드는 특별히 동생 두냐자드에게 신신당부했다.

"내 말을 명심해야 한다. 임금님께 부탁해서 너를 부를 테니 꼭 궁전으로 들어와야 해. 그리고 임금님과 내가 잠자리에 든 다음 기다렸다가 한밤중이 되거든 나한테 재미있는 이야기를 해달라고 조르란 말야. 만일 신의 뜻에 맞는다면 이야기 덕택에 우리 두 자매는 살 수 있고, 피에 굶주린 임금님의 나쁜 버릇도 고칠 수 있을 거야."

이윽고 밤이 되자 셰에라자드는 왕의 침실에 들었다. 셰에라자드와 잠자리에 든 왕이 온갖 희롱 끝에 처녀를 뺏으려고 하는 순간 셰에라자드가 훌쩍거리며 울기 시작했다. 동생이 보고 싶으니 동생을 불러 작별 인사를 하게 해달라고 했다. 왕의 허락으로 두냐자드가 궁전으로 들어왔다. 두냐자드가 왕의 침상 발치에 앉자, 안심한 셰에라자드는 마침내 왕의 몸을 받아들였다. 서로의 세심한 애무로 두 사람은 마침내 열락에 이르렀다.

이윽고 세 사람은 잠을 청했다. 한밤중이 되자 셰에라자드가 두냐자드에게 눈짓을 했다. 그러자 두냐자드가 벌떡 일어났다.

"언니, 잠이 안 와서 죽겠어요. 제발 재미있는 이야기 하나 해줘요."

"인자하신 임금님께서 허락하시면 얼마든지 해주지."

마침 왕도 잠이 오지 않아 이리저리 몸을 뒤척이던 참이라 이야기가 듣고 싶었다.

"좋고말고. 어서 해보거라."

셰에라자드는 가슴을 설레며 이야기를 시작했다.

"오, 인자하시고 친절하신 임금님이시여!"

이렇게 하여 천일야화의 첫날 밤 이야기가 시작되었다.

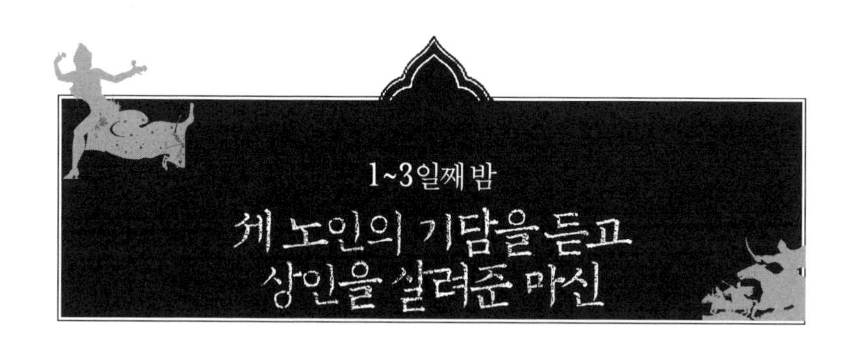


## 상인이 던진 대추씨에 아들을 잃은 마신,
## 상인을 죽이려 하다

옛날에 한 부유한 상인이 살고 있었다. 어느 날 상인은 더위를 식히려고 나무 그늘에 앉아 빵과 마른 대추를 먹고 있었다. 마지막 대추를 다 먹고 나자 상인은 대추씨를 힘껏 멀리 던졌다.

그 순간 놀랍게도 하늘을 찌를 듯 거대한 마신이 난데없이 나타났다. 마신은 상인에게 다짜고짜 칼을 휘두르며 죽이겠다고 덤벼들었다. 아들의 원수를 갚아야겠다는 것이었다.

"네 놈이 대추를 먹고 씨를 내던졌을 때, 마침 내 아들이 지나가다가 씨에 맞아 죽고 말았단 말이다!"

상인은 어이가 없었다. 그건 우연한 사고였지 고의가 아니었으니 제발 용서해달라고 빌었다. 하지만 마신은 들은 체도 하지 않고 상인을 움켜잡고 질질 끌어다가 땅바닥에 넘어뜨리고는 단칼에 죽이려고 했다. 상인은 눈물을 흘리면서 "이제 알라께 의지할 수밖에 없다"며 나직이 시를 읊었다.

세월은 축복과 재앙의 날이 엇갈리며 흐르나니
인생에도 앞뒤가 있어 희비가 늘 붙어 다닌다네.
그댄 정녕 아는가, 폭풍이 거세게 몰아칠 때
고통을 맛보는 자, 숲 속의 거인뿐이라는 걸.
그댄 아는가, 시신이 정처 없이 바다 위를 떠돌 때
고귀한 진주는 바다 깊은 곳에 숨어 있다는 걸.
저 하늘 무수히 많은 별 가운데
기우는 건 오로지 해와 달뿐이라네.
즐거웠던 날을 홀로 반추하는 것도 좋고
운명이 사랑하는 고뇌를 잊는 것도 좋다네.
편안한 밤, 편안이 그대의 오만을 부를지라도
밤의 지극한 축복은 끝내 재앙을 낳는다네.

상인이 노래를 마치자 마신은 "그따위 쓸데없는 소리는 집어치우라"며 다시 내려칠 듯이 달려들었다. 상인은 이젠 죽었구나, 체념하고 마지막으로 죽기 전에 집에 가서 할 일을 하고 오게 해달라고 애원했다. 빚도 갚고 재산도 정리하고 처자식에게 하직 인사를 한 다음, 내년 봄에 틀림없이 이 자리로 돌아오겠다고 맹세했다. 하도 울며 매달리자 측은한 마음에 마신은 거듭 다짐을 받고 나서 상인을 놓아주었다.

상인은 집에 돌아가 뒷일을 수습했다. 그는 수의를 입고서 눈물을 흘리며 가족과 마지막 작별 인사를 나누었다. 그리고 곧장 길을 떠나 마침내 마신과 약속한 장소에 당도했다. 그날은 마침 정월 초하루였다. 상인은 홀로 앉아 망연히 신세를 한탄하면서 자신도 모르게 눈물을 흘렸다.

그때 마침 한 노인이 목에 사슬을 건 영양을 끌고 다가왔다. 노인은 상인에게 눈물을 흘리는 사연을 물었다. 상인에게 기구한 사연을 들은 노인은 결말이 궁금해 가지 않고 남아 있기로 했다.

그런데 잠시 후 또 한 노인이 검은 사냥개 두 마리를 끌고 다가왔다. 한참 동안 두 노인과 상인이 그동안의 사연을 나누고 있는 중에, 이번에는 또 다른 한 노인이 잘생긴 암탕나귀를 끌고 나타났다. 세 노인은 상인의 기구한 사연을 듣고 함께 슬퍼했다. 상인의 운명이 어떻게 될지 그 결말을 보기 위해 세 노인은 떠나지 않고 함께 남아 있기로 했다.

얼마 후, 순식간에 굉장한 모래바람이 회오리쳐 불어오더니, 이윽고 칼을 치켜든 마신이 우뚝 나타났다. 마신은 눈에 분노의 불꽃을 튀기며 금방이라도 내려칠 듯이 상인에게 덤벼들었다. 그 순간 첫 번째 노인이 앞으로 나서더니 마신의 손에 입을 맞추었다.

"마신님, 지금부터 제가 데리고 있는 이 영양과의 기구한 인연을 이야기해드릴 테니, 만약 재미있다고 여겨지거든 상인의 피를 3분의 1만 제게 주지 않으시렵니까?"

마신은 흥미를 보였다.

"깜짝 놀랄 만큼 기막힌 이야기라면 그렇게 해주지."

노인이 이야기하기 시작했다.

## 첫 번째 노인의 이야기 : 영양이 된 아내

이 영양은 다름 아닌 내 큰아버지의 딸이자 서른 해를 함께 살아온 내 아내다. 아내에게 자식을 얻지 못해 불행해하던 나는 첩을 얻어 다행히 금지옥엽 같은 아들을 낳았다.

열다섯 해가 흐른 어느 날, 나는 도성에 볼 일이 있어 물건을 싣고 먼 길을 떠나게 되었다. 내가 없는 사이에 마술과 점술에 뛰어난 아내는 첩을 암소로, 아들을 송아지로 변신시켜 둘 다 소 먹이는 사람에게 내주고 말았다. 집에 돌아오자 첩도 아들도 보이지 않았다. 아내는, 첩은 죽고 아들은 집을 나가 소식을 모른다고 했다.

나는 슬픔에 잠겨 1년을 꼬박 울면서 지냈다.

그럭저럭 시간이 흘러 알라의 대제일이 되었다. 푸짐한 식탁을 준비하기 위해 소 먹이꾼을 시켜 암소 한 마리를 끌고 왔다. 그런데 내가 칼로 목을 베려할 때마다 암소가 큰소리로 울며 눈물을 줄줄 흘리는 게 아닌가. 가엾다는 생각도 들고, 어쩐지 죽이는 게 영 내키지 않았다. 그래서 차마 내 손으로 죽일 수가 없어 소 먹이꾼더러 죽이라고 했다. 그런데 나중에 소 먹이꾼이 전하는 말이, 그 암소는 살도 없고 기름도 없고 그저 가죽과 뼈만 남았다고 했다. 그 말을 듣자 괜히 죽였다는 후회가 들어서 소 먹이꾼에게 가지라고 했다.

이번엔 소 먹이꾼에게 송아지를 끌고 오라고 했다. 그런데 송아지 역시 날 보자마자 고삐를 끊고 달려와 응석을 부리며 반가워하는가 하면 훌쩍훌쩍 울기까지 하는 게 아닌가. 이번에도 가엾은 생각에 송아지를 도로 데려가고 그 대신 어린 암소를 데려오라고 했다.

그러자 아내가 나서서 반드시 이 송아지를 잡아야 한다고 떼를 썼다. 나는 아무짝에도 쓸모없는 암소를 죽이고 후회한 생각이 떠올라 이번만큼은 아무리 아내가 우겨도 송아지를 절대 죽이지 않겠다고 결심했다. 하지만 아내는 송아지를 잡지 않으면 남남이 될 거라는 둥 협박을 서슴지 않았다. 그럼에도 나는 끝내 송아지를 죽이지 않고 소 먹이꾼에게 외양간으로 데려가라고 했다.

여기까지 얘기했을 때 날이 밝아오자 셰에라자드는 이야기를 그쳤다. 동생 두냐자드가 임금더러 들으라는 듯 큰소리로 말했다.

"언니, 이야기가 어쩜 이리도 재밌어!"

그러자 셰에라자드가 말했다.

"임금님께서 날 살려주신다면 내일 밤에는 훨씬 재미있는 얘기를 들려줄 수 있는데…."

왕은 이 말을 듣고서 혼잣말처럼 중얼거렸다.

'알라께 맹세하건대, 이야기가 모두 끝날 때까지 이 사랑스러운 여인을 죽이지 않으리라.'

이렇게 첫날 밤이 무사히 지나가고, 셰에라자드는 이야기를 계속할 수 있게 되었다.

이튿날 소 먹이꾼이 노인을 찾아와 기쁜 소식을 전해줄 테니 상금을 듬뿍 달라고 했다. 마술을 할 줄 아는 자기 딸이 송아지는 내 아들이고 죽은 암소는 애첩임을 밝혀냈다는 것이다.

나는 단숨에 달려가 소 먹이꾼 딸에게 아들을 보게 해달라고 간청했다. 딸은 두 가지 조건을 걸었다. 하나는 내 아들과 결혼시켜달라는 것이고, 또 하나는 아들에게 마술을 건 내 아내에게 똑같이 마술을 걸어 가둬달라는 것이었다. 안 그러면 아내의 원한을 사게 돼 어떤 꼴을 당할지 모르기 때문이었다.

내가 수락하자 소 먹이꾼의 딸은 송아지를 다시 아들로 변신시켰고 아내를 영양으로 만들었다.

아들과 소 먹이꾼의 딸은 결혼해서 잘 살았다. 그런데 며느리가 죽은 뒤 아들은 인도의 여러 도시로 방랑의 길을 떠났다. 나는 아들의 소식을 찾아 헤매던 끝에 이곳까지 오게 되었다.

마신은 재미있는 이야기라며 약속대로 노인에게 상인의 피 3분의 1을 주겠다고 했다. 이번엔 두 번째 노인이 앞으로 나섰다. 노인과 그의 형제인 검은 사냥개 두 마리의 사연을 듣고 신기하다고 생각한다면 자기에게도 상인의 피 3분의 1을 달라고 했다. 마신이 허락하자 두 번째 노인이 이야기를 시작했다.

## 두 번째 노인의 이야기 : 개로 변한 두 형

개 두 마리는 내 형들이다. 나는 셋째 아들로 태어났다. 우리 삼형제는 아버지가 세상을 떠난 뒤 아버지가 남긴 유산 3,000디르함(은화)을 공평하게 분배받아 모두 장사를 시작했다. 그러나 두 형은 외국으로 떠나 대상과 함께 떠돌았고, 나는 가게를 차려 착실하게 돈을 모아 원금의 두 배로 불렸다.

1년 뒤 어느 날, 큰형과 작은형이 거지가 되어 나타났다. 나는 두 형에게 불어난 내 재산을 똑같이 분배해주고 다시 장사를 해서 돈을 모았다. 그러나 두 형은 틈만 나면 외국으로 여행을 떠나자고 졸라댔다. 하도 조르는 바람에 결국 여섯 해가 흐른 뒤 나 역시 두 형의 요구에 응하지 않을 수 없었다. 그런데 막상 여행을 떠나려고 보니 이미 두 형은 주색잡기로 재산을 죄다 탕진하여 한 푼도 없는 빈털터리였다. 나는 형들에게 책망 한마디 하지 않고, 내 가게를 청산하고 상품을 모두 판 대금 6,000디나르(금화)를 반으로 나누어서, 3,000디나르는 재난이 생길 경우를 대비하여 땅에 묻어두고, 나머지 3,000디나르를 갖고 장사를 떠났다.

우리는 배를 한 척 빌려 날마다 항해를 계속하여 한 달이 지난 뒤 모두 계산해보니 그동안 원금을 제하고도 꼭 열 배의 이익을 올렸다.

다시 항해를 떠나려는데, 문득 해변에 남루한 옷을 걸친 소녀 하나가 눈에 띄었다. 소녀는 내게 다가와 손에 입을 맞추고는 아내로 삼아달라고 호소했다. 측은한 마음에 나는 소녀를 아내로 받아주었다. 항해하는 동안 나도 모르게 어린 아내에게 사로잡혀 마음을 온통 빼앗기고 말았고 그 바람에 형들과도 멀어지게 되었다. 나를 시기한 나머지 두 형은 내 재산을 빼앗을 음모를 꾸미고, 나와 아내가 잠든 사이에 나와 아내를 바다에 내던져버렸다.

그런데 그 순간 아내는 나를 바다에서 건져 어떤 섬으로 옮겨놓았다.

"원래 저는 마녀신입니다. 당신을 처음 만난 순간, 그만 첫눈에 당신을 사모하게 되었어요. 당신은 내가 거지 같은 차림으로 청혼을 했는데도 저를 아내로 맞아 진심으로 아껴주셨어요. 그 보답으로 물에 빠진 당신을 구해드린 겁니다."

아내(마녀신)는 두 형을 절대 용서할 수 없으니 죽여야겠다고 했다. 나는 피를 나눈 형제임을 내세워 자비를 빌고 사정했다. 아내는 내 소원을 들어 용서하기로 약속하고, 나를 안고 훨훨 날아 우리 집 지붕 위에 내려놓았다. 나는 땅속에 묻어두었던 돈을 파내어 다시 가게 문을 열고 온갖 물건을 사들여 장사를 시작했다.

그런데 밤이 되어 가게에서 집으로 돌아와 보니 개 두 마리가 묶여 있는 게 아닌가. 아내의 동생들이 두 형에게 마술을 걸어 개로 변신시킨 것이었다. 아내를 찾아 애걸했으나 이미 한발 늦어버린 뒤였다. 어쩔 수 없이 10년 동안은 개로 살 수밖에 없다고 했다.

이제 10년의 세월이 흘렀고, 그동안 두 형이 잘 참아주었으므로, 나는 두 형을 원래의 모습으로 되돌려달라고 부탁하기 위해 아내의 동생들을 찾아가는 길에 이곳까지 온 것이다.

마신은 재미있는 이야기라며, 약속대로 상인의 피 3분의 1을 주기로 했다. 이때 세 번째 노인이 두 노인의 이야기보다 더 신기한 이야기를 해주겠다고 나섰다.

### 세 번째 노인의 이야기 : 암탕나귀로 변한 아내

사실 이 암탕나귀는 내 아내다. 1년 동안 여행을 다녀와 보니 아내는 흑인노예와 음탕한 관계에 빠져 있었다. 아내는 날 보자마자 물을 뿌리고 주문을 외어 순식간에 나를 개로 변신시켰다. 집에서 쫓겨난 나는 거리 이곳저곳을 기웃거리다가 어느 푸줏간 앞에 버려진 뼈다귀를 핥고 있었는데, 푸줏간 주인이 불쌍히 여기고 나를 자기 집으로 데리고 갔다.

그런데 마침 그 딸이 마술을 할 줄 알아서, 즉시 나를 알아보았다. 딸은 주문을 외고 머리에 물을 뿌려서 원래 내 모습을 되찾아주었다. 나는 그 딸에게 마술을 익힌 뒤 집으로 돌아가 잠든 아내를 암탕나귀로 변신시켰다.

마신은 암탕나귀에게 사실이냐고 물었다. 암탕나귀는 끄덕이며 몸짓으로 그렇다고 대답했다. 마신은 재미있어 하며 상인의 피 가운데 나머지 3분의 1을 주기로 약속했다.

마신은 세 노인의 얼굴을 보아 상인을 용서해주기로 했다. 세 노인의 재미있는 이야기 덕분에 목숨을 건지게 되자, 상인은 기뻐 어쩔 줄 몰라 노인들을 껴안고 고마워했다.

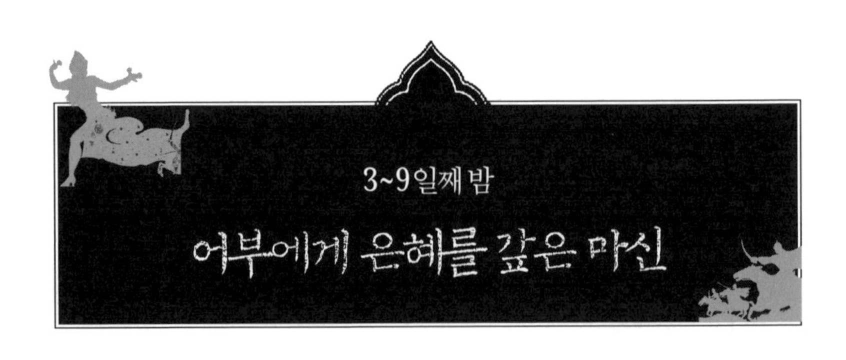

3~9일째 밤

# 어부에게 은혜를 갚은 마신

## 어부와 마신, 기이한 인연으로 만나다

옛날에 늙고 가난한 한 어부가 살았다. 그에게는 이상한 습관이 하나 있었는데, 무슨 일이 있어도 꼭 하루에 네 번만 그물을 치고 그 이상은 그물을 치지 않는 것이었다.

그날도 어부는 양식을 얻으러 바다에 나가 그물을 쳤다. 그런데 그물이 어찌나 무거운지 갖은 애를 다 쓴 끝에 겨우 끌어올려 보니 이게 웬일인가. 아주 커다란 수탕나귀 시체가 들어 있는 게 아닌가. 어부는 맥이 탁 풀려 저절로 한탄이 나왔다. 잠시 망연히 서 있던 어부는 이윽고 즉흥시를 읊었다.

> 어듬 속, 밤새도록 위험에 몸을 맡긴 채
>
> 비 오듯 땀 흘리며 죽도록 일하는 이여!

그저 하루 먹을 양식이나마 얻고자 하거늘
그도 갈수록 힘에 부치니, 가엾고 가엾어라!
그댄 보았는가,
거친 바다에 몸을 던져 양식을 구하는 어부를.
밤하늘 가득 은하수 글썽이듯 반짝이는데
거센 파도 굽이쳐도 겁 없이 몸을 던져
팽팽한 그물을 뚫어져라 응시하는 모습을.
오늘 밤은 재수 좋아 물고기 한 마리 건져 돌아와
그 대가리를 운명의 고리에 걸어 두 동강 낸다네.
어둠이든 비든 추위든 아랑곳없이 밤새도록
땀 흘려 일하는 어부에게 생선을 살 때는
주든 말든 자기 뜻한 그대로,
잡은 이와 사 먹는 이를 정하신 신을 찬양하라.

노래를 그친 어부는 잠시 한숨을 돌리며 이렇게 말했다.

"자, 다시 기운을 차려 일을 하자. 아무리 힘들어도 견뎌내는 것이 미덕이니라. 신의 자비를 믿나니, 인샬라!"

이윽고 어부는 그물에서 수탕나귀 시체를 치운 다음, 꾹 참고 알라의 이름으로 두 번째 그물을 던졌다. 이번에는 아까보다 더 무거웠다. 천신만고 끝에 간신히 끌어올려 보니 진흙이 잔뜩 든 커다란 단지였다. 실망이 이만저만이 아니었다. 어부는 자기도 모르게 서글픈 목소리로 한탄하듯 시를 읊은 다음, 세 번째 그물을 던졌다. 이번에도 사금파리 같은 것이 잔뜩 걸려 있을 뿐이었다.

어부는 하늘을 우러러 부디 하루의 양식을 베풀어달라고 울부짖었다. 그리고 알라의 이름을 부르며 마지막 네 번째 그물을 던졌다. 이번에도 무엇에 걸렸는지 도무지 그물이 꿈쩍도 하지 않았다. 화가 치민 어부는 "알라 외에는 주권 없고 권력도 없도다!" 하고 큰 소리로 외친 다음, 비감스럽게 노래를 불렀다.

더럽고 치사하구나, 이 망할 놈의 세상
슬픔과 비참이 내 몸을 망치려 하네.
아슴푸레한 새벽이면 누구나 즐거우련만
아직 날도 저물지 않았는데
벌써 한탄의 술잔을 마셔야 할런가.

몇 번을 더 당겨도 그물이 꼼짝도 않자 어부는 자맥질해 들어가서 죽을힘을 다해 그물을 끌어올렸다. 그런데 이번에는 오이 모양으로 생긴 구리 항아리가 나왔다. 뚜껑은 납으로 단단히 봉해져 있었고 다윗의 아들 솔로몬 왕의 봉인까지 찍혀 있었다. 묵직한 항아리 안에 무엇이 들어 있는지 궁금하기 짝이 없었다.

어부는 "시장에 내다 팔면 10디나르는 받을 수 있겠군" 하고 좋아하면서 창칼로 납봉을 뜯고 뚜껑을 열었다. 그 순간 한 줄기 연기가 피어오르더니 하늘 높이 치솟아 올랐다. 연기는 한데 엉키면서 별안간 무서운 마신의 모습으로 변했다. 마신은 엄청나게 덩치가 컸다. 발은 땅을 밟고 있었으되 머리는 구름에 닿았다. 손은 쇠스랑 같고, 다리는 돛대처럼 길었으며, 입은 동굴처럼 컸다. 또 이빨은 커다란 바위와 같고, 콧구멍은 물병 같고, 눈은 나란히 놓은 두 개의 램프 같았으며, 얼굴은 무척 사납고 험상궂어 보였다.

어부는 온몸을 부들부들 떨었다. 이가 부딪치고, 입 안이 바싹바싹 말라붙어 정신을 차릴 수 없었다. 그런데 더 놀랄 일은 마신이 어부를 보자마자 다짜고짜 죽이려 덤벼드는 것이었다. 어부는 억울함을 호소했다.

"깊은 바닷속에서 끌어내주고, 그것도 모자라 항아리 속에서 꺼내주기까지 했는데 왜 죽이려는 겁니까?"

그러나 마신은 막무가내로 덤벼들었다.

"시끄러! 내게 말하고 싶거든, 어떤 방법으로 죽고 싶은지 그거나 말해!"

어부는 화가 나서 따졌다.

"도대체 내가 무슨 죄를 졌기에 그런 벌을 받아야 합니까?"

그러자 마신은 어부에게 자신의 신세 이야기를 들려주었다.

실은 나는 이단자로서 다윗의 아들 솔로몬 왕을 배반하여 죄를 범했지. 그러자 예언자는 바르히야의 아들인 이사후라 대신을 보내 나를 체포해 솔로몬 왕 앞에 끌고 갔어. 솔로몬 왕은 내게 올바른 길을 걷고 왕의 명령에 복종하라고 지시했지만 나는 끝까지 거절했어. 화가 난 솔로몬 왕은 날 이 항아리에 가두고 납으로 봉하고 봉인까지 찍어 악령을 시켜 항아리를 바다에 내던지고 말았어.

난 바닷속에서 100년을 기다렸어. 날 구해주는 자를 평생 부자로 만들어주겠다고 맹세하면서 말야. 하지만 아무도 날 구해주지 않았어. 그래서 이번엔 이 세상의 숨은 보고를 모두 알려주겠다며 또 100년을 기다렸지. 그것도 허사였어. 그렇게 400년의 세월이 흘렀어. 이번엔 세 가지 소원을 들어주겠다고 맹세했으나 그것도 허탕이 되었어. 너무나 화가 치민 나는 앞으로 날 구해주는 놈은 죽여버리겠다고 맹세하고 말았어. 단지 죽는 방법만은 그놈 소원대로 해주기로 했지. 그러니까 "네가 나를 구해주었으니, 어떻게 죽고 싶은지 그것만 말해! 그렇게 해줄 테니까."

어부는 어이가 없었다. 믿는 도끼에 발등 찍히고, 은혜를 원수로 갚는다는 말은 바로 마신의 이런 행동을 두고 하는 말이 아닌가. 어부는 항의도 하고 살려달라고 애원도 했지만 고집불통인 마신은 들은 체도 하지 않았다.

"오, 마신의 왕이시여, 어찌 은혜를 원수로 갚으려 하십니까? 이런 속담도 있는데, 참말이었군요." 어부는 이렇게 말하며, 하소연하듯 노래를 불렀다.

선을 베풀어 그대를 살렸는데
어찌 악으로 갚으려 드는가.
감히 목숨을 걸고 말하건대
악인이 하는 짓, 늘 이렇다네.
어리석고 하찮은 자를 돕는 이여,
믿는 도끼에 발등을 찍히고 말리니.

그럼에도 마신은 더욱 화를 내며 어부를 윽박질렀다.

"그따위 넋두린 집어치워! 넌 어차피 죽어야 할 몸이야."

죽음을 눈앞에 둔 어부는 가까스로 한 가지 꾀를 냈다. 먼저 마신에게 솔로몬 왕의 반지에 새겨진 거룩한 신의 이름을 걸고 진실하게 대답할 수 있는지를 물었다. 마신이 그러마고 약속하자 어부는 이렇게 물었다.

"어떻게 당신의 손 하나 발 하나도 들어갈 수 없는 이런 작은 항아리 안에 당신 같이 큰 몸집이 다 들어갈 수 있었단 말이오? 내 두 눈으로 항아리 속에 들어가 있는 당신을 똑똑히 보기 전에는 도저히 믿을 수 없소."

어부의 말이 끝나자마자 마신은 그 자리에서 몸을 한 번 흔들더니 순식간에 연기로 변했고, 하나로 엉긴 연기는 조금씩 항아리 속으로 흘러 들어가 마침내 사라져버렸다. 그 순간 어부는 얼른 봉인이 찍힌 납 뚜껑을 집어 항아리를 봉한 다음 항아리를 들고 바닷가로 갔다. 은혜를 모르는 마신을 전처럼 800년 동안 살고 있던 바다에 던져서 심판의 날이 올 때까지 바닷속에서 살게 할 작정이었다.

항아리에 갇힌 마신은 싹싹 용서를 빌었다. 살려주면 틀림없이 행복하게 해주겠다고 애원했다. 어부는 마신에게 이렇게 꾸짖었다.

"너는 현자 두반을 모함하려던 유난 왕의 대신과 같은 놈이야!"

마신은 그들이 누구며, 그건 어떤 이야기냐고 물었다.

어부는 유난 왕과 두반에 대한 이야기를 시작했다.

## 현자 두반과 유난 왕 이야기

옛날에 로움 국의 파르스 도성을 다스리는 유난 왕이 있었다. 돈 많고 권세가 막강한 왕이었지만 그는 문둥병에 걸린 몸이었다. 물약을 마시고 가루약을 먹고 고약을 발라도 아무 효험이 없었고, 숱한 명의가 정성껏 병을 보살폈지만 아무 소용이 없었다.

그런데 어느 날, 나이 많은 명의 하나가 도성을 찾아왔다. 사람들은 그를 현자 두반이라고 불렀다. 그리스, 페르시아, 로마, 아라비아 등지의 온갖 책을 읽은 그는 철학, 천문학은 물론 모든 분야에 박식했다. 게다가 의학과 약학에도 통달했다. 몸을 보호하거나 해치는 모든 일을 체험했으며, 온갖 나무와 풀의 효험은 물론 독에 대해서도 매우 밝았다. 그는 유난 왕의 병에 대한 소문을 듣고 왕을 찾아온 것이다.

두반은 왕에게 병을 고칠 수 있다고 장담했다. 왕은 뛸 듯이 기뻐했다. 두반은 지체 없이 효험이 뛰어난 약과 약초를 고르고, 속이 빈 공치기 막대기를 만들어 그 끝에다 손잡이를 달고, 공도 하나 만들었다.

이튿날 두반은 유난 왕에게 이 두 가지 물건을 주면서 연병장에 나가 공치기 놀이를 하라고 시켰다. 그리고 왕에게 막대를 쥐는 법 등 사용법을 설명했다. 왕은 두반이 일러준 대로 말을 타고 광장으로 나갔다. 그리고 말을 탄 채 몸을 앞으로 굽혀 공치기놀이를 했다. 손바닥에 땀이 배고 온몸에서 땀이 날 때까지 공치기놀이를 하는 동안 두반의 말대로 약이 저절로 손바닥에 스며들더니 온몸으로 퍼졌다. 왕은 두반의 처방대로 궁전으로 돌아와 목욕을 하고 잠자리에 들었다.

그런데 하룻밤 자고 일어나니 살갗은 티 하나 없는 백은처럼 깨끗해지고, 문둥병은 씻은 듯 흔적도 없이 사라져버린 게 아닌가. 왕은 기쁨과 행복에 젖어 어쩔 줄 몰랐다.

왕은 현자 두반에게 많은 선물을 안겨주고, 그날 이후 두반을 매일 어전에 불러 옆에 앉히고 총애하였다.

그런데 대신들 가운데 생쥐 같은 자가 두반을 몹시 시기하였다. 그는 두반을 해칠 계략을 꾸미고 유난 왕에게 엎드려 이렇게 모함했다.

"두반은 위험인물이니 죽여야 합니다. 끝을 생각지 않는 자는 운명의 도움을 받지 못한다는 말처럼, 임금님께서는 지금 임금님의 적에게 아낌없이 상을 내리고 있습니다. 그 자는 임금님의 멸망과 몰락을 꾀하고 있습니다."

왕은 금세 낯을 붉히면서 대신을 크게 꾸짖었다. 영토를 나눠줘도 아깝지 않을 사람을 욕하는 건, 대신이 그를 질투하고 시기하기 때문이라고 정곡을 찔렀다.

"만약 그대 말대로 두반을 죽이면 마치 신드바드 왕이 자신의 매를 죽이고 후회한 것처럼 나도 틀림없이 후회하게 될 것이야."

그러고 나서 유난 왕은 대신에게 신드바드 왕의 이야기를 들려주었다.

### { 신드바드 왕과 매 }

옛날 파르스의 왕 중 왕이라고 불린 신드바드 왕은 사냥을 아주 좋아했다. 왕은 매를 한 마리 길렀는데, 어찌나 그 매를 사랑했던지 잠잘 때나 사냥 갈 때나 늘 곁에 데리고 다녔다. 심지어는 매의 목에 황금 잔을 걸어주고 그 잔으로 물을 먹일 정도로 사랑하였다.

어느 날, 사냥을 나갔는데 영양 한 마리가 몰이꾼의 포위망 안에 뛰어들었다. 왕은 기뻐하며 "이 영양에게 머리를 뛰어넘게 하여 놓친 자는 사형에 처한다"고 명했다.

그런데 포위망이 점점 좁아지는 가운데 영양이 별안간 왕 앞으로 오더니 절이라도 하듯이 앞다리를 가슴에 포갰다. 왕은 답례하는 기분으로 고개를 숙였고, 영양은 그 순간을 틈타 왕의 머리 위를 뛰어넘어 저편 들을 향해 달아나버렸다.

신하들은 왕에게 눈짓을 하며 수군거렸다. 왕은 자신이 내린 명령을 떠올렸다. 자신이 죽지 않으려면 목숨을 걸고라도 영양을 잡아와야만 했다.

왕은 전속력으로 말을 몰아 영양을 뒤쫓았다. 이윽고 어느 산기슭에 이르자 영양이 동굴 쪽으로 도망가는 것이 보였다. 왕이 매를 놓자 매는 당장 날아가 달려들어 발톱으로 영양의 눈을 찔렀고, 곧 뒤를 이어 왕은 철퇴를 내리쳐 영양을 잡는 데 성공했다.

때마침 한낮의 더위에 땅은 바싹 말랐고 어디를 찾아봐도 물은 한 방울도 눈에 띄지 않았다. 왕은 목이 타는 듯 말랐다. 물을 찾아 이곳저곳을 헤매던 끝에 왕은 마침 물방울이 뚝뚝 떨어지는 나무 한 그루를 겨우 찾아냈다. 마치 버터가 녹아내리는 듯했다.

왕은 매의 목에 걸린 황금 잔을 끌러 물을 받아 잠시 매 앞에 놓았다. 그런데 매가 발톱으로 잔의 물을 엎질러버린 게 아닌가. 아마 목이 마른 매가 물을 먼저 달라는 줄 알고 왕은 두 번째 잔을 매에게 주었다. 그런데 이번에도 매는 잔을 엎질러버렸다. 화가 난 왕은 세 번째 물을 받아 이번에는 말에게 먹이려 했다. 그러자 매가 갑자기 날개를 퍼덕이더니 말 앞으로 내민 잔을 또다시 엎지르는 것이었다.

"저도 못 먹고 나도 말도 못 먹게 하다니, 고얀 놈 같으니! 알라의 저주를 받아라!"

울컥 화가 치민 왕은 칼을 뽑아 매의 날개를 잘라버렸다. 매는 숨을 헐떡이면서도 머리를 들어 나무 위를 가리켰다. 거기엔 수많은 독사가 휘감겨 매달려 있었다. 물인 줄 알았는데, 사실은 그게 독사의 입에서 나온 독이었다. 매는 얼마 뒤 심하게 몸부림치며 죽어버렸다.

그제야 왕은 자기 목숨을 살려준 매를 죽인 걸 후회하며 목 놓아 울었다.

이어서 유난 왕은 앵무새를 죽이고 후회한 한 남편의 이야기를 들려주었다.

### { 앵무새와 어리석은 남편 }

한 상인에게 더할 나위 없이 아름답고 상냥하고 귀여운 아내가 있었다. 질투가 많은 남편은 혹시나 하는 마음에 아내가 절대로 집밖으로 나가지 못하게 했다.

그러던 어느 날, 남편은 피치 못할 사정으로 멀리 여행을 떠나게 되었다. 그는 아내를 감시하기 위해 앵무새 한 마리를 사왔다. 앵무새는 영리하고 똑똑해서 듣고 본 일을 결코 잊어버리는 일이 없는 영물이기 때문이었다.

한편 아내는 그 전부터 한 터키 사내와 사랑에 빠져 있었다. 그래서 남편이 집을 비운 사이에 얼씨구나 하고 애인을 집으로 불러들여 밤낮으로 함께 먹고 자면서 뒹굴었다.

얼마 후, 남편이 볼일을 마치고 집에 돌아왔다. 앵무새는 아내가 밤마다 애인과 같이 잤다고 일러바치자, 화가 난 남편은 아내를 두들겨팼다. 앵무새가 남편에게 고자질했다는 걸 알게 된 아내는 한 가지 꾀를 냈다. 남편이 친구 연회에 간 사이에, 새장 밑에다 맷돌을 놓고 드르렁드르렁 가는가 하면, 새장 지붕에다 물을 뿌리고 여기저기 돌아다니면서 밤새도록 번쩍이는 강철 거울을 비춰댔다.

다음 날 집에 돌아온 남편이 앵무새에게 묻자, 앵무새는 어젯밤에는 밤새도록 천둥이 치고 번갯불이 번쩍거리고 벼락이 쳐서 아무것도 듣지도 보지도 못했다고 대답했다. 한창 가문 7월에 무슨 비가 내리고 폭풍이 친단 말인가. 남편은 아무래도 앵무새가 의심스러웠다. 어쩌면 아내의 부정한 행실도 앵무새가 제멋대로 꾸며낸 험담인지 모른다는 생각이 들었다. 화가 난 남편은 앵무새를 땅에 내동댕이쳤다. 앵무새는 단숨에 죽고 말았다.

며칠 후, 노예 계집이 아내의 부정과 앵무새의 억울한 죽음을 남편에게 낱낱이 고백했다. 하지만 남편은 그 말을 믿지 않았다. 그러다 드디어 어느 날, 남편은 아내의 침실에서 젊은 터키 사내가 나오는 걸 목격하고 말았다. 남편은 그 자리에서 두 남녀를 칼로 베었다. 그리고 그제야 앵무새를 죽인 걸 한탄하며 슬퍼했다.

유난 왕의 이야기를 다 듣고 나자 대신은 억울해하며 말했다.

"저는 두반에게 원한을 품은 적이 없습니다. 결단코 오직 임금님을 위해서 드린 충고일 뿐입니다. 언젠가는 임금님도 제 말이 옳다는 것을 아시게 될 것입니다. 그러나 저의 충고를 끝내 듣지 않으신다면 젊은 왕자를 배신한 대신과 같이 옥체를 망칠지 모릅니다."

대신은 유난 왕에게 왕자와 식인 여귀신 이야기를 시작했다.

### { 왕자와 식인 여귀신 }

사냥을 아주 좋아하는 왕자가 있었다. 부왕은 특별히 한 신하에게 왕자가 어디로 가든 항상 옆을 떠나지 말고 따라다니며 지켜주라고 지시했다. 그러던 어느 날, 왕자가 사냥을 나갔다. 마침 사나운 짐승이 무서운 기세로 달려오자, 신하는 왕자에게 그 짐승을 잡으라고 했다. 왕자는 황급히 뒤를 쫓았으나 그만 짐승도 놓치고 길도 잃고 말았다.

그때 웬 처녀 하나가 훌쩍거리며 울고 있었다. 사연을 듣고 보니 처녀는 인도의 공주로서, 부왕과 사막을 여행하다가 조는 바람에 낙타에서 떨어져 그만 일행을 잃어버리고 혼자 남았다는 것이다. 왕자는 측은한 마음에 처녀를 말에 태워주었다. 그런데 어느 폐허 옆을 지나던 중 처녀가 소피를 보고 오겠다며 간 뒤에 돌아오지 않아, 왕자는 처녀를 찾으러 뒤를 따라갔다. 그런데 처녀가 식인귀로 변해 자기 자식들을 모아놓고, 오늘 저녁밥으로 토실토실하고 잘생긴 녀석 하나를 데리고 왔다고 말하는 것이었다. 놀랍게도 처녀는 사람을 잡아먹는 식인귀였다. 와락 겁이 난 왕자가 달아나려 하자 때마침 처녀가 나타나 뭐가 그리 무서워 벌벌 떠느냐고 물었다. 무서운 적을 만났는데, 그 적이 돈을 줘서 달래려 해도 안 되고 오직 내 목숨만 뺏으려 해서 그런다고 왕자가 대답하자, 처녀는 알라께 기도하면 지켜주실 거라고 말했다. 왕자가 큰소리로 알라께 기도를 외치자 그 길로 처녀는 달아나고 말았다. 무사히 돌아온 왕자에게 자초지종을 듣고 난 부왕은 왕자를 제대로 돌보지 못한 신하를 단칼에 죽여버렸다.

끝으로 대신은 유난 왕에게 이런 경고를 덧붙였다.

"두반을 계속 믿다가는 임금님도 틀림없이 이 왕자처럼 끔찍한 변을 당하실 겁니다. 두반은 기묘한 걸 손에 쥐게 하여 옥체 밖에서 병을 고치지 않았습니까? 그러니 앞으로는 무엇을 쥐게 하여 목숨을 빼앗을지 누가 알겠습니까?"

유난 왕의 귀가 솔깃해졌다. 그럴듯한 말이었다. 단지 공치기 막대를 쥐게 하여 병을 고쳤으니 이번에는 무슨 냄새를 맡게 하여 죽일 수 있을지 모른다. 그렇다면 대신의 말대로 자신을 죽이려고 들어온 첩자일지 누가 알겠는가.

왕이 강한 의혹에 사로잡힌 걸 눈치 챈 대신은 이때다 싶어 당장 두반을 입궐시켜 목을 베라고 왕을 부추겼다. 두반의 음모에 속기 전에 먼저 선수를 쳐야 한다고 왕에게 거듭 촉구했다.

대신의 모함에 넘어간 유난 왕은 그 길로 당장 두반을 입궐시켜 다짜고짜 목숨을 내놓으라고 엄명했다. 청천벽력 같은 명령에 두반은 어찌할 바를 몰랐다. 아무리 첩자가 아니라고 부인해도 소용이 없었다. 은혜를 원수로 갚아도 유분수지, 어찌 간악한 자의 모함에 그리도 쉽게 넘어간단 말인가. 두반은 절망에 사로잡혔다. 그는 "임금님께서 저를 살려주신다면 알라께서도 임금님을 살려주실 것"이라고 말한 다음, 듣는 이의 가슴에 사무치도록 노래를 불렀다.

> 착하디착한 나는 모함을 받아 죽임을 당하고
>
> 사악한 자는 오히려 부귀영화를 누리는구나.
>
> 인정으로 베푼 은혜를 도리어 죽을죄로 몰아
>
> 천길 벼랑 파멸의 구렁텅이로 밀어넣는구나.
>
> 위대하신 신께서 내 한 목숨 다시 주신다면
>
> 인정이나 은혜 따윈 결코 베풀지 않으리.

그때는 세상 사람 모두를 저주하리라,

나와 같이 인정을 베푸는 자, 죄를 받으라고.

이렇듯 두반이 아무리 살려달라고 울면서 애원해도, 신하들까지 나서서 두반의 무죄를 변호해도, 왕의 결심은 요지부동이었다.

"저놈을 살려두면 내가 안심하고 편히 살 수가 없다. 왜냐하면 저놈은 손에 공치기 막대 하나를 쥐여준 것만으로도 무서운 병을 고쳤으니, 이번에는 내 코에다 무슨 냄새를 맡게 하여 죽일지 모른단 말이다. 분명 날 죽일 목적으로 온 첩자이니 살려둘 수가 없다. 그러니 당장 저놈의 목을 베어라."

두반은 어리석고 못된 자에게 선을 베푼 걸 후회했다. 이제 도저히 살아나지 못할 걸 깨달은 두반은 왕에게 잠시만 여유를 달라고 부탁했다. 집에 돌아가 죽을 준비도 하고, 의서도 정리하고 싶다고 했다. 특히 세상에 둘도 없는 진서珍書가 한 권 있는데 그걸 꼭 유난 왕에게 전해주고 싶다고 했다. 왕은 진서라는 말에 구미가 당겼다.

"제 목을 친 다음 폐하께서 책을 석 장만 넘기시고 왼쪽 책장의 글 석 줄만 읽으시면, 제 목이 입을 열어 폐하의 물음에 무엇이라고 대답할 것입니다."

왕은 몹시 놀랐다. 몸에서 떨어져 나간 목이 말을 하다니! 상상할 수도 없는 신기한 이야기에 왕은 호기심이 발동했다. 그래서 삼엄한 호위를 붙여 두반을 집으로 돌려보냈다.

이튿날, 두반은 약속대로 왕의 접견실로 들어섰다. 그곳엔 태수나 총독은 물론 대신과 시종 그리고 도성 안의 모든 고관이 죽 늘어 앉았다. 진귀한 구경거리를 놓치지 않기 위해서였다.

두반은 왕 앞에 나아갔다. 그의 손에는 낡은 책 한 권과 눈 화장 가루 같은 것이 가득 든 작은 상자가 들려 있었다. 두반은 쟁반을 갖다 달라고 부탁했다. 그는 쟁반 위에 가루를 쏟아 고르게 펴고는, 왕에게 책을 내밀었다.

"제 머리가 떨어질 때까지는 이 책을 절대 펴면 안 됩니다. 제 머리가 떨어지거든 그 머리를 이 쟁반에 담아 가루 위에다 단단히 눌러주십시오. 그러면 피가 곧 그칠 테니 그때 책을 펴 보십시오."

왕이 책을 받아 들고 형리에게 눈짓하자 형리가 두반의 목을 베었다. 형리는 두반의 말대로 베어낸 머리를 쟁반 한복판에 놓고 가루 위에 꽉 눌렀다. 정말로 피가 곧 멎었다. 그러자 두반이 눈을 부릅뜨더니 왕에게 책을 펴라고 말했다.

그런데 정작 왕이 책장을 넘기려 하자 종이가 찰싹 붙어 있어 잘 넘겨지지 않았다. 결국 손가락에 침을 바르고 나서야 겨우 첫 장이 펼쳐졌다. 이렇게 하여 왕은 손가락에 계속 침을 발라가면서 두 장, 석 장을 넘기고 차례로 여섯 장까지 넘겼지만, 이상하게도 책에는 아무것도 씌어 있지 않았다. 왕이 아무것도 안 적혀 있다고 하자 두반은 좀 더 넘기라고 말했다. 그런데 사실 그 책장 끝에는 독약이 묻어 있었다. 책장 끝에 발라둔 독약은 침을 통해 입으로 들어갔고, 결국 왕의 온몸에 퍼졌다.

왕은 경련을 일으키면서 "독약이다!" 하고 신음하듯 외쳤다. 현자 두반은 이 꼴을 지그시 바라보면서 즉흥시를 읊조렸다.

> 폭압으로 백성을 다스린 잘난 왕이여,
>
> 하루아침에 멸망하여 자취도 없어라.

바른 길을 걸으면 바른 뜻을 얻고
백성을 억압하면 스스로 눌린다네.
멸망과 저주에 응답하는 신의 손길에
문득 아침 이슬처럼 사라지니 덧없어라.
입 달린 사람이라면 누구나 속삭인다네,
이를 본보기로 '운명'을 탓하지 말라고.

두반의 노래가 끝나기도 전에 왕은 후회 어린 낯빛으로 몸부림치다가 끝내 죽어버렸다.

어부는 마신에게 말했다.
"유난 왕이 두반을 살려주었더라면 알라께서도 왕을 구해주었을 거야. 하지만 왕은 어떤 일이 있어도 두반을 죽이려고만 했고, 그래서 알라께서는 왕을 죽이고 만 거야. 너도 내 목숨을 살려주었더라면 알라께서도 너를 용서해주었을 거 아니냐? 그런데 넌 날 죽이겠다고 고집을 부렸으니, 나도 너를 이 항아리 속에 가둔 채 바닷속에 던져버릴 수밖에 없어."

## 4색의 물고기와 호수, 그에 얽힌 비밀을 풀다

마신은 신음하듯 비명을 지르며 잘못을 용서하고 제발 살려달라고 애원했다. 항아리에서 꺼내만 준다면 무엇이든 도와주겠다고 맹세했다. 어부는 측은한 마음에 마신에게 약속을 지키겠다는 맹세를 하게 한 뒤 마신을 살려주었다.

마신은 다짜고짜 어부를 네 개의 언덕에 둘러싸인 호수로 데리고 갔다. 호수에는 빨강, 노랑 등 각양각색의 물고기가 헤엄치고 있었다. 마신은 어부에게 그물을 던져서 물고기를 잡으라고 했다.

이윽고 어부가 그물을 거두자 하양, 빨강, 노랑, 파랑 등 저마다 빛깔이 다른 물고기 네 마리가 들어 있었다. 마신은 이 물고기를 왕에게 바치면 돈을 많이 줄 것이고 앞으로 부자가 될 것이라고 했다. 그러나 이 호수에서 물고기를 잡는 것은 반드시 하루 한 번에 그쳐야 하며, 그 이상은 절대로 안 된다고 경고했다.

어부는 마신이 시킨 대로 물고기를 왕에게 바쳤다. 왕은 신기한 물고기를 보고 놀라 기쁜 나머지 어부에게 금화를 잔뜩 주었다.

왕의 명령으로 물고기는 여자 노예 요리사에게 넘겨졌다. 그 요리사는 며칠 전 로움의 국왕이 보냈는데, 아직 그 요리 솜씨를 시험해보지 못한 터였다. 요리사는 생선을 냄비에 담고 불 위에 올려놓았다. 그런데 노르스름하게 구워진 물고기를 막 뒤집으려는 순간이었다. 놀랍게도 주방 벽이 두 쪽으로 갈라지더니 그 속에서 젊고 눈부시게 아름다운 여인이 나타났다. 요리사는 그 여인을 보자마자 기절하고 말았다.

여인은 긴 막대로 냄비를 쿡쿡 찌르면서 물고기들에게 옛날 약속을 지키고 있느냐고 물었다. 그러자 신기하게도 물고기들이 냄비에서 머리를 쳐들고 "네!" 하고 대답하더니 일제히 노래를 부르는 게 아닌가.

돌아가라시면 돌아가지요!

지키라시면 지키지요!

만약 당신이 버리신다면

용서하실 때까지 그저 울지요.

여인은 노래가 끝나자 냄비를 뒤집어엎고는 갈라진 벽 사이로 들어갔고, 부엌의 벽은 감쪽같이 전처럼 닫혔다. 요리사가 가까스로 정신을 차리고 보니 물고기 네 마리는 이미 새까맣게 타버린 뒤였다. 요리사는 큰 소리로 "그분의 칼이 처음 일격으로 부러져버렸네!"라고 외치면서 그만 다시 기절하고 말았다.

대신이 물고기를 살피러 왔다가 기절한 요리사를 깨워 자초지종을 들었다. 크게 놀란 대신은 즉시 어부를 불러 똑같은 물고기 네 마리를 다시 잡아오게 했다. 어부가 호수로 가 그물을 던지니 지난번과 똑같은 물고기가 네 마리 걸렸다. 어부에게 물고기를 받은 대신은 이번엔 자신이 직접 입회한 가운데 요리를 하게 했다. 그런데 요리사가 들려준 이야기와 똑같은 일이 벌어지고 말았다.

대신은 깜짝 놀라 왕에게 목격담을 들려주었고, 왕 역시 믿을 수 없어 자신이 직접 눈으로 확인하기로 했다. 어부가 똑같은 고기를 잡아오자 왕은 눈앞에서 직접 요리를 시켰다.

그런데 이번에는 벽이 갈라지면서 아리따운 처녀가 아니라 아드족

(키가 60~100쿠비트나 되는 유사 이전의 아라비아인)의 후손인 듯한 거대한 흑인 노예가 나타나더니, 푸른 막대기를 휘두르며 물고기들에게 옛날 약속을 지키고 있느냐고 물었다. 물고기들은 그렇다고 대답하며 전과 똑같은 노래를 불렀다. 노래가 끝나자 흑인 노예는 막대로 냄비를 뒤집어엎고 벽 속으로 들어가버렸고, 물고기들은 숯처럼 새까맣게 타버렸다.

놀라서 어안이 벙벙해진 왕은 여기에는 틀림없이 무슨 곡절이 있을 것이라고 생각했다. 왕은 어부를 앞세우고 부하들과 함께 말을 타고 어부가 고기를 잡았다는 그 호수로 갔다. 네 개의 언덕으로 둘러싸인 호수에는 빨강, 하양, 노랑, 파랑 네 가지 빛깔 물고기가 헤엄치고 있었다.

왕을 비롯한 모두가 깜짝 놀라서 이구동성으로 외쳤다. 생전 처음 보는 호수인 데다가 아무도 여기에 이런 호수가 있는 줄 몰랐기 때문이었다. 토박이 노인들도 그 호수를 한 번도 본 적이 없다고 했다.

왕은 호수와 고기의 비밀을 알아내기 전에는 도성으로 돌아가지 않겠다고 맹세하고, 산 밑에 야영 천막을 쳤다. 그리고 경험 많고, 머리 좋고, 만사에 통달한 충성스러운 대신을 불러 "오늘 밤 나는 혼자 몰래 나가 이 호수의 비밀을 밝혀내고 말 것이니, 누구라도 날 찾아오거든 그대는 내가 몸이 불편하여 아무도 만나지 않는다 하며 돌려보내라"고 단단히 이른 다음 천막 입구를 지키게 했다.

태수, 대신, 영주, 시종 누구도 왕의 계획을 눈치 채지 못하게 단단히 입막음한 것이다.

밤이 되자 왕은 변장을 하고 아무도 모르게 야영 천막을 빠져나갔다.

# 부정한 왕비, 마법을 걸어 왕을 반인반석으로 백성을 물고기로 검은 도성을 호수로 바꾸다

왕은 밤새 산길을 걸었다. 새벽 무렵이 되자 아득한 저편에 까만 점 하나가 보였다. 가까이 다가가 보니 흑점은 다름 아닌 검은 돌로 지은 궁전이었다. 반쯤 열린 도성 문 안으로 들어가니 그림자 하나 보이지 않았다. 아무리 큰 소리로 외쳐봐도 아무런 대답이 없었다. 궁전 안에도 사람의 자취라고는 보이지 않았다.

궁전은 화려했고, 없는 것 없이 모두 갖추어져 있었으나 인기척만은 찾을 수 없었다. 어찌 된 영문인지 물어볼 사람 하나 없으니 낙심천만이었다. 문설주에 기대 생각에 잠겨 있으려니 난데없이 가슴을 쥐어짜내는 듯한 젊은이의 구슬픈 노래가 들려왔다.

오래 숨겨온 아내의 부정이 끝내 드러나
잠 귀신이 날 버려 밤마다 잠 못 이루누나.
운명이여, 그 난폭한 손 거둬 학대를 멈추고
슬픔과 두려움에 떠는 내 가엾은 영혼을 보라.
배반당한 사랑에 길을 잃고, 명예도 부도 잃고
나락으로 떨어진 젊은 영혼을 동정할 이 뉘런가?
아내의 살갗을 스치는 서풍의 입김도 시새웠나니
운명의 여신이 들면 사람이라 눈멀고 마는구나.
원수를 만나 치솟은 용기에 활을 당기려는 순간

시위가 끊어지고 말았을 때, 그 마음 어떠하랴.

마음 너그러운 젊은이, 시름에 잠겨 탄식할 때

'운명'의 손, 벗어난들 어디로 달아날 수 있으랴.

노랫소리를 따라가보니 어느 방 안에 한 젊은이가 슬픔에 잠겨 울고 있었다. 왕은 젊은이의 울음이 그치기를 기다려 말했다.

"나는 여길 작심하고 온 사람이오. 저 호수의 물고기와 이 궁전은 무엇이며, 또 젊은이는 왜 홀로 슬픔에 잠겨 있는지 말해보오."

젊은이는 이 말을 듣자 더욱 설움이 복받쳤는지, 하염없이 눈물을 흘리며 더욱 구슬프게 노래를 불렀다. 한 노래를 마치자 한숨을 푹 내쉬고는 다시 노래를 불렀다.

세상을 만든 신에게 모든 걸 맡긴 채

근심 걱정 다 버리고 넉넉한 마음 기르라.

흘러간 날, 옛일의 사연일랑 묻지 말지니

이 세상 모든 일, 운명 따라 흘러간다네.

왕이 슬피 우는 까닭을 묻자 젊은이는 옷자락을 걷어 올려 보였다. 젊은이의 하반신은 발끝까지 돌로 되어 있었고 허리 위만이 사람의 모습이었다. 왕은 깜짝 놀랐다. 젊은이는 반인반석이 된 기구한 사연을 들려주었다.

## 마법에 걸린 왕자 이야기

내 아버지는 마무드 또는 검은 섬의 왕이라 하여, 지금 네 개의 산이 있는 그 지방을 다스리며 70여 년을 재위하다가 돌아가셨다. 부왕이 돌아가시고 왕위에 오른 나는 왕비와 결혼하여 다섯 해 동안 금슬 좋게 살고 있었다.

그런데 어느 날, 아내가 목욕 간 사이 내가 침대에 누워 눈을 감고 있을 때였다. 침대 옆에서 부채질하고 있던 시녀들은 내가 잠이 든 줄 알고 귓속말로 소곤거렸다. 왕비가 밤마다 내 술잔에 마약을 타 먹이고 내가 깊이 곯아떨어진 뒤에 몰래 궁 밖으로 나가 다른 남자를 만난다는 것이다.

나는 모른 체하고 있다가 아내가 목욕하고 돌아온 뒤 함께 저녁 식사를 마치고 나서 여느 때와 마찬가지로 아내가 건네주는 특주를 받아 들고, 마시는 척하다 옆에 쏟아버리고는 곧 잠자리에 들어 잠든 체했다. 아내는 가장 좋은 옷으로 갈아입고 향수를 온몸에 뿌리고는 칼을 어깨에 메고 궁전 문밖으로 나갔다.

나는 아내의 뒤를 밟았다. 아내는 주문을 외어 성문을 부수고는 인적 없는 쓰레기 더미 앞에 이르렀다. 그곳엔 흙벽돌로 지은 둥근 기와지붕의 오두막이 갈대 울타리에 둘러싸여 있었다. 아내가 그 안으로 들어간 뒤 나는 지붕 위로 올라가 안을 들여다보았다. 거기엔 보기만 해도 소름이 끼치는 흑인 노예가 있었다.

아랫입술은 커다란 항아리처럼 두텁고 윗입술은 그 뚜껑 같았다. 바닥에 깔린 모래라도 쓸 수 있을 것 같은 입술이었다. 사탕수수 깻묵을 깐 바닥에 낡은 담요와 더러운 누더기를 덮고 누워 있는 검둥이 앞에서 아내는 바닥에 머리를 조아렸고 검둥이는 아내에게 늦게 왔다고 버럭 화를 내며 욕을 했다. 그러자 아내가 온갖 아양을 떨며 말했다.

"오, 사랑스러운 나의 서방님, 내가 사촌 오라버니의 아내라는 걸 잘 아시잖아요? 그 작자는 꼴도 보기 싫어요. 당신을 위해서라면 그 자의 도성을 부숴서 승냥이가 쏘다니는 폐허로 만들어버리겠어요."

"쳇! 거짓말쟁이 년, 뒈져버려라. 우리 검둥이의 명예를 걸고 맹세하거니와 또 늦게 오면, 네년을 안아주기는커녕 쳐다보지도 않을 테다. 그러니 어서 하고 가! 네 더러운 욕정을 채워주마. 이 발정 난 암캐야, 갈보 년아, 흰둥이 악마야!"

아내는 닭똥 같은 눈물을 뚝뚝 흘리면서 검둥이의 발에 입을 맞추며 말했다.

"오, 서방님! 저를 뜨겁게 사랑해주실 이는 오로지 당신뿐입니다. 제발 저를 버리지 마세요. 사랑하는 임이시여, 내 눈동자의 빛이시여!"

아내가 매달려 울고불고 하자 검둥이도 화가 풀렸는지 아내를 으스러져라 안아주었다. 그러자 아내는 기뻐 어쩔 줄 몰라 하며 옷을 훌훌 벗어던지고 눈부시게 흰 알몸으로 검둥이에게 파고들었다. 두 사람은 폭풍 같은 몸짓으로 몇 번이고 욕정을 채웠다.

가까스로 분을 참은 나는 둘이 잠든 사이에 지붕에서 내려와 아내의 칼을 빼서 검둥이의 목을 내리쳤다. 검둥이가 내지르는 단말마의 비명을 듣고 나는 검둥이가 죽은 줄로만 알았으나, 사실은 살과 동맥에 상처를 입었을 뿐이었다. 비명에 아내가 눈을 뜨자 나는 황급히 자리를 피해 궁전으로 돌아왔다.

다음 날 아침, 눈을 떠보니 아내는 머리를 자르고 상복을 입고 있는 게 아닌가. 거짓말로 부모 친척이 죽었다며 아내는 1년 동안이나 상복을 입고 울며 탄식했다. 그것도 모자라 1년이 지난 뒤 아내는 궁전 안에 지붕이 둥근 묘를 세우고 '슬픔의 집'이라 이름 짓고는 혼자 그 안에서 지냈다. 나중엔 그 집 중앙에 둥근 지붕을 덮고 그 밑에 은자의 묘 같은 사당을 만들어 상처 입은 흑인을 데려다 살게 하였다. 목에 깊은 상처를 입은 검둥이는 잠자리도 할 수 없었고 말도 한마디 하지 못한 채 겨우 목숨만 부지하고 있었다. 아내는 아침저녁으로 검둥이를 찾아가 울고 탄식하면서 술과 고기를 먹이며 2년 동안이나 지극정성으로 간호했다.

3년째 연말이 되자 나도 더 이상 아내의 끝없는 한탄을 참을 수 없었다.

어느 날 우연히 사당 안으로 들어갔는데 아내가 여전히 검둥이를 붙들고 울며 탄식하는 걸 보게 되었다. 나는 울컥 화가 치밀었다. 아내는 검둥이를 이 지경으로 만든 나를 원망하고 저주했다. 나는 미친 듯이 화가 나서 칼을 뽑아 아내에게 달려들었다. 그 순간 아내는 주문을 외어 마술을 걸더니 나를 반인반석으로 만들어버렸다.

그뿐 아니라 아내는 거리나 정원 등에 마법을 걸어 나라 전체를 네 개의 산으로 만들어버렸다. 호수 주위의 산이 바로 그것이었다. 또한 도성의 모든 백성에게도 마법을 걸어 물고기로 만들어버렸다. 이슬람교도는 하얀 고기, 마니교도는 빨간 고기, 기독교도는 파란 고기, 유대교도는 노란 고기로 변했다.

그것도 모자라 아내는 날마다 나를 가죽 채찍으로 100대나 때렸고 그때마다 살이 찢어지고 피가 터져 나오곤 했다. 그 시뻘겋게 벗겨져 피가 밴 살 위에다 아내는 머리털로 짠 헝겊을 덮어씌우고 그 위에 겉옷을 걸쳐주곤 했다.

여기까지 이야기를 마친 젊은이는 또 눈물을 흘리면서 노래를 부르기 시작했다.

신이여! 그저 참기만 하나니, 개 같은 내 운명
한 치 앞도 캄캄하지만 참고 견디리, 신의 뜻대로.
이 몸 한순간에 고통과 번뇌의 수렁에 빠질지라도
신의 지극한 축복 있어 내 괴로움 싹 씻어주시리.
원수들의 패악으로 내 아무리 짓밟히고 찢겨져도
신의 자비로 언젠가 날 위해 천국 문이 열리리라.

## 마녀 왕비를 죽인 왕, 검은 도성과 백성 그리고 젊은이를 구하다

끔찍한 사연을 듣고 난 왕은 세상 사람들이 영원히 잊을 수 없는 좋은 일을 하겠다고 맹세하고 젊은이를 위해 복수할 것을 약속했다.

동이 틀 무렵 왕은 검둥이가 자고 있는 사당 안으로 들어가 단칼에 검둥이를 베어 죽이고 시체를 우물에 처넣었다. 그리고는 검둥이의 옷으로 갈아입고 칼을 옆에 감추고 사당 안에 검둥이처럼 누워 있었다. 얼마 뒤 마녀 왕비가 사당으로 들어섰다.

왕비는 검둥이를 붙들고 울먹이며 애원했다.

"목소리가 듣고 싶어 죽겠어요. 제발 말 한마디만 해주세요."

왕은 검둥이와 똑같이 낮은 목소리를 흉내 내면서, 알라의 이름을 부르며 기도문을 외었다. 왕비는 오랜만에 들어보는 목소리에 너무 기쁜 나머지 기절하고 말았다.

곧바로 정신을 차린 왕비는 정말 말을 할 수 있느냐고 물었다. 검둥이는 마치 그동안 말을 할 수 있었는데도 일부러 하지 않은 것처럼 대답했다.

"이 갈보 년아. 네년은 내가 말을 건넬 가치도 없는 년이야."

"서방님, 그게 무슨 말씀이세요?"

"네 남편을 저 지경으로 만들어놓고 매일 때리고 못살게 구니까, 그놈이 매일 알라의 도움을 빌고 난리를 치지 않았겠느냐? 그러니 내가 어떻게 잠을 이룰 수 있었겠느냐? 저놈이 너와 나를 저주하여 줄곧 기도만 올리니 괴로워서 어디 견딜 수 있겠느냐 말이야? 안 그랬으면 벌써 오래전에 난 건강을 회복했을 거야. 네년한테 대답하지 않은 것도 다 그 때문이야."

"그럼 당신만 괜찮다면 그놈에게 건 마술을 풀어주겠어요."

검둥이가 허락하자 왕비는 궁전으로 돌아가, 냄비에 물을 가득 담아 뭐라고 중얼거렸다. 그러자 물이 마치 불 위에 얹어놓은 큰 솥의 물처럼 거품을 일으키며 부글부글 끓기 시작했다. 왕비가 그 물을 떠서 젊은이에게 끼얹자 젊은이는 원래의 모습을 되찾았다.

왕비는 한달음에 사당으로 뛰어 들어왔다.

"오, 사랑하는 서방님, 어서 당신의 아름다운 모습을 보여주세요!"

이번에도 왕은 검둥이 목소리를 흉내 내며 말했다.

"무슨 짓을 그따위로 해! 네년이 고친 것은 재앙의 가지일 뿐이지,

뿌리는 그대로 남아 있단 말이야! 뿌리가 뭐냐고? 네가 산으로 만들어버린 이 도시와 물고기로 만들어버린 도성 사람들이 그 뿌리지 뭐야. 그 사람들이 매일 밤 한밤중이 되면 물 밖에 머리를 쳐들고 하늘을 우러러보며 나와 너에게 천벌이 내리라고 아우성을 치고 있으니까 내 몸이 얼른 회복되지 않는 거야. 그러니 곧 가서 마술을 풀어주고 와. 그리고 돌아와서 내 손을 잡고 일으켜줘. 벌써 약간 기운이 회복된 거 같으니까."

왕비는 기쁨에 가슴을 설레면서 급히 호수로 달려가 손바닥에 물을 조금 떴다. 그리고 몇 마디 주문을 외자 물고기들은 머리를 들어 곧 사람의 모습으로 변하여 일어섰다. 여태 호수였던 곳은 예전대로 흥청거리는 도성이 되고, 시장은 사고파는 사람들로 붐비면서, 도성 안의 사람들은 저마다 각기 생업을 시작하였다. 네 개의 산도 본래의 섬이 되었다.

왕비는 검둥이에게 달려왔다.

"오, 내 사랑, 제가 일으켜드리겠어요."

왕비가 다가오자 검둥이는 좀 더 가까이 다가오라고 속삭였다. 왕비는 검둥이를 껴안아 일으키려고 가까이 다가왔다. 그 순간 왕은 번개같이 칼을 쳐들고 왕비의 가슴을 찔렀다. 칼끝은 몸을 꿰뚫고 등 뒤로 나갔다. 왕은 재빨리 두 번째 칼을 내리쳐서 두 쪽 낸 시체를 절반씩 땅바닥에 내동댕이쳤다.

왕은 젊은이가 자유의 몸이 된 것을 축하했다. 젊은이는 왕의 손에 입 맞추며 진심으로 감사를 드렸다. 그리고 앞으로는 한시도 왕의 곁을 떠나지 않겠다고 맹세했다. 왕은 젊은이를 왕자로 삼았다. 두 사람은 부자의 연을 맺고 기쁨에 얼싸안았다.

전에는 '검은 섬'까지 오는 시간이 이틀 반밖에 안 걸렸지만 마술이 풀린 뒤에는 1년이 걸리는 거리가 되었다. 왕자는 먼 여행을 떠날 만반의 준비를 한 뒤 왕과 함께 길을 떠났다. 왕은 오랫동안 비워둔 도성이 그리워 견딜 수가 없었다. 길을 재촉하며 서두른 끝에 꼬박 1년이 걸려서야 왕은 마침내 귀국할 수 있게 되었다.

백성과 병사의 열띤 환호와 축연도 끝났다. 왕은 어부를 불러 치하한 뒤, 어부의 두 딸 중 하나는 왕비로, 또 하나는 젊은 왕자비로 삼고, 어부의 아들을 재정관에 임명하였다. 그리고 천막을 지킨 충성스러운 대신에게는 '검은 섬'의 통치권을 주었다.

어부는 당대 제일의 부자가 되어 영화를 누렸다. 왕과 젊은이는 아버지와 아들로서 왕궁에서 함께 살며 세상의 온갖 기쁨과 즐거움을 맛보며 남은 평생을 행복하게 살았다.

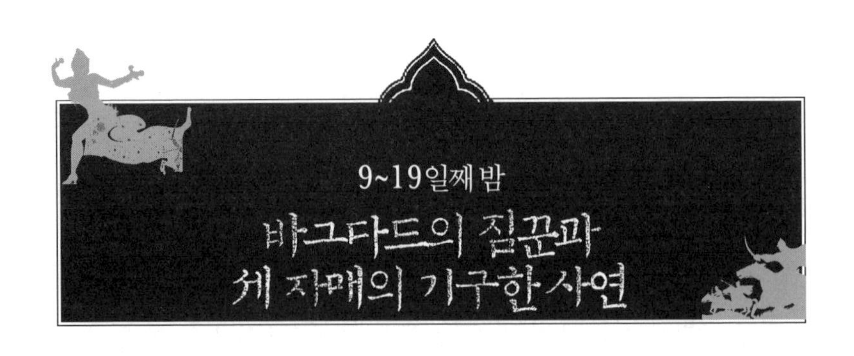


## 짐꾼, 세 자매를 만나다

옛날 바그다드에 한 총각 짐꾼이 살고 있었다. 어느 날, 넋을 빼앗길 만큼 아름다운 한 처녀 고객이 그를 불렀다. 처음엔 오늘은 참 재수가 좋구나, 하며 따라갔으나 술집, 과일 가게, 푸줏간, 과자 가게, 향료 가게, 채소 가게, 꽃 가게 등으로 처녀가 계속 그를 끌고 다닌 탓에 짐이 점점 불어나자 짐꾼은 불평을 늘어놓기 시작했다. 처음부터 짐이 많을 거라고 말했으면 낙타나 망아지를 끌고 와서 운반했을 것이고, 그러면 이렇게 힘들지 않았을 것 아닌가. 짐꾼이 투덜거리는 소리를 들은 처녀는 나중에 짐삯을 두둑이 주겠노라고 약속했다. 다시 기분이 좋아진 짐꾼은 무거운 짐을 머리에 이고 아름다운 처녀를 뒤따랐다.

이윽고 처녀는 넓은 정원이 있는 훌륭한 저택에 다다랐다. 그런데 문을 열어준 여자 역시 5척의 키에 늘씬하고 아름다운 처녀였다. 요염한 자태에 이마는 꽃처럼 희고, 볼은 아네모네인 양 붉게 빛나고, 초승달 같은 눈썹 아래 눈동자는 흑옥처럼 빛났으며, 입은 솔로몬의 반지, 입술은 붉은 산호, 이는 카밀레 꽃잎을 닮았고, 영양처럼 미끈한 목선 아래 탱탱한 유방은 금세 터질 듯 석류처럼 불룩 솟았으며, 개미처럼 잘록한 허리 아래로 박을 엎어 놓은 듯 흐벅진 엉덩이는 짐꾼의 불두덩을 후끈 달아오르게 했다. 짐꾼은 그저 쳐다만 봐도 욕정이 끓어오르는 자태에 한눈을 팔다가 그만 광주리를 떨어뜨릴 뻔했다.

짐꾼은 불두덩이 잔뜩 부풀어 거북해진 걸음걸이로 두 여자를 따라 계속 집으로 들어갔다. 집 안은 으리으리했다. 그런데 휘장을 드리운 밀실 안에 한 젊은 귀부인이 침대에 앉아 있었다. 그 여자 역시 마치 한껏 치장한 신부나 아라비아 공주처럼 눈부시게 아름다웠다. 아마도 시인은 이런 여자를 두고 다음과 같은 노래로 찬사를 바쳤을 것이다.

당신의 미소는 그대로 진주알 두 줄
카밀레 꽃다진가, 서리 앉은 나뭇가진가.
흑단 같은 머리는 칠흑의 어둠인 양
그대 빛나면 새벽도 빛을 잃고 말겠구나.

함께 장을 본 찬모와 문지기 여자 그리고 세 번째 여자가 모두 나서서 짐꾼이 머리에 인 짐을 내리는 걸 거들었다. 뛰어난 용모, 우아한 행동거지, 상냥한 성품 등 이렇게 멋진 여자들을 본 건 처음이었다. 그런데 남자가 하나도 없다는 게 이상하다고 생각했다.

짐삯으로 금화 두 닢을 준 뒤 여자들은 짐꾼에게 그만 가보라고 했다. 하지만 짐꾼은 그 자리에 못 박힌 듯이 서서 발걸음을 떼지 못했다. 여자들은 짐삯이 적어서 그런가, 하고 물었다. 그러자 짐꾼은 고개를 저으며 말했다.

"알라께 맹세코, 삯은 충분하며 사실은 아씨들에게 온통 정신을 빼앗겨서 그렇습니다. 절의 탑도 네 기둥이 있어야 온전히 서 있을 수 있듯이 세 아씨에게도 네 번째 기둥이 필요합니다. 남자 없는 여자란 앙꼬 없는 빵이지요. 이럴 땐 분별 있고 조심스럽고 재치 있으며 무엇보다 비밀을 지켜줄 수 있는 남자가 꼭 필요할 것입니다. 제가 바로 그런 네 번째 기둥이 되어드리고 싶습니다."

여자들은 이 말에 매우 기뻐하면서도 "비밀이 지켜질 것 같지 않아 선뜻 허락하기가 두렵다"며 어느 시인의 노래를 빌려 망설여지는 마음을 드러냈다.

> 비밀은 굳게 지켜 절대로 혀를 놀리지 마라,
> 한 번 새버리면 다시 주워 담을 순 없으리니.
> 자기 가슴속에도 담아둘 수 없는 비밀이라면,
> 어찌 남의 가슴이 감춰주기를 바랄 것인가.

그러자 짐꾼은 "나는 아름다운 것은 세상에 널리 퍼뜨리고 추한 것은 가슴속 깊이 감추고 살 줄 아는 사내"라고 어느 시인의 노래를 빌려 말했다. 그럼에도 두 여자가 거절하는 말투로 괴롭히자 찬모가 짐꾼을 감싸고 나서, "여기까지 무거운 짐을 들고 와준 고마운 사람이니 함께 있자"고 거들었다. 그러자 맏언니로 보이는 세 번째 여자가 짐꾼에게 다짐을 하라고 말했다.

"알라께 맹세코 당신과 관계없는 말에 결코 참견하지 말 것이며, 이 약속을 어기면 채찍으로 호되게 맞을 줄 알아요."

짐꾼은 그러겠다고 굳게 맹세했다. 그때부터 세 여자와 짐꾼은 주연을 베풀고, 부어라 마셔라 먹고 마시면서 웃고 떠들며 놀았다. 나중엔 알몸으로 뒤엉켜서 맘껏 장난치며 희롱하기도 했다. 특히 짐꾼의 음담패설에 여자들은 배꼽이 빠져라 웃었다. 짐꾼은 벌거벗은 몸으로 세 여자와 엉킨 채 자신의 성기를 가리키며 이렇게 말했다.

"이놈의 진짜 이름은 '사나운 당나귀'오. '다리의 바질'(박하와 비슷한 식물로서 향미료나 약재로 사용, 여기서는 여자의 성기를 가리킴)의 새순을 뜯어 먹고 '껍질 벗긴 호두'를 염치없이 씹어 먹고 '나그네의 주막'에서 밤을 새우기도 하는 물건이란 말이오."

이렇게 웃고 즐기는 사이에 날이 저물어 밤이 되었다. 언니 둘이 다시 짐꾼을 돌려보내려 했다. 짐꾼은 밤새도록 같이 놀고 싶은 마음이 간절했다. 그래서 함께 밤을 지내게 해달라고 간청했고 막내인 찬모도 거들고 나섰다. 할 수 없이 맏언니는 짐꾼을 받아들이지 않을 수 없었다. 그 대신 여자들의 명령을 따를 것과 무엇을 보든 질문하거나 이유를 묻지 않겠다고 맹세하라고 했다. 짐꾼은 시키는 대로 문짝에 써 있는 금박의 글씨를 읽었다.

"자기에게 상관없는 일을 얘기하는 자는 좋지 않은 말을 들으리."

맹세가 끝난 뒤 다시 주연은 계속되었다. 짐꾼과 세 자매는 밤이 깊도록 먹고 마시며 웃고 떠들며 희롱하였다.

그때 갑자기 문을 두드리는 소리가 들렸다.

# 세 사람의 애꾸눈 탁발승에 이어 칼리프 하룬 일행이 방문하다

대문에는 페르시아인 탁발승 세 사람이 서 있었다. 그들은 턱수염과 콧수염, 그리고 머리칼과 눈썹까지 깨끗이 밀어버린 데다가 기이하게도 세 사람 모두 왼쪽 눈이 먼 애꾸였다. 그들은, 멀리 로움 국에서 왔으니 하룻밤만 재워달라고 사정했다. 세 자매는 짐꾼에게 시킨 것과 똑같이 "자기와 상관없는 일은 말하지 말 것과 안 그러면 좋지 않은 말을 듣게 된다"는 맹세를 시킨 뒤 그들을 집 안에 들였다.

탁발승들은 모술의 탬버린과 이라크의 퉁소와 페르시아의 하프를 각기 하나씩 손에 들고 연주했고 여자들은 이에 맞춰 노래를 부르고 춤을 추며 왁자하게 소란을 피웠다. 주연은 난장판이 되어갔다.

그때 또다시 문을 두드리는 소리가 들렸다.

당시 칼리프 하룬 알 라시드(아바스 왕조 5대 칼리프로, 천일야화에 가장 자주 등장한다. 세종대왕처럼 성군으로 칭송되며, 아랍제국 최고 권력의 절정기를 이끌었다. 재위 786~809)는 가끔 몰래 거리로 나오는 습관이 있었다.

그날도 칼리프는 장사꾼 차림으로 변장하고 대신 자파르(자파르는 페르시아계의 유명한 바르마크 가문 사람이다. 이 바르마크 가문은 아바스 왕조 2대 칼리프 만수르 재위 시절 바그다드를 건설하는 데 크게 공헌했고 그 공로로 이후 역대 와지르[재상]의 자리를 차지하면서 하룬 알 라시드 때까지 권력의 최고 정점을 누렸다. 그러나 자파르를 비롯한 바르마크 가문이 비극적 종말을 맞은 것 역시 하룬 알 라시드에 의해서였다. 동기는 페르시아-이란계 무슬림 세력에 대한 응징 때문이었다고 전해진다)와 '보복의 검사' 마스룰을 거느리고 바그다드 시가지로 민정시찰을 나왔다. 그런데 우연히 어느 집에서 흘러나오는 흥겨운 가무음곡 소리를 듣고 문을 두드린 것이다.

칼리프 일행은 외국 상인이라고 둘러대고, 길을 잃었으니 하룻밤만 신세를 지자고 청했다. 여자들은 그들 일행에게도 "자기와 상관없는 일에는 상관하지 않겠다"는 맹세를 시킨 뒤 안으로 들어올 것을 허락했다.

이제 객청은 일곱 명의 남자와 세 명의 여자로 꽉 찼다. 잠시 중단되었던 흥겨운 주연이 다시 이어졌다. 잠시 술잔을 주거니 받거니 하는 사이에 취기가 돌았다.

잠시 후 맏언니가 좌중을 둘러보고 가볍게 인사를 한 뒤, 두 여동생에게 말했다.

"자, 이제부터 우리가 할 일을 하자."

## 일곱 명의 남자들, 맹세를 어긴 죄로 목숨을 잃을 위기에 처하다

여자들은 술자리를 치우고 객청 중앙을 깨끗이 청소했다. 잠시 후 막내 찬모가 암캐 두 마리를 데려왔다. 여주인은 개를 한 마리씩 데려다 사정없이 채찍질했다. 개가 아무리 우짖어도 막무가내로 팔이 빠지도록 후려갈기는 것이었다. 너무 지독하고 잔인해서 차마 눈을 뜨고 바라볼 수가 없었다. 가슴도 답답하고 마음도 심란하기 짝이 없었다.

그런데 이번엔 채찍질을 멈춘 여주인이 개를 가슴에 끌어안더니 눈물을 흘리며 우는 게 아닌가. 잠시 후 동생이 비파를 가져다주자 여주인은 비파를 연주하며 노래를 부르다가 너무 슬픈 나머지 옷을 갈기갈기 찢더니 숨이 끊어진 듯 마루에 쓰러졌다. 그런데 쓰러진 여자의 등에 종려나무 채찍의 흔적과 매질로 부르튼 자국이 선명하게 드러났다. 이걸 본 칼리프는 깜짝 놀랐다.

그 순간 동생이 황급히 물을 뿌려 정신을 차리게 하더니 새 옷으로 갈아입혔다.

이번엔 찬모가 비파를 뜯으며 노래를 불렀다. 그러자 가만히 듣고 있던 문지기 여자가 슬픔에 못 이겨 옷을 움켜쥐고 잡아 찢더니 실신하여 쓰러졌다. 이번에도 찬모가 물을 뿌려 정신을 차리게 한 뒤 새 옷으로 갈아입혔다. 문지기 여자의 등에도 채찍 자국이 역력하게 드러났다.

여자들은 이러는 사이사이 비감에 젖어 노래 세 곡을 불렀는데, 그 속에는 이런 노래도 있었다.

> 내가 마신 것은 술이 아니라 임의 눈길이어라.
> 휘청대는 임의 발걸음은 내 눈을 잠재웠다네.
> 내 영혼을 앗은 건 포도주가 아니라 아련한 추억,
> 나를 만취시킨 건 술이 아니라 성스러운 은총.
> 임의 곱슬머리에 내 마음 온통 사로잡히고
> 임의 무정한 마음에 정녕 나는 미치고 말았어라.

여자들의 이런 광란의 의식을 지켜본 칼리프는 그 사연이 궁금해서 견딜 수가 없었다. 탁발승과 짐꾼도 마찬가지였다. 여자는 셋뿐이고 남자는 일곱이니 힘으로 밀어붙이면 될 것도 같았다. 칼리프 일행과 탁발승 셋과 짐꾼은 이구동성으로 한번 사정을 물어보자고 주장했다. 그러나 자파르만은 약속을 지켜야 한다고 극구 반대했다. 남자들이 옥신각신하며 언쟁하는 걸 본 여주인이 무슨 일이냐고 물었다. 짐꾼이 공손히 나서서 모두가 사정을 알고 싶어 궁금해한다고 말했다.

여주인은 격노했다. 집 안에 맞아들여 진수성찬으로 대접한 것만으로 부족해서 애초의 맹세를 어기고 배신했으니 그럴 만도 했다. 약속대로 이행하겠다며 여주인은 옷소매를 걷어붙이더니 마룻바닥을 손으로 세 번 두드리면서 어서 나오라고 소리쳤다. 그러자 놀랍게도 받침의 문이 열리고 흑인 노예 일곱이 칼을 빼들고 나와 남자 일곱을 모조리 묶어버렸다.

여주인은 목을 베기 전에 각자의 신분을 밝히고, 여기까지 찾아온 경위와 신세를 이야기하되 만약 재미있으면 돌아가도 좋다고 했다.

맨 먼저 짐꾼이 나섰다. 그가 여기 오기까지의 과정은 여자들도 뻔히 아는 바였다. 여자들은 짐꾼더러 돌아가도 좋다고 허락했다. 그러나 짐꾼은 탁발승들의 이야기를 듣기 전엔 돌아가지 않겠다며 떠나지 않고 눌러앉았다.

첫 번째 애꾸눈 탁발승이 이야기를 시작했다.

## 첫 번째 애꾸눈 탁발승 이야기

내 아버지는 왕이었고, 아버지의 형님인 백부 역시 다른 나라를 다스리는 왕이었다. 그런데 우연하게도 나와 사촌인 백부의 아들은 생일이 같았다. 이런 관계로 나는 어릴 때부터 백부의 도성에 몇 달씩 머물면서 사촌과 지내곤 했고, 우리는 자연스럽게 아주 다정한 친구가 되었다.

어느 날 사촌과 술을 몇 잔 마시고 있는데, 갑자기 사촌이 간곡한 부탁이니 무조건 반대하지 말라는 굳은 맹세를 시켰다. 얼마 뒤 사촌은 한 처녀를 데리고 와서, 나더러 그 처녀를 데리고 먼저 묘지로 가 있으라고 부탁했다. 곧이어 사촌도 묘지로 뒤따라왔다. 그런데 그의 손에 물 담은 대접과 석회 부대, 그리고 괭이 비슷한 손도끼가 들려 있었다. 사촌은 묘지 한가운데 묘석을 열고는 흙을 파기 시작했다. 이윽고 그 밑에서 작은 문짝만 한 철판이 나오고, 그걸 들어올리자 구불구불한 계단이 보였다.

그 순간 사촌이 여자를 돌아보며 말했다.

"이게 마지막이니 결심하시오."

그러자 여자는 순식간에 계단으로 내려가 사라져버렸다.

이번엔 사촌이 내게 부탁했다.

"내가 계단을 내려가거든 전처럼 철판을 덮고 흙을 덮어주게. 그리고 수고스럽지만 횟가루를 물에 이겨서 돌을 포갠 위에다 칠해주게. 누가 보든지 오래된 묘를 파헤쳤구나 하는 말을 하지 않게 해주기 바라네."

그리고 사촌은 계단을 내려가 이내 사라져버렸다. 나는 술에 취해

머리가 띵한 상태에서 거의 무의식중에 사촌이 부탁한 일을 해치운 다음, 그대로 궁전으로 돌아왔다.

이튿날 아침, 술이 깨자 어젯밤 일이 떠올랐다. 사촌이 시킨 대로 따른 나의 어리석음을 후회했지만 이미 때는 늦고 말았다. 부랴부랴 묘지로 달려가 이 무덤 저 무덤을 뒤져봐도 사촌이 들어간 묘석을 찾을 수가 없었다. 슬픔과 걱정 탓에 입맛도 없어지고 잠도 오지 않았다. 사촌이 왜 그런 짓을 했는지 아무리 생각해도 알 수가 없었다. 나는 양심의 가책 때문에 미칠 지경이었다. 그렇게 일주일을 찾아 헤매다 끝내 나는 도망치듯 아버지의 나라로 돌아왔다.

그런데 도성에 도착하기도 전에 나는 폭도들에게 포박당하고 말았다. 알고 보니, 한 대신이 반란을 일으켜 부왕을 살해하고 왕자인 나를 죽이려 한 것이다. 그 대신은 언젠가 내가 새를 잡으려고 쏜 화살에 맞아 한쪽 눈을 실명한 바로 그 사람이었다. 원한에 사무친 그는 복수심에 불타 나의 왼쪽 눈알을 후벼내고 말았다. 애꾸눈이 된 나는 손발이 묶인 채 궤짝에 갇혀 도성 밖 벌판으로 던져졌다. 망나니는 사막 한가운데 이르자 나를 풀어주었다. 아버지의 부하 검투사였던 망나니는 내 은혜도 많이 입었던 처지였다. 그는 "멀리 달아나 다시는 이 나라에 발을 들이지 마십시오. 그렇지 않으면 왕자님도 저도 죽은 목숨입니다" 하고 나를 보내주면서 어느 시인의 노래를 들려주었다.

> 화가 닥치거든 재빨리 일어나 귀한 목숨을 보전하라.
>
> 몰락한 집더러 알리게 하라, 주인이 더듬은 운명을.
>
> 묵은 땅을 버리고 떠나면 이윽고 새로운 땅을 얻으리.

하지만 내 영혼을 대신할 영혼은 세상에 없으리니

신의 세계는 넓고도 넓어 끝이 없어라.

하지만 치욕의 집에서 언제까지 머물 손가.

큰일은 심사숙고하여, 남에게 의지하지도 맡기지도 마라.

풍파 거친 이 세상 살아내려면 믿을 건 오직 자기 목숨뿐.

백수의 왕 사자도 남의 힘에 기댈 수 있다면

갈기털 날리며 애써 먹이를 찾지 않으리.

나는 망나니의 도움으로 간신히 그곳을 빠져나와 백부의 나라로 도망칠 수 있었다.

백부에게 달려간 나는 아버지의 죽음과 애꾸눈이 된 사연을 알렸다. 안 그래도 사촌이 행방불명되어 슬픔에 잠긴 백부는 내 말을 듣고 비탄의 눈물을 흘렸다. 양심의 가책 때문에 더 이상 백부에게 사촌의 일을 감출 수가 없었던 나는 모든 것을 고백하기에 이르렀다.

백부는 아들의 소식을 듣자마자 한달음에 묘지로 달려갔다. 나는 백부와 함께 묘지를 샅샅이 뒤진 끝에 마침내 그 묘석을 찾아냈다.

흙을 치우고 뚜껑을 열고 50계단 아래를 내려가니 연기가 자욱했다. 뜻밖에 널찍한 홀이 나오고, 그 한복판에 휘장을 둘러친 침대가 있었다. 급히 다가가 살펴보니 사촌과 처녀는 꼭 부둥켜안은 채 숯처럼 새까맣게 타서 죽어 있었다. 백부는 침을 뱉으며 탄식했다.

"이 못난 돼지야. 인과응보로다! 이것은 현세의 심판이지만 내세의 심판은 이보다 더 괴롭고 긴 심판이 되리라."

아들의 시체를 발로 걷어차는 백부의 무정한 태도에 놀라기도 했고, 또한 죽은 두 남녀가 너무 불쌍해서 나는 백부를 말리며 그만 노여움을 풀라고 사정했다.

백부는 긴 한숨을 내쉬며 놀라운 이야기를 들려주었다.

"이 둘은 친남매란다. 이놈은 어릴 때부터 제 누이동생을 너무 좋아했어. 몇 번이나 둘 사이를 떼어놓으려고 애를 썼지만, 결국 둘은 죄를 범하고 말았다. 나는 네 사촌형을 감금하고 꾸짖으며 혼을 냈고, 딸도 가두었지만 저주받은 딸 역시 미친 듯이 오라비를 사모했지. 남매가 악마에 홀려서 인륜에 어긋나는 짓인 줄도 모르고 있었던 거야. 내가 둘 사이를 갈라놓자 네 사촌형은 남몰래 이 지하 굴을 파고 지금 보는 것처럼 가구를 들여놓고 식량까지 준비했다가 내가 사냥 나간 틈을 타서 제 누이를 데리고 여기로 들어와 내 눈앞에서 사라진 거야. 결국 신의 정당한 심판을 받고 천벌의 불길에 타버리고 만 셈이지."

백부와 나는 현세의 무상과 덧없는 운명을 생각하며 눈물을 흘렸다.

그런데 백부와 내가 왕궁으로 돌아온 지 얼마 안 돼 하늘과 땅이 말발굽 아래 자욱한 먼지로 뒤덮였다. 군사의 함성과 말의 울부짖음에 놀라 알아보니 나의 부왕을 죽인 대신이 주위의 병사를 모아 구름 같은 대군을 휘몰고 백부의 나라까지 쳐들어온 것이었다. 도성은 함락되었고 백부는 적의 손에 살해되었다. 나는 목숨을 건지기 위해 수염과 눈썹까지 밀고 탁발승으로 변장하고 도망쳤다. 바그다드로 온 것은 칼리프를 뵙고 모든 일을 낱낱이 고한 뒤 정당한 재판을 받기 위해서였다.

여주인은 첫 번째 탁발승에게 돌아가도 좋다고 허락했다. 그러나 그 역시 다른 사람의 이야기를 마저 듣고 싶다며 그대로 머물렀다.

## 두 번째 애꾸눈 탁발승 이야기

나는 왕의 아들로 태어나 왕자답게 자랐다. 모든 분야의 학문을 연마하여 당대 어떤 인물과 견주어도 손색이 없었는데, 특히 서예에 뛰어나 해외에까지 명성이 자자했다. 마침 인도의 왕이 내 소문을 듣고 나를 초청했다. 그러나 인도의 수도로 가던 도중 도적 떼를 만나 싣고 온 온갖 진귀한 선물과 값비싼 재물, 낙타와 노예까지 다 잃고 빈털터리가 되고 말았다. 그리하여 초라한 행색으로 주린 배를 움켜쥐고 여행을 하는 동안 나는 지치고 쇠약해진 몸으로 어느 도시에 도착했다.

우연히 한 재봉사를 만나 그를 통해 이 도시의 왕이 바로 내 아버지와 불구대천의 원수라는 걸 알게 되었다. 재봉사는 절대로 신분을 노출하지 말고 비밀로 감추라고 충고했다. 그 뒤 나는 재봉사의 친절과 도움 덕분에 그의 방 한구석에 기거하면서 그의 소개로 나무꾼이 되어 산에서 땔나무를 해다 팔아 근근이 살아갈 수 있었다.

1년이 지난 어느 날이었다. 그날도 나는 다른 나무꾼들과 떨어져 혼자 산을 헤매다가 우연히 초목이 우거진 벌판으로 나갔다. 거기엔 땔나무가 많았다. 옹이투성이인 큰 나무를 발견하고 도끼로 찍고 있는데 갑자기 도끼가 구리 고리에 부딪혀 쨍그랑 하는 소리가 났다. 흙을 치우고 보니 나무 덮개가 있었다. 그것을 들어보니 계단이 나타났다. 계단을 내려가 문을 열자 큰 방 안에 영롱한 진주마냥 아름다운 처녀가 갇혀 있는 게 아닌가.

25년이나 사람을 한 번도 본 적이 없다는 그 처녀는 알고 보니 아브누스 섬의 영주인 이피타무스 왕의 딸이었다. 백부의 아들인 사촌

오라버니와 혼례식을 치른 첫날밤, 이모의 아들인 지르지스라는 마신이 처녀를 납치하여 여기에다 25년 동안 감금했다고 했다. 마신은 열흘에 한 번씩 와서 자고 가는데 마침 오늘은 다녀간 지 나흘밖에 안 되니, 앞으로 엿새간의 여유가 있는 셈이었다. 만약 마신에게 볼일이 생기면 벽 위에 새겨진 두 줄의 선을 만지면 손을 대자마자 마신이 나타난다고 했다.

사무치게 외로운 세월을 보낸 그녀는 진심으로 나를 반겼다. 밀봉한 묵은 포도주를 내오고 꽃과 향초로 식탁을 꾸민 다음 감미로운 노래도 불러주었다.

> 고운 님 오실 줄 알았더라면
> 내 속마음 깊숙이 열어 보이고
> 기쁨의 눈동자 더 크게 뜰걸.
> 내 볼은 당신의 푹신한 요가 되리니,
> 눈꺼풀로 펼쳐져 당신께 밟히겠어요.

그날 밤 처녀와 잠자리에 든 나는 태어나서 가장 황홀한 밤을 보냈다. 뜨겁고도 달콤한 사랑은 꿈결인 듯 이튿날 낮까지 이어졌다. 술에 만취한 나는 몽롱한 상태에서 처녀를 땅굴에서 구제하여 마신의 저주를 풀어주겠다고 큰소리쳤다. 처녀는 열흘 가운데 하루는 마신에게 양보하고 나머지 아흐레 동안으로 만족하며 살자고 위로했지만, 만취하여 점점 더 이성을 잃은 나는 지금 당장 주문이 새겨진 벽을 부숴버리고 마신을 불러내 죽이겠다고 호기를 부렸다. 처녀는 말리고 애원했지만 나는 듣지 않고 끝내 발길로 벽을 힘껏 걷어차고 말았다.

별안간 놀라운 일이 벌어졌다. 주위가 어두워지고 천둥소리가 요란하게 나면서 번갯불이 번쩍번쩍하더니 아무것도 보이지 않게 되었다. 술기운이 일시에 깨버렸다.

처녀는 사색이 되어 소리쳤다. 마신이 곧 나타날 것이니 빨리 도망치라고 했다. 너무 무서워 정신없이 계단을 올라오는데 문득 도끼와 신발을 두고 온 게 생각났다. 그런데 돌아보니, 땅이 두 쪽으로 갈라지면서 소름 끼치는 괴물 마신이 나타나 처녀에게 호통치고 있었다. 마신은 처녀를 의심하며 방 안을 두루 살펴보다가 내가 두고 간 신발과 도끼를 발견하고는 처녀를 발가벗겨 나무 네 개에다 십자가에 매단 것처럼 묶고 고문하기 시작했다. 처녀는 모진 고문을 당하면서도 끝까지 자백하지 않았다. 처녀의 비명과 신음을 차마 듣고 있을 수 없어 나는 겁에 질린 채 밖으로 나왔다. 배은망덕하게도 벽을 걷어차는 바람에 처녀를 저 지경으로 만든 걸 생각하니 후회와 자책으로 괴로워 미칠 지경이었다. 슬픔에 잠긴 채 집에 돌아오자 아무것도 모른 채 재봉사가 기쁘게 맞아주었다.

그런데 곧바로 페르시아 노인이 뒤쫓아 왔다. 노인은 다름 아닌 마신이었다. 나무꾼들에게 신발과 도끼의 주인이 누구인가를 물어물어 결국 나를 찾아낸 뒤 페르시아 노인으로 변신하여 재봉사에게 내 정체를 확인까지 한 것이다. 새파랗게 질려 정신이 아찔해 있는데 방바닥이 둘로 쪼개지더니 그 속에서 마신이 나타나 나를 낚아채 처녀와 하룻밤을 즐긴 그 지하실로 끌고 들어갔다.

정신이 들어보니, 처녀는 발가벗겨져 사지가 묶인 채 양 옆구리에서 피를 흘리고 있었다. 눈물이 쏟아졌다. 마신은 둘 사이를 의심하며 자백을 강요했으나 처녀는 끝내 모른다며 부인했다. 마신은 처녀에게 칼을 쥐어주고 내 목을 베라고 했다. 그러나 처녀는 모르는 사람의 목을 원한도 없이 벨 수 없다며 칼을 버렸다. 이번엔 내게 처녀의 목을 베라고 칼을 쥐어주었다. 나 역시 차마 죄 없는 여자를 죽일 수가 없어 칼을 버리고 말았다.

화가 난 마신은 결국 내 눈앞에서 칼로 처녀를 베어버리고 말았다. 그러고는 처녀는 간통한 것이 분명하니 죽이는 것이 마땅하나 나는 아직 확실치 않아서 그냥 돌려보낼 수 없다고 했다. 내가 살려달라고 애원하자 마신은 개, 노새, 원숭이 중 무엇이 되고 싶으냐고 물었다. 나는 시기받은 사내가 시기한 사내를 용서해준 것처럼 용서해달라고 빌었다. 마신은 그게 무슨 이야기냐고 물었다. 난 마신에게 이야기를 들려주었다.

### {질투심 많은 사내와 시기받은 사내}

어떤 고을에 벽 하나를 사이에 두고 이웃하여 살고 있는 두 사내가 있었다. 한쪽 사내는 늘 상대 쪽 사내를 시기하여 악의에 찬 눈으로 어떻게 해서든 해칠 궁리만 했다. 이렇게 시기심으로 가득 차 있으니 즐거운 꿈도 꿀 수 없고, 밥도 제대로 목구멍으로 넘어가지 않았다. 반면에 시기받은 사내는 상대가 해치려 하면 할수록 점점 더 번창하고 다복했다. 그러는 동안 이웃의 사내가 자기를 시기하고 악의를 품고 있다는 걸 알게 된 그는 그 고을을 떠났다. 그리고 황무지에 암자를 짓고 생필품 약간만 갖추고는 알라를 찬미하며 기도만 올렸다.

성자라는 소문이 퍼지면서 사방에서 탁발승과 수행자가 모여들었다. 급기야 그의 명성이 시기심 많은 사내의 귀에까지 들어갔다. 그는 성자를 찾아와 은근하게 속삭였다. 좋은 일을 아무도 모르게 당신에게만 알려줄 테니 따라오라며 조용한 곳으로 꾀었다. 성자는 수행자들을 물리고 혼자 오래된 우물까지 따라갔다. 그러자 시기심 많은 사내는 성자를 확 떠다밀어 거꾸로 우물에 빠뜨리곤 성자가 죽은 줄로 알고 돌아갔다.

하지만 우물에 살고 있던 마신들이 성자의 몸을 받쳐준 덕분에 성자는 살아났다. 마신들은 자기들끼리 뭔가 비밀스럽게 이야기를 나누고 있었다. 성자가 가만히 들어보니 내일 실성한 공주의 병을 고치기 위해 부왕이 성자를 방문할 예정인데, 공주의 병은 성자가 기르고 있는 수고양이의 꼬리에 있는 은화만 한 하얀 점에서 흰 털을 일곱 가닥을 뽑아 태워서 그 연기를 쐬면 낫는다는 것이다.

다음 날 마신이 말한 그대로 왕이 찾아왔다. 성자는 공주 때문에 찾아왔다는 걸 알아채고 공주를 데려오라고 하여 마신들이 가르쳐준 대로 공주에게 연기를 쐬어주었다. 공주는 거짓말처럼 정신이 들었다. 왕은 기뻐하며 성자를 공주와 결혼시키고 대신으로 임명했다. 얼마 뒤 왕이 죽자 성자는 장인의 뒤를 이어 왕으로 추대되었다.

어느 날, 왕은 길을 가다가 시기심 많은 사내를 만났다. 왕은 그의 소행을 용서하고, 금화 1,000디나르를 낙타에 실어 호위병까지 붙여 사내를 고향까지 데려다주었다.

이야기를 다 듣고 난 마신은 나를 죽이지 않는 대신 산꼭대기로 데려가 백 년 묵은 꼬리 없는 원숭이로 만들고 말았다. 추하고 보기 흉한 원숭이로 변한 나는 그 후 한 달가량 광야를 헤매다 겨우 바닷가에 당도했다. 마침 항구로 들어오는 배에 올라탔으나 승객과 선원은 재수 없다며 날 죽이라느니 바다에 처넣으라느니 아우성을 쳤다. 선장에게 매달려 울면서 구원을 요청하자 선장은 나를 불쌍히 여겨 배에 남도록 해주었다. 이렇게 하여 나는 선장에게 순종하였고 선장은 나를 아끼고 사랑해주었다.

50여 일의 항해 끝에 배는 어느 항구도시에 닿았다. 그런데 궁정에서 나온 관리들이 배에 오르더니 모든 상인에게 두루마리를 나눠주면서 저마다 한 마디씩 글을 지어내라고 말했다. 유명한 서예가가 죽었기 때문에 왕이 그 후임자로 달필의 서예가를 찾고 있다는 것이었다. 내가 다른 사람의 두루마리를 뺏어 글씨 쓰는 시늉을 하자 선장은 내가 글씨를 쓸 줄 안다는 뜻으로 알아듣고 내게 종이와 갈대붓을 갖다 주었다.

나는 라야니 서체(꼬불꼬불한 서체), 스루스 서체(큼직하고 비교적 딱딱한 서체), 나스후 서체(모사체로서, 아라비아식이나 아쟈미식 중의 하나), 투마르 서체(AD 4세기경부터 8세기까지 쓰인 서체), 무하칵크 서체(궁중서체라고도 하는데 불명) 등 갖가지 필체로 글을 휘갈겨 썼다. 선장은 원숭이가 글을 쓰다니 진기한 일이라며 내가 쓴 그 두루마리를 관리에게 주었다.

왕은 관리가 가져온 두루마리를 살펴보다가 내가 쓴 글씨를 보고 놀라 나를 궁으로 불렀다. 더욱이 원숭이가 글씨를 썼다고 하니까 모두들 의아해했다. 내가 왕 앞에서 극진한 예의를 다하자, 예의 바른 원숭이의 태도에 모든 사람들이 깜작 놀랐다. 그뿐 아니라 내가 갖가지 서체로 글씨를 써 보이자 왕과 주위의 모든 사람이 눈을 휘둥그레 뜨며 연신 감탄사를 퍼부었다. 이어서 나는 왕과 두 번이나 장기를 두어 이겼다. 왕은 원숭이의 신기한 재주에 놀라는 한편 인간이 아닌 점을 몹시 애석해했다.

왕은 공주를 데려오라고 일렀다. 그런데 시드 알 후슨('아름다운 여인'이란 뜻) 공주는 나를 보자마자 얼굴을 가렸다.

"이분은 원숭이가 아니라 젊은 왕자님인데, 이브리스의 후예인 마신 지르지스가 자기 아내인 아브누스 섬의 군주 이피타무스 왕의 공주를 죽이고는 이분에게 주문을 외어 마법을 부린 것이에요."

공주는 어릴 때 어느 노파에게서 마술을 배웠지만 알리지 않고 혼자만 간직해온 터였다. 공주는 나를 구해주겠노라 약속하고 히브리 문자가 새겨진 창칼로 원을 그린 뒤 주문을 외었다. 그러자 사방이 어두워지며 하늘이 곧 머리 위로 무너져 내릴 듯하더니 마신이 모습을 드러냈다. 손은 발이 많은 쇠스랑 같고, 다리는 큰 배의 돛대 같고, 눈은 시뻘겋게 타오르는 기름 항아리와 같았다.

마신과 공주는 만나자마자 서로 으르렁거리며 덤벼들었다. 둘은 변신에 변신을 거듭하며 싸웠다. 마신이 사자로 변하면 공주는 칼로 두 동강을 냈고 그러면 곧장 마신의 머리는 전갈로 변했다. 그러면 공주는 뱀으로 변해 싸웠다. 전갈이 독수리로 변하면 뱀은 수리로 변했고, 마신이 수코양이로 변하면 공주는 점박이 이리로 변했다. 수코양이는 벌레로 변해 붉은 석류 속으로 들어갔다. 그러자 석류가 부풀어 오르면서 씨를 산산이 흩뿌렸다. 공주는 수탉으로 변신해 씨를 쪼아 먹기 시작했다. 그때 씨알 하나가 분수가로 대굴대굴 굴러가더니 보이지 않게 되었다. 수탉은 마지막 남은 씨 한 알을 발견하고 분수가로 달려갔으나, 그 순간 씨는 물속으로 뛰어들었고, 곧장 물고기로 변해 물속에 숨어버렸다. 수탉도 물고기로 변해 물속으로 뛰어들었고 그 뒤 둘은 한참 동안 보이지 않았다.

이윽고 몸서리치도록 무섭게 큰 쇳소리와 고통스럽게 부르짖는 소리가 나면서 마신이 물 위로 불쑥 솟아올랐다. 마신은 타오르는 불길이 되어 입이며 눈이며 콧구멍에서 불길과 연기를 뿜어냈다. 뒤쫓아 온 공주도 물속에서 나왔지만 그 모습은 새빨갛게 피어오르는 한 덩어리의 숯이었다. 둘은 한 시간가량 싸웠다. 마침내 서로의 불이 한 덩어리가 되는 바람에 짙은 연기가 궁전에 자욱이 들어찼다.

얼마가 지났을까. 별안간 마신이 불길 속에서 날카로운 소리를 지르고 단위에 있는 우리에게 다가오더니 얼굴에 대고 불을 뿜었다. 공주도 곧 마신을 쫓아 그 얼굴에 몇 번이고 불을 내뿜었다. 공주와 마신이 내뿜는 불꽃이 비 오듯 쏟아져 내렸다. 공주의 불꽃은 조금도 해가 되지 않았으나 마신의 불꽃에 내 한쪽 눈이 맞아 나는 애꾸눈 원숭이가 되고 말았다. 왕의 얼굴도 불에 맞아 얼굴 아래 절반과 수염이 다 타고 아랫니가 모조리 빠지고 말았다. 그때 공주가 외치는 목소리가 들려왔다.

"최고 지상하신 알라여! 진리를 믿는 모든 자에게 구원과 승리를 주시라. 무함마드의 가르침과 신앙의 말을 믿지 않는 모든 자에게는 절망과 치욕이 있으라!"

그 순간 마신은 한 덩어리의 재가 되고 말았다.

마신을 물리친 뒤 공주는 주문을 외어 내 원래 모습을 찾아주었다. 그러나 공주는 이렇게 큰 소리로 외치더니 끝내는 쓰러지고 말았다.

"오, 불길! 사랑하는 아버님, 저는 저주받은 마신의 화살에 맞아 치명상을 입었어요. 마신과의 싸움에 익숙하지 못했나 봐요. 마신의 목숨이 들어 있는 석류 한 알을 놓친 것이 실수였어요. 땅 밑, 하늘 위, 그리고 물속에서까지 처참한 싸움을 벌이면서 내가 새로운 술법을 쓸 때마다 마신도 더 강한 술법으로 나왔고, 결국 마지막으로 화술까지 걸고 말았어요. 화술에 걸리면 거의 아무도 살아날 수 없거든요. 그러나 다행히 제 작전이 마신의 작전을 이겼습니다. 이슬람교에 귀의하라고 권했으나 듣지 않기에 태워 죽인 겁니다. 그러니 저도 살아날 수가 없어요. 알라여! 제 대신 아버님께 은혜를 내려주시기를!"

공주는 결국 숨을 거두었다. 공주의 무서운 죽음을 목격한 왕은 절망과 비탄에 몸부림쳤다. 장례가 끝난 뒤 왕은 한 달 동안 병석에 있으면서 위독한 상태에까지 이르렀으나 다행히 건강을 회복했고 수염도 다시 자랐다. 그리고 알라의 자비로 이슬람교로 개종했다.

어느 날, 왕은 내게 말했다.

"그대가 온 뒤로 온갖 재앙이 닥쳤다. 그대의 흉한 얼굴을 보지 않았더라면 좋았을 것을… 그대를 불쌍히 여긴 탓으로 모든 행복을 잃었어. 그렇다고 그대를 탓하려는 건 아니다. 그대 힘으로는 막을 수 없었으니까. 어쨌든 알라의 심판이 나에게도 그대에게도 내렸어. 공주는 자기 목숨을 잃었지만 대신 그대를 구했으니 알라께 감사하세! 자, 당장 이 도시를 떠나게. 숙명이라곤 하지만 난 그대 때문에 화를 입은 거야. 이젠 지긋지긋하니 냉큼 떠나주게. 다시 그 얼굴을 대하게 되면 절대 살려두지 않을 거야."

나는 하염없이 울면서 왕 앞에서 물러났다. 지난날 닥친 온갖 불행을 회상하며, 비록 한쪽 눈은 멀었으되 목숨만은 건진 것에 대해 알라께 감사하며 머리를 깎고 수염과 눈썹을 민 다음 탁발승이 되었다.

바그다드에 온 것은 칼리프께 이 이야기를 해드리고 싶어서였다.

여주인은 두 번째 탁발승의 기구한 사연을 듣고, 그에게 돌아가도록 허락했다. 그러나 그 역시 동행들의 이야기를 듣겠다면서 남았다.

세 번째 탁발승이 앞으로 나왔다. 두 탁발승에게는 뜻밖에 불행한 운명이 찾아왔지만, 자신은 스스로 불운을 불러들이고 자신의 마음에 화를 입힌 탓으로 한쪽 눈을 잃었다고 했다. 그는 기막히고 신기한 자신의 신세 이야기를 시작했다.

## 세 번째 애꾸눈 탁발승 이야기

나는 하지브 왕의 아들 아지브다. 부왕의 뒤를 이어 왕위에 올라 태평성대를 누렸으나, 어느 날 섬을 돌아보고 싶어 배 열 척에 한 달치 식량을 싣고 스무 날간의 항해를 떠났다.

어느 날 밤 사나운 폭풍을 만나 밤새 거센 풍랑을 헤치며 나아가다가 다행히 낯선 섬에 상륙해 이틀을 쉰 적이 있었다. 다시 출항하여 스무 날을 항해하는 동안 바다는 차차 넓어지고 육지는 차츰 아득히 멀어져갔다. 얼마 안 있어 조류가 바뀌어 어느 틈에 배는 낯설고 괴상한 바다에 들어와 있었다. 항로를 잃은 배는 지향 없이 떠돌았다. 그때 항로를 살피던 선장이 절망에 잠겨 외쳤다. 폭풍우가 치던 날 밤 배가 진로를 잃었고 이틀 동안 바람은 잔잔했으나 배는 조금도 전진하지 못해 그 뒤 열흘간을 지향 없이 떠돌았다는 것이다. 내일이면 싫든 좋든 조류에 실려 자석산이라는 검은 돌산에 닿을 텐데, 그땐 우리 모두 마지막이 될 것이라고 했다.

"그 산기슭에 닿으면 모두가 마지막입니다. 선체는 부서지고, 배의 못이란 못은 모두 빠져 산 쪽으로 빨려갈 것입니다. 전능하신 알라께서 이상한 힘과 쇠를 좋아하는 성질을 자석산에 주셨기 때문에 쇠라고 이름 붙은 쇠는 모두 그 산 쪽으로 빨려가게 마련입니다. 그곳에는 신밖에 아무도 모를 만큼 많은 쇠가 있는데, 이는 먼 옛날부터 부근에서 침몰한 많은 배의 쇠를 끌어당겼기 때문입니다."

그러고 나서 선장은 자석산 꼭대기에는 노란 놋쇠로 만든 사원과 놋쇠로 만든 말과 기사 상이 있을 것이라는 이야기도 덧붙였다.

선장은 이렇게 말하고 절망과 슬픔에 목 놓아 울었다. 승객들은 모두 이젠 살아날 수 없는 운명이라고 단념하고 서로 유언장을 나누며 작별 인사를 나누기도 했다. 그날 밤을 뜬눈으로 새우고 다음 날 아침이 밝았다.

선장이 말한 그대로 배는 거센 조류를 타고 빠른 속도로 자석산 쪽으로 끌려가고 있었다. 그리고 얼마 뒤 배는 부숴지고 사람들은 물에 빠져 죽거나 파도와 바람에 시달리며 바다 위에서 몸부림치고 있었다.

나는 배에서 떨어진 널빤지 하나에 기어올라 간신히 목숨을 건져 산 밑에 도달했다. 그리고 알라의 이름을 부르며 필사적으로 산비탈을 기어올라가 신의 도움으로 간신히 산꼭대기에 도착할 수 있었다.

그곳엔 선장이 말한 그대로 노란 놋쇠(안달루시아산)로 만들어지고 지붕이 둥근 사원 열 채가 있었다. 그리고 지붕 위에는 놋쇠 말을 타고 역시 놋쇠 창을 손에 든 기사가 있었고, 그 가슴에는 이름과 주문을 새긴 납으로 된 패가 달려 있었다.

나는 사원에 들어가 목욕하고 기도를 올린 뒤 정신없이 잠에 빠져들었다. 그때 꿈속에서 이런 소리가 들렸다.

"발밑의 땅을 파면 주문과 글자를 새긴 놋쇠 활과 납 화살 세 개가 나올 것이다. 그 활로 지붕 위에 있는 기사에게 납 화살을 쏘아 여기 사람들을 가혹한 재앙에서 구하라. 납 화살을 맞은 기사는 바다에 떨어지고 말은 그대 발밑에 떨어질 것이다. 그다음 말을 활이 있던 곳에다 묻어라. 그러면 바다에 파도가 일어 물은 마침내 산꼭대기까지 올라올 것이다. 그때 노 두 개를 든 놋쇠 사내가 탄 조그만 배 한 척이 나타나거든 그 배에 올라타라. 그 사내는 열흘 동안 노를 저어 평화의 섬으로 데려다 줄 것이다. 거기선 쉽게 항구로 갈 수 있고 고국으로 데려다줄 사람이 나설 것이다. 그러나 주의할 것은 비스밀라, 전능하신 알라의 이름을 절대로 외어선 안 된다. 알라의 이름을 외지 않는 한 모든 일은 순조롭게 이루어지리라."

나는 꿈속에서 들은 그대로 행했다. 그런데 평화의 섬이 바라다보이는 지점에 이르렀을 때 너무 기쁜 나머지 그만 알라를 외치는 바람에 배가 뒤집혀 나는 바다에 내동댕이쳐지고 말았다.

나는 헤엄을 잘 쳤으므로 거센 풍랑을 헤치고 천신만고 끝에 육지에 오를 수 있었다. 정신없이 잠에 곯아떨어졌다가 아침에 깨어나 보니 그 땅은 사방이 바다로 둘러싸인 조그마한 섬의 모래톱이었다. 때마침 멀리서 정체 모를 배 한 척이 다가왔다. 나는 나무 위로 올라가 몸을 숨기고 지켜보았다.

배에서 내린 흑인 노예들은 괭이와 광주리를 들고 섬 한복판으로 가더니 땅을 파고 널빤지(덮개)를 들어올렸다. 그리고 배에서 의식주에 필요한 온갖 물건을 꺼내 바쁘게 오가면서 지하로 날랐다.

이번엔 말라빠진 한 노인이 황홀할 만큼 젊은 미남자를 데리고 지하로 내려가는 것이었다. 한 시간쯤 뒤 노인과 노예들이 밖으로 나오더니 젊은이만 지하에 남긴 채 덮개를 잘 덮어놓고 배를 타고 어디론가 떠나버렸다.

나는 나무에서 내려와 흙을 파헤치고 맷돌처럼 생긴 덮개를 열고 계단을 내려갔다. 그런데 놀랍게도 지하에는 한 젊은이가 눈물을 흘리며 탄식하고 있었다. 젊은이는 기이하기 짝이 없는 자신의 신세 이야기를 들려주었다.

그의 아버지는 보석상으로 대부호였다. 늘그막에 늦둥이 귀한 아들을 얻은 아버지는 점술가, 마술사, 현자, 복술가 등을 불러 아들의 운세를 점쳐보았다. 그런데 모두가 이구동성으로 하는 말이, 아들의 수명이 15년밖에 안 된다고 했다. 하지만 이 고비를 안전하게 넘기면 장수를 누린다는 것이다.

재앙의 바다에 자석산이라는 산이 있는데, 그 꼭대기에 놋쇠로 만든 말을 타고 가슴에는 납패를 단 노란 놋쇠의 기사가 말에서 떨어져 50일이 지나면 아들은 세상을 떠날지 모른다고 했다. 아들의 생명을 뺏는 자는 바로 이 놋쇠 기사를 떨어뜨리는 자로서, 이름이 하지브 왕의 아들 아지브 왕자라고 했다.

마침 열흘 전에 하지브 왕의 아들 아지브가 그 기사를 바다에 떨어뜨렸다는 소식이 들려왔으므로, 아버지는 아지브 왕자가 무섭고 아들의 운명이 걱정되어 여기에 지하 굴을 파고 아들을 데려다 놓은 것이다. 열흘이 지났으니까 앞으로 40일만 무사히 넘기면 아버지는 다시 아들을 데리러 올 것이라고 했다.

나는 내가 바로 그 아지브 왕자라고 밝혔다. 하지만 결코 젊은이를 죽일 생각이 없으니 그런 일은 절대로 없을 것이라고 장담했다. 이제부터 젊은이의 하인이 되어 젊은이를 섬기다가 40일이 지나면 집까지 동행해줄 테니 믿어달라고 맹세했다. 맹세를 지킨 후엔 내가 무사히 고향에 돌아갈 수 있게 노예 몇 명만 빌려달라고 부탁까지 했다. 젊은이는 흔쾌히 허락했다.

약속대로 나는 정성껏 젊은이를 섬겼다. 함께 장기도 두고, 음식도 먹고, 목욕도 하고, 이야기도 나누는 사이에 나와 젊은이는 점점 더 깊은 우정을 나누게 되었다.

마침내 40일째 되는 날이 다가왔다. 젊은이는 무사히 살아난 것을 기뻐하며 떠날 준비를 했다. 먼저 목욕을 한 다음 나더러 수박을 썰어 설탕에 재달라고 부탁했다. 칼은 머리 위 선반에 있었다. 내가 일어나 선반 위에 놓인 칼집에서 칼을 뽑아 쥐고 내려오는 순간이었다. 발이 미끄러지면서 나는 칼을 쥔 채로 젊은이 위로 와락 쓰러졌다. 그 순간 칼은 젊은이의 심장 깊숙이 꽂혔고 젊은이는 그대로 숨이 끊어지고 말았다. 마지막 날이라고 정해진 바로 그날에 예언 그대로 젊은이는 운명을 다한 것이다.

내 손으로 형제같이 정든 젊은이를 죽인 사실을 깨닫자 나도 모르게 비명이 터져 나왔다. 나는 머리와 가슴을 두들기고 옷을 찢으며 울부짖었다.

"이 얼마나 끔찍한 비극인가. 이 무슨 재앙인가. 오, 알라여! 저를 용서해주십시오."

나는 알라에게 수없이 빌며 기도를 올렸다. 그리고 그길로 계단을 올라가 밖으로 나온 뒤 덮개를 닫고 흙을 덮었다.

때마침 파도를 가르며 배가 다가오고 있었다. 나는 나무에 올라가 무성한 잎사귀 사이에 몸을 숨겼다. 노인과 노예들이 지하실로 내려간 지 얼마 지나지 않아 지하실에서 비명이 들렸다. 노인은 거듭 기절하다 결국 숨이 끊어지고 말았다. 이윽고 아들과 아버지의 주검은 배에 실려 멀리 떠났다.

나는 비탄에 젖어 망연자실하면서 한 달 동안 밤에는 지하실에서 자고 낮에는 섬을 헤매며 지냈다. 어느 날 물이 빠져 점점 얕아지더니 다시는 밀물이 밀려오지 않았다. 그리하여 그믐께가 되자 물이 마른 육지가 나타났다. 이제야 살았구나 싶어 나는 물이 얕은 곳을 건너 육지에 당도했다.

그곳은 낙타의 다리가 오금까지 묻힐 만큼 보드라운 모래언덕이었다. 난 용기를 내 모래언덕을 헤치고 걸어 나갔다. 그런데 뜻밖에 휘황찬란한 불빛이 보였다. 다가가 보니 그것은 번쩍번쩍 광을 낸 구리문이 달린 궁전이었다. 아침 해가 비칠 때 멀리서 보면 마치 불꽃처럼 빛이 나는 것 같았다. 나는 너무 기뻐 한달음에 궁전으로 달려가 문 앞에 털썩 기대앉았다.

때마침 비단옷을 차려 입은 젊은이 열 명이 앞을 지나갔다. 그들은 모두 왼쪽 눈이 멀었는데 마치 도려낸 것 같았다. 옷차림이 아름답고 하나같이 애꾸눈인 것이 너무 이상했다. 나는 맨 앞에 걸어가고 있는 노인에게 다가가 인사를 하고 내가 여기까지 오게 된 사연을 자세히 들려주었다. 그들은 매우 놀라며 나를 궁으로 데리고 들어갔다.

넓은 방에는 침대 열 개가 빙 둘러 있고, 가운데는 노인의 작은 침대가 놓여 있었다. 그들은 내게 약속 하나를 요구했다. 절대로 자기들의 신세나 애꾸눈이 된 내력을 질문해선 안 된다는 약속이었다.

식사를 마치고 내 모험담을 나누다 보니 밤이 깊어졌다. 이윽고 노인이 밖에 나가 쟁반 열 개를 들고 들어왔다. 젊은이들은 각자 쟁반에다 초를 밝히고 푸른 보자기를 벗겼다. 쟁반 위에는 까만 재와 숯 외에는 아무것도 없었다. 그들은 소매를 걷어 올리고 엉엉 울면서 얼굴과 옷을 새까맣게 칠하고 이마를 때리고 앞가슴을 두드리며 쉴 새 없이 이렇게 부르짖었다.

"우리는 더없이 안락하게 살고 있다가 호기심을 일으킨 탓에 불행한 신세가 되었다."

젊은이들은 날이 샐 때까지 이러고 있다가 아침이 밝자 노인이 가져온 더운 물에 얼굴을 씻고 산뜻한 옷으로 갈아입었다.

나는 이들의 기묘한 행동의 사연과 내력을 알고 싶어 견딜 수가 없었다. 꼬박 한 달 동안 계속 이런 일이 되풀이되자 내 궁금증도 더해갔다. 도저히 참을 수 없을 지경에 까지 이르자 나는 제발 사연을 들려달라고 통사정을 했다. 그들은 비밀을 밝히지 않는 이유가 내 신상을 위해서라고 했다. 궁금증을 풀어주면 내게 화가 닥쳐 자기들처럼 애꾸눈이 될 거라는 것이다. 그래도 내가 계속 캐묻자 마침내 그들은 비밀을 털어놓기로 했다. 다만 앞으로 내게 어떤 불행한 일이 닥쳐도 자신들은 두 번 다시 어떻게 해줄 길이 없다는 걸 잘 기억해두라고 경고했다.

그들은 숫양을 죽여 가죽을 벗긴 다음 내게 작은 칼을 주더니 가죽을 펴고 그 위에 누우라고 했다. 그리고 나를 가죽으로 싸서 바늘로 꿰맸다. 얼마 뒤, 로크라는 새가 날아오더니 나를 싼 가죽 부대를 발톱으로 움켜쥐고 하늘 높이 날아 어떤 산꼭대기에 내려놓았다. 나는 칼로 가죽을 찢고 밖으로 나왔다. 새는 놀라 도망쳤다.

곧장 걸어가자 하늘 높이 솟은 훌륭한 궁전이 나타났다. 값비싼 나무로 짓고 그 위에 황금을 입히고 세상의 진귀한 온갖 보석으로 장식한 궁전이었다. 궁전으로 들어서자 넋을 빼앗길 만큼 황홀하게 예쁜 처녀가 마흔 명이나 마중 나와 나를 맞았다. 그녀들은 나를 한 달 전부터 기다리고 있었다고 했다. 그러곤 나를 상석에 앉히더니 "오늘은 당신이 저희들의 주인님이시니 뭐든지 부분만 내리십시오" 하고 온갖 시중을 다 들었다. 술과 가무 그리고 하나같이 상냥하고 아름다운 미녀들, 게다가 온갖 진귀한 음식… 나는 환락에 마음을 빼앗겨 세상 시름을 깨끗이 잊어버렸다. 이것이 정말 인생이란 거구나, 하며 빠져들다 보니 하루하루 인생이 가버린다는 것이 아깝고도 슬펐다.

잠자리에 들 시간이 되자 그녀들은 "40일이 되기 전에는 같은 처녀와 다시 잘 수 없다"고 하였다. 그래서 나는 눈썹이 짙은 미인을 골라 침대로 들었다. 나는 그녀의 황홀한 자태에 넋을 잃은 나머지 시인의 노래를 불러주었다.

> 무엇이 그대의 자태만큼 또 내 눈을 멀게 하랴.
>
> 무엇이 당신의 향기만큼 또 내 가슴 뛰게 하랴.
>
> 오, 사랑이여, 내 영혼 온통 사로잡고 말았구려.
>
> 오직 이 사랑 위해 나는 죽겠소, 또 나는 살겠소.

나는 이렇게 매일 밤마다 아름다운 처녀를 하나씩 번갈아 껴안고 자면서 온갖 위안과 환락을 즐겼다.

그러던 어느 날, 처녀들이 눈물을 흘리며 작별 인사를 했다. 이들은 모두 왕의 딸들로 해마다 한 번씩 아버지를 만나러 40일간 이 궁전을 떠나야만 했다. 그런데 혹시 40일이 지나 다시 돌아왔을 때 내가 그동안 약속을 어기게 될까 봐 걱정된다고 했다. 공주들은 궁전에 있는 40개의 방문을 열 수 있는 40개의 열쇠를 맡기면서, 39개의 방은 얼마든지 열어도 되지만 40번째 방은 절대 열어서는 안 된다고 신신당부했다. 나는 절대 열지 않겠다고 굳게 약속하고 공주들과 작별 인사를 했다.

공주들이 떠난 뒤 무료한 나날을 보내던 나는 매일같이 차례차례로 방문을 다 열어보았다. 39일째가 되자 공주들이 열지 말라던 마지막 방문 하나만 남게 되었다. 머릿속에는 온통 40번째 방 생각뿐이었고 악마와 사탄은 계속 나를 유혹했다. 공주가 돌아오기로 약속한 날까지 하루밖에 남지 않았지만 나는 도저히 참을 수가 없었다. 그래서 나는 그만 금단의 방문을 열고 말았다.

방 안에는 정신을 잃을 만큼 진한 향기가 감돌았다. 그 속에서 나는 칠흑같이 새까만 준마를 발견했다. 이 말에는 틀림없이 이상한 비밀이 숨어 있을 것 같았다. 악마의 유혹에 빠진 나는 말을 끌어내 올라탔다. 말은 꿈쩍도 하지 않았다. 이렇게 저렇게 해봐도 꿈쩍을 않았다. 고삐를 채찍 삼아 말을 후려갈기자 갑자기 귀청이 찢어질 만큼 크게 울더니 말은 한 쌍의 날개를 펼치고 인간의 눈길이 닿지 않을 만큼 하늘 높이 날아올라 한 시간가량 지난 뒤 어떤 지붕 위에 내렸다. 말은 나를 내동댕이치고 꼬리로 내 얼굴을 호되게 후려쳤다. 그 바람에 나의 왼쪽 눈알이 튀어나와 굴러 떨어졌고 말은 어디론가 날아가 버렸다.

지붕에서 내려오니 거기엔 푸른 보자기를 덮어씌운 침대에 애꾸는 젊은이 열 명이 앉아 있었다. 비밀을 알려준 바로 그 젊은이들이었다.

"우리도 더없는 행복한 생활을 하고 제일 맛 좋은 음식을 먹고 거기다 비단 금침 위에서 미인의 무릎을 베고 있었소. 그러나 하루를 못 참아 1년 동안의 즐거움을 날려버렸소."

같은 신세가 되었으니 함께 지내게 해달라고 간청했지만 그들은 완강히 거절하고, 당장 나가라며 나를 쫓아내버렸다.

앞으로 가는 데마다 고생할 게 뻔했다. 신이 내 이마에 새긴 갖가지 불행을 생각하니 마음마저 침울해졌다. 결국 내가 고집을 부린 탓에 이런 불행을 겪게 되었음을 깨닫게 된 나는 마침내 세상을 등지기로 결심했다. 그날부터 나는 수염과 눈썹을 깎고 검은 승복을 걸친 채 알라께서 다스리는 땅을 떠돌게 되었다.

이야기를 마친 세 번째 탁발승도 돌아가도록 허락받았으나 나머지 사람들의 이야기를 듣느라 자리를 뜨지 않았다.

## 세 여자, 칼리프에게 두 암캐와의 사연을 털어놓다

이번엔 칼리프 일행의 차례가 되었다. 칼리프 대신 자파르가 나서서, 처음 들어올 때와 똑같이 자기들은 모스르 상인 일행이며 길을 잃어 여기까지 왔다고 대답했다. 그러자 여주인은 모두의 목숨을 살려줄 테니 그만 돌아가라고 했다.

집 밖으로 나오자 칼리프는 자파르에게 탁발승 셋을 그의 집으로 데려가 하룻밤을 재운 뒤 다음 날 아침 궁전으로 데려오라고 일렀다. 탁발승이 된 세 왕자의 사연을 기록하기 위해서였다.

다음 날 아침, 칼리프는 또한 자파르에게 세 여자와 암캐 두 마리도 데려오게 했다.

어전에 끌려온 세 여자는 칼리프를 알아보고 깜짝 놀라 자신들이 겪은 사연과 암캐의 내력을 들려주었다. 먼저 맏언니가 이야기했다.

## 맏언니 이야기

사실 두 암캐는 나와 같은 부모 밑에서 자란 언니들이다. 그리고 등에 채찍 자국이 있는 문지기 처녀와 찬모 일을 맡은 처녀는 나와는 배다른 동생들이다. 부모님이 돌아가신 후 다섯 자매는 똑같이 유산을 분배받았다. 결혼한 두 언니는 유산으로 몽땅 물건을 사서 형부들과 함께 여행을 떠났으나 파산하고 말았다. 그러자 형부들은 두 언니를 낯선 타향에 버리고 사라져버렸다.

5년 뒤에 큰언니가, 그리고 1년 뒤에 작은언니가 차례차례 거지꼴로 돌아왔다. 나는 두 언니를 극진히 보살피고 재산도 나눠주었다. 그러나 얼마 뒤 두 언니는 내 반대를 무시하고 재혼했다가 또다시 남편들에게 버림을 받고 내게 돌아와 용서를 빌었다. 나는 두 언니를 전보다 더 극진히 대접하며 함께 살았다.

1년 뒤 나는 두 언니와 함께 바스라로 장사 여행을 떠났다. 그런데 풍랑을 만나 배가 항로를 잃고 헤매던 중 한 섬에 도착했다. 그 섬에는 비둘기 모양의 도시가 있었다. 도성으로 들어가 보니 금은보화들은 그대로인데 놀랍게도 사람들은 하나같이 돌로 변해 있었다.

나는 궁전으로 들어가 여기저기를 살피다가 우연히 기도실에서 코란을 외고 있는 한 젊은이를 만났다. 그는 이 도성의 왕자였다. 그는 그간의 사연을 들려주었다.

부왕을 비롯해 도성 백성 모두가 배화교도인데 반해 왕자만은 유모로부터 몰래 이슬람교를 전파받아 이슬람교도가 되었다. 그러던 어느 날 하늘에서 알라를 믿으라는 외침이 들렸다. 부왕과 도성 사람들은 그 외침의 진정한 두려움을 모른 채 사악한 짓을 계속했다. 2년째 3년째 외침이 들려도 사람들은 여전히 불을 숭배하며 개종하지 않았다.

어느 날 새벽 갑자기 하늘의 심판과 노여움이 그들에게 내려 알라의 강림과 더불어 모든 도성 사람들은 돌로 변하고 말았다. 사람도 짐승도 가축도 모두 변했다. 때마침 기도실에서 기도하고 있던 왕자만은 무사히 살아남았다.

나는 왕자와 함께 진귀한 금은보화를 가득 싣고 바그다드로 향했다. 우리는 굳게 결혼을 약속하였으나 이를 시기한 두 언니는 왕자와 내가 잠든 사이에 우리 두 사람을 바다에 던져버렸다. 헤엄을 못 치는 왕자는 물에 빠져 죽었지만 나는 다행히 널빤지를 잡고 표류하다가 구사일생으로 목숨을 건졌다.

나는 섬을 헤매고 돌아다닌 끝에 섬과 육지를 연결하는 야트막한 길을 찾아냈다. 계속 걸어 이윽고 도성까지 2시간이면 당도하는 지점에 이르렀을 때였다. 대추야자나무만큼 굵은 뱀 한 마리가 허둥지

둥 몸을 구불거리며 기어서 바로 내 앞까지 왔다. 혀는 한 자나 땅에 축 늘어뜨리고 기어갈 때마다 모래 먼지가 일었다. 그런데 뱀 뒤에는 창 두 개의 길이도 안 되는 창대같이 가느다란 용이 쫓아오고 있었다. 뱀은 도망치려고 갖은 애를 다 썼지만 기어이 용에게 꼬리를 물리고 말았다. 뱀은 폭포 같은 눈물을 흘리며 몸부림치고 괴로운 듯이 혀를 빼물고 말았다. 나는 뱀이 가엾은 생각이 들어 돌을 주워 들고 알라의 도움을 빌면서 힘껏 용의 대가리를 향해 내던졌다. 용은 돌에 맞아 그대로 죽고 말았다. 뱀은 날개를 펴더니 날아올라가 순식간에 자취를 감춰버렸다.

충격적인 사건을 당한 뒤라 나는 한동안 넋을 잃고 앉아서 꾸벅꾸벅 졸다가 그만 잠이 들고 말았다. 그런데 깨어보니 까만 옷을 입은 처녀가 발을 주무르고 있는 게 아닌가. 그리고 그 옆에는 암캐 두 마리가 앉아 있었다.

처녀는 바로 뱀의 현신인 마녀신이었다. 용으로부터 목숨을 구해준 은혜를 갚기 위해 마녀신은 나의 두 언니를 쫓아가 암캐로 변신시키고 배에 실었던 모든 금은보화를 집으로 실어 날라 놓았다.

마녀신은 헤어지면서 단단히 다짐했다. 매일 300대씩 두 마리 암캐에게 매질을 하되, 만약 이를 어기면 나도 두 언니와 같은 처지가 될 것이라고 거듭 다짐했다. 난 결국 눈물을 머금고 두 암캐에게 피가 날 때까지 매질을 하지 않을 수 없게 된 것이다.

맏언니가 이야기를 마치자 이번에는 동생인 문지기 여자가 기구한 사연을 이야기했다.

## 문지기 동생 이야기

나는 부모의 유산을 받고 혼자 살다가 큰 부자와 결혼했다. 그런데 1년 뒤 남편이 죽는 바람에 아주 많은 재산을 상속받았다.

어느 날 노파가 나타나 부모도 없고 가난한 처녀가 결혼하는데 손님이 하나도 없어 걱정이니 귀부인께서 결혼식에 와준다면 이웃 부인들도 참석할 거고 그러면 처녀의 시름도 가실 것이라고 말했다. 측은한 마음에 허락한 나는 화장을 하고 비단옷을 입고서 노파를 따라나섰다. 어떤 훌륭한 집으로 따라 들어갔는데 아주 아름다운 처녀가 나와서 뜻밖의 이야기를 들려주었다. 사실은 자기 오라버니가 나한테 반해서 노파를 시켜 만남을 주선했다는 것이다. 처녀가 손뼉을 치자 늠름하고 잘생긴 청년이 나타났다. 나는 첫눈에 청년에게 반했다. 또 한 번 손뼉을 치자 이번엔 법관과 입회인들이 나타나 혼인계약서를 작성하고 물러갔다.

청년은 나에게 남편 이외에는 아무도 쳐다보지 않고 몸도 마음도 주지 않겠다는 약속을 요구했다. 나는 두말없이 맹세했다. 우리는 결혼식을 마친 뒤 숨 막히도록 즐거운 신혼을 보냈다.

한 달 후 노파와 함께 천을 사러 시장에 갔다. 그런데 상인은 물건 대금을 받지 않는 대신 한 번만 입을 맞춰달라고 요구했다. 나는 한마디로 거절했다. 그러나 노파의 끈덕진 권유와 유혹에 넘어가 베일 한쪽을 살짝 들어주었다. 상인은 볼에 입술을 대고 입을 맞춘 후 꽉 물어뜯었다. 그 바람에 볼의 살이 떨어져나가고 피가 흘렀다. 나는 놀라 기절했고 집으로 돌아와 노파가 일러준 대로 아픈 척 이불을 쓰고 누웠다.

남편은 상처가 난 까닭을 끈덕지게 추궁했고 결국 나는 실토하고 말았다. 격노한 남편은 건장한 흑인 노예를 시켜 내 팔다리를 묶고 목을 베어 티그리스 강에 버리라고 명했다. 그때 노파가 뛰어 들어왔다. 노파는 내가 절대로 죽을 만한 짓을 저지르지 않았다며 나의 무죄를 항변했다. 정 음탕한 여자라고 생각한다면 죽여 벌을 받기보다는 그냥 내쫓고 잊어버리라고 끈덕지게 회유했다. 남편은 노여움을 가라앉히고, 용서하는 대신 평생 몸에 남을 표적을 남기겠다며 마르멜로 나무 몽둥이로 내 등과 허리를 후려갈겼다. 전에 살던 집에 버려진 나는 넉 달 동안 병상에 누웠다가 겨우 일어나 집에 갔으나 이미 집은 폐허가 된 뒤였다.

배다른 언니를 찾아갔더니 검둥개 두 마리와 앉아 있었다. 언니는 나를 따듯하게 위로해주었다.

"세월의 앙심을 모면하고 편안해진 사람은 없다. 목숨만이라도 살려준 알라께 감사드려라."

그때부터 나는 언니와 함께 살게 되었고, 그 뒤 수도원에서 찬모로 일하던 동생까지 와서 셋이 함께 살게 되었다.

칼리프는 자매들의 기구한 운명에 놀라, 연대기에 기록해 서고에 보관하도록 했다.

칼리프는 여주인에게 마녀신의 거처를 물었다. 여주인은 마녀신이 주고 갔다는 머리털을 내밀었다. 마녀신을 만나고 싶으면 언제든 이 머리털 두 올만 태우면 된다는 것이다. 비록 코카서스 산 너머에 있더라도 냄새만 맡으면 당장 달려올 거라고 했다.

칼리프는 마녀신의 머리털을 불 속에 던졌다. 머리털 타는 냄새가 풍기자 궁전이 흔들리고 천둥소리와 퍼덕이는 날갯소리가 들렸다. 다음 순간 큰 뱀인 마녀신이 나타났다. 칼리프가 마법을 풀어달라고 하자 마녀신은 여주인과 칼리프를 행복하게 하는 일이라면 분부대로 따르겠다고 대답하고, 두 언니를 본래의 모습으로 되돌려주었다.

칼리프는 마녀신에게 문지기 여자를 매질하고 재산마저 빼앗은 남자가 누구냐고 물었다. 마녀신은 그는 다름 아닌 칼리프의 아들 알 아민이라고 일러주었다. 알 아민은 문지기 여자의 미모를 듣고 노파로 하여금 계교를 꾸며 결혼한 것이다. 그가 태형을 가한 죄를 저지른 것은 아내가 남편과의 굳은 맹세를 어겼기 때문이고, 전능하신 알라가 두려워 죽이지는 않고 매질만 했다는 것이다.

칼리프는 알 아민을 불러 문지기 여자와의 사건을 확인해보았다. 알 아민은 순순히 사실을 인정했다. 칼리프는 알 아민과 문지기 여자를 다시 약혼시킨 다음 여자에게 막대한 재산과 저택을 하사했다. 또한 암캐에서 원래 모습으로 돌아온 두 언니와 여주인 등 세 자매를 탁발승 셋과 결혼시켜 시종으로 임명하고 봉록을 주어 궁전에서 살게 했다. 그리고 막내 동생 찬모는 칼리프의 아내로 맞아 후궁에 큰 방을 마련하고 유복하게 살도록 해주었다.

사람들은 칼리프의 이와 같은 관대한 처사, 훌륭한 선행, 왕자다운 지혜에 감탄했다. 칼리프는 이 모든 진기한 이야기를 잊지 않고 연대기에 기록해두도록 했다.

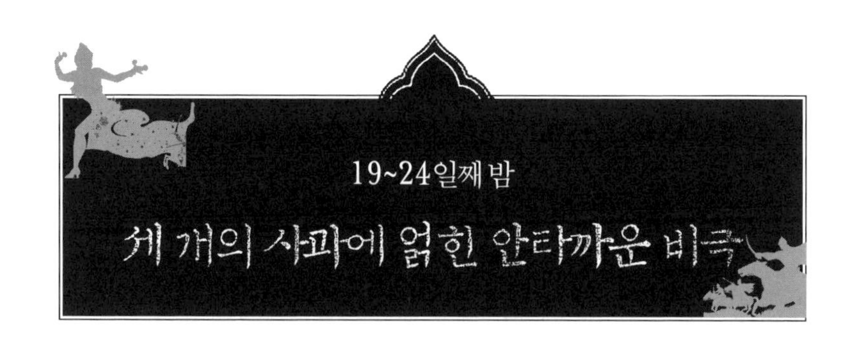


## 강물에서 건진 여자 토막시체의 비밀

어느 날 칼리프 하룬 알 라시드와 대신 자파르는 민심을 살피러 나갔다. 우연히 만난 한 노인이 고기잡이로 생계를 잇는 어부라는 걸 알게 된 칼리프는 그의 딱한 처지를 돕고 싶은 마음에 어부가 티그리스 강에 그물을 쳐서 무엇이든 걸리면 금화를 내겠다고 제의했다.

그런데 그물을 올려보니 자물쇠가 잠긴 묵직한 궤짝이 걸려 있었다. 칼리프는 어부에게 금화 200디나르를 주고 궤짝을 궁전으로 가져왔다. 그런데 궤짝을 열어보니 이게 웬일인가. 붉은 털실로 묶인 야자잎 바구니가 있고, 바구니 안에 있는 담요를 걷어보니 네 겹으로 접힌 여자의 베일이 있었다. 그리고 베일을 벗기자 은덩이처럼 아름다운 여자의 시신이 열아홉 토막으로 처참하게 잘려 있었다.

칼리프는 격노했다. 반드시 살인범을 찾아 극형에 처해 여자의 원한을 갚으라고 대신 자파르에게 명령했다. 만약 범인을 잡지 못하면 자파르의 목을 매달고 또한 일족 40여 명도 함께 죽이겠다고 추상같이 호령했다.

자파르는 말미를 받은 사흘 동안 집에만 틀어박혀 고민하다 결국 범인을 잡지 못한 죄로 교수형에 처해지게 되었다. 자파르와 그 일족 40여 명이 처형된다는 포고가 바그다드 일원에 내려졌다. 구경꾼이 처형장으로 구름처럼 몰려들었다.

자파르의 사형이 집행되려는 그 순간, 난데없이 훤칠한 젊은이가 앞으로 썩 나서더니, 자기가 범인이니 자기를 처형하라고 소리쳤다. 그런데 이번엔 웬 노인이 앞으로 나서더니 범인은 자기라고 우겼다.

자파르는 두 사람을 칼리프 앞에 데리고 갔다. 칼리프 앞에서도 여전히 두 사람은 서로 자기가 범인이라고 우겼다. 칼리프는 그럼 두 사람 다 처형하라고 명령했다. 자파르는 둘 중 하나는 무고하니 처형할 수 없다고 버텼다. 칼리프는 시신이 든 궤짝 안에 든 물건이 무엇인지 알아 맞혀보라고 했다. 그러자 젊은이는 바구니, 담요, 베일 등 칼리프가 본 물건을 낱낱이 말했다. 그럼 살인 동기는 무엇이냐고 물었다. 젊은이는 자초지종을 털어놓기 시작했다.

## 사과 때문에 아내를 죽인 남편 이야기

죽은 여자는 내 아내다. 우리 부부는 아들 셋을 두고 금슬 좋게 살았다. 그런데 이달 초부터 아내가 중병이 들어 누웠다. 아내는 사과가 먹고 싶다고 보챘다. 하지만 아무리 찾아도 사과를 구할 수 없었다. 아내가 실망한 모습에 다음 날은 과수원까지 뒤졌으나 허탕을 쳤다. 그런데 한 과수원지기가 바스라 총독의 과수원에 가면 칼리프께 바칠 사과가 있을 거라고 일러주었다. 그래서 왕복 보름이나 걸려 바스라까지 가서 금화 3디나르를 주고 사과 세 개를 사왔다. 하지만 너무 쇠약해진 탓인지 아내는 사과를 봐도 별로 달가워하지 않았다.

다시 가게에 나와 장사를 하고 있는데, 한 흑인 노예가 내가 사온 사과 하나를 들고 걸어가는 게 아닌가. 깜짝 놀라 뛰어나가 이 사과는 어디서 났느냐고 물었다. 노예는 자기 정부에게서 얻었다고 대답했다.

"내가 여행을 마치고 돌아와 보니 여자는 병이 들어 누워 있고 옆에 사과가 세 개 있습디다. 여자 말이, 얼간이 남편이 바스라까지 가서 3디나르나 주고 사온 것이라기에 같이 먹고 마시고 놀다가 사과 하나를 갖고 나온 거요."

그 말을 듣자 눈앞이 캄캄해진 나는 미친 듯이 흥분하여 집에 돌아왔다. 그런데 정말로 사과가 두 개밖에 없었다. 사과 한 개는 어떻게 했느냐고 묻자 아내는 귀찮다는 듯 모른다고만 했다. 그 순간 나는 흑인 노예의 말이 사실이라고 믿고 단도를 손에 들고 다짜고짜 아내의 목을 찔러 죽였다. 그리곤 목과 손발을 잘라 베일과 담요 조각에 싼 다음 궤짝에 넣어 쇠를 채운 뒤 나귀에 싣고 티그리스 강에 던졌다.

그런데 집에 돌아오니 골목에서 큰아들이 울고 있었다. 엄마 옆에 있던 사과 하나를 몰래 갖고 나와 집 앞에서 동생들과 놀고 있는데 덩치 큰 흑인이 나타나더니 사과를 빼앗아갔다는 것이다. 아버지가 아픈 엄마를 위해 멀리 바스라까지 가서 금화를 주고 사온 사과라고 아무리 사정해도 흑인은 돌려주기는커녕 오히려 아이를 때리고 달아났다는 것이다. 아들은 혹시 엄마한테 야단 맞을까 봐 집에 들어오지도 못하고 어두워질 때까지 밖에서 기다리고 있었던 것이다. 아들은 울면서 엄마가 알면 병이 더 나빠질 테니 엄마한테 말하지 말라고 애원했다.

그때서야 나는 오해로 아내를 죽였다는 걸 알고 몸부림치며 울었다. 죽고만 싶었다. 마침 장인 영감이 찾아왔고 내가 자초지종을 털어놓자 장인도 함께 울었다. 닷새 동안 우리는 무고하게 죽은 아내를 위해 비탄에 젖어 있었다.

사내는 칼리프에게 울면서 애원했다. 검둥이의 거짓말 때문에 무고한 아내를 죽였으니 자신을 죽여 아내의 원한을 갚아달라고 했다.

## 사과를 훔친 범인은 자파르의 흑인 노예

칼리프는 당장 검둥이 노예놈을 잡아오라고 호령했다.

자파르는 사흘 안에 잡지 못하면 또다시 교수형에 처해질 운명에 처하고 말았다. 사흘이 지나자 자파르는 교수형 당할 각오를 하고 유언장까지 작성한 다음 온 집안 식구와 울며 작별을 고했다. 마지막으로 막내딸을 끌어안고 작별 인사를 하는데, 딸의 품에 무언가 동그란 것이 만져졌다. 칼리프의 이름이 적힌 사과였다. 자파르 집 노예인

라이한에게 금화 2디나르를 주고 샀다는 것이다. 자파르는 라이한을 불러 족쳤다. 그는 골목길에서 놀고 있던 한 아이에게 빼앗았다고 실토했다.

비록 자기 집 노예가 죽게 된 건 불행한 일이지만, 그 대신 자신의 목숨을 건졌다는 게 기쁜 나머지 자파르는 칼리프에게 사실을 알리고 용서를 빌었다. 칼리프는 세 개의 사과보다 더 기막힌 이야기를 한다면 체면을 봐서 목숨만은 살려주겠다고 말했다.

자파르는 흑인 노예의 목숨을 살리기 위해 이야기를 시작했다.

## 누르 알 딘 알리와 바드르 알 딘 하산 부자 이야기

이집트 대신이 죽은 뒤 그의 두 아들, 형 샤무스 알 딘 무함마드와 아우 누르 알 딘 알리 두 사람이 아버지가 하던 업무를 번갈아 맡아 보았다.

어느 날 형은 왕의 수행원으로 여행을 떠나게 되었다. 떠나기 전 날 밤 두 형제는 이런저런 이야기를 하며 우애를 다졌다. 그러다가 두 형제가 같은 날 두 처녀와 결혼해서 그날 아이를 잉태하여 형이 딸을 낳고 아우가 아들을 낳게 되면 둘을 결혼시키자고 했다. 그러다가 지참금은 얼마를 줄 것인지를 놓고 옥신각신하게 되었다. 아우는 형제지간인데 어떻게 그렇게 무리한 요구를 하냐는 둥, 가문의 명성은 아들이 이어받는 것이라는 둥 불만을 나타냈고, 형은 자기를 깔보는 수작이라며 절대로 딸을 주지 않겠다며 화를 냈다. 아우도 형님 딸을 며느리로 삼지 않겠다고 화를 냈다.

이렇게 두 형제는 불같은 분노를 가슴에 품은 채 그날 밤을 보낸 뒤 다음 날 아침 형은 왕을 수행하고 카이로를 출발해 가자를 거쳐 피라미드로 향했다.

아우는 화를 가라앉히고 기분도 전환할 겸, 카르브(알렉산드리아와 카이로 사이에 있는 도시)로 여행을 떠났다. 비르바이스에서 사디야로, 성도 예루살렘에서 다시 알레포로, 사흘 동안 휴양하며 산책을 즐겼다. 그리고 여행을 계속하여 마침내 바스라까지 이르렀다.

그는 객주에 머물렀다. 마침 건너편 집에서 대신이 내려다보다가 아우의 훌륭한 나귀에 마음이 끌려 그와 인사를 나누게 되었다. 대신은 그의 기구한 사연을 듣고는 자신의 외동딸을 그와 결혼시켰다.

한편 여행에서 돌아온 형은 아우가 집을 나갔다는 소식에 무척 걱정이 되었다. 그날 밤 아우를 심하게 꾸짖고 나무란 것을 깊이 후회하면서 왕에게 허락을 얻어 영내의 모든 제후에게 사자를 파견하여 동생의 행방을 수소문했다. 그러나 끝내 찾지 못하자 동생을 단념할 수 밖에 없었다. 얼마 뒤 형도 카이로의 상인 딸과 결혼했다.

그런데 바로 형제가 약속이나 한 듯이 같은 날에 첫날밤을 맞아 곧 형은 딸을 아우는 아들을 낳았다.

바스라의 대신은 외손자의 이름을 바드르 알 딘 하산이라 짓고, 왕에게 사위를 자신의 후계자로 추천했다. 왕의 허락을 얻어 누르 알 딘 알리는 바스라의 대신으로 임명되었다. 장인이 죽은 뒤에는 가업을 이어 더욱 가문이 번창하고 재산이 늘어났다.

아들 하산은 훌륭하게 자라 스무 살이 되었다. 어느 날 누르 알 딘 알리는 임종이 다가옴을 느끼고 아들 하산에게 유언장을 써주었다. 형과 다투고 난 뒤 바스라에 도착하여 대신의 딸과 결혼하고 아들 하산이 태어난 등 20여 년의 생애를 빠짐없이 기록한 것이다. 누르 알 딘 알리는 아들 하산에게 좋지 않은 일이 생길 때는 반드시 카이로의 대신인 백부 샤무스 알 딘 무함마드를 찾아가 이 서류를 보이라고 신신당부하였다.

이윽고 의식을 잃었다가 다시 깨어난 누르 알 딘 알리는 끝으로 아들에게 다섯 가지 교훈을 남겼는데, 교훈마다 시인의 노래를 곁들여 들려주었다.

"첫째, 아무하고도 지나치게 가까이 지내지 말거라. 사람들과 너무 허물없이 지내다 보면 상처 주고 상처 받기 쉬운 법이란다. 일신을 무사히 보존하려면 자기 생각을 담아두고 교제할 때 적당한 거리를 두어야 한다."

> 이 세상엔 믿을 이 없고, 환난에 도와주는 이 없다네.
> 세상엔 공짜란 없으니, 남 기대지 말고 스스로 살아가라.

"둘째, 누구든 모질게 대하지 마라. 남의 눈에 눈물 나게 하면 운명도 반드시 네게 그렇게 할 것이다. 현재의 부귀영화는 모두 잠시 후에 갚아야 할 부채일 뿐이다."

> 핏대 세워 조바심치지 마라, 탐나는 것 얻으려고.
> 자비를 바라거든, 먼저 자비를 베풀어야 하느니.

"셋째, 세상에 나가서는 특히 말을 삼가고, 남을 비판하기 전에 먼저 자신을 돌아보거라. 무언無言 속에 평화가 깃든다는 속담도 있느니….”

겸손은 보배, 무언은 평화이니 말을 삼가라.
후회할 일, 말 없어 한 번, 지껄여서 천 번이라.

넷째, “술을 삼가라. 술 때문에 마음이 방자해지고 지각이 흐려지니라. 또 술은 몸을 망치는 독이니, 절대 술을 벗으로 삼지 마라.”

술은 악덕이라, 아예 술꾼과 어울리지 마라.
술로 자기를 잃으면 멸망의 넓은 문이 기다리니.

다섯째, “재물을 소중히 여겨, 헤프게 쓰지 마라. 낭비와 방탕으로 영락하게 되면 천한 자에게 수모를 당하게 되니라.”

흥청거릴 땐 세상 사람 모두 살갑게 굴다가도
가난해지면 친구도 친척도 떠나고 홀로 외롭다네.

하산은 아버지의 죽음을 슬퍼하며 두 달 동안 문밖에도 나가지 않았다. 바스라 왕은 진노하여 하산 대신 시종 하나를 대신 자리에 앉히고, 하산의 전 재산을 몰수하고 하산을 잡아 처형하라고 체포대를 보냈다. 마침 대원 가운데 누르 알 딘을 모셨던 노예 하나가 있어 하산에게 급히 피하라고 알려왔다. 하산은 맨몸으로 도망칠 수밖에 없었다.

하산의 발길은 아버지의 묘 앞에 다다랐다. 그때 유대인 환전상이 금화가 가득 든 자루를 두 개 들고 나타나 아버지의 묘에 성묘를 하고 있었다. 유대인은 아버지 누르 알 딘의 배 여러 척이 외국에서 돌아올 텐데 그중 첫 배의 물건을 자기가 선점하려고 하니, 금화 1,000 디나르를 선불로 받으라고 했다. 하산은 그에게 영수증을 써 주고 돈을 받았다. 얼마 전만 해도 아버지의 유산은 모두 자기 소유였다. 그 영예와 부와 번영을 생각하면서 하산은 슬픔에 잠겨 울다가 그만 묘에 기대 잠이 들었다.

밤의 묘지는 마신이 출몰하는 장소였다. 마녀신 하나가 하산의 수려한 용모에 홀딱 반해서 카이로에서 날아오던 마신을 만나 하산의 훌륭한 용모에 대해 찬사를 늘어놓았다. 그것도 모자라 마녀신은 마신을 끌고 무덤까지 날아와 직접 하산을 보여주었다. 하산을 본 마신은 저 젊은이와 똑같이 미색이 수려한 처녀를 지금 막 카이로에서 보고 오는 길이라고 말했다. 처녀는 바로 카이로의 대신 샤무스 알 딘 무함마드의 딸이었다.

당시 카이로 왕은 샤무스 알 딘 무함마드에게 딸을 왕비로 달라고 조르고 있었다. 그러나 샤무스 알 딘 무함마드는 동생과의 약속을 어길 수 없어 이 핑계 저 핑계를 대며 거절하고 있었다. 동생은 죽었지만, 그 동생의 아들이 자기 딸과 천생배필임을 믿어 의심치 않았다. 그러자 왕은 노발대발하여 그의 딸을 궁중에서 일하는 꼽추 마부와 강제로 결혼시키고 우격다짐으로 그날 밤 동침하도록 명령했다. 마부 꼽추는 첫날밤을 위해 목욕탕 앞에 서 있고, 딸은 하염없이 울고 있었다.

마신은 아름다운 처녀 시트 알 후슨('미녀'라는 뜻)이 징그러운 꼽추에게 강제로 시집가는 것을 그냥 두고 볼 수가 없었다. 마신과 마녀신은 하산과 중 누가 더 아름다운지 내기를 걸고, 일단 둘의 아름다움을 직접 비교하기 위해 하산을 카이로로 데려오기로 했다. 마신은 하산을 업고 단숨에 카이로로 날아갔다. 하산이 눈을 뜨니 눈앞에 무섭게 생긴 마신이 있었다. 마신은 하산에게 아름다운 옷을 입혀주면서 횃불을 들고 피로연이 열리는 집에 들어가 신랑인 꼽추 옆에 서 있다가 시녀나 시종, 가희가 옆에 오거든 무조건 금화를 뿌려주라고 말했다.

하산은 마신이 시키는 대로 결혼식 행렬을 따라 꼽추 옆에 섰다. 잔치의 흥을 돋우는 가희들과 수많은 부인은 하산을 보자마자 한눈에 반해 눈을 떼지 못했다. 더욱이 금화를 뿌리는 그의 후한 인정에 끌린 여자들은 하산을 식장 안으로 들여보내 주었다. 마침내 하객들 사이로 신부가 나타났다. 신랑인 꼽추가 일어서 신부를 맞으려 하자 신부는 꼽추에게 등을 돌리고 그대로 걸어 나가다가 하산 앞에서 발걸음을 멈추었다.

신부가 하산에게 끌린 것을 보자 가희들은 물론 하객들 모두가 웃음을 터뜨리고 와글와글 떠들어댔다. 하산이 또다시 금화를 뿌리자 구경꾼들은 좋아 어쩔 줄 몰라 했으며, 가희들은 "될 수만 있으면 이 신부를 당신에게 드리고 싶다"고 떠들어댔다. 하산이 빙그레 웃자 사람들은 횃불을 치켜들고 그를 에워쌌다. 그 바람에 신랑 꼽추는 촛불도 없이 어둠 속에 혼자 우두커니 앉아 있었다. 하산은 의아하게 생각하면서도 신부의 아름다움에 넋을 잃었다.

시녀들은 신부를 일곱 번이나 단장시켜 하산 앞에 선보여주었다. 신부는 새롭게 단장하고 나타날 때마다 새로운 아름다움으로 더욱 빛나서 하산은 물론 구경꾼들의 넋을 쏙 빼놓았다. 의식이 거행되는 동안 아무도 꼽추를 거들떠보지 않았다. 신부는 하산을 쳐다보면서 마음속으로 제발 이 남자가 남편이 되어주기를 기도했다. 의식이 끝나고 사람들은 다 돌아갔으나 하산은 그대로 남아 있었다. 꼽추가 왜 돌아가지 않느냐고 힐난하듯 묻자 하산은 겸연쩍어 나가려 했다. 그때 마신이 따라오더니 하산에게 제자리에 서 있으라고 명령했다. 꼽추가 화장실에 가거든 그 틈에 침실에 들어가 신부에게 내가 신랑이고, 당신을 노리는 사악한 눈을 염려하여 아버지가 꼽추를 시켜 일을 꾸민 것이라고 말하고, 대담하게 신부의 베일을 벗기라고 시켰다.

꼽추가 화장실에 들어가자 마신은 화장실 안에서 쥐, 고양이, 개, 나귀, 그리고 물소로 몸을 바꾸며 꼽추를 혼내주고 급기야 꼽추를 변기 구멍에다 거꾸로 틀어박았다. 그리고 이대로 가만히 있다가 해 뜨기 전에 나갈 것과 다시는 얼씬도 하지 말고 아무에게도 지껄이지 말라고 경고하고, 약속을 어길 땐 죽여버리겠다고 위협했다.

그 사이에 신부 시트 알 후슨은 침실로 들어오면서 죽어도 꼽추에게 몸을 맡기지 않겠다고 결심했다. 그런데 막상 들어와 보니 침실 한가운데 하산이 앉아 있는 게 아닌가. 하산은 마신이 시킨 대로 꼽추는 돈을 받고 어디론가 사라졌으니 걱정 말라고 안심시키고, 신부의 베일을 벗겼다. 그러자 신부는 감미로운 입술을 하산의 귀에 대고 속삭였다.

"오, 저의 어여쁘신 임이여, 당신은 여태껏 저를 괴롭히던 불행의 불길을 꺼주셨어요. 이제 저는 영원히 당신의 노예, 당신의 품에 꼭 안아주세요." 그런 다음 행복에 겨운 목소리로 나직이 노래를 불렀다.

제 오랜 소원은 임의 발을 이 가슴에 얹어 품는 꿈.

속삭여주세요, 제 가슴 녹일 달콤한 사랑의 노래.
제 가슴에 올라타 화원을 누비실 분은 오직 그대뿐,
아, 어서 올라타 달리세요, 이 밤을 아껴 몇 번이고.

신부가 속옷을 벗어내리자 도톰한 음부에서부터 둥근 허리까지 눈부신 알몸이 활짝 피어났다. 이를 본 하산은 불길처럼 욕정이 타올라 순식간에 옷을 훌훌 벗어던지고 신부를 끌어안고 석류 속 같은 입술을 지나 탐스러운 젖가슴에 얼굴을 묻었다. 이윽고 신부의 미끈한 다리가 하산의 아랫도리를 감아들자 하산의 한껏 발기된 성기가 신부의 처녀림을 마구 휘저으며 안으로 파고들었다. 이렇게 첫날밤의 사랑이 더욱 뜨거워지면서 두 사람의 신음 소리가 방을 가득 채웠다. 하산이 밤 이슥하도록 열다섯 번이나 교접한 끝에 신부는 그날 밤으로 잉태하였다.

두 연인이 곤히 잠든 걸 본 마신과 마녀신은 날이 새기 전에 하산을 제자리에 데려다 놓기 위해 푸른 속옷만 걸치고 잠든 하산을 떠메고 하늘을 날았다. 그런데 새벽 기도 시간을 알리는 사내가 높은 뾰족탑 위에서 "빨리 구제를 받아라!"고 외치는 순간, 천사들이 쏜 유성 화살에 맞아 마신은 불에 타버리고 말았다. 마녀신은 곧바로 달려가 하산을 업고서 바스라는 위험하다고 판단하고 시리아의 다마스쿠스 성문 옆에 하산을 내려놓고 날아가 버렸다.

날이 밝자 구경꾼이 모여들었다. 잠옷 바람으로 누워 있던 하산은 어리둥절할 수밖에 없었다. 어디서 왔느냐고 묻자 하산은 낮에는 바스라에, 밤에는 카이로에, 그리고 아침에는 다마스쿠스에서 깨어났다고 대답했다. 구경꾼들은 하산을 미치광이라 놀리며 졸졸 따라다녔다. 참다못한 하산은 어느 길가 음식점으로 뛰어 들어갔다.

그런데 이 음식점 주인은 전에는 불량배에다 도둑이었으나 잘못을 뉘우치고 맘을 잡아 음식점을 차린 사람이었다. 때문에 다마스쿠스 사람들은 아직도 이 사내의 완력과 성깔을 두려워했고, 건달패들은 하산이 음식점으로 뛰어들자 모두 꽁무니를 빼고 달아나고 말았다. 음식점 주인은 하산의 미모에 홀딱 반해 양자로 삼았고, 하산은 가게 일을 도우며 함께 살게 되었다.

한편 샤무스 알 딘은 딸이 꼽추에게 몸을 허락했다면 죽여 버릴 작정이었다. 그런데 뜻밖에도 딸은 다른 남자를 신랑으로 맞았다는 것이다. 화장실에 가보니 정말 꼽추는 변기에 거꾸로 처박혀 있었다.

그런데 꼽추가 들려준 횡설수설이 아무래도 수상했다. 신부의 아버지는 신랑이 벗어놓고 간 두건과 바지와 단도 등 소지품을 검사하였다. 그런데 지갑 속에서 뜻밖에도 유대인에게 써준 매도증서와 금화 1,000디나르가 나왔다. 또한 두건에 꿰매놓은 솔기를 뜯어보니 종이 부적이 나왔다. 펼쳐보니 뜻밖에도 그것은 동생 누르 알 딘이 아들에게 남긴 유언장이었다. 이걸 본 샤무스 알 딘은 신랑이 바로 조카, 즉 아우의 아들임을 알고, 죽은 동생을 애도하며 눈물을 흘렸다. 그리고 알라가 맺어준 운명의 인연에 새삼 놀랐다.

그러나 신랑 하산은 며칠이 지나도 돌아오지 않았다.

어느 덧 시트 알 후슨은 달이 차 아들을 낳았다. 샤무스 알 딘은 손자에게 아디브('기막힌 아이'라는 뜻)란 이름을 지어주었다. 아디브는 무럭무럭 자라 열두 살이 되었다. 어느 날 학교에서 아이들과 선생님으로부터 아버지가 없는 아이라는 놀림을 받고 아디브는 울면서 집으로 돌아와 아버지가 누군지를 어머니에게 따져 물었다. 어머니가 울자 아디브도 따라 울었다. 모자가 슬피 우는 걸 본 할아버지 샤무스 알 딘도 함께 울었다.

샤무스 알 딘은 왕에게 하산을 찾아 떠날 것을 허락받고 하산이 눈에 띄는 대로 체포할 수 있는 허가증을 받아들고, 딸과 손자를 데리고 먼 여행길에 올랐다. 다마스쿠스에 도착한 샤무스 알 딘 일행은 알 하사라는 들판에 야영 천막을 쳤다.

운명의 장난일까, 아디브는 시종과 함께 시내를 구경하다가 우연히 하산의 가게 앞에서 발길을 멈추었다.

12년의 세월이 흐르는 사이에 하산의 턱수염도 짙고 길게 자라 의젓한 남자가 되어 있었다. 또한 음식점 주인이 죽은 뒤 양자인 하산이 가게를 물려받아 운영하고 있었다. 하산은 아디브의 아름다운 모습에 그만 가슴이 울렁거렸다. 사람은 같은 핏줄에게 끌리는 모양이다. 하산은 아디브에게 들어오라고 권했다. 시종이 안 된다며 말렸으나 결국 아디브와 함께 들어오게 되었다. 하산은 기막히게 맛있는 석류에 설탕에 절인 석류알 과자를 접시에 담아냈다. 아디브는 함께 먹자고 권하면서 아버지가 보고 싶다며 울었다. 하산도 따라 울었다. 사실 하산은 그동안 소년의 모습을 눈 한 번 깜빡이지 못할 정도로 뚫어지게 쳐다보고 있었다. 두 사람이 가게를 떠나자 하산은 자기 몸에서 영혼이 빠져나간 듯했다.

하산은 급히 두 사람을 뒤쫓았다. 그가 알 하사의 들판까지 쫓아와 천막 가까이 이르렀을 때, 아디브는 자기를 빤히 바라보며 뒤쫓는 그를 어린 소년을 홀리는 음란하고 천박한 사람으로 오해하고 말았다. 그래서 돌을 던지며 그를 쫓았다. 돌에 맞은 하산의 이마에서는 피가 흘렀다. 하산은 집으로 돌아오면서 자기가 소년에게 나쁜 놈으로 오해받을 짓을 했다는 생각에 자신을 꾸짖었다.

샤무스 알 딘 일행은 다마스쿠스에서 사흘 동안 묵은 후 다시 길을 떠났다. 길을 가면서도 만나는 사람마다 하산의 소식을 물었으나 감감 무소식일 뿐이었다.

일행은 마침내 바스라에 도착해 왕을 만나 자초지종을 알렸다. 왕은 하산의 어머니이자 누르 알 딘의 아내가 아직도 살아 있다는 소식을 전해주었다. 형 샤무스 알 딘은 누르 알 딘의 집을 찾아 감격적인 상봉을 했다. 미망인은 시아주버니, 며느리와 외손자까지 한꺼번에 만나는 기쁨에 어쩔 줄을 몰랐다. 미망인도 함께 샤무스 알 딘 일행과 카이로를 향해 길을 떠났다.

일행은 도중에 다시 다마스쿠스에 들르게 되자, 지난번 야영한 들판에 천막을 치고 일주일 동안 머물기로 했다.

아디브와 시종은 또다시 하산의 가게를 찾았다. 후한 대접을 받았던 기분 좋은 기억과 돌을 던진 미안함이 동시에 아디브를 하산에게 이끈 것이다.

아디브를 본 하산은 온몸이 죄어드는 듯 가슴이 두근거렸다. 하산은 뒤를 밟은 일을 사과하고, 설탕에 절인 석류알 과자를 수북히 접시에 담아 아디브에게 내놓았다. 하산이 다시는 뒤를 밟지 않겠다는 약속을 하자, 그제서야 아디브는 과자를 먹었다. 먹으면서 아디브는 이곳에 일주일을 머물 예정이라는 둥 여러 이야기를 늘어놓았다. 아디브에게 홀린 하산은 아디브를 뚫어지게 바라보았다. 하산이 내온 셔벗 과즙까지 마시고 나자 아디브와 시종은 배가 불러 물릴 지경이 되었다.

천막으로 돌아오자 할머니(하산의 어머니)가 아디브에게 빵과 석류 과자를 먹으라고 권했다. 아디브는 배가 터질 지경이어서 먹고 싶은 마음이 전혀 없었지만 할머니가 섭섭해할까 봐 겨우 빵 한 조각을 집어서 설탕에 절인 석류알에 적셔 간신히 입에 넣었다. 그리곤 자기도 모르게 불쑥 맛이 없다고 말해버렸다. 할머니는 서운한 마음이 들어 "이 요리는 네 아버지 하산 빼고는 나만큼 잘 만드는 사람은 없다"고 했다. 아디브는 다마스쿠스 시장에서 만난 어떤 요리사에 비하면 이건 아무것도 아니라고 했다. 그가 석류알을 버무리는 솜씨는 대단하다고 입에 침이 마르게 칭찬을 아끼지 않았다.

손자의 말에 화가 난 할머니는 시종을 불러 아디브를 시장 음식점에 데리고 간 사실을 추궁하며 야단을 쳤다. 샤무스 알 딘도 곧장 달려와 시종을 매질하며 닦달했다. 그제야 시종은 그 가게의 석류알 절임만큼 맛있는 걸 먹어본 적이 없다고 자백했다.

화가 치민 하산의 어머니는 자기의 것과 가게의 것을 비교해보자며 당장 그 가게에 가서 석류알 절임을 사오라고 시켰다. 시종은 하산에게 자초지종을 들려주며 한 접시를 주문했다. 하산은 자기 어머니와 자기 외에는 이 과자를 이런 식으로 만들 줄 아는 사람은 없다며 듬뿍 담아주었다. 하산의 어머니는 가게에서 사온 석류알 절임을 한입 먹어보고는 기막힌 풍미와 솜씨에 감탄했다. 그리곤 그걸 만든 사람은 바로 아들 하산이 틀림없다고 생각하고, 이 사실을 샤무스 알 딘에게 알렸다.

샤무스 알 딘은 부하를 시켜 당장 하산을 끌고 오되 몸에 상처를 입히지 말라고 분부했다. 그리고 총독에게 가서 이집트 왕의 친서를 내보이고 체포에 관한 정식 허가를 받고 천막으로 돌아와 보니 이미 하산이 결박당한 채 끌려와 있었다. 하산은 쇠를 채운 궤짝 안에 감금당한 채 낙타 등에 실렸다. 대신의 출발 명령에 따라 일행은 길을 떠났다. 하산은 차꼬까지 채워져 마침내 카이로의 알 라이다냐라 광장에 도착했다.

대신은 하산을 끌어내고, 목수더러 책형을 집행할 십자가를 만들라고 명령했다. 자신이 무슨 까닭으로 이런 벌을 받아야 하느냐고 하산이 물었다. 대신은 석류알 절임에 넣은 후추가 부족했기 때문이라고 대답했다. 그 말에 하산은 기가 막혀 멍하니 나무를 깎는 목수를 바라보았다. 밤이 되자 대신은 하산을 다시 궤짝 속에 처넣고는 내일 형을 집행한다고 말했다.

하산이 잠든 걸 확인하자 대신은 궤짝을 낙타에 싣고 시내로 들어가 자기 집으로 갔다. 그리고 딸 후슨에게 남편이 올 것이니, 첫날밤과 똑같이 집 안을 꾸미자고 말했다. 그리고 신부 방의 도면(대신이 딸의 첫날밤 방의 모습을 그려놓은 도면)을 꺼내 가구와 물건을 이전대로 배치하게 하였다. 누가 봐도 그때 그 첫날밤과 똑같이 방이 꾸며졌다. 하산의 두건은 장의자 위에 놓고, 바지와 지갑도 침상 밑에 넣어두었다. 딸 후슨도 옷을 벗고 침상에 들었다. 대신은 잠든 하산을 궤짝에서 끌어내 옷을 벗겼다. 그리고 결혼식 날 입었던 푸른 비단 속옷만 입히고 바지를 벗겨 거의 알몸이 되게 해놓고 눕혔다.

하산이 무심코 돌아눕는 순간 문득 잠이 깨어 눈을 떠보니 자신이 불이 휘황한 방에 누워 있는 게 아닌가. 깜짝 놀라 주위를 둘러보니 바로 옛날 신부와 첫날밤을 보낸 그 방이었다. 꿈인지 생시인지 몰라 어리둥절하고 있는데, 후슨이 침실 휘장을 걷고 나오면서 왜 그리 오랫동안 화장실에 있었느냐고 눈을 흘겼다.

하산은 자기의 두건을 만져보고 아버지의 편지도 확인했다. 그리고 바지 주머니를 뒤져 지갑에 든 금화 1,000디나르와 매매증명서도 그대로인 것을 확인했다. 그러나 동시에 석류알 절임에 후추를 모자라게 넣었다고 궤짝에 갇혀 책형을 기다리던 일이며, 아디브가 던진 돌에 맞은 이마의 상처를 만지면서 꿈인지 생시인지 가릴 수가 없어 더욱 어리둥절했다. 하산은 후슨에게 화장실에서 졸다가 꿈을 꾸었나본데, 만약 꿈에서 깨어나지 않았더라면 틀림없이 책형을 당했을 것이라며 횡설수설했다.

날이 밝자 백부 샤무스 알 딘이 들어와 인사를 했다. 백부는 하산이 정말 딸과 백년가약을 맺은 바로 그 당사자인지 아닌지 확인하고 싶었다. 하산이 매매증명서와 아버지의 편지를 찾아 확인하는 걸 보자 틀림없는 동생의 아들임을 알았다.

백부는 동생과 말다툼한 걸 후회하며 동생의 아들을 껴안고 울었다. 하산은 아디브와 감격적으로 만났다. 이어서 어머니와도 다시 만났다. 왕은 하산에게 높은 벼슬을 내렸다. 하산은 중용되어 그 명성이 금세 먼 나라까지 퍼져나갔다. 하산은 죽는 날까지 백부와 가족과 함께 행복하게 일생을 보냈다.

칼리프는 자파르의 이야기에 감동하여 흑인 노예의 죄를 용서해주고, 칼리프의 한 노예 계집을 골라 자기 아내를 죽인 젊은이와 결혼시킨 뒤 매달 봉록을 주었으며, 뒷날 술친구로 삼았다.

## 24~34일째 밤

# 꼽추의 죽음과 네 명의 범인

### 시신은 하나인데, 네 사람이 잇달아 범인이라고 자백하다

아주 먼 옛날, 인도차이나의 한 마을에 인심 좋은 재봉사가 살고 있었다.

어느 날 부부가 함께 외출했다가 귀가하는 길에 우연히 꼽추를 만나게 되었다. 생김새가 하도 우스꽝스러워 보기만 해도 걱정거리를 잊을 정도였다. 두 내외는 이모저모 꼽추를 뜯어보며 재미있어 하다가 자신들의 집에 가서 함께 술을 마시며 놀지 않겠느냐고 꾀었다. 내외는 시장에서 먹을거리를 푸짐하게 사다가 떡 벌어지게 술상을 차렸다. 친절한 아내는 커다란 생선 토막을 집어 꼽추 입에 넣어주고는 씹지 말고 단숨에 꿀꺽 삼키라고 말했다. 꼽추는 한입에 생선을 넘겨버렸다. 그런데 생선에 들어 있는 억센 뼈가 목에 걸리는 탓에 꼽추는 그만 죽고 말았다.

깜짝 놀란 두 내외는 기지를 발휘했다. 남편은 비단보를 덮어씌운 꼽추의 작은 몸을 안았다. 그 앞에서 아내는 연신 자식이 아파서 급히 병원에 가는 것처럼 훌쩍였다. 행인들은 재봉사 부부의 애가 아파 병원에 가는 모양이라고 수군거렸다.

부부는 물어물어 달려가 헐레벌떡 유대인 의사 집에 당도했다. 마침 흑인 노예 처녀가 문을 열어주었다. 어린애가 아파 진찰하러 왔으니 의사를 불러달라며 부부는 4분의 1디나르짜리 금화를 건네면서 의사에게 주라고 했다. 노예 처녀가 의사를 부르러 2층으로 올라간 사이, 재봉사 부부는 재빨리 꼽추의 시신을 계단 맨 위 벽에 기대놓고서 뺑소니를 쳤다.

돈을 본 의사는 희색이 만면하여 허겁지겁 뛰어나오다 그만 어둠 속에서 시신에 발이 걸리고 말았다. 시신은 계단을 데굴데굴 굴러 계단 아래로 떨어졌다. 깜짝 놀란 의사가 등불을 비춰 보니 꼽추가 돌처럼 딱딱하게 죽어 있는 게 아닌가. 환자를 걷어차서 계단에서 굴러 떨어뜨려 죽게 했다고 믿은 의사는 눈앞이 캄캄했다.

때마침 의사의 아내가 기지를 발휘했다.

원래 이웃집 주인은 국왕의 부엌을 감독하는 궁전 주방장이었다. 그래서 가끔 비계나 고깃덩이를 집에 갖고 올 때가 있었는데, 고양이나 쥐, 개가 이 냄새를 맡고 지붕을 타넘고 뛰어 내려와 고깃덩이를 몰래 훔쳐 먹곤 했다. 이 사실에 착안한 유대인 의사 부부는 꼽추의 시신을 지붕으로 떠메고 올라가 통풍구를 통해 주방장의 집 안에 밀어 넣고는 태연하게 집으로 돌아왔다. 짐승들이 몰려와 시신을 말끔히 처리해줄 것이라 믿은 것이다.

그런데 그날 밤 주방장이 집 안으로 들어가는데 통풍구 아래 사람이 벽에 기대 서 있는 게 보였다. 순간 음식을 훔쳐 가려는 도둑이라는 의심이 들었다. 그동안 없어진 고기나 비계 때문에 골치를 앓아 개나 고양이를 때려죽이려 했는데, 하마터면 짐승들을 억울하게 죽일 뻔했다는 생각마저 들었다.

그는 다짜고짜 묵직한 쇠망치를 집어 꼽추의 가슴팍을 내리쳤다. 꼽추는 그 자리에 풀썩 쓰러지고 말았다. 그런데 자세히 다가가보니 꼽추가 죽어 있는 게 아닌가. 자기가 죽였다는 생각에 더럭 겁이 난 주방장은 알라의 이름을 부르며 탄식했다. 잠시 후 정신을 차린 주방장은 시신을 어깨에 메고 시장 근처에 이르렀다. 마침 아직 날이 새지 않은 때라서 어두운 골목 안으로 들어가 한 가게 벽에다 시신을 세워놓고는 그길로 도망쳐 집으로 돌아왔다.

때마침 국왕의 거간꾼인 나사렛인(기독교도)이 잔뜩 취해서 아침 기도 시간 전에 목욕하기 위해 비틀걸음으로 목욕탕으로 가던 중 소변을 보고 있었다. 문득 주위를 보니, 바로 옆에서 한 사내가 벽에 기대 서 있는 게 보였다. 그날 밤 그는 두건을 날치기당한 터라 분명 이놈이 두건 도둑일 거라고 짐작했다. 그는 술김에 꼽추의 시신을 때리고 목을 졸랐다. 때마침 시장 경비가 지나다가 기독교도가 이슬람교도를 깔고 앉아 때리는 광경을 보고 다가왔다. 두건을 훔쳐 가려고 했다는 말에 시장 경비가 자세히 살펴보니 꼽추는 이미 죽어 있었다.

"기독교도가 이슬람교도를 죽였다!"

경비는 소리치면서 거간꾼을 묶어 총독 앞으로 끌고 갔다. 이튿날 아침 거간꾼은 교수형을 언도받고 교수대에 섰다. 때마침 사형대 앞을 지나던 주방장이 이를 보게 되었다. 그는 구경꾼 사이를 헤치고 나가 자신이 꼽추를 죽인 범인이라고 자백했다. 총독은 주방장의 이야기를 듣고 그를 교수형에 처하라고 명령했다. 그런데 이번엔 사형장에 난데없이 유대인 의사가 나타나더니 꼽추를 죽인 범인은 자기라고 자백했다. 총독은 유대인 의사를 교수형에 처하라고 명령했다. 바로 그때 재봉사가 나타나더니 사실을 자백했다. 총독은 잠시 어안이 벙벙했다. 참으로 기이한 사건이 아닐 수 없었다. 총독은 기록해둘 만한 기담이라고 외치고, 재봉사를 처형하라고 명령했다.

그런데 문제의 이 꼽추는 사실 인도차이나 왕이 가장 총애하는 어릿광대였다. 왕은 꼽추가 보이지 않자 시종에게 그 이유를 물었다. 시종은 꼽추가 살해된 것과 현장에서 붙잡힌 범인에 이어 제2, 제3, 제4의 범인이 자꾸만 나타나 자기가 꼽추를 죽인 진범이라고 자백하고 있는 참이라고 설명했다. 왕은 범인 네 명을 모두 어전으로 불러들였다. 사태의 전말을 상세하게 듣고 난 왕은 놀라움을 금치 못해 이 사건을 금 글자로 적어두도록 분부했다.

왕은 주위를 둘러보며 말했다.

"이 꼽추 이야기보다 더 기이하고 재미있는 이야기를 들은 적이 있는가?"

그때 나사렛인 거간꾼이 나서 아뢰었다.

"허락해주신다면 저의 기막힌 사연을 말씀드리고 싶습니다. 꼽추 이야기보다 훨씬 신기하고 재미있는 이야기입니다."

왕이 허락하자 거간꾼은 자신의 기구한 신세를 이야기하기 시작했다.

# 나사렛인 거간꾼 이야기

나는 이집트의 마리오링고에서 태어나 거기서 자랐다. 원래 코프트인으로서 아버지가 그곳에서 거간꾼 노릇을 했기 때문이었다. 아버지가 돌아가신 뒤 나는 가업을 이어 거간꾼이 되었다.

어느 날 잘생긴 젊은이가 가게로 찾아와 깨 견본을 내놓고는 1아르다브에 시세가 얼마나 되는지 물었다. 내가 은화 100디르함쯤 나갈 것이라고 하자 그는 물건을 줄 테니 내일 짐꾼과 저울꾼을 데리고 개선문 옆 알 쟈와리로 오라고 했다. 다음 날 약속한 가게를 찾아가 창고의 깨를 달아보니 모두 50아르다브였다. 계산해보니 총 가격이 은화 5,000디르함이었다.

젊은이는 소개비 조로 내게 1아르다브당 10디르함을 주면서 소개비를 제한 나머지 4,500디르함을 내게 맡겼다. 깨의 현시세가 1아르다브에 120디르함이니까 이윤과 소개비를 합해 하루 만에 은화 1,500디르함을 번 셈이었다. 운수 대통이었다.

그런데 젊은이는 돈을 가지러 왔다가는 그냥 가고 또 그냥 가고, 이렇게 석 달이 지나도록 돈을 받아가지 않았다. 어느 날, 또 돈을 받으러 왔기에 그날은 꼭 집에 가서 식사를 대접하고 싶다고 간청하였다. 젊은이 덕분에 돈을 많이 벌었으니 꼭 보답을 하고 싶었다. 그를 대접하는 데 드는 비용을 그가 맡긴 돈에서 제한다는 조건으로 그는 마침내 초대에 응했다.

그는 왼손으로 식사를 했다. 그럴 사람으로 보이지 않는데 그가 예의에 벗어난 짓을 하는 이유가 궁금했다. 그래서 왜 오른손을 사용하지 않는지 그 까닭을 물었다. 그러자 그가 소매에서 오른손을 꺼내

보였다. 그런데 이게 웬일인가. 손목 아래가 뭉텅 잘려 있는 게 아닌가. 그의 오른팔은 손가락도 손바닥도 모두 잘린 손목만 달랑 있었다. 젊은이는 자신의 오른쪽 손목이 잘린 사연을 들려주었다.

{ 젊은이가 손목을 잘린 사연 }

나는 바그다드 태생으로, 아버지는 그곳 명사요 부호였다. 그래서 우리 집에는 어릴 때부터 순례자나 여행자, 상인이 많이 찾아왔다. 그들에게서 이집트 이야기를 자주 듣다 보니 이집트에 매료되었고 시간이 지나면서 이집트가 가슴 깊이 새겨지게 되었다. 아버지가 세상을 떠나자 나는 상속받은 유산을 처분하여 바그다드와 모스르의 상품을 사서 장사 길을 떠났다. 카이로에 도착할 때까지는 알라의 보살핌으로 아무 일도 없었다.

젊은이는 여기까지 마치고 나서 노래를 부른 다음 이야기를 다시 시작했다.

> 눈 밝은 이가 빠지는 구덩일 눈 나쁜 이는 피해 간다네.
> 말 한마디가 현자를 죽이고 말 한마디가 천지를 살리네.
> 무슬림은 배를 곯건만 이교도는 객청에서 잔치를 하네.
> 인간의 꾀나 재간 따위 뭣하랴, 뜬세상 일 신의 뜻대로.

카이로에 도착한 뒤 나는 물건을 파는 일은 거간꾼에게 맡기고 수금은 공증인과 환전상에게 맡긴 채 구경이나 다니는 식으로 느긋한 생활을 누렸다.

어느 날 우두머리 상인 가게에 앉아 담소를 즐기고 있는데, 한 매혹적인 여자가 가게로 들어왔다. 나는 그만 첫눈에 여자에게 반하고 말았다. 여자는 순금실로 짠 천을 외상으로 달라고 하고 주인은 안 된다고 하며 둘이서 한참을 옥신각신했다. 화가 난 여자가 나가려 하자 내 넋도 함께 떠나는 것 같았다. 나도 모르게 여자를 불렀다. 나는 은화 1,200디르함의 대금을 지불했다는 영수증을 써주고 대신 다음 장날에 갚으라고 말했다.

여자는 얼마 전 세상을 떠난 태수 바라카드의 딸로 굉장한 유산을 물려받은 부자라고 했다. 나는 완전히 그 여자에게 사로잡혀서 먹는 것도 잠자는 것도 잊을 정도였다.

다음 날 여자는 가게로 찾아와 돈을 갚은 뒤 돌아갔다. 여자의 뒤를 밟고 있는데 여자의 흑인 노예 계집이 알고서 나더러 따라오라고 하는 게 아닌가. 알고 보니 여자도 나를 은근히 사랑하고 있었다. 우리는 다음 날 여자의 집에서 몰래 만나기로 했다.

다음 날 나는 여자가 일러준 대로 집을 찾아가니 백인 노예 계집 둘이 나와 나를 맞았다. 둘 다 달처럼 아름답고 가슴이 풍만한 처녀였다.

"어서 오십시오. 아씨께서 오매불망 기다리고 계십니다."

방으로 들어서는 나를 보자 여자는 환하게 웃으며 나를 꼭 끌어안더니 붉은 혀를 내 입에다 밀어 넣고 혀를 빨아댔다. 이윽고 여자가 진수성찬을 차려 내오자 우리는 하루 종일 먹고 마시고 웃고 떠들다가 밤이 되어 함께 잠자리에 들었다. 태어나 그처럼 즐거운 꿈을 꾼 밤은 처음이었다. 아침이 되자 나는 금화를 싼 손수건을 침대 밑에 넣어 두고 집을 나섰다. 그날 이후 나는 매일 여자의 집으로 가서 환락을 즐기고 돌아올 때는 손수건에 싼 금화 50디나르를 남겨두었다.

이런 생활이 되풀이되는 동안 나는 땡전 한 푼 없는 거지 신세로 전락하고 말았다. 어느 날, 나는 악마의 농간에 넘어간 내 신세를 한탄하면서 사람들이 들끓는 즈와이라 개선문 근처를 지나고 있었다. 마침 우연히 기마병과 부딪치게 되었는데 나도 모르게 손이 기마병의 호주머니에 닿았고, 그 순간 호주머니 안에 지갑 같은 게 들어 있다는 직감이 들어 흘낏 보니까 호주머니에 초록색 끈이 늘어져 있었다. 난 지갑이 틀림없다고 생각하고 그 끈을 잡아당겼다. 푸른 비단 지갑을 뽑아낸 순간 짤랑, 하는 돈 소리가 들렸다. 기마병은 갑자기 호주머니가 가벼워진 느낌이 들어 가슴에 손을 갖다 대더니 지갑이 없어진 걸 알아차렸다. 순간 기마병은 나를 의심하는 눈초리로 돌아다보더니 안장 앞고리에서 철퇴를 들어 움켜쥐고 내 머리를 죽어라 후려갈겼다. 내가 땅에 쓰러지자 기마병이 날 밟고 올라서 큰소리로 도둑이라고 외쳤다. 순식간에 구경꾼이 주위를 에워쌌다. 일부 구경꾼이 이렇게 잘생긴 젊은이가 도둑일 리 없다고 두둔하고 나서자 위기를 벗어날 틈이 엿보였다.

그러나 때마침 운이 나쁘게도 총독이 경비대장과 부하들을 거느리고 지나가다 웅성대는 현장을 목격하고 말았다. 나는 꼼짝없이 총독 앞에 끌려가 구경꾼들 앞에서 옷이 벗겨지고 말았다. 지갑이 나오자 할 수 없이 나는 사실대로 자백할 수밖에 없었다.

총독의 추상같은 명령이 떨어지자 횃불잡이가 내 오른손을 잘라 버렸다. 이번엔 왼발을 자를 차례였다. 다소 기분이 풀린 기마병은 측은한 생각이 들었는지 총독에게 목숨만은 살려주라고 간청했다. 총독은 나를 그대로 내버려둔 채 일행과 함께 떠났고 기마병도 내게

20디나르가 든 지갑을 주고는 떠나버렸다.

여자의 집에 당도했을 때 나는 모욕과 고통으로 얼굴이 창백해져 있었다. 여자는 내 안색을 살피며 계속 무슨 일이 있는지, 무슨 걱정이 있는지 물었다. 나는 먹지도 않고 술만 마시다 만취하여 쓰러져 잠들어버렸고, 잠든 사이에 여자는 내 손목이 잘린 걸 알게 되었다.

다음 날 아침 내가 집을 나서려는데 여자가 내 앞을 막아섰다. 그리고 법관과 공증인을 불러 혼인증명서를 작성하고 지참금을 받았다는 증인이 되어달라고 했다. 여자가 궤짝을 열어 보이자 그 안에는 손수건이 가득 쌓여 있었다. 내가 여자에게 금화 50디나르씩을 손수건에 싸서 주고 간 것들이었는데, 풀어보지도 않은 채 그대로 궤짝에 넣어두었던 것이다. 궤짝의 돈뿐 아니라 여자는 자신의 전 재산과 노예와 하인은 물론 그 밖의 모든 재산을 내게 양도했다. 그러고도 여자는 내 사랑에 보답할 길이 없다며 슬퍼했다. 자기 때문에 내가 오른손을 잃었다는 슬픔 탓에 여자는 결국 병이 들어 세상을 떠나고 말았다.

깨는 여자가 창고에 남겨둔 재고였는데, 남겨준 재산이 하도 많아서 그 재산을 처분하는 일만으로도 눈코 뜰 새 없이 바빴다. 그래서 맡겨놓은 돈을 받으러 갈 짬도 없었다.

젊은이의 기구한 사연을 듣고 난 뒤부터 우리는 사이가 가까워져서 이후 카이로와 바그다드를 오가며 장사 여행을 계속하면서 오늘까지 함께 살아왔다. 그런데 이번엔 무슨 일인지 젊은이가 먼저 떠난 뒤 나 혼자 객지에 남아 있다가 어젯밤과 같은 봉변을 당한 것이다.

거간꾼이 이야기를 마치자 왕은 꼽추 이야기보다 신기하지 않다며 모두 교수형에 처하겠다고 했다. 그러자 이번엔 궁전 주방장이 나서서 이야기를 시작했다.

## 궁전 주방장 이야기

어젯밤 나는 코란의 독경회에 참석했다. 독경회가 끝난 뒤, 학자며 많은 사람들이 빙 둘러앉은 가운데 향연이 벌어졌다. 그런데 요리 중에는 카민 열매를 향기롭게 가미한 술에 절인 스튜가 있었다. 모두들 그 요리 앞으로 다가가는데, 유독 한 젊은이가 뒤로 물러앉으며 그 요리에는 손도 대지 않으려 했다. 사람들이 아무리 권해도 먹지 않았다. 그 요릴 먹고 하도 혼이 난 적이 있어, 보기도 싫다며 손을 내저었다. 그러나 사정상 반드시 먹어야 할 때는 우선 손을 씻고 나서 먹는데, 비누로 40번, 잿물로 40번, 새앙(생강)으로 40번, 모두 120번을 씻고 나서야 먹는다고 했다.

집주인은 노예를 시켜 비누, 잿물, 새앙 등을 모두 가져오게 하였다. 젊은이는 정말로 이 물에 120번 손을 씻은 뒤 스튜를 먹기 시작했다. 그런데 얼굴에는 노기를 띤 채 여전히 내키지 않은 태도로 겁이 나는 듯 한쪽 손으로 떠먹기 시작했다. 그런데 놀랍게도 젊은이의 손이 부들부들 떨리고 있는 게 아닌가. 자세히 보니까 엄지손가락이 잘려 나머지 네 손가락으로 먹고 있는 것이었다.

주위 사람들은 깜짝 놀라 사연을 물었다. 젊은이는 왼손 엄지손가락도 두 발의 엄지발가락도 모두 잘리고 없다면서, 손가락과 발가락이 잘리고 120번이나 손을 씻어야 하는 내력을 들려주었다.

{스튜에 얽힌 사연}

나는 바그다드의 부유한 상인의 아들이었다. 하지만 아버지는 술과 풍류를 지나치게 즐긴 나머지 결국 빚만 잔뜩 지고 돌아가셨다. 그래서 내가 그 빚을 다 갚고, 어느 정도 순수한 내 밑천이 생길 즈음이었다.

어느 날 가게로 한 미모의 여자가 찾아왔다. 한눈에 반한 나는 여자의 정체도 집도 모르면서 그만 다른 가게에서 옷감을 외상으로 가져다주었다. 약속한 기한이 다가와도 여자는 코빼기도 보이지 않고 외상을 준 상인의 재촉은 빗발쳤다. 한참 난감해서 어쩔 줄 모르고 있던 중 다행히 여자가 찾아와 외상을 갚아주었다.

이번에도 여자는 물건을 외상으로 달라고 했다. 나는 또 1만 디나르 어치의 외상 물건을 사주고 말았다. 한 달 이상 빚 재촉에 시달리다가 파산할 지경에 이르렀을 때가 되어서야 여자가 나타나 돈을 지불해주었다. 나는 돈보다도 여자를 다시 만난 것이 마냥 기뻐 눈물을 흘렸다. 나는 슬며시 여자를 따라온 내시에게 금화를 건네며 중매를 부탁했다. 그런데 놀랍게도 내시 말이 여자도 나를 좋아하고 있으니까 직접 고백하라는 것이었다. 사실은 여자가 이 가게에 온 것도 물건이 필요해서가 아니라 나에게 반했기 때문이라는 것이다. 용기백배한 나는 여자에게 직접 사랑을 고백했고 여자는 승낙의 뜻으로 고개를 끄덕였다. 그리고 앞으로 내시가 시키는 대로 해달라고 말했다.

뜬눈으로 밤을 지새운 다음 날 내시가 찾아왔다.

여자는 하룬 알 라시드 칼리프의 왕비 즈바이다의 노예로서 현재는 후궁의 시녀라고 했다. 여자가 즈바이다 왕비에게 결혼을 허락해 달라고 청하자 왕비는 자기가 그 남편감을 만나보고 적합한지 아닌지를 알아본 뒤에 짝을 지어주겠다고 했다. 그래서 몰래 나를 궁 안으로 데리고 들어갈 방법을 모색 중이니 앞으로 자기가 시키는 대로만 하면 된다고 했다.

그날 밤 나는 내시가 일러준 대로 해가 지자마자 티그리스 강변에 있는 즈바이다 왕비가 세운 사원으로 가서 기다렸다. 그러자 내시들이 배를 타고 와 사원에 빈 궤짝을 내려놓고 돌아갔다. 한 사람만 뒤에 남아 있었는데 자세히 보니 바로 여자를 따라온 그 내시였다. 잠시 후 여자가 다가와 나를 궤짝 안에 감추고 쇠를 채웠다. 잠시 후 다른 내시들이 물건을 가져왔다. 여자는 물건들을 다른 궤짝에 넣고 뚜껑을 덮고 쇠를 채웠다. 내시들은 배에 궤짝을 실어 나른 후 즈바이다 왕비의 궁전으로 배를 저어갔다.

배에서 내려진 궤짝들은 궁전 안으로 옮겨졌다. 그때 내시장이 궤짝을 조사할 테니 뚜껑을 열라고 명령했다. 너무 무서워 겁에 질린 나머지 나는 그만 궤짝 안에서 오줌을 싸고 말았다. 궤짝 틈으로 쭈르르 물이 새어나왔다. 당황한 시녀가 내시장에게 소리쳤다.

"큰일났네. 내시장님! 당신 때문에 나는 물론 당신 목도 달아나게 됐네요. 글쎄 금화 1만 닢이나 하는 물건을 깨뜨렸으니 말예요. 이 궤짝 안에는 물들인 옷과 젬젬 성수를 넣은 4갤런들이 병이 네 개나 들어 있어요. 근데 그중 한 병이 마개가 빠져 옷에 엎질러졌으니 염색이 엉망이 되었을 거예요."

내시장은 벌컥 화를 내면서 빨리 궤짝을 메고 꺼지라고 소리쳤다.

가까스로 위기를 모면한 일행이 서둘러 안으로 들어가는데 이번엔 칼리프와 딱 마주치게 되었다. 여우 굴에서 나오니 호랑이가 나타난 격이었다. 궤짝을 열어보라는 칼리프의 명령에 나는 숨이 끊어질 것 같았다. 꼼짝없이 들통이 나 죽게 생긴 나는 신앙고백을 하고 알라께 구원의 기도를 올렸다.

궤짝이 하나하나 열렸다. 칼리프는 일일이 향료와 옷을 들여다보았다. 마지막 궤짝이 하나 남았을 때였다. 시녀가 앞으로 나가더니 즈바이다 왕비의 비밀 물건이 들어 있으니 왕비 앞에서 열어보도록 해달라고 요청했다. 칼리프의 허락이 떨어졌다. 이렇게 하여 아슬아슬하게 위기를 모면한 일행은 후궁의 홀 한복판에 이르러 궤짝을 내려놓았다. 왕비가 나올 때까지 기다리는 도중, 여자가 나타나 궤짝을 열어 나를 꺼내주었다.

얼마 안 있어 왕비가 나타났다. 나는 왕비 앞에 엎드려 왕비의 몇 가지 질문에 답했다. 왕비는 흡족해하며 결혼을 허락했다. 그리고 칼리프의 허락까지 얻어냈다. 마침내 나는 열흘 뒤 혼인증명서를 작성하고 결혼 비용으로 금화 1만 디나르를 하사받는 영광까지 누리게 되었다.

첫날밤을 앞두고 있을 때였다. 신부가 목욕하러 간 사이에 시녀들이 진수성찬을 차려 왔다. 거기엔 카민의 스튜가 한 접시 있었다. 설탕, 피스타치오 열매, 사향, 장미수로 물들이고 가미한 것이었다. 맛있게 먹고 난 다음 손을 닦기만 하고 물에 씻는 것을 깜박 잊었다.

이윽고 신부가 들어와 옷을 벗었다. 이게 꿈인가 생시인가 기뻐하며 신부를 끌어안는 순간, 갑자기 신부가 비명을 질렀다. 비명 소리에 놀란 노예 계집들이 뛰어 들어왔다.

"저 미치광이를 저쪽으로 데려가! 카민의 스튜를 먹고 손 씻는 걸 잊다니! 알라께 맹세코 절대 그대로 두지 않겠어요. 당신 같은 사내가 더러운 손으로 나 같은 여자 옆에서 자다니 어림도 없지!"

그리곤 옆에 있는 채찍을 집어 들고 등과 엉덩이를 마구 후려갈겼다. 그것도 모자라 신부는 나를 경비대장에게 끌고 가 스튜를 먹고도 씻지 않은 손을 잘라버리라고 명령했다. 나는 억울함을 호소했고 시녀들도 한 목소리로 용서를 구했으나 신부는 절대로 용서할 수 없다고 소리치고는 휑하니 나가버린 뒤 열흘 동안 나타나지 않았다.

노예를 시켜 음식만 날라주기에 신부 소식을 물어보니 신부도 스튜 사건으로 병이 났다는 것이다.

열흘 뒤 신부가 나타났다. 그러나 여전히 분이 풀리지 않았는지, 카민 스튜를 먹고 손을 씻지 않으면 어떤 변을 당하게 되는지 보여주겠다며 시녀들을 불러 나를 묶더니 날카로운 면도칼로 내 손과 발의 엄지를 몽땅 잘라버린 것이다. 내가 기절한 뒤 가루약을 발라 다행히 피는 멈췄다. 정신을 차린 뒤 나는 신부 앞에서 약속을 맹세했다.

"앞으로 카민 스튜를 먹을 땐 반드시 잿물로 40번, 비누로 40번, 새앙으로 40번 손을 씻을 것이오."

이 맹세를 들은 뒤에야 신부는 노여움을 풀고 첫날밤을 함께 보냈다. 그 뒤 우리 부부는 궁전을 나와 궁전 밖에 저택을 사서 잘 살았다.

우리는 젊은이의 사연을 들으면서 식사를 끝내고 저마다 집으로 돌아갔는데, 뜻밖에도 꼽추 사건이 일어났다.

주방장의 이야기가 끝나자 왕은 꼽추 이야기보다 재미없다며, 모두 교수형에 처하라고 명령했다. 그러자 이번엔 유대인 의사가 나섰다.

## 유대인 의사 이야기

시리아의 다마스쿠스에서 의학을 공부하던 때였다. 어느 날 태수의 호출 명령을 받고 가보니 한 젊은이가 누워 있었다. 맥을 짚어보려고 손을 보여 달라니까 왼손을 내밀었다. 매일 왕진하며 처방을 내리고 병세를 돌본 결과 열흘 뒤 그는 완쾌하였다. 태수는 기뻐하며 나를 다마스쿠스 병원 원장으로 임명했다.

나는 젊은이를 따라 목욕탕에 들어갔다가 그의 오른손이 최근에 잘린 것과 그것 때문에 병이 난 걸 알았다. 그의 온몸에는 채찍 자국도 나 있고 고약도 붙어 있었다. 그 연유를 물으니 그는 목욕 후 식사를 하면서 사연을 들려주었다.

### {젊은이가 수난을 당한 사연}

나는 모스르 태생으로 아버지는 아홉 형제 중 맏이다. 아홉 형제가 모두 장성하여 부인을 얻었는데, 아버지 외에는 모두 자식을 보지 못했다. 그러니까 그 외동아들이 바로 나다.

어느 날 모스르의 이슬람교 대본산에서 예배를 본 뒤 아버지와 숙부들이 진기한 외국 이야기며 기묘한 도시 풍경 이야기를 나누던 중 카이로 이야기가 나왔다. 한 숙부가 카이로와 나일 강만큼 아름다운 곳은 이 세상에 없다고 서두를 꺼내자 아버지의 카이로 예찬론이 폭포처럼 쏟아졌다.

"카이로를 보지 못한 자는 세상을 안다고 할 수 없지. 카이로의 모래는 금이요, 나일 강은 영원한 기적이야. 여자도 극락의 여신처럼 아름답고, 마치 그림 속의 인형같아. 건물 역시 궁전처럼 훌륭하고, 나일 강의 물은 푸르고도 달아서 소화를 잘 시킨다 말이야. 진흙까지도 좋은 약이 되어 살 사람이 많지. 게다가 공기는 맑고 알로에 나무도 따르지 못할 향기가 감돌거든. 그러니 카이로야말로 세계의 어머니가 아니고 뭐겠는가? 도시를 장식한 갖가지 아름다운 꽃과 나일 강의 작은 섬들 그리고 드넓고 시원한 조명과 아비시니아 호수를 보면, 아마 너희들은 단박에 그 색다른 풍경에 넋을 잃고 말 걸. 나일 강이 두 팔을 벌리고 초목이 우거진 푸른 섬을 끌어안고 있는 모양은, 마치 눈의 흰자위가 검은 눈동자를 둘러싸고 있는 것과 같고, 또 가느다란 은실이 푸른 돌의 가장자리를 둘러싸고 있는 것과 흡사하게 참으로 아름답기 그지없어. 그 전망대에서 내려다보는 경치란 올라가 본 사람이 아니면 말할 수가 없을 거야. 해질녘의 아름다운 꽃동산은 서늘한 그림자가 멀리 경사를 이루어 어찌나 아름다운지 한 번 보기만 하면 꿈속에서도 이집트를 동경하게 될 걸. 또 카이로의 강변에 서서 해가 지는 걸 바라보면 나일 강의 물이 오색찬란한 갑옷을 입은 것만 같지. 만약 너희가 이 시간에 카이로의 강가에 있다면 산들바람과 풍부한 그늘에 다시 태어난 것 같은 싱싱한 기분을 맛볼 수 있을 거야."

이 이야기를 들은 뒤부터 내 머릿속에는 내내 이집트와 나일 강 생각이 떠나지 않았고 날이 갈수록 그 동경심은 깊어져 식욕도 잃고 잠도 이룰 수 없었다. 아버지에게 졸라 겨우 숙부들의 대상 행렬에 끼게 되었으나 아버지는 몰래 숙부들에게 일러두어 나는 카이로에 도착하기도 전에 다마스쿠스에 남겨지고 말았다.

나는 보석상 집에 세 들어 살면서 장사에도 어느 정도 재미를 보고 있었다. 그러던 중 어느 날 우연히 한 아름다운 여자를 만나게 되었다. 여자는 내 눈짓 한 번에 서슴없이 집 안으로 따라 들어왔고, 첫눈에 사랑의 포로가 된 나는 여자와 잠자리를 같이하며 다시없는 환락을 즐겼다.

아침이 되어 내가 은화 10디르함을 내밀자 여자는 "내가 당신의 돈을 탐내서 사랑을 나눈 줄 아느냐"고 불같이 화를 내며, 오히려 금화 15디나르를 내게 주며 사흘 후에 다시 올 테니 우리 두 사람을 위해 음식을 장만해달라고 말했다. 우리는 사흘 후에 만나 다시 실컷 즐겼다. 여자는 나를 사랑스럽게 껴안으며, 다음엔 나흘 후에 다시 올 텐데, 그땐 더 젊고 예쁜 여자를 데리고 오겠다고 했다. 오랫동안 슬픈 일을 당한 여자라 마음이 유쾌해지도록 위로해주고 싶다는 것이다. 약속대로 여자는 나흘 후 젊고 예쁜 처녀를 데리고 왔다. 난 처음 온 손님이라 손수 음식을 집어 주고 술을 따라 주며 무척 친절히 대했다. 은근히 샘을 내던 여자는 밤이 되자 자기는 애인이고 새로 온 여자는 손님이니 오늘 밤은 손님과 자라고 하면서 요 대신 양탄자를 깔아주었다. 나는 아무 생각 없이 젊은 처녀를 품고 잤다.

아침에 눈을 뜨니 몸이 축축이 젖어 있었다. 땀 때문이라고 생각하고 처녀를 깨우려고 어깨에 손을 대고 흔들었다. 그런데 손에 피가 벌겋게 묻으면서 처녀의 목이 베개에서 굴러 떨어지는 게 아닌가. 나는 소스라치게 놀라 알라의 이름을 불렀다. 처녀의 목이 잘려 있는 걸 본 나는 눈앞이 캄캄했다. 그런데 애인의 모습이 보이지 않았다. 아무래도 애인이 질투심에 죽인 것이라고 짐작했다. 어찌할지 몰라 당황하던 나는 잠시 생각한 끝에 마당 한복판에 구덩이를 파고 시신을 묻었다. 그리고 집주인에게 1년 치 집세를 미리 주고는 카이로에 머물고 있던 숙부들을 찾아가 1년 동안 카이로와 나일 강의 환락을 즐겼다. 귀국 날짜가 다가오자 난 숙부들에게서 도망쳐 몸을 감췄다. 숙부들은 내가 다마스쿠스로 먼저 간 줄 알고 떠났다. 난 그 후 3년 동안 카이로에서 혼자 살았다.

그러던 중 점차 돈이 바닥이 나서 급기야는 해마다 다마스쿠스에 보낼 집세마저 떨어지고 말았다. 할 수 없이 다마스쿠스로 직접 가서 사정해보기로 했다. 보석상 주인이 반가이 맞아주는 걸로 미루어 아직 탄로가 나지 않은 걸 알 수 있었다. 집에는 자물쇠가 채워져 있었고, 모든 게 예전 그대로였다. 필요한 옷이며 물건을 꺼내고 있는 참에 문득 그날 밤 목이 잘린 처녀와 함께 잔 자리 밑에 크고 아름다운 보석이 열 개 박힌 목걸이가 눈에 띄었다. 악마의 유혹에 이끌린 난 그 목걸이를 거간꾼에게 팔아달라고 부탁했다. 값이 금화 2,000디나르까지 올라갔을 때 거간꾼이 내게 다가오더니 이렇게 말하는 것이 아닌가. 이 목걸이는 금이 아닌 구리이고 프랑크인 목걸이를 흉내 낸 가짜라면서 값이 은화 1,000디르함밖에 안 나간다고 말했다. 나는 은화 1,000디르함이라도 좋으니 팔아만 달라고 부탁했다.

나를 수상히 여긴 거간꾼은 목걸이를 들고 가서 시의 감독에게 일렀고, 감독은 경비대장을 겸하고 있는 총독에게 거짓말을 했다. 이 목걸이는 자기 집에서 도난당한 것이고 도둑이 상인 차림을 하고 있는 걸 봤다고. 결국 나는 모함에 빠져 체포되었고 종려나무 채찍으로 매질 고문을 당하고 고문 끝에 훔쳤다고 자백하게 되었다. 그리고 그 벌로 오른손을 잘리고 말았다.

비탄에 잠겨 집으로 돌아오니 이번엔 집주인이 나가라고 호통을 쳤다. 도둑에게 집을 빌려줄 수 없다는 것이었다. 겨우 사흘간 말미를 얻고서, 집에 틀어박혀 절망에 빠져 있는데 이번엔 난데없이 호위병과 시 감독이 들이닥치더니 다짜고짜 목에 쇠사슬을 감는 게 아닌가. 그 목걸이는 다름 아닌 다마스쿠스의 한 대신의 물건으로서, 3년 전 공주와 함께 집에서 없어졌다는 것이다.

나는 대신에게 끌려갔다. 이젠 영락없이 죽을 판이니 모든 걸 고백하리라 결심했다. 그런데 뜻밖에도 대신은 왜 죄 없는 젊은이의 손을 잘랐느냐며 시 감독을 감옥에 넣었다. 나는 대신의 명령으로 목의 쇠사슬도 풀리고 묶인 결박도 풀렸다. 대신이 사실대로 말해달라고 하자, 나를 풀어준 고마움에 나는 첫 여자와의 만남부터 시작하여 사실대로 빠짐없이 고백했다. 내 말을 듣던 대신은 한참 동안 울고 나더니 너무나도 뜻밖의 사실을 들려주었다.

내가 처음 만난 여자는 다름 아닌 대신의 큰딸이었다. 카이로로 시집갔다가 과부가 되어 친정집으로 돌아온 큰딸은 카이로 사람들한테 배운 음란한 짓과 추잡한 풍습에 물들어 끝내 춘정을 이기지 못하고 나와 정을 통하게 된 것이다. 그런데 그 정사의 비밀을 언니에게 들은 동생도 춘정을 못 이겨 함께 데려다달라고 졸랐고, 그 바람에 동생을 데려가게 되었다. 그러나 며칠 동안 서럽게 울기만 하던 큰딸은 결국 어머니에게 자신이 동생을 죽인 사실을 자백했고, 그 뒤 눈물로 세월을 보내며 슬퍼하다가 끝내는 심장이 터져 죽고 말았다.

대신은 자기 딸 때문에 손까지 잘린 나를 극진히 대접해주었다. 그리고 배다른 막내딸과 결혼을 시켜주고, 시 감독에게 막대한 피해 배

상금도 받아주었다. 그뿐 아니라 나의 부친이 돌아가시자 부친의 유산을 모두 옮겨오게 해주는 등 대신은 나를 아들처럼 사랑하고 아껴주었다.

나는 젊은이의 기구한 이야기를 듣고, 사흘 동안 그 집에 묵으면서 융숭한 대접을 받았다. 또 많은 경비까지 도움을 받아 이 도성에 이르렀다. 이곳이 좋아 오래 머물다 보니 그만 어젯밤 그런 황당한 사건을 당하고 말았다.

유대인 의사의 말이 끝나자 인도차이나 왕은 머리를 가로저었다. 그리고 별로 신기하지도 재미있지도 않은 이야기라면서, 마지막 남은 재봉사의 이야기를 듣기로 했다.

## 재봉사 이야기

어제 아침 친구 결혼식 피로연에서 일어난 일이다. 재봉사, 방직공, 목수 등 기술자 20여 명이 초대를 받아 아침상을 받고 앉아 있는데 집주인이 한 절름발이 청년을 데리고 왔다. 얼굴이 수려한 데다가 아주 훌륭한 옷을 입고 있었는데 안타깝게도 한쪽 발을 절었다. 그런데 그 청년은 손님 중 이발사가 있는 걸 보더니 별안간 벌떡 일어나 나가려고 했다. 주위 사람들이 아무리 말려도 듣지 않고 지긋지긋하게 재수 없는 놈이라고 이발사를 욕하며 화를 냈다. 도대체 왜 그러느냐고 묻자, 저 이발사 때문에 절름발이가 되었고 고향 바그다드에서도 추방되어 이 먼 타향에서 살게 되었다고 했다. 계속 사연을 들려달라고 간청하자 젊은이는 마지못해 이발사와의 악연을 들려주었다. 이발사의 얼굴은 흙빛이었다 누렇게 변해갔다.

### { 절름발이가 된 청년의 사연 }

나는 바그다드 상인의 아들로 태어날 때부터 여자를 싫어했다. 그런데 어느 날 바그다드 거리를 걷다가 여자 한 무리와 마주치게 되었다. 여자들을 피해 뒷골목으로 숨었는데 하필이면 막다른 골목이라 빠져나갈 수가 없었다. 하는 수 없이 골목 안 돌의자에 앉아 여자들이 지나가기를 기다리고 있었다.

그때 맞은편 집 격자창이 열리더니 아름다운 처녀가 창가에 나타나 화초에 물을 주다가 문득 나와 눈이 마주쳤다. 그 순간 여자를 싫어하던 내 성격이 돌변하여 여자가 좋아지게 되었고, 순식간에 내 가슴에는 욕정의 불길이 활활 타오르기 시작했다. 나는 시간 가는 줄도 모르고 넋을 잃고 멍하니 거기 앉아 있었다. 이윽고 해가 질 무렵이 되어 시의 법관이 그 집으로 들어갔다. 나는 그 처녀가 법관의 딸임을 알았다.

그날부터 난 상사병에 시달리게 되었다. 그래서 한 노파에게 도움을 청했다. 바그다드 법관은 딸을 집 안에 가두어두고 엄하게 길렀으므로 노파의 중매가 절대적으로 필요했다. 노파는 처녀에게 한 청년이 아가씨 때문에 상사병에 걸려 죽게 되었다는 소식을 전했다. 그런데 알고 보니 처녀도 나를 사랑하고 있었다. 처녀는 금요일 사원에서 열리는 기도 시간 전에 집으로 찾아오라는 초대를 보냈다. 아버지가 사원에서 돌아오기 전에는 헤어져야 하니 시간을 꼭 지키라는 다짐도 덧붙였다.

어느덧 금요일이 되었다. 난 목욕을 하고 이발사를 불렀다. 그런데 바로 그 이발사가 나타났다. 이발사는 들어오자마자 이발을 하겠느냐는 둥 피를 뽑겠느냐는 둥 묻고는 금요일에 이발을 하거나 피를 뽑으면 재앙으로부터 구원받는다느니, 눈도 안 멀고 병에도 안 걸린다느니, 갖은 수다를 늘어놓으며 시간을 끌었다. 그리고 아스트롤라베(천문 관측 기구)를 꺼내 점괘를 봐주겠다며 은근히 꾀기까지 했다.

"나리가 어떤 여자와 인연을 맺고 싶어 하지만 장차 그 관계가 좋지 않다는 것이 확실히 나타나 있습니다. 그리고 앞으로 나리에게 몸에 닥쳐올 사건의 징조도 나타나 있습니다."

나는 한마디로 자르고 빨리 이발이나 하라고 소리쳤다. 그러나 그는 자기가 온갖 학문과 기술에 통달했다는 둥 장황하게 자기 자랑을 늘어놓았다. 내가 잔소리 말고 머리나 밀라고 소리치면, 나를 돕고 싶은 충정뿐이고 이는 자기의 의무라고까지 말하며 줄기차게 수다를 떨었다. 지긋지긋한 수다를 그만 멈추라고 화를 내자 이번엔 자기 별명이 벙어리라고 천연덕스럽게 지껄였다. 기가 막힐 노릇이었다. 그리곤 묻지도 않았는데 여섯 형 이야기를 들먹였다.

첫째 형은 수다쟁이, 둘째 형은 떠버리, 셋째 형은 조잘 망태, 넷째 형은 온종일 입 놀리는 사람, 다섯째 형은 허풍선이, 여섯째 형은 덜렁이, 그리고 자기는 일곱째인데 말이 너무 없어서 벙어리라는 별명이 붙었다는 것이다.

난 복장이 터질 정도로 화가 치밀었다. 그래서 하인더러 돈을 주어 내쫓으라고 했다. 하지만 이발사는 절대 돈은 받지 않겠다며, 내 아버지에게 신세를 많이 졌다는 둥, 아버지와의 인연을 들먹였다.

아버지는 피 뽑는 때를 늦추라는 자기 충고를 귀담아 들었고, 충고에 대한 보답으로 후한 사례금까지 주었다고 했다. 난 그가 수탕나귀 꼬리처럼 긴 혓바닥으로 지껄이는 수다에 진저리를 치며 버럭 화를 냈다. 그러자 그는 내 머리에 비누를 바르고 거품을 일으키면서, 나를 목말 태워 학교에 가던 때가 엊그제 같다는 등 완전히 나를 꼬마 취급했다. 난 참다 못해 옷을 찢고 나가라고 버럭 소리를 쳤다. 그러자 이발사는 면도칼을 꺼내 갈기 시작했다. 한참을 가는 척하는 걸 보니 미칠 것만 같았다. 이발사는 옆으로 다가와 머리카락 한두 가닥을 조금 미는 척하더니 또 손을 멈추고 수다를 떨기 시작했다. "성급한 것은 악마의 걸음걸이고, 참는 것은 은혜 깊은 신의 행위"라느니, "자꾸 서두르는 걸 보니 아무래도 별로 좋은 일 같지가 않다"며 은근슬쩍 떠보기까지 했다. 그리곤 아스트롤라베를 들고 양지바른 뜰로 나가 오랫동안 관찰하고 들어와 손가락을 꼽으면서 기도 시간까지는 세 시간이 남았으니 충분하다고 했다.

그리곤 면도날을 갈아 머리카락 한두 가닥을 밀고 나서 수다를 떨고 하는 식으로 이발사는 시간을 끌었고, 그동안 나는 애간장이 다 타서 녹아버릴 지경이었다.

기도 시간은 점점 다가오는데 이발사는 계속 무슨 일로 그렇게 서두르냐고 끈질기게 물고 늘어졌다. 처녀를 만나러 간다고 말할 수는 없는 일이어서 친구 집 연회에 초대받았다고 둘러댔다. 이발사는 갑자기 자기도 친구를 초대해놓았는데 대접할 음식 준비를 까맣게 잊었다고 했다. 내가 우리 집에 있는 음식과 술을 다 줄 테니 걱정 말고 빨리 머리나 깎으라고 하자, 이발사는 어떤 메뉴가 있느냐고 꼬치꼬치 캐묻고 그것도 모자라 직접 봐야 한다고 우겼다. 할 수 없이 난 하인을 시켜 금화 50디나르에 해당하는 온갖 음식과 술, 향수까지 준비해서 궤짝에 담아 주었다. 이발사는 궤짝 속을 하나하나 일일이 점검한 뒤 거기서 그치지 않고, 이번에는 초대한 자기 친구 한 명 한 명에 대한 칭찬과 자랑을 늘어놓았다. 그리고 백 번 듣는 것보다 한 번 보는 게 나으니 자기 집에 가자고 졸라댔다.

내가 계속 거절하자 반대로 이번엔 내가 초대받아 가는 친구 집에 자기를 데려가 달라는 게 아닌가. 당황한 나는 사실은 나 혼자만 초대받았다고 둘러댔다. 이발사는 나를 의심했다.

"오늘은 누군지 몰라도 여자분과 약속이 있는 것 같군요. 그렇지 않다면 나를 데려가지 못할 이유가 없지 않겠어요? 아무래도 나리께선 수상한 여자를 쫓아다니는 모양인데, 만일의 경우 목숨을 잃게 되면 큰일입니다. 바그다드 거리에서는 특히 금요일에는 여자와의 그런 일을 엄격히 금하고 있습니다. 총독은 성미가 여간 까다롭고 사나운 사람이 아니거든요. 나리께선 솔직히 말씀해주시지 않았지만 나는 모든 것을 다 알고 있어요. 오늘은 될 수 있는 대로 나리를 도와드리려고 할 뿐입니다."

난 집안사람이나 이웃이 들을까 봐 겁이 나 잠자코 있었다.

그러는 동안 겨우 머리를 다 깎았지만 이미 기도 시간이 되어 곧 설교가 시작될 참이었다. 나는 몸이 달 대로 달았다. 난 이발사더러 친구들이 와서 기다리고 있을 테니 빨리 가라고 했다. 그러나 이발사는 내가 파멸의 구렁텅이로 몸을 던지려 한다면서, 자기가 집에 이 음식을 가져다 놓고 다시 와서 함께 가야 하니까 그때까지 절대 먼저 혼자 나가면 안 된다고 했다. 할 수 없이 그때까지 기다리겠노라고 거짓 약속을 한 다음 나는 이발사가 나가자마자 얼른 일어나

밖으로 나갔다. 그러나 사실 이발사는 짐꾼을 시켜 물건만 보내고 자기는 골목에 숨어 있었다. 이미 그는 내가 여자를 만나러 간다는 걸 알고 뒤를 밟기로 한 것이다.

그것도 모르고 난 허둥지둥 여자의 집으로 갔다. 입구에서 기다리던 노파의 안내로 위층 여자의 방으로 올라갔다. 그러나 방에 들어서기도 전에 뜻밖에도 여자의 아버지가 기도에서 돌아와 아래층 큰 방으로 들어가더니 문을 잠그는 게 아닌가. 문으로 나갈 수도 없고 창밖으로 나가려고 내다보니 이발사가 입구에 기대 앉아 있었다. 난 그때서야 이발사가 내 뒤를 밟은 걸 알았다.

때마침 불행하게도 하녀가 무슨 잘못을 저질렀는지 주인(처녀의 아버지)에게 매를 맞는 소리가 들렸다. 하녀가 비명을 지르자 노예 사내가 달려와 말렸으나 화가 난 주인은 그 사내에게마저 채찍질을 했다. 사내가 신음 소리를 내자 밖에 있던 이발사는 내가 매를 맞는 줄 알고 옷을 찢고 머리칼을 쥐어뜯으며 "사람 살려! 사람 살려!" 하고 연방 소리를 질렀다. 그 소리에 구경꾼이 모여들었다. 이발사는 "우리 집 주인이 법관 집에서 맞아 죽을 판이오!" 하고 떠들어대고, 그것도 모자라 구경꾼을 몰고 우리 집으로 달려가 일렀다. 집안사람들과 하인들, 노예들은 영문도 모른 채 이발사의 말만 듣고 우르르 몰려와서는 "우리 주인님이 맞아 죽는다! 큰일 났다!"며 아우성쳤다.

바깥에서 와글와글 떠들며 소동이 일어나자 법관은 의아해서 문을 열어보았다. 법관을 보자마자 우리 집 하인들은 "우리 주인을 때려죽인 놈이 너구나!" 하며 법관에게 달려들었다. 법관은 내가 무슨 이유로 당신들 주인을 죽이겠느냐, 그건 오해이니, 정 의심이 나면 안에 들어와 당신 주인을 찾아보라고 했다.

법관의 말이 떨어지자 우리 집 하인과 노예 그리고 이발사가 우르르 집 안으로 뛰어 들어왔다. 도망갈 길을 찾아 주위를 두리번거리던 나는 너무 당황해서 커다란 궤짝 속에 들어가 숨었다. 이발사는 방 안에 들어와 여기저기 찾다가 궤짝을 발견하고는 번쩍 들어 머리에 이고는 정신없이 달아났다.

그 순간 난 너무 끔찍한 나머지 판단력을 잃고 말았다. 이발사가 절대로 날 놓아주지 않을 것이라고 생각한 나는 무조건 이발사에게서 도망쳐야 한다는 한 가지 생각에 사로잡혀 정신없이 궤짝 뚜껑을 열고 무조건 땅 위로 뛰어내렸다. 그 바람에 한쪽 다리를 다쳤다. 문이 열린 탓에 많은 구경꾼이 집 안을 들여다보고 있는 게 눈에 띄었다. 나는 사람들의 주의를 딴 곳으로 돌리기 위해 금화와 은화를 마구 뿌려댔다. 사람들이 눈이 뻘개져서 돈을 줍는 사이에 나는 한 발로 깡충깡충 뛰어서 뒷골목으로 겨우 빠져나갔다.

그러나 어딜 가나 지긋지긋한 이발사가 쫓아와서는 사람들 앞에서 자기가 나를 구해냈다는 둥, 자기 아니었으면 나리는 살해당했을지 모른다는 둥, 떠들어댔다.

나는 시장 한복판의 포목점에 들어가 주인에게 도움을 청해 겨우 지긋지긋한 이발사를 쫓아버렸다. 그러나 이미 내 소문은 온 이웃과 집안에 퍼졌다. 망신과 봉변을 당한 나는 이발사를 저주하며 혼자 탄식했다. 결국 고향을 떠나기로 결심하고 유언장을 만들었다. 가족과 처자에게 재산 분배와 관리를 맡기고 집과 토지를 모두 팔고 나서 나는 뻔뻔한 이발사로부터 벗어나기 위해 멀리 떠났다. 이곳에 자리를 잡고 몇 년 동안 살고 있던 중 여기 결혼식 연회에 초대받아 오게 된 것이다.

"그런데 재수 없게도 내 한쪽 다리를 절게 하고 고향까지 등지게 한 그 원수 같은 이발사를 또다시 만났으니 내가 어떻게 기분이 좋겠습니까?"

결국 젊은이는 자리를 박차고 나가버렸다. 호기심에 찬 사람들은 이발사에게 사실이냐고 물었다. 그러자 이발사는 전혀 반대로 대답했다.

"나는 관대하고 친절하고 상식에 입각하여 도와주었을 뿐입니다. 내가 없었다면 그 젊은이는 벌써 신세를 망쳤을 것입니다. 젊은이가 무사히 재난을 모면한 건 순전히 나의 친절 덕분이죠. 비록 다리는 부러졌지만 목숨은 살아남지 않았습니까. 난 절대 수다스럽거나 쓸데없이 참견하기를 좋아하거나 공연히 간섭하는 사람이 아닙니다. 그랬다면 그런 친절을 베풀지 않았을 것입니다. 지금부터 내 이야기를 들려드리지요. 들어보면 내가 얼마나 과묵한 사람인가를, 뻔뻔스러운 데라고는 조금도 없으며, 여섯 형들과는 성격이 얼마나 다른 사람인가를 알게 될 것입니다."

이발사는 묻지도 않았는데 자청해서 이야기를 시작했다.

### {수다쟁이 이발사의 사연}

내가 바그다드에 살고 있던 때는 칼리프 알 무스탄시르(아바스 왕조 제36대 칼리프, 재위 1226~1242)의 아들 알 무스타심의 치세 시절이었다. 그는 가난한 백성을 사랑하고, 학문이 높은 사람이나 신앙심 깊은 사람을 가까이하는 등 선정을 베푼 훌륭한 칼리프였다.

그 당시 노상강도 열 명이 도시 이곳저곳에 출몰한 사건이 있었다. 칼리프는 크게 노하여 바그다드 시장에게 순례제 날까지 강도들을 체포해 오라고 명령했다. 시장은 강도들을 체포하여 작은 배에 태웠다. 때마침 그 장면을 바라보던 나는 그들을 결혼식 손님으로 착각했다. 죄인을 호송하는 배인지 까맣게 몰랐던 것이다. 그래서 먹고 마시고 논다는 단순한 생각만 하고 술친구나 되어볼까 하며 그들 옆으로 다가가 인사를 하고 은근슬쩍 배에 함께 올라탔다. 그리곤 친한 척 그들 옆에 앉아 한참 이야기를 나누었다.

그런데 강을 다 건너자마자 경비병들과 호위병들이 쇠사슬을 가져와 강도들 목에 매는 게 아닌가. 그들은 내 목에도 쇠사슬을 매서 끌고 갔다. 내가 말 한마디도 하지 않고 아무 변명도 하지 않은 것은, 그만큼 내가 예의 바르고 말이 적은 사람이라는 증거가 아니겠는가.

다음 날 아침 칼리프는 끌려 나온 강도 열 명과 내 목을 베라고 명령했다. 형리는 가죽 깔개 위에 죄인들을 하나씩 앉히고 차례로 목을 벴다. 강도 열 명의 목을 다 베고 났는데도 아직 한 명이 남아 있었다. 아무리 세어봐도 베어낸 목은 분명 열 개였다. 그때서야 칼리프는 나를 알아보고 "너는 바보냐? 왜 이런 위급한 지경에서도 가만히 있었느냐?"며 그 까닭을 물었다.

나는 이곳에 끌려오기까지의 과정을 설명하고, 입 다물고 아무 말 하지 않은 이유는 내가 워낙 예의 바르고 입이 무거우며 아량 있고 관대하며 겸손하기 때문이라고 대답했다. 칼리프는 어지간히 우스웠던지 벌렁 자빠질 정도로 웃었다. 그리고 나의 여섯 형은 어떠냐고 물었다.

나는 대답했다. 형들은 나와 비교할 수 없는 사람들로서, 하나같이 말 많고 버릇없고 진실하지 못해 모두 불구자가 되었다고 대답했다. 그리고 첫째 형이 애꾸눈, 둘째 형이 중풍, 셋째 형이 장님, 넷째 형이 코와 귀가 없어지고, 다섯째 형이 언청이, 여섯째 형이 꼽추에 다 앉은뱅이가 된 사연을 들려주었다.

맏형은 수다쟁이 꼽추로, 이름은 알 바크부크다. 바그다드에서 어느 부잣집 가게를 빌려 재봉사로 일했다. 집 주인은 위층에 살고 아래층은 방앗간이었다.

그런데 형은 주인집 여자를 보자마자 한눈에 반해 짝사랑에 애를 태웠다. 주인집 여자는 거짓으로 추파를 던져 형의 마음을 사로잡고는 속옷 한 벌, 속옷 두 벌 하는 식으로 공짜로 바느질을 시켜 실컷 골탕을 먹였다. 그다음 번에는 주인 남자를 시켜 속옷 스무 벌, 소매 긴 옷 다섯 벌을 만들게 하고는, 형에게 눈짓으로 돈을 받지 말라고 하면서 품삯도 못 받게 하였다. 이렇게 여색 때문에 무일푼으로 가난과 굶주림과 노동에 시달리면서도 어리석은 형은 곧 여자의 환심을 사게 되리라고 마음을 달래고 있었다.

얼마 안 가 주인집 내외는 또다시 나쁜 꾀를 내어 형을 노예 계집과 결혼시켰다. 그런데 결혼 첫날밤 신부와 잠자리를 하려 하자 부부가 나서서 말리며 오늘 밤은 아래층 방앗간에서 자고 재미는 내일 밤에 보라고 했다.

부부는 방앗간 주인을 부추겨서 형에게 소 대신 방아를 돌리게 했다. 방앗간 주인은 형을 소로 여기고 채찍으로 어깨며 장딴지며 가리지 않고 밤새도록 후려갈겼다. 날이 새고 방앗간 주인은 돌아갔으나 형은 여전히 멍에에 매인 채 반죽음이 되어 있었다.

신부(노예 계집)가 들어와 밧줄을 풀어주었다. 그리고 주인 여자에게 할 말이 있으면 자기가 전해주겠다고 했다. 형은 화가 나서 주인

집 여자와는 아무 상관도 없다고 대답했다. 주인집 여자는 이 말을 전해 듣고 나서 형이 단단히 화가 난 걸 눈치 채고 형을 몰래 찾아와 울면서 자기는 끝까지 결백하다고 맹세했다.

형은 여자의 아름다운 얼굴과 그리운 음성, 황홀한 맵시에 빠져 전날 밤의 분노를 다 잊고 말았다. 남편이 외출한 틈을 타 함께 집에서 밤을 보내자는 여자의 연락을 받자 형은 솔깃하여 여자의 방으로 찾아갔다. 여자의 애교에 속아 넘어간 형은 흥분하여 입을 맞추려고 했고 그 순간 주인 남편이 나타났다. 주인 내외가 미리 짜놓은 계략에 보기 좋게 넘어간 것이다.

결국 형은 시장 앞에 끌려가 곤장 100대를 맞고 낙타에 태워져 온 시내를 돌아다니며 조리돌림을 당했다. 호위병은 "남의 안방을 침범하는 자는 이런 벌을 받는다"며 고래고래 소리쳤다. 형은 낙타에서 떨어져 다리가 부러지는 바람에 절름발이가 되었고, 이후 도시에서 추방당했으나 내가 몰래 데려다 지금까지 함께 살고 있다.

칼리프는 "과연 벙어리라 말수가 적군" 하며, 재미있다고 칭찬했다. 상까지 내려주었지만 나는 다른 형들 이야기를 다 끝마친 뒤 받기로 하고 이야기를 계속했다.

둘째 형은 허풍선이 중풍 환자로, 이름은 알 핫달이다.

하루는 한 노파가 오더니, 으리으리한 저택에서 호의호식하면서 저녁부터 아침까지 예쁜 처녀를 만날 수 있게 해주겠다고 형을 꼬였다. 다만 한 가지 조건이 있는데 쓸데없이 캐묻거나 말대답하는 등 공연히 수다를 떨지 않으면 된다는 것이다. 그 아가씨는 무엇이든 제 맘대로 하는 걸 좋아하고 자기 말을 거스르는 걸 아주 싫어하기 때문이라고 했다.

비위만 잘 맞추면 소원을 이룰 수 있다는 꼬임에 넘어간 형은 설레는 마음을 안고 으리으리한 저택으로 안내되었다. 노파의 말대로 달덩이 같은 미녀가 나와 형을 맞았다. 형은 산해진미를 먹고, 향기로운 술을 마시고, 비파 연주에 노래까지 들으며 황홀한 시간을 즐겼다.

한참 흥겨움에 잠겨 있는데, 문득 처녀가 장난치듯 형의 목덜미를 손바닥으로 한 대 살짝 후려갈겼다. 형은 기분이 상해 돌아가려고 했다. 그런데 곧장 노파가 쫓아오더니 되돌아오라고 손짓했다. 할 수 없이 돌아와 여자 옆에 앉았는데 이번에도 또 여자가 철썩 하고 목덜미를 때리는 게 아닌가. 그것도 모자라 시녀들까지 달려들어 때렸다. 형은 맞을 때마다 노파에게 투덜거렸고, 노파는 노파대로 처녀에게 이제 그만하라고 말렸으나 처녀는 형이 정신을 잃을 때까지 매질을 멈추지 않았다.

이윽고 매질이 멈췄다. 형이 비틀비틀 일어나 화장실에 가려고 방을 나가자 노파가 쫓아왔다. 처녀가 술에 취하면 소원이 이루어질 테니 조금만 참으라고 달랬다.

형이 제자리로 돌아오자 처녀는 형의 몸에 향을 피우고 얼굴에 장미수를 뿌려댔다. 그리고 의미 있는 눈짓을 보내며 지금까지 무례한 짓을 잘 참은 것을 치하한 뒤 달콤한 목소리로 조금만 더 참으면 소원을 들어주겠다고 속삭였다.

시녀들은 처녀의 지시대로 형을 데리고 나가 형의 눈썹을 빨갛게 물들였다. 다음엔 수염을 깎으려 들었다. 형이 거부하자 노파가 다가와 형을 구슬렸다. 처녀가 사랑을 나눌 때 볼이 긁히거나 따끔따끔 찌를까 봐 그런다고 둘러댔다. 할 수 없이 형은 윗수염과 턱수염까지 모두 밀어버렸다.

형의 모습을 본 처녀는 발딱 나자빠질 만큼 배를 거머쥐고는 깔깔 웃었다. 이번엔 춤을 추라고 했다. 형은 껑충껑충 뛰었다. 여자들은 깔깔대고 웃으며 베개며 과일을 형에게 마구 던졌다. 형은 견디다 못해 기절했다가 가까스로 정신을 차렸다. 노파가 귓속말로 속삭였다. 이제 맞는 일은 끝났으니 소원이 이루어질 순간도 머지않았다고 안심시켰다.

"하지만 한 가지가 남았다오. 저 아가씬 술에 취하면 옷을 홀딱 벗고 알몸이 될 때까지는 몸을 내맡기지 않는 버릇이 있단 말이야. 그러니까 아가씨가 옷을 벗고 뛰라고 하거든 그대로 하면 될 거요. 그땐 저 아가씨가 앞장서서 뛸 거요. 붙잡히지 않으려고 막 달아나는 것처럼 뛸 거요. 그러면 이리저리 아가씨를 뒤쫓으면 되지요. 그동안 '연장'이 한껏 커지면 저 아가씬 당신 맘대로 될 거요."

형은 너무 좋아 정신없이 옷을 벗어던지고 알몸이 되었다.

처녀도 형과 똑같이 옷을 벗고 알몸이 되었다. 그리곤 자기를 잡아보라며 이 방 저 방을 뛰어다녔다. 형도 미친 듯이 정욕에 불타올라 연장을 무시무시하게 벌떡 세워가지고 뛰어다녔다. 한참 술래잡기를 하듯 뛰더니 갑자기 처녀가 캄캄한 곳으로 뛰어 들어갔고 형도 그 뒤를 따라 들어갔다. 그런데 형이 밟은 바닥이 별안간 꺼지는 바람에 형은 그만 아래로 떨어지고 말았다.

얼마 뒤 정신을 차리고 주위를 살펴보니 그곳은 바로 사람이 들끓는 시장 한복판이 아닌가. 알몸으로 연장을 세운 채, 윗수염도 턱수염도 밀어버리고 눈썹은 빨갛게 물들이고 양 볼에는 연지를 찍은 형이 나타나자 사람들은 와글와글 떠들며 손뼉을 치면서 놀려댔다. 그리고 발가벗은 형을 가죽으로 닥치는 대로 때려서 기절시키고는 경비 책임자에게 끌고 갔다. 형은 곤장 100대를 맞고 바그다드에서 추방당하고 말았다. 나는 둘째 형도 데려다 지금껏 돌보고 있다.

셋째 형 알 파키크는 말이 기관총처럼 빠른 장님이다. 어느 날 큰 저택의 대문을 두드리니 주인이 누구냐고 물었다. 형은 대답하지 않았다. 두 번이나 물어도 대답이 없자 화가 난 주인이 대문을 열었다. 그때서야 형은 적선을 부탁했다. 주인은 장님인 형의 손을 이끌고 집 안으로 들어가더니 계단을 통해 지붕까지 데리고 올라갔다. 그러더니 형에게 다른 집에나 가보라고 말했다. "동냥도 주지 않을 거면서 왜 이제야 그런 말을 하느냐?"고 형이 성을 내자 주인은 "왜 아까는 대답을 하지 않았느냐?"고 반문했다. 아래층으로 데려다 달라는 부탁도 무시하고 주인은 올라온 길을 내려가기만 하면 된다고 말하고 사라졌다. 결국 형은 계단을 20개쯤 남겨두고 발을 헛디뎌 굴러 떨어지고 말았다.

거리로 나온 형은 우연히 장님 친구 둘을 만났다. 형은 살 물건이 있으니 돈을 가지러 같이 집으로 가자고 말했다. 그런데 아까 그 주인이 형의 뒤를 밟고 있었다. 집 안에 들어온 세 장님은 주인이 따라 들어온 줄도 모르고 호주머니에서 돈을 꺼내 세어보았다. 은화 1만 2,000디나르였다. 세 장님은 각자 필요한 돈을 가진 다음 나머지는 방 한구석에 감추고 식사를 시작했다.

그런데 옆에서 쩝쩝대는 괴상한 소리에 낌새를 챈 형은 손을 뻗쳐 주인의 손을 움켜잡았다. 그리고 세 장님이 모두 주인에게 달려들어

흠씬 두들겨 팼다. 매 맞던 주인은 "누가 돈을 훔치러 들어왔다"고 고함을 질렀다. 그러자 이웃 사람들이 모여들었다. 주인은 장님 행세를 하면서 "총독님께 꼭 할 말이 있다!"고 외쳤다.

때마침 경비병이 들이닥쳐 모두 붙잡아 총독 앞으로 끌고 갔다. 총독이 무슨 일이냐고 캐묻자 주인이 대답했다.

"저희는 고문이라도 당하지 않는 한 절대 자백하지 않을 겁니다. 저부터 때린 뒤 다음엔 (형을 가리키며) 두목을 때려주십시오."

등에 곤장을 400대나 맞고 나자 아픔에 못 이긴 주인은 자기도 모르게 한쪽 눈을 떴다. 더욱 매질을 하자 이번엔 다른 한쪽 눈도 뜨고 말았다. 도대체 어찌된 영문이냐고 총독이 다그쳤다. 주인은 자백하는 척하며 모함을 늘어놓았다.

"여기 있는 세 사람과 저는 모두 장님으로 가장하여 남의 집에 들어가서는 베일을 벗은 부인들을 훔쳐보고 정을 통하여 타락하게끔 일을 꾸며 돈을 많이 벌었습니다. 그렇게 모은 돈이 은화 1만 2,000디나르나 되었는데, 그 가운데 제 몫을 달라고 했더니 이놈들이 저를 때리고 돈을 빼앗지 않겠습니까. 그래서 나리께 구원을 청하려던 것입니다. 제 말이 거짓말인지 아닌지 알고 싶으시면 이놈들을 모조리 저보다 더 호되게 때려보십시오. 그럼 반드시 눈을 뜰 겁니다."

총독은 세 장님을 기절할 때까지 매질했다. 하지만 세 장님은 끝내 눈을 뜨지 않았다. 총독은 주인의 말대로 장님들의 집을 뒤져 은화를 가져다 주인의 몫으로 3,000디나르를 준 뒤 나머지는 총독이 챙긴 뒤 세 장님을 추방했다. 난 몰래 형님을 데려다가 지금까지 돌보며 함께 살고 있다.

칼리프는 크게 웃으며 상을 주어 물러가게 하라고 명했지만 난 다른 형의 이야기를 끝마칠 때까지는 아무것도 받지 않았다. 난 말수가 적고 입이 무거운 사내이기 때문이다.

넷째 형은 말 많은 애꾸눈으로, 이름은 알 쿠즈 알 카스와니인데 '목이 긴 병'이라는 뜻이다. 바그다드에서 푸줏간을 운영했다.

어느 날 한 노인이 고기를 사면서 새하얗고 반짝거리는 은화를 주고 갔다. 그 뒤 노인은 다섯 달 동안 고기를 샀고, 형은 그 돈을 고스란히 궤짝에 따로 보관했다.

그러던 어느 날이었다. 돈을 꺼내 양을 사려고 궤짝을 열었더니 이게 웬일인가. 궤짝 속에는 아무것도 없었고 은화처럼 동그랗게 오린 흰 종이만 들어 있었다. 할 수 없이 형은 다른 돈으로 새끼 양을 잡아 고기를 가게 진열대에 걸었다. 그때 마침 그 노인이 찾아왔다.

"이 악당 영감아!"

노인을 보자마자 형은 멱살을 붙잡아 사람들 앞에 끌고 나갔다. 그리고 노인에게 변을 당한 일을 낱낱이 떠들었다. 노인은 가게에 매달려 있는 고기를 손가락으로 가리키면서 침착하게 대거리했다.

"악당은 자네야. 자네는 양고기를 판다면서 사람 고기를 팔고 있지 않은가?"

사람들은 깜짝 놀라 진짜인지 가짜인지 확인하러 우르르 가게 안으로 몰려 들어왔다. 그런데 노인의 말 그대로 양이 사람의 시체로 변해 매달려 있는 게 아닌가. 사람들은 형에게 욕을 퍼부었고, 노인은 다짜고짜 형의 눈을 후려갈겼다. 그 바람에 형의 한쪽 눈알이 튀어나왔다.

사람들은 목을 딴 사람의 시체와 함께 형을 끌고 경비 책임자에게 갔다. 형은 결백을 호소했으나 아무도 형의 말을 인정하려 들지 않았다. 결국 형은 곤장 500대를 맞고 재산도 몰수당하고 바그다드에서 추방당했다.

발길 닿는 대로 정처 없이 걷던 형은 어느 대도시에 이르러 가게를 차리고 신발 수선으로 생계를 꾸려나갔다.

어느 날 볼일이 있어 밖에 나갔는데 멀리 말발굽 소리가 들려왔다. 알고 보니 왕이 사냥하러 나간다는 것이었다. 형은 걸음을 멈추고 길가에서 사냥 차림을 한 일행을 구경하고 있었다. 그런데 그만 왕과 시선이 마주치고 말았다. 왕은 "아침부터 애꾸눈을 만났으니 재수가 없다"며 버럭 화를 냈다. 왕은 특히 오른쪽 눈이 없는 애꾸눈을 유독 싫어했다.

결국 형은 왕의 명령으로 즉시 호위병들에게 잡혀 죽을 지경까지 맞은 후에 겨우 풀려났다. 그 일을 당한 뒤 형은 그 도시를 떠나 다른 도시로 가서 살게 되었다.

어느 날 외출했다가 형은 또다시 왕의 말발굽 소리를 듣게 되었다. 겁에 질린 형은 숨을 곳을 찾다가 마침 어느 열린 대문 안으로 들어가 몸을 숨겼다. 그런데 그만 그 집 두 하인에게 잡히고 말았다. 하인들은 형의 몸을 뒤져 허리끈에 차고 있던 가죽 자르는 칼을 발견하고는 큰 소리로 외쳤다.

"네놈이 바로 이 단도로 주인 나리의 목을 찌르려던 놈이구나! 당장 내놔! 매일 밤 우리를 위협하던 그 칼을 내놓으란 말이야!"

하인들은 형의 옆구리에 난 채찍 자국을 보고 틀림없이 죄인이라고 단정하고는 곧장 형을 총독에게 끌고 갔다. 아무리 형이 부인하고 지금까지의 사연을 호소해도 총독은 믿지 않았다. 결국 형은 곤장 100대를 맞고 낙타에 실려 온 시내를 돌며 조리돌림까지 당하고 말았다. 남의 집에 침입한 나쁜 짓의 보복을 받은 셈이다. 그 도시에서 추방되어 정처없이 헤맨다는 형의 소식을 듣고 나는 형을 찾아 데리고 와서 지금껏 함께 살고 있다.

다섯째 형의 이름은 알 나슈사르라고, 양쪽 귀가 모두 잘려서 구걸로 연명하고 있다.

형은 아버지가 돌아가신 뒤 유산으로 받은 은화 100디르함으로 몽땅 유리그릇을 샀다. 그리고 그걸 큰 쟁반에 담아서 어떤 집 벽에 진열해놓고 장사를 시작했다. 형은 날마다 벽에 기대앉아 이 생각 저 생각 온갖 공상에 잠기곤 했다.

'유리그릇을 다 팔아 은화 200디르함으로 늘리고… 그다음엔 또 두 배인 400디르함에서 1,000디르함으로, 다시 1만 디르함으로… 이렇게 점점 밑천이 불어나 은화 10만 디르함을 만들어야지. 그러면 고대광실 같은 집을 사고 노예도 사고 말도 사고 맘껏 먹고 마시며 즐겁게 지내는 거야.'

형은 은화 100디르함어치의 유리그릇을 앞에 놓고 이런 공상에 잠겨 있곤 했다.

'내 밑천이 은화 10만 디르함이 되면, 그땐 중매쟁이를 시켜 재상의 딸에게 청혼하는 거야. 싫다고 하면 우격다짐으로라도 빼앗아올 테야. 결혼식이 거행되면 난 한껏 거드름을 피우며 신부를 거부하는 척해야지. 혼례식과 피로연이 끝나 첫날밤이 되면 신부가 애교를 떨며 다가와 술을 권하겠지. 만약 신부가 술잔을 내 입에 갖다대면, 주

먹으로 얼굴을 때리고 발로 걷어차는 거야. 이렇게….'

그러면서 형은 유리그릇이 담긴 쟁반을 발로 걷어찼다. 그 바람에 유리그릇은 몽땅 다 깨져버리고 말았다. 형이 울고불고 탄식하고 있는데, 때마침 눈부시게 아름다운 미색의 귀부인이 지나가다 형의 처지를 동정하고 금화 500디나르를 주고 가는 게 아닌가.

며칠 후 집에 앉아 있는데, 한 노파가 문을 두드렸다. 기도 시간 때문에 그러니 목욕 좀 하고 가겠다는 것이었다. 그런데 목욕을 마친 노파가 얘기 도중에, 얼마 전 금화를 놓고 간 그 미색의 귀부인이 바로 노파가 모시는 주인이라고 하는 게 아닌가. 노파는 형에게 귀부인을 소개해주겠다고 유인했다. 형은 돈을 가지고 노파를 따라 부인의 집으로 갔다. 부인은 잠시 형과 희롱하더니 조금만 기다리라 이르고 나가버렸다. 부인이 나가자마자 갑자기 거구의 흑인 노예가 뛰어 들어오더니 칼등으로 형을 쳤다. 형이 기절해 쓰러지자 검둥이는 형이 죽은 줄 알고 시체가 산더미처럼 쌓인 지하실에 내던졌다. 형은 거기서 요행히 살아남아 탈출하였다.

그 뒤로 형은 매일같이 노파의 뒤를 밟으며 감시를 게을리하지 않았다. 노파는 연방 또 다른 여러 사내를 꾀어 그 부인의 집으로 데려갔다. 건강을 회복하자 형은 페르시아 상인으로 변장하고 노파를 찾아갔다. 그리곤 유리 조각과 단도가 들어 있는 자루를 보여주며 마치 돈이 많이 든 돈 자루처럼 속이고, 귀부인을 다시 만나게 해달라고 졸랐다. 노파의 안내로 다시 부인을 만난 형은 전과 똑같이 부인이 나가고 나서 흑인 노예가 들어오자 단도를 빼서 그를 죽이고 노파도 죽여버렸다.

부인은 용서를 빌면서 흑인 노예의 아내가 된 사연을 들려주었다.

부인은 어떤 상인의 노예였는데, 혼인 잔치를 구경시켜준다는 노파의 꾐에 빠져 따라갔다가 그에게 붙잡혀 3년 동안 살게 되었다는 것이다.

부인은 형을 창고로 데려가서 수많은 사내에게 빼앗은 돈과 보물을 보여주었다. 그리고 이걸 모두 줄 테니 빨리 가서 짐꾼을 불러오라고 했다. 그러나 형이 짐꾼을 데리고 돌아왔을 때 이미 부인은 돈과 보물을 갖고 도망쳐버린 뒤였다. 결국 형은 두 번이나 여자에게 보기 좋게 속아 넘어간 것이다.

그런데 자빠져도 코가 깨진다더니, 겨우 창고에 남은 돈 몇 푼과 물건을 갖고 집으로 돌아온 다음 날, 스무 명이나 되는 관리들이 들이닥쳐 불문곡직 형을 체포해 총독에게 끌고 갔다. 형은 사정을 호소하며 자비를 베풀라고 애원했다. 자비의 손수건을 받은 형은 노파와 부인과의 일을 낱낱이 실토하고 남은 돈과 물건도 몽땅 총독에게 바쳤다. 그러나 총독은 혹시 이 사건이 국왕의 귀에 들어갈까 봐 두려워 형을 추방하고 말았다. 떠나는 도중 형은 강도를 만나 물건을 빼앗기고 귀까지 잘렸다.

여섯째 형 샤카시크의 별명은 수다쟁이인데, 아래위 입술이 잘린 사내다. 전에는 부자였으나 지금은 형편없이 몰락한 형편이다.

어느 날 형은 구걸하러 나섰다. 어느 저택 앞에 이르니 내시들이 출입을 감시하고 있었다. 알고 보니 인심 후한 바르마크 집안이 아닌가. 구걸하면 도와줄 거라는 내시들의 말을 듣고 형은 저택 안으로 들어갔다.

우아하고 아름다운 저택이었다. 형은 풍채 좋은 남자에게 다가가 적선해달라고 했다. 그는 흔쾌히 음식을 대접하겠노라 약속한 다음, 집에 묵으면서 돈독한 우의를 다지자고 말했다.

형은 배가 고파 죽을 지경이라 더 이상 기다릴 수가 없다고 말했다. 주인 남자는 하인을 부르더니 대야와 물통을 가져오라고 소리쳤다. 그리고 형을 향해 고개를 돌리고 빨리 와서 손을 씻으라고 했다. 그러나 형이 보니 대야도 물도 보이지 않았다. 그런데도 그는 손을 씻는 시늉을 했다. 이번엔 또 음식을 가져오라고 소리쳤다. 그리곤 음식이 하나도 없는데도 무엇을 먹는 시늉을 하면서 형에게 이것저것 먹으라고 권하는 게 아닌가. 형은 그가 하는 대로 먹는 시늉을 했다. 그는 요리의 맛을 설명하고 먹여주는 시늉까지 했다. 형의 시장기는 점점 더 심해져 미칠 지경이 되었다. 배고픈 사람을 이렇게 골탕을 먹이다니, 반드시 본때를 보여주리라 작정했다.

과일에 이어 술이 나왔다. 두 사람은 술 향기가 이러니저러니 하며 술잔을 주거니 받거니 하면서 진짜로 술을 마시는 척 시늉했다.

형은 술에 취한 체하면서 허연 겨드랑이가 드러날 정도로 팔을 높이 쳐들어 철썩 하는 소리가 넓은 저택에 울려 퍼질 만큼 주인의 목덜미를 후려갈겼다. 잇달아 또 한 번 후려치자 주인은 깜짝 놀라 큰 소리로 욕하며 부르짖었다. 그러자 형이 말했다.

"주인 나리, 저를 친절히 대해주시고 식사까지 대접해주시고 오래 묵은 술까지 대접해주신 덕분에 그만 취해서 이런 난폭한 짓을 하고 말았습니다. 신분이 높은 분이시니 저의 실례를 용서해주실 걸로 믿습니다."

주인은 크게 웃었다.

"난 오랫동안 남을 놀리고 친구들에게 철없는 짓을 해왔지만, 당신처럼 꾹 참고 주책없는 장난에 장단을 맞춰주는 재치 있는 사람은 처음 만났소. 그러니 날 용서해주고 앞으로 내 술친구로 삼을 테니 내 곁을 떠나지 마오."

말이 끝나자 진짜 식탁이 차려졌다. 두 사람은 먹고 마시면서 하루를 즐겼다. 그 뒤로 주인 남자와 형은 친형제처럼 술친구로 다정하게 지내면서 20년이란 세월을 보냈다. 그러나 주인 남자가 세상을 떠난 뒤 왕은 그의 재산을 모조리 몰수하고 형이 저축한 재산까지도 빼앗았다.

결국 형은 다시 빈털터리가 되어, 그 도시를 떠나 정처 없이 방랑의 길을 헤맸다. 그러던 중 어느 도시의 외곽을 지날 때였다. 사나운 아라비아인들이 떼를 지어 달려들어서는 형의 손발을 묶어 자기들 천막으로 끌고 가더니 돈을 내놓으라고 겁박했다. 돈이 없다고 하자 그들은 형을 실컷 때리다 못해 단도로 형의 입술을 도려내버렸다.

그런데 이들 떼거리의 두목에게는 미색이 뛰어난 아내가 있었는데, 그 아내는 남편이 없을 때마다 형에게 지분거리며 추파를 보냈다. 형은 거들떠보지도 않았으나 여자가 끈질기게 유혹하는 바람에 결국 유혹에 넘어가 여자를 무릎에 앉히고 희롱하고 있었다. 그때 별안간 남편이 나타났다. 두 남녀를 보고 눈이 뒤집힌 남편은 단도를 꺼내 형의 성기를 잘라버리고 형을 낙타 등에 매달아 산속에 버리고 말았다. 마침 아는 사람에게 발견되어 구사일생 살아나 지금은 내 신세를 지며 살고 있다.

나는 너무 고지식한 사람이라 그동안 나 혼자서 여섯 형 모두를 부양해왔다.

내 이야기가 다 끝나자 칼리프는 나를 추방했다. 난 바그다드를 떠나 외국을 방랑하다가, 전 칼리프가 죽고 새 칼리프가 왕위에 올랐다는 소식을 듣고 다시 바그다드로 돌아왔다. 그런데 그 사이에 형들은 모두 세상을 떠나고 없었다.

그러다 우연히 저 젊은이를 만나 온갖 친절을 다 베풀었는데도 나를 책망하고 흠을 잡고 뻔뻔하다느니, 수다쟁이라느니, 거짓말쟁이라느니 욕을 해대니 당치도 않은 일이 아닐 수 없다.

우리는 얘기를 다 듣고 나서, 이발사의 엄청난 수다와 젊은이에게 못할 짓을 하여 일생을 그르친 소행을 알게 되자 이발사를 붙잡아 옥에 가두게 했다. 그 일이 끝나자 모두들 결혼 피로연을 마음껏 즐겼다. 그러다가 낮기도시간이 되어 집에 돌아오니 아내가 자기는 놔두고 나만 돌아다니며 재미있게 논다고 투정을 부렸다. 그래서 아내를 데리고 밖에 나와 저녁식사 때까지 놀다가 집에 돌아가는 길에 그 꼽추를 만났다. 그때 얼근하게 취한 꼽추는 노래를 불렀다.

> 좋은 술 감미롭고 잔도 훌륭하니 유유상종이건만
>
> 술은 본래 잔이 아니고, 잔도 본래 술이 아니라네.

우리는 꼽추를 저녁식사에 초대하고는 기름에 튀긴 생선 요리를 함께 먹었다. 아내가 꼽추에게 빵 한 조각과 생선 한 토막을 먹여주었는데, 그게 목에 걸려서 끝내 숨을 거두고 말았다. 그래서 시체를 메고 나가 유대인 의사 집에 내던진 것인데, 의사는 주방장에게, 주방장은 거간꾼에게 살인 혐의를 씌운 셈이 되고 말았다.

## 꼽추는 이발사에 의해 살아나고, 네 사람 모두 사면을 받다

인도차이나 왕은 재봉사 이야기에 만족해, 네 명 모두를 살려주기로 했다. 그리고 감옥에서 이발사를 끌어내 꼽추를 매장하라고 했다.

그런데 이발사를 끌어내 보니 아흔 살도 넘은 늙은이가 아닌가. 얼굴빛은 검고, 수염은 새하얗고, 눈썹까지 센 데다가, 귀는 축 늘어지고, 코는 커 인상이 바보같이 멍청한데도 오만해 보이는 노인이었다.

이발사는 꼽추의 수의를 벗기고는 한참 동안 꼽추의 얼굴을 들여다보았다. 그리곤 뒤로 벌떡 나자빠질 정도로 크게 웃었다.

"이 꼽추는 아직 숨이 붙어 있습니다!"

왕을 비롯하여 주위에 모여 있던 사람들 모두가 깜짝 놀랐다.

이발사는 허리춤에서 고약이 든 병을 꺼내서 꼽추의 목과 동맥 위에 발랐다. 그리고 족집게를 꼽추의 목구멍에 넣어 가시가 박힌 생선 토막을 끄집어냈다. 보니까 온통 피가 묻어 있었다. 그 순간 꼽추는 재채기를 크게 한 번 하더니 아무 일도 없었다는 듯 벌떡 일어나 한 손으로 얼굴을 쓰다듬으며 외쳤다.

"알라 외에 신 없고, 무함마드는 신의 사도니라!"

이 광경을 지켜본 사람들은 모두가 어안이 벙벙했다. 왕이 숨이 넘어갈 정도로 크게 웃자 모두들 덩달아 웃음을 터뜨렸다.

"기가 막힌 일이군. 이런 일이 세상에 또 있을까! 한 번 죽었던 사람이 다시 살아난 것을 본 적이 있는가? 알라의 뜻으로 이 이발사가 이 자리에 없었던들 꼽추는 틀림없이 죽고 말았을 게 아니냐?"

왕은 이 놀랍도록 신기한 사건의 전말을 기록하여 간직해두라고 명령했다. 그리고 유대인, 나사렛인, 주방장에게 값진 옷을 내리고, 정중하게 이별을 고했다. 그리고 재봉사는 봉록을 받는 왕실 전속 재봉사로 삼았다. 마찬가지로 이발사도 과분한 급료를 받는 궁중 이발사로 임명하는 한편 술벗으로 삼았다.

그들은 모두 죽을 때까지 다시없이 즐거운 여생을 보냈다고 한다.

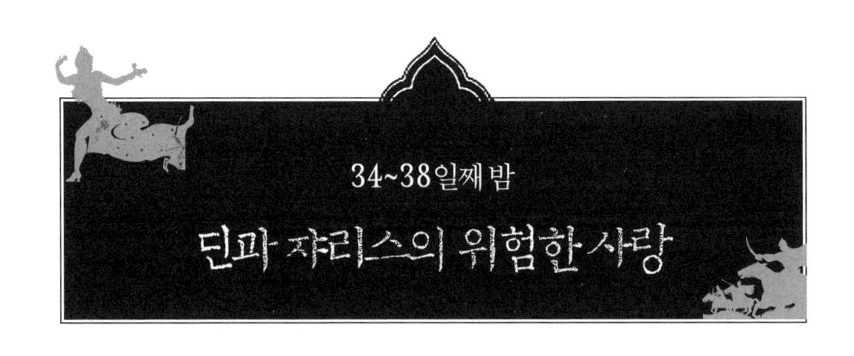

## 34~38일째 밤

# 딘과 자리스의 위험한 사랑

### 딘과 자리스, 알 무인의 마수를 피해 바그다드로 도망치다

바스라의 왕, 무함마드 빈 슬라이만 알 자이니에게는 알 파즈르와 알 무인이라는 두 대신이 있었다.

알 파즈르는 현자에게서는 지혜를 배우고 착한 사람에게는 용기를 북돋아주는, 그야말로 모든 사람을 진심으로 사랑해주는 인물로서, 관대하면서도 강직한 대신이었다. 반면에 알 무인은 백성을 착취하는 극악무도한 인물이었다.

어느 날 왕은 알 파즈르에게 금화 1만 디나르를 주고, 세상에서 가장 아름답고 갖가지 재능이 뛰어난 노예 처녀를 하나 구해 오라고 명령했다.

알 파즈르는 노예 거간꾼에게 특별히 부탁해서 고르고 고른 끝에 금화 1만 디나르를 주고 왕에게 바칠 보석 같은 노예 처녀 한 명을 사게 되었다. 한 번 쳐다보기만 해도 번갯불에 타듯 가슴에 깊이 새겨질, 빼어나게 아름다운 미인이었다. 그뿐 아니라 온갖 학문에도 조예가 깊었으며 예술적 재능 또한 뛰어났다. 그 처녀의 이름은 아니스 알 자리스였다.

자리스의 주인은 페르시아인으로, 온갖 세파에 시달려 흙벽처럼 당장에라도 무너질 듯한 노인이었다. 그런데 이 노인이 알 파즈르에게 의미심장한 충고를 했다.

"이 노예를 오늘 당장 왕에게 데려가면 안 됩니다. 먼 여행에 여독이 안 풀려 몸도 마음도 좋지 않습니다. 그러니 열흘쯤 댁에서 푹 쉬게 한 뒤 혈색이 좋아지고 전처럼 건강이 회복되어 아름다움을 되찾으면 그때 왕 앞에 데려가십시오."

알 파즈르는 노인의 충고대로 우선 자리스를 집에 데리고 와서 특별실에 머물게 했다. 그런데 알 파즈르 대신에게는 보름달처럼 빛나는 외아들이 있었다. 그의 이름은 누르 알 딘 알리였다. 딘은 집 안에 자리스가 머물고 있다는 사실을 전혀 모르고 있었다. 알 파즈르는 자리스에게 단단히 이르기를, 이웃 처녀들이 모두 딘에게 순결을 빼앗겼을 만큼 악마 같은 놈이니 절대로 딘의 눈에 띄지 않게 조심하라고 단속시켰다.

그러나 며칠이 지난 어느 날, 자리스와 딘은 우연히 방 앞에서 마주치게 되었고, 흘끗 눈이 마주친 그 순간 두 남녀는 대번에 사랑의 포로가 되고 말았다. 술이 얼근히 취한 딘은 자리스의 시중을 드는 어린 노예 계집 둘을 호통을 쳐서 쫓아버리더니, 자리스에게 다가가

"아버지가 나를 위해 사주신 여자가 바로 당신인 모양"이라며 거짓으로 둘러댔다. 그 말이 사실인 줄로만 안 쟈리스는 딘이 꼭 끌어안자 마주 안았다. 딘은 거침없이 쟈리스의 버들가지 같은 허리를 감아 안고 방으로 들어가 희롱하며 붉은 입술을 열어 혀를 빨아대더니, 마침내 옷을 벗기고 속살을 어루만졌다. 순식간에 알몸이 된 두 사람은 사랑의 환희에 흠뻑 빠져버렸다. 그리하여 시녀들이 말릴 겨를도 없이 딘은 쟈리스의 순결을 빼앗고 말았다.

이를 눈치 챈 시녀들은 비명을 지르며 주인마님을 불렀다. 불같은 욕망을 채우고 난 딘은 시녀들의 비명 소리에 놀라 벌떡 일어났다. 그리고 자기가 저지른 일에 대한 벌이 두려워 후다닥 뛰쳐나가 밖으로 달아나고 말았다.

알 파즈르 부부의 걱정은 이만저만이 아니었다. 정적인 알 무인이 이 사실을 알았다가는 무슨 해코지를 할지 알 수가 없었다. 알 파즈르 부부는 이 사실이 밖으로 새어나가지 않게, 집안사람 모두에게 철저히 입단속을 시켰다.

한편 딘은 아버지의 벌이 무서워 낮에는 정원에 숨어 있다가 밤이면 어머니 방에 몰래 들어와 잤다. 아들이 집을 뛰쳐나갈까 걱정이 된 어머니는 아버지를 설득해 부자를 화해시켰다. 딘은 앞으로 쟈리스 외에는 아내도 첩도 얻지 않을 것과 절대로 한눈팔지 않을 것을 맹세한 다음, 아버지의 허락을 얻어 쟈리스와 함께 살게 되었다.

이렇게 어언 1년이 지났다. 다행히 왕은 노예 계집 생각은 까맣게 잊고 있었다. 그 사이에 알 무인의 귀에도 이 소문이 들어갔지만, 워낙 왕이 알 파즈르 대신을 신뢰하고 총애했으므로 함부로 왕에게 누설하기를 삼갔다.

한 해가 저물어가는 어느 날이었다. 알 파즈르 대신은 감기에 걸리게 되었는데, 이 감기가 열병으로 번지는 바람에 그만 병석에 눕고 말았다. 쇠약해진 알 파즈르는 죽음이 다가왔음을 직감하고는 아들을 불러 유언을 남겼다.

"아들아, 사람의 운명과 재물은 신께서 정해주신 것이므로, 살아 있는 모든 것은 언젠가 죽음의 잔을 마시게 마련이란다. … 얘야, 부디 알라를 두려워하고 행실을 삼가라. 무엇보다 쟈리스에 대한 나의 당부를 잊지 말거라. 그 밖에는 더 할 말이 없다."

알 파즈르 대신은 이 말을 남기고 그만 세상을 떠나버렸다. 깊은 슬픔에 잠긴 딘은 오랫동안 아버지의 죽음을 애도하며 근신하였다.

어느 날 아버지의 술친구가 찾아와 더 이상 울지만 말고 밝고 명랑하게 지내라고 충고하였다. 딘은 그 충고에 따라 기분을 전환하기로 하고 친구들을 초대하여 연회를 베풀었다. 그런데 이 한 번이 두 번이 되고, 두 번이 세 번이 되면서, 연회 횟수는 점점 잦아지게 되었다. 딘은 하루 종일 주연을 벌이고, 후하게 선물을 나누어 주는가 하면, 사치스럽고 호사스러운 생활을 즐기며 환락에 빠져들었다.

1년 동안 이런 생활을 지속한 나머지 딘은 마침내 재산을 탕진하고 빈털터리가 되고 말았다. 친구들을 찾아가 도움을 청하려 했지만 누구 하나 문도 안 열어주고 얼굴도 내밀지 않았다. 냄비나 항아리 같은 가재도구까지 모조리 팔고 나자 남은 것이라곤 아무것도 없게 되었다. 마침내 절망에 빠진 딘에게 쟈리스가 조용히 말했다.

"서방님, 저를 노예시장에 팔면 금화 1만 디나르는 충분히 받을 수 있을 거예요."

딘은 아버지에게 한 맹세를 떠올리며 절대 그럴 수 없다고 울부짖었다. 쟈리스는 신이 우리를 다시 맺어줄 뜻이 있다면 언젠가 반드시 만날 날이 있을 거라며 위로했다. 그날 밤 두 남녀는 이별을 앞두고 비 오듯 눈물을 흘렸다.

다음 날 딘은 쟈리스를 데리고 시장에 가서 절친한 거간꾼에게 맡겼다. 거간꾼이 쟈리스를 경매에 내놓자마자 첫 번째 상인이 금화 4,500디나르를 불렀다. 거간꾼은 이 가격에서부터 경매를 붙이기 시작했다.

때마침 알 무인 대신이 시장을 지나가다 경매 광경을 목격하게 되었다. 알 무인은 거간꾼을 불러 자기가 쟈리스를 4,500디나르에 사겠다고 나섰다. 알 무인이 4,500디나르를 부르자 다른 상인들은 감히 그 이상 한 푼도 더 부를 엄두조차 내지 못하고 모두 꽁무니를 빼버렸다. 포악한 알 무인의 비위를 건드렸다가는 패가망신한다는 걸 잘 알기 때문이었다.

거간꾼은 딘에게 다가가서 귓속말로 속삭였다.

"아무래도 못된 알 무인이 나리의 궁핍한 처지를 눈치 채고 골탕을 먹일 게 틀림없습니다. 아마도 현금 대신 대리인 이름으로 수표를 끊어주고는 지불을 차일피일 미루다가 나중에는 수표마저 찢어버리고 한 푼도 지불하지 않을 게 뻔합니다. 그러니 이렇게 하시면 일이 잘 풀릴 것입니다."

거간꾼이 딘에게 그럴듯한 꾀를 한 가지 일러주자 딘은 고개를 끄덕였다. 딘은 경매장에 나타나더니 다짜고짜 경매꾼의 손에서 쟈리스를 낚아채더니, 심한 욕설과 함께 고래고래 소리를 지르며 쟈리스를 사정없이 때리기 시작했다.

"이 화냥년아! 창피하지도 않느냐! 난 단지 약속을 지키기 위해 널 여기 데려왔을 뿐이야! 내 말을 안 들으면 시장에 내다 팔겠다고 약속했기 때문이란 말이다! 돈이 아쉬워서 널 팔 줄 알았더냐? 천만에! 내 집 물건만 팔아도 네년을 판 값의 몇 곱절은 되고말고. 냉큼 집으로 돌아가지 못해! 망할 년 같으니라고. 다시 내 말을 거역했다간 죽을 줄 알아!"

그때 알 무인 대신이 끼어들었다. 그리고 딘에게 물러가지 않으면 목을 베겠다고 덤벼들었다. 상인들은 처음엔 둘의 싸움을 말렸으나, 알 무인에게 원한이 사무쳐 있던 상인들은 딘이 그 한을 풀어주기를 바라는 듯 딘에게 뜻있는 눈짓을 보내며 뒤로 물러나버렸다.

완력에 자신 있는 딘은 용기백배하여 성큼성큼 다가가 다짜고짜 대신을 말에서 끌어내렸다. 바로 옆 벽돌 굽는 가마 속으로 거꾸로 처박힌 대신은 딘의 억센 주먹에 이빨을 정통으로 맞는 바람에 턱수염이 새빨갛게 피로 물들었다. 피를 보자 대신의 부하들이 칼을 뽑아들고 딘에게 덤벼들었다. 상인들이 부하들 앞을 가로막으며 말렸다.

"한쪽은 대신이고 다른 한쪽은 대신의 아들이다. 언제 둘이 화해할지도 모르잖나. 그럼 너희들은 양쪽 사람을 모두 잃게 될 거야. 그것만이 아냐. 잘못해서 너희 주인을 다치게 하는 날이면 그야말로 끔찍한 죽음을 당할 거야. 그러니까 섣불리 나서지 않는 게 상책일걸!"

부하들은 움찔하며 뒤로 물러섰고 상인들도 멀찍이 떨어져 구경만 했다. 워낙 대신이 인심을 잃었기 때문에 상인들은 모두 딘의 편이었다. 딘은 대신을 실컷 두들겨 패고 나서, 쟈리스를 데리고 집으로 돌아왔다.

대신은 간신히 일어나 피와 흙먼지로 범벅이 된 채 허겁지겁 왕에게 달려갔다. 그리고 그동안 일어났던 일들을 낱낱이 까발렸다. 알 파즈르가 왕이 준 금화 1만 디나르로 노예 계집 하나를 샀는데, 그 계집을 왕에게 바치기 아까워 자기 아들에게 주었다는 것, 그래서 자기가 그 노예 계집을 사서 왕에게 바치려 했는데, 딘이 알고 자기를 마구 때려서 이런 꼴로 만들어놨다고 딘을 모함했다.

크게 노한 왕은 칼잡이 40명을 보내 당장 딘과 쟈리스를 붙잡아 오라고 명령했다. 그런데 왕의 시종 가운데 옛날 알 파즈르 대신을 모시던 기병이 있었다. 그는 옛 주인의 아들이 정적의 손에 죽을 위기에 처한 걸 알고, 급히 말을 몰아 딘의 집으로 달려갔다. 그리고 지갑에서 금화 40디나르를 꺼내주며 빨리 도망가라고 재촉했다.

딘과 쟈리스는 급히 도성을 빠져나와 강가에 도착하여 막 출항하려는 배에 올랐다. 두 남녀를 체포하기 위해 바스라의 왕은 현상금을 내걸고 전국에 수배령을 내렸지만 딘의 행방은 묘연하기만 했다.

## 딘과 쟈리스, 하룬 알 라시드의 정원에서 칼리프를 만나다

한편 딘과 쟈리스가 탄 배는 바그다드에 도착했다.

두 사람은 운명에 이끌려 어느 정원으로 들어가게 되었다. 그런데 의자에 앉아 서늘한 산들바람을 맞으며 잠깐 쉬는 사이에 그만 잠이 들고 말았다.

원래 이곳은 '기쁨의 동산'이라 불리는 정원으로, 그 안에 '환락궁전'과 '그림누각'이 있는 하룬 알 라시드 칼리프의 휴식 공간이었다.

칼리프는 가끔 이 정원과 궁전에 와서 휴식을 취하곤 했는데, 그때마다 80개가 넘는 창문을 활짝 열어놓고, 80개가 넘는 촛불과 램프를 환하게 켜놓고는 마음이 가라앉을 때까지 술친구와 함께 술도 마시고 노래를 듣기도 했다.

그런데 하루는 이브라힘이라는 정원지기 노인이 정원에 무단 침입자가 있다고 불만을 털어놓았다. 칼리프는 누구든 무단 침입자는 목을 베도 좋다는 허락을 내렸다. 그날도 정원지기가 외출했다 돌아오니 두 남녀가 베일을 덮고 자고 있는 게 아닌가. 정원지기 노인은 칼리프의 허락도 받았겠다, 단단히 버릇을 고쳐줄 요량으로 푸른 종려나무 잎 하나를 꺾어들고 손을 높이 쳐들어 당장 내리치려고 했다. 그러다 문득 노인은 먼저 사정을 알아보는 것이 순서라고 생각을 고쳐먹고는 살그머니 얼굴을 덮은 베일을 벗겼다.

그런데 눈앞에 눈이 부시게 아름다운 부부의 모습이 드러난지라 차마 때릴 수가 없었다. 노인은 베일을 다시 덮어주고는 딘의 발을 주무르며 문질렀다. 딘은 눈을 뜨고 얼른 발을 옴츠리고는 몸을 벌떡 일으켜 노인의 손에 입을 맞추었다. 딘은 멀리 타국에서 왔다며, 용서를 구했다.

이브라힘은 이방인을 후하게 대접하라는 알라의 말씀을 떠올리며, 두 사람을 데리고 정원 곳곳을 구경시켰다. 혹시 칼리프의 화원이라고 말하면 겁을 집어먹고 도망칠지도 몰라서 노인은 자기 선친 소유의 정원이라고 속이면서까지 두 젊은이가 안심하고 기분 좋게 정원의 경치를 즐기도록 배려했다. 두 사람은 너무나 아름다운 경치에 그만 넋을 잃고 한시도 눈을 떼지 못했다. 누각으로 들어간 두 사람은 노인이 대접한 음식까지 배불리 먹었다.

식사가 끝나고 딘이 한잔 술을 청했다. 그런데 노인이 거절하는 게 아닌가.

원래 이브라힘 노인은 13년이나 철저히 금주를 지켜온 사람이었다. 술을 마시는 자, 짜는 자, 파는 자, 나르는 자를 저주하는 예언자 무함마드의 훈계를 굳게 지키는 신앙심 깊은 노인이었다. 딘은 재치를 발휘했다.

"노인장, 그럼 저기 있는 당나귀가 저주를 받으면 그 저주가 노인장에게도 미칠까요?"

"그럴 수야 없지."

"그럼 저 당나귀를 타고 술집 가까이 가서 기다렸다가 술을 사러 온 사람이 있거든, 돈을 주고 대신 술을 사서 그 술을 당나귀에 실어달라고 부탁한다면 어떨까요? 노인장은 술을 빚지도 않았고, 사지도 않았고, 나르지도 않았으니 저주를 받을 까닭이 없지 않겠습니까?"

딘의 재치에 감탄한 노인은 딘이 일러준 대로 술을 가져왔다. 딘과 쟈리스는 주거니 받거니 술을 마셨지만 노인은 아무리 권해도 끝내 술을 마시지 않았다. 딘이 지쳐 잠이 들자 이번엔 쟈리스가 온갖 친절과 애교를 섞어가며 노인에게 술을 권했다. 노인은 마지못해 한 잔을 겨우 받아 마시더니 또 어렵게 두 잔째를 마시고 석 잔째를 받아 들었다.

바로 그때 잠에서 깨어나 노인이 술 마시는 걸 본 딘은 자기가 권할 땐 안 마시더니 쟈리스가 권하니까 마신다며 노인을 놀렸다. 결국 노인은 부부의 간청에 못 이겨 13년 동안의 금기를 깨고 함께 술을 마시기 시작했다. 만취한 노인은 술기운에 담대해졌는지 부부가 각각 80개의 초와 램프를 환히 밝혀도 내버려두었다. 이번엔 격자창을 모조리 활짝 열어젖혔다. 웃고 떠드는 시끄러운 소리가 근방 일대로 퍼져나갔다.

때마침 칼리프는 궁전 창가에 기대어 달빛을 받으면서 티그리스 강을 바라보고 있었다. 그런데 강물 위에 휘황찬란한 램프와 촛불이 어른어른 비치는 게 아닌가. 그 불빛은 분명 환락궁전에서 새어나오는 불빛이었다.

칼리프는 대신 자파르를 불러 호통을 쳤다. 자파르는 몸을 부들부들 떨었다. 정원지기 노인이 그럴 사람이 아닌데 아무래도 무슨 사연이 있는 게 분명했다. 자파르는 노인을 두둔하기 위해 그럴듯한 이야기를 지어냈다. 사실은 노인이 그림누각에서 아들의 할례 축하연을 베풀고 싶다고 부탁을 했는데, 자신이 칼리프께 허락을 얻어준다고 해놓고는 그만 깜빡 잊고 고하지 못했다고 둘러댄 것이다.

칼리프는 자파르가 두 가지 죄를 저질렀다며 추상같이 꾸짖었다. 그런 사실을 칼리프에게 고하지도 않았고, 이브라힘은 잔치 준비금이 필요해서 그런 말을 했을 텐데, 결국 그의 소원을 들어주지도 못했다는 것이다. 칼리프는 늦었지만 지금이라도 참석하는 게 좋겠다고 말했다.

"이브라힘은 신앙심이 깊으니 분명 장로나 탁발승, 고행자를 많이 초대했을 것이다. 그들 중 한 사람이라도 나를 위해 기도해준다면 이승에서나 저승에서나 복을 받을 것이다. 또 내가 친히 얼굴을 보인다면 이브라힘이 얼마나 생색이 날 것이며, 기뻐할 것인가."

새벽이 가까워서 모두들 돌아갔을 것이라는 만류에도 불구하고 칼리프가 기어이 참석하겠다고 일어서자 자파르는 어쩔 줄을 몰랐다. 거짓말이 들통 날 걸 생각하니 차마 발걸음이 떨어지지 않았지만 어쩔 수 없었다. 대신 자파르와 검사 마스룰만을 거느린 칼리프는 상인으로 변장하고 서둘러 정원으로 향했다.

그런데 정원에 당도해보니 문이 활짝 열려 있는 게 아닌가. 깜짝 놀라 성큼성큼 누각에까지 당도해보니, 어디서도 알라를 부르는 기도 소리가 들리지 않았다. 의아한 생각에 칼리프는 몰래 높다란 호두나무 가지에 올라가 누각 안을 들여다보았다.

그런데 이게 웬일인가. 노인은 술을 마시고 있고, 그 옆에는 달같이 아름다운 두 젊은 남녀가 앉아 있는 게 아닌가. 자파르와 마스룰도 나무 위로 올라가 그런 광경을 보고는 이젠 죽었구나, 하고 온몸을 부들부들 떨었다. 칼리프의 실망과 분노는 이만저만이 아니었다. 노인이 지금까지 금주하며 신앙심 두터운 척한 것은 모두 다 위선이었단 말인가. 칼리프는 노인에게 불같이 화가 나면서도 다른 한편으로는 자기도 모르게 왠지 눈부시게 아름다운 두 젊은 남녀에게 자꾸만 마음이 끌리는 걸 참을 수가 없었다. 두 젊은 남녀를 보고 싶은 간절한 마음에 칼리프는 자파르와 함께 나무에 올라가 세 사람이 노는 모습을 구경하기로 했다.

때마침 노인이 비파를 가져와 여자에게 노래를 불러달라고 청하였다. 칼리프는 자파르를 돌아보고는, 만약 여자의 노래가 신통치 않으면 모두 다 죽여버리고, 반대로 잘 부르면 저 세 사람은 용서해주고 자파르만 목 졸라 죽이겠다고 말했다. 그러자 자파르는 제발 여자가 노래를 망치길 알라의 이름으로 빌었다. 칼리프가 어찌 그런 말을 하느냐고 힐난하듯 묻자, 자파르는 모두 함께 죽으면 길동무가 많아 황천길이 쓸쓸하지 않을 것이라고 대답했다. 이 말을 들은 칼리프는 그만 파안대소하였다.

여자가 타는 비파 소리는 하도 애틋하여 누구든 마음 설레지 않고는 못 견딜 듯싶었다. 여자는 비파 가락에 맞춰 노래를 불렀는데, 과연 누구라도 넋을 잃을 정도로 애절하고 감미로운 천상의 목소리였다.

감탄해 마지않은 칼리프도 어느새 노여움이 봄눈처럼 풀리고, 이제는 오히려 그들과 어울려 즐기고 싶은 마음만 굴뚝같았다. 칼리프가 나타나면 깜짝 놀라 겁을 낼 거고 그러면 흥이 다 깨질 것이었다. 칼리프라는 신분을 감추고 어울릴 수 있는 좋은 방법이 없을까 궁리하는 참에, 마침 어부 카림이 누각 밑에서 그물을 치고 있는 게 보였다.

일찍이 칼리프는 누각 밑에서 그물질을 금한 적이 있었다. 그런데 어부가 문이 열려 있는 틈에 몰래 들어와 그물을 친 것이다. 칼리프가 나타나자 카림은 법을 어긴 것이 들통나 몸을 와들와들 떨었다. 칼리프는 카림에게 그물을 치라고 명령했다. 고기들이 펄떡거리며 그물에 걸려 올라왔다. 칼리프는 금화를 주고 고기를 다 샀다. 이번엔 카림이 입고 있던 누더기를 벗으라고 명령했다. 칼리프는 자신의 비단옷을 벗어 카림에게 주었다. 이렇게 해서 칼리프와 어부는 누더기와 비단옷을 서로 바꿔 입었다. 어부는 영문을 모른 채 칼리프의 명령에 따라 비단옷을 입고는 도망치듯 그 자리를 떠났다.

칼리프는 어부의 누더기를 걸치고 고기 망태를 지고 자파르에게 다가갔다. 자파르조차 깜빡 속아서 칼리프를 카림으로 착각할 정도였다. 변장은 성공적이었다. 이렇게 하여 칼리프는 노인과 젊은 부부가 한참 주연을 베풀고 있는 자리로 들어섰다. 그들은 어부 카림이 온 줄 알고, 싱싱한 생선을 보더니 맛있게 튀겨서 가져오라고 시켰다. 자파르가 튀겨오겠다고 했으나 칼리프는 굳이 손수 요리를 하겠다면서 정원지기 노인 집으로 가서 직접 생선을 손질해 튀김까지 만들었다.

아무것도 모르는 세 사람은 튀김 생선을 맛있게 먹었고, 딘은 그 사례로 칼리프에게 금화 3디나르를 주었다. 그러나 칼리프는 진짜 소원이 따로 있는데, 오직 여자의 노래가 듣고 싶다고 했다. 쟈리스는 즉흥시를 읊었다. 이윽고 비파를 뜯으며 노래를 불렀다.

칼리프는 감동으로 흠뻑 취하여 연신 찬탄을 금치 못했다. 칼리프가 쟈리스에게 반했다고 생각한 딘은 칼리프에게 그렇게 좋다면 쟈리스를 줄 테니 당장 데려가라고 했다. 그 말을 들은 쟈리스는 사랑하는 여자를 가볍게 버리려는 딘을 원망하며 구슬프게 노래 불렀다.

사랑에 애태우며 뉘우칠 제, 어찌 병들 줄 몰랐으리.
곧 나으려니 마시라, 내 시름 말로는 아니 나으려니.
눈물로 흐르는 강, 헤엄칠 수만 있다면 밤새 건너리.
임은 술에 취한 물처럼 가슴 깊은 사랑을 쏟았건만
두려운 이별! 아, 마음속 깊은 곳에 깃든 그대 당신.
아, 눈물겹도록 그리운, 이 가슴 다 바친 임이시여!
왕을 거역하고 이역만리 쫓겨온 것도 이 몸 때문.
그대 후회 없을까, 사내 중의 사내에게 날 넘겨주고.

쟈리스가 노래를 마치자 딘도 처량한 노래로 화답했다.

가련하다, 여자는 이별을 노래하며 몸부림쳐 흐느끼네,
내 가고 나면 그대 어찌할까, 목숨 붙은 이는 하마 알까.

언제 잡혀 죽을지 모르는 몸인데, 딘은 자기가 죽으면 쟈리스 혼자 어떻게 살아갈지 걱정스러웠던 것이다. 칼리프는 "사내 중의 사내에게 날 넘겨주고"라는 구절을 듣고 여자에게 더욱 마음이 끌렸다. 그러나 쟈리스와 딘이 서로 주고받는 노래를 들으면서 칼리프는 두 사람 사이를 떼어놓기도 어렵거니와 무척 애처로운 생각이 들었다. 칼리프는 쟈리스의 노래 가운데 "왕을 거역하고 이역만리 쫓겨온 것도 이 몸 때문"이라는 가사에 숨겨진 사연이 무엇인지 물었다.

딘이 자초지종을 들려주자 칼리프는 즉시 자기가 바스라의 왕 앞으로 편지를 한 장 써주겠다면서, 그걸 갖고 가면 절대 박대하지 않을 거라고 했다. 한낱 어부 주제에 왕 앞으로 편지를 쓴다는 말에 딘은 깜짝 놀랐다. 딘이 의심하는 눈초리를 보내자 칼리프는 거짓말을 둘러댔다. 자기와 바스라의 왕은 함께 동문수학한 친구 사이인데, 그는 운이 좋아 왕이 되고 자기는 한낱 어부가 되었으나, 왕은 자기 부탁이라면 무엇이든지 다 들어준다고 큰소리쳤다.

칼리프는 갈대 붓을 들어 편지에다 "그대는 이 편지를 받는 즉시 왕위에서 물러날 것이며, 이 편지를 가지고 간 누르 알 딘 알리에게 왕위를 물려줄 것을 명하노니, 추호도 어김이 없으라"고 썼다. 딘이 편지를 받아들고 길을 떠난 뒤, 칼리프는 임금의 옷으로 갈아입고 다시 나타났다.

이브라힘은 꿈인지 생시인지 몰라 손가락 끝을 깨물었다. 그리고 칼리프 앞에 몸을 내던졌다. 칼리프는 노인을 용서하고 쟈리스를 데리고 궁전으로 돌아왔다. 칼리프는 쟈리스에게 특실을 하사하고 시중들 노예도 붙여주었다. 게다가 딘이 바스라의 왕에 오르면 그 즉위식에 예복과 함께 쟈리스를 보내주겠노라고 약속했다.

## 바스라의 딘, 처형 직전에 구출되어 바그다드로 돌아오다

딘은 바스라에 도착하자마자 왕 앞에 나가 칼리프가 써준 편지를 바쳤다. 칼리프의 사촌인 바스라의 왕은 칼리프의 친필 편지를 보자마자 벌떡 일어나 편지에 세 번 입을 맞추고 칼리프의 명을 받들겠노라 엄숙히 맹세했다. 그리고 네 명의 법관과 태수들을 불러놓고 왕위를 물러나려고 했다.

그런데 왕은 때마침 들어온 대신 알 무인에게 칼리프의 편지를 보여주었다. 그는 칼리프의 편지를 읽자마자 갈기갈기 찢어 입에 넣고 씹은 다음 뱉어 버렸다. 왕이 대노하여 꾸짖자 알 무인은 뻔뻔스럽게 입을 놀렸다.

"저놈은 칼리프 얼굴도 구경하지 못한 사기꾼 건달입니다. 칼리프의 낙서 같은 게 굴러들자 장난을 친 게 분명합니다. 정말로 칼리프께서 보내셨다면 정식 서임장을 갖춰 보내셨든지 아니면 시종이나 대신을 동행시켰을 것입니다. 혼자 온 걸 보면 절대로 칼리프께서 보낸 게 아닙니다. 허무맹랑한 사기극입니다. 시종을 바그다드로 보내 확인해보도록 하겠습니다."

알 무인은 이렇게 딘을 모함하고 자기 집으로 데려와 기절할 때까지 두들겨 패고, 그것도 모자라 옥지기 크라이트를 시켜 차꼬를 채워 지하 감옥에 가두고 말았다.

그런데 딘이 바스라에 온 지 41일째 되는 날, 칼리프에게서 신임 국

왕에게 보내는 선물이 왔다. 그동안 바스라의 왕은 딘의 일을 까맣게 잊고 있던 참이라 어쩔 바를 몰랐다. 알 무인이 딘을 처형하자고 진언하자, 바스라의 왕 역시 후환이 두려운 나머지 딘의 처형을 명했다.

딘의 사형 포고령이 바스라 전체에 퍼졌다. 바스라는 발칵 뒤집혔다. 아이에서부터 어른에 이르기까지 많은 시민이 슬퍼하고 탄식하며 소동을 벌였다. 구경꾼들은 처형장으로 구름처럼 몰려들었다. 이윽고 형리는 목 베는 가죽 깔개 위에 딘을 꿇어 앉혔다. 여기저기서 애절한 울음소리가 들려왔다.

마침내 딘의 목에 칼이 꽂히려는 그 순간 멀리서 자욱한 모래 먼지가 들과 하늘을 뒤덮었다. 바그다드의 하룬 알 라시드 칼리프가 보낸 대신 자파르 일행이 도착한 것이었다.

딘이 바스라로 떠난 뒤 30일이 지나도록 칼리프는 딘의 일을 까맣게 잊고 지냈다. 그러던 어느 날 쟈리스 방 앞을 지나다가 울음소리가 나기에 방으로 들어가 보니 쟈리스가 딘의 소식을 묻는 게 아닌가. 그때서야 칼리프는 딘의 일을 기억하고, 즉시 자파르를 바스라로 보냈다. 칼리프의 명령이 이행되었는가를 알아보고, 만약 이행되지 않았을 때는 바스라의 왕과 대신을 체포해오도록 명령했다. 바스라에 당도한 자파르는 딘의 처형 소식을 듣자마자 급히 사형장으로 달려가 가까스로 사형 집행을 중지시켰다. 그리고 왕과 대신을 감금하고 딘을 석방하였다.

마침내 딘은 바스라의 왕위에 올랐다. 빈객으로 바스라에 머문 지 나흘째 되는 날, 자파르는 죄인 알 무인을 호송하여 떠나게 되었다. 딘도 칼리프를 만나고 싶어 자파르 일행과 함께 바그다드로 떠났다.

칼리프는 딘을 반갑게 맞았다. 알 무인을 처형할 시간이 다가왔다.

칼리프는 딘에게 칼을 주면서 직접 딘의 손으로 알 무인의 목을 치라고 했다. 그러나 딘은 차마 베지 못하고 칼을 내려버렸다. 결국 마스룰이 칼을 들어 알 무인의 목을 베었다.

딘은 바스라의 왕이 되는 것보다 칼리프와 가까운 곳에서 살고 싶어 했다. 칼리프도 크게 기뻐하여, 딘에게 봉록을 주어 바그다드에서 살도록 하고 칼리프의 절친한 술친구로 삼았다. 그리하여 칼리프가 내준 바그다드의 한 궁전에서 딘과 쟈리스는 함께 죽는 날까지 안락한 여생을 보냈다.

## 38~45일째 밤

# 금지된 사랑에 빠진 가님과 쿠르브

### 가님, 바그다드의 묘지에서 내시들의 사연을 엿듣다

아주 먼 옛날, 다마스쿠스에 한 부호 상인이 살고 있었다. 그에겐 보름달처럼 아름답고 상냥하고 착한 남매가 있었다. 아들의 이름은 가님 빈 아이유브이고 별명은 '사랑에 미친 가님'으로 불렸다. 딸의 이름은 피트나로, 미모와 우아함을 겸비한 처녀였다.

어느 날 아버지는 두 남매에게 막대한 유산을 남기고 그만 세상을 떠나고 말았다.

그런데 부친의 유산 중에는 낙타 100필에 실을 만한 비단, 사향, 진주조개 등이 있었다. 그 짐짝 하나하나엔 '바그다드행 화물'이라고 적혀 있었다. 부친이 그 상품들을 싣고 바그다드로 가던 도중 죽었기 때문에 아들 가님은 이 '바그다드행 상품'을 처리하기 위해 바그다드로 떠나야만 했다.

가님은 가족과 작별하고 길을 재촉하여 신의 도움으로 아무 탈 없이 바그다드에 당도했다. 가님은 바그다드의 시장 거래소에서 관리인을 고용하여 장사를 시작했고, 사업은 순풍에 돛 단 듯 날로 번창했다.

어느 덧 1년이 흘렀다. 새해 첫날, 마침 가님은 한 상인의 장례식에 참석하게 되었다. 도중에 혼자 빠져 나올 수가 없어서 그는 장지까지 따라갔다. 밤늦게까지 지루함을 참고 눌러앉아 있었으나 아무래도 불안해서 견딜 수가 없었다. 타국 사람인 자신을 사람들 모두가 부자로 알고 있기 때문에 혹시 자기가 집을 비운 사이에 도둑이 들지도 몰랐다. 가님은 참다 못해 양해를 구하고 먼저 자리에서 일어났다.

그런데 마침 성문이 닫히는 바람에 도성에 들어갈 수 없게 되었다. 이번엔 목숨이 걱정되었다. 가님은 잠잘 곳을 찾아 주위를 살폈다. 마침 사방으로 담을 두른 무슬림 승려 묘지가 눈에 띄었다. 한가운데는 대추나무가 한 그루 서 있었으며, 쑥돌 문은 열려 있었다. 그 안으로 들어가 잠을 청하려는데, 으스스한 게 너무 무서워 잠이 오지 않았다.

때마침 멀리 성문 쪽에서 등불 하나가 이쪽으로 다가오는 게 보였다. 가님은 겁에 질려 얼른 문을 닫고 대추나무 꼭대기로 올라가 우거진 잎 사이에 몸을 숨겼다.

등불은 묘지 가까이에서 멈췄다. 자세히 보니 흑인 노예 세 명이 궤짝 하나를 메고 묘지로 들어서고 있었다. 그들은 자신들이 아까 열어 놓았던 문이 닫힌 채 자물쇠가 잠긴 걸 보고, 뭔가 의심하기 시작했다. 묘지 주인들이 와서 문을 잠그곤 하는데, 그건 '검둥이들이 자기들을 잡아먹을까 봐' 겁이 나서 그런다며 낄낄댔다. 그들은 묘지 주인들을 쥐라고 부르며 묘지 안에 들어가 그 쥐들을 몰아내겠다고 큰 소리까지 쳤다. 그리곤 지금쯤 그 쥐들은 우리가 온 걸 알고 무서워서 대추나무 위에 올라가 숨어 있을 거라며 크게 웃었다.

가님은 금방이라도 그들이 나무 위로 올라올 것만 같아 숨이 막힐 지경이었다. 그들 중 둘이 담을 타고 넘어 들어오더니 빗장을 풀고 문을 열었다. 그들은 궤짝을 안으로 들여놓은 뒤 빗장을 걸었다. 무거운 궤짝을 들고 오느라 지친 셋은 두어 시간 쉬기로 하고, 그동안 각자 불알을 떼인 경위와 신세 이야기를 털어놓기로 했다.

가님은 나무 위에서 그들의 이야기를 엿듣게 되었다.

## 첫 번째 내시 부하이트 이야기

나는 다섯 살 때 고향에서 노예 상인에게 붙들려 어떤 관리에게 팔렸다. 그 집엔 세 살 난 딸이 있어 늘 함께 놀면서 자랐다. 어느덧 나는 열두 살이 되고 딸은 열 살이 되었다. 집 안에서는 아무도 둘이 같이 노는 걸 말리지 않았다. 때문에 우리는 항상 아무 생각 없이 함께 놀았다. 그날도 목욕을 마친 딸은 보름달처럼 빛나는 얼굴로 나와 장난을 치기 시작했다. 그런데 그때 색정을 알기 시작한 내 연장은 참을 수 없는 욕정에 커다란 열쇠마냥 벌떡 서고 말았다. 그러자 딸애는 나를 자빠뜨리고는 말 타듯 타고 앉아 내 연장을 주물럭거렸다. 그 바람에 그만 내 연장의 껍질이 까지고 말았다. 그래도 빳빳이 서 있는 내 연장이 신기했는지 딸애는 내 연장을 손으로 잡고서 자기 속옷 위로 조그맣게 째진 도끼 자국의 두덩에다 대고 문지르기 시작했다. 나는 정욕이 치밀어서 견딜 수가 없었다. 나는 그만 정신 없이 딸애의 몸을 품에 끌어안았고 딸애도 내 목에 매달려 죽겠다고 아양을 떨었다. 그러는 사이에 내 연장은 그만 딸애의 속옷을 뚫고 째진 속으로 쑥 들어가 처녀막을 찢어놓고 말았다.

겁이 난 나는 친구네 집으로 도망쳐 숨었다. 딸의 어머니는 사실을 알면서도 남편에게 비밀로 해주었고 나를 다시 집으로 데려갔다. 두어 달 후 관리는 딸을 이발사에게 시집보내게 되었다. 첫날밤이 되자 딸의 어머니는 비둘기 새끼의 목을 따서 그 피를 딸의 속옷에 칠한 다음 딸을 신방에 들여보냈다.

그런데 며칠 안 있어, 별안간 사람들이 나를 붙잡아다 불알을 까버리고 말았다. 딸을 신랑 집에 데려갈 때 나를 시중꾼으로 쓰기 위해 내시로 만든 것이다. 나는 목욕탕이든 친정이든 딸이 가는 곳마다 따르면서 시중을 들고 길잡이를 맡았다. 나는 그렇게 오랫동안 그 여자와 살면서 맘껏 재미를 보고 즐겼다. 얼마 뒤 여자도 죽고 그 남편과 부모마저 죽었다.

나는 유언 없이 죽은 망자의 재산이라 국고로 몰수되어 이렇게 궁전의 내시가 되었다.

## 두 번째 내시 카푸르 이야기

나는 여덟 살 때부터 남의집살이를 했다. 그런데 내겐 이상한 버릇이 하나 있어서, 해마다 한 번씩 반드시 거짓말을 해야 직성이 풀렸다. 결국 주인도 참다 못해 나를 시장에 데리고 나가 팔기로 했다.

나는 해마다 한 번씩 거짓말을 하는 나쁜 버릇 때문에 은화 600디르함이라는 헐값에 상인에게 팔리고 말았다.

그럭저럭 상인의 집에서 잘 지내는 중에 설이 다가왔다. 축복받은 계절이었다. 농사도 잘되고 해서 상인들은 매일 한 사람씩 돌아가며 친구를 초대하여 잔치를 베풀었다.

이윽고 주인의 차례가 되었다. 교외에 있는 정원에서 한참 손님을 대접하던 도중, 주인이 나더러 당나귀를 타고 얼른 집에 가서 마님에게 이러저러한 물건을 달래서 가져오라고 심부름을 시켰다.

나는 집으로 갔다. 그러곤 집 가까이 가면서 큰 소리로 통곡하였다. 이웃 사람들이 우르르 몰려나왔다. 그 소동에 주인마님과 딸도 뛰어나왔다. 나는 주인이 낡은 담 밑에 앉아 있다가 담이 무너져 깔려 죽었다며 통곡했다. 주인마님은 얼굴을 때리고 옷을 쥐어뜯으며 울부짖었다. 그리곤 살림살이를 닥치는 대로 뒤집어엎고 선반 창문을 때려 부수고 개흙이며 쪽물을 벽에다 발랐다. 나더러 빨리 거들라고 재촉하기에 나도 함께 찬장이란 찬장은 다 짓부수고 지붕까지 올라가 집 안 구석구석을 뒤지며 때려 부쉈다. 마침내 집 안엔 변변한 물건 하나도 남지 않게 되었다. 이윽고 마님은 주인의 시신을 파내 관에 담아야 하니 앞장서 안내하라고 했다. 내가 통곡하며 흙을 머리에 끼얹고 얼굴을 때리며 앞장서자 마님과 딸이 그 뒤를 따라오며 통곡했고, 이웃들도 통곡하며 뒤를 따랐다. 나는 이들 일행을 시내로 천천히 끌고 돌아다녔고, 온 시내 사람들이 구름같이 떼를 지어 그 뒤를 따랐다. 누군가 총독에게 알려야 한다고 말했다. 모두들 우르르 총독에게 몰려갔다.

총독도 깜짝 놀라 말을 타고 일꾼들을 거느리고 일행의 뒤를 따랐다.

다름 사람들보다 먼저 정원에 다다른 나는 주인을 보자마자 통곡하면서 집의 벽이 무너져 마님과 딸, 아들, 모든 재산이 한꺼번에 깔려 생매장당했다고 말했다. 주인은 기절할 듯 놀라 목 놓아 통곡했고, 상인 친구들도 다같이 따라 울었다. 주인은 너무 충격을 받은 나머지 술 취한 사람처럼 비틀거리며 정원 밖으로 나갔다.

그때 먼지가 자욱하게 일며 울부짖는 소리가 들려왔다. 총독과 그 부하들, 구경꾼, 그리고 주인마님과 가족들이 엉엉 통곡을 하며 그 뒤를 따라왔다. 마님과 가족들은 주인을 보자마자 말문이 막혀 울부짖으며 주인에게 매달렸다. 주인 역시 부인과 가족들을 보자 어안이 벙벙하여 미친 듯이 웃었다. 우선 서로가 무사한 데 대해 안도하였으나 이윽고 이 모든 소동이 나의 거짓말 때문이란 걸 깨달은 주인은 그때부터 길길이 날뛰며 분노했다. 가죽이 벗겨질 때까지 나를 두들겨 패서 뼈와 살을 발라놓겠다고 으르렁거렸다.

나는 주인에게 말했다.

"나리, 원래 1년에 한 번씩 거짓말을 한다는 결점을 알고 저를 싸게 사신 거 아닙니까. 제 결점을 나리께서 알고 있다는 데 대해선 확실한 증인이 있습니다. 그리고 이번 거짓말은 반밖에 안됩니다. 섣달 그믐께가 되면 나머지 반의 거짓말을 할 겁니다. 그래야 완전한 한 가지 거짓말이 될 테니까요."

주인은 뒤로 넘어갈 듯 숨을 몰아쉬며 펄펄 뛰었다.

"이 망할 놈아! 반 거짓말이 이 정도라면 거짓말 전부는 어찌 되는 거냐. 거짓말 반으로도 내가 받은 재난은 충분하고도 남는다. 이놈아! 냉큼 내 앞에서 당장 꺼져버려!"

나는 대꾸했다.

"나머지 반의 거짓말을 끝마칠 때까지는 절대로 주인님을 떠날 수 없습니다. 그것이 계약입니다. 지금 저를 내보내시면 안 됩니다. 아무리 자유롭게 해줘도 저는 벌어먹고 살 능력이 없습니다. 제 요구는 노예 해방의 헌장에서 규정하고 있는 내용입니다."

문상하러 온 총독의 귀에까지 이 옥신각신하는 이야기가 전해졌다. 사람들은 나를 욕하며 저주했다. 나는 싱글벙글했다. 주인이 내 버릇을 알고 날 산 이상 날 죽일 순 없을 거란 생각에 상대도 하지 않고 무시해버렸다.

그러나 결국 나는 총독 앞으로 끌려가 기절할 때까지 매를 맞았다. 가까스로 정신을 차리고 보니, 이발사가 내 연장 끄트머리를 자르고 불알을 까고는 상처를 불로 지져댔다. 그렇게 해서 난 완전히 고자가 되고 만 것이다.

"네놈이 나의 가장 소중한 것들을 요절냈으니 그 보복으로 너의 가장 소중한 재산을 잘라서 널 괴롭혀준 거야!"

주인은 그래도 분이 안 풀렸는지 나를 헐값에 팔아버리고 말았다. 나는 팔려 가는 곳마다 여전히 못된 장난을 쳤다. 이 주인 저 주인에게 팔려 다니다 마침내 칼리프의 궁전에서 일하는 신세가 되었다. 하지만 이젠 기력이 없어져 못된 장난도 더 할 수 없게 되었다.

저마다 사연들을 얘기한 두 내시가 세 번째 내시의 얘기를 재촉했다. 그러자 세 번째 내시가 말했다.

"나는 주인의 마누라와 맏아들하고 재미를 봤으니 그런 일을 당해도 싸. 하지만 자세한 이야기를 다 하려면 너무 길어서 여기선 할 수가 없어. 곧 날이 샐 텐데, 이 궤짝을 묻기 전에 날이 새면 목이 달아날지도 몰라. 내 이야긴 궁전으로 돌아가 나중에 천천히 하기로 하고, 먼저 어서 일이나 해치우세."

셋은 네 개의 무덤 사이에 구덩이를 파기 시작했다. 이윽고 사람 키만큼 깊이 구덩이가 파지자 그들은 궤짝을 구덩이 안에 묻고 흙을 덮더니 문을 닫은 다음 사라졌다.

## 가님과 쿠르브, 이룰 수 없는 사랑에 몸부림치다

주위가 조용해지고 혼자만 남게 되자 가님은 궤짝 속이 궁금해 견딜 수가 없었다. 그래서 날이 밝자마자 나무에서 내려와, 흙을 파헤쳐 궤짝 자물쇠를 돌로 부수고는 뚜껑을 열었다.

아니 그런데 이게 웬일인가. 궤짝 속에는 눈부시게 아름다운 부인이 누워 있지 않은가. 걸치고 있는 옷과 장신구들은 더할 나위 없이 화려하고 값비싼 보석들이었다. 가님은 그만 한눈에 반해버렸다.

그런데 가만히 살펴보니 여자의 가슴이 희미하게 꿈틀거리고 있었다. 아직 숨이 붙어 있는 게 분명했다. 아무래도 누군가 속여서 마취제를 먹인 것 같았다. 가님은 여자를 궤짝에서 꺼내 땅바닥에 반듯이 눕혔다. 산들바람이 불어와 공기가 코와 입, 심장으로 들어가자 여자가 기침을 했다. 그러자 여자의 목구멍에서 고리트 섬에서 나는 마약 한 알이 튀어 나왔다. 이 마약은 코끼리가 맡아도 며칠 밤이나 잠들 만큼 강한 마취제였다. 그 순간 여자는 천천히 눈을 뜨고 주위를 둘러보았다. 그리고 이 사람 저 사람 이름을 불렀다. 대답이 없자 여자는 주위를 둘러보며 혼잣말을 중얼거렸다.

"누가 대관절 후궁의 방을 가린 휘장 속에서 나를 끌어내 이 네 개의 무덤 사이에다 데려다 놓았을까?"

여자 옆에 조용히 서 있던 가님은 비로소 말을 꺼냈다.

"부인, 여긴 휘장을 친 방도 아니려니와 궁궐 안의 후궁도 아니고 무덤 속도 아닙니다. 다만 당신에게 반하여 사랑의 포로가 되어버린 가님 빈 아이유브가 있을 뿐입니다. 저는 알라께서 당신을 돕도록 보내신 하인입니다."

그러고는 여자에게 다가가 지금까지 보고 들은 이야기를 자세히 들려주었다. 여자는 이내 안심이 되었는지 알라께 감사드렸다. 이윽고 여자는 가님에게 자기를 다시 궤짝 속에 넣고 가님의 집으로 데려다 달라고 부탁했다. 가님은 여자가 시키는 대로 짐꾼을 불러서 당나귀에 궤짝을 싣고 집으로 데려왔다.

여자는 가님이 큰 부자 상인인 데다 훤칠한 미남인 걸 알고는 첫눈에 반해버렸다.

이리하여 두 남녀는 서로를 애타게 그리워하는 사랑의 노예가 되었다. 두 사람은 매일같이 술잔을 주고받으며 다정하게 이야기도 나누고 노래를 부르는가 하면 서로를 뜨겁게 애무하면서 즐겼다. 그 사이에 둘의 애정은 점점 뜨거워지고 깊어졌다. 여자는 입을 맞추고 젖가슴을 만지는 것까지는 즐거이 허락했지만 웬일인지 마지막 속옷 끈을 푸는 것만은 허락하지 않았다. 여자가 거절하면 할수록 가님의 욕정은 더욱 뜨겁게 활활 타올랐다. 두 사람은 술을 마시고 서로 애무하며 즐겼지만 애욕의 포로가 된 가님 앞에서 여자는 늘 마지막 순간에 꽁무니를 빼며 매정하게 돌아서곤 했다.

꼬박 한 달이 넘도록 여자는 몸을 요구하는 가님을 거부했다. 가님의 가슴속 애욕의 불길은 더 이상 누를 수 없게 되었다.

그러던 어느 날 밤, 가님의 끈질긴 요구에 지친 여자는 신분을 밝히고 모든 사연을 털어놓기로 했다. 여자는 가님에게 자신의 속옷 끈에 금실로 수놓은 글씨를 보여주었다. 거기엔 '나는 그대의 것, 그대는 나의 것, 오 사도의 사촌누이여' 라는 글씨가 새겨 있었다.

여자는 다름 아닌 칼리프 하룬 알 라시드가 총애하는 후궁, 쿠트 알 쿠르브('마음의 양식' 이라는 뜻)였다. 칼리프가 긴 여행을 떠난 사이 즈바이다 왕비가 노예 계집을 시켜 쿠르브에게 마약을 먹여 죽이려 한 것이다.

여자가 칼리프의 후궁이란 사실을 알고 난 가님은 몸을 떨며 멀찍이 떨어졌다. 그날부터 가님은 비탄에 잠겨 철없는 자기 마음을 꾸짖기도 하고, 부질없고 뜻대로 안 되는 사랑에 몸부림을 쳤다. 또 괴로움에 못 이겨 목 놓아 울면서 자신의 슬픈 운명과 심술궂은 운명의 장난을 원망했다. 가님을 사랑하는 마음에 변함이 없던 여자는 가님의 목을 끌어안고 뜨거운 키스를 퍼부었다. 그러나 가님은 칼리프가 무서워 여자의 요구에 응하지 않고 이야기만 주고받았다. 가님의 사랑 역시 여전히 열렬한 애욕의 바다에 빠져 있었으나 사자의 후궁을 어찌 감히 개가 넘볼 수 있겠느냐는 생각이 들어 가님은 그날부터 여자와 떨어져 앉고 따로 잠자리를 마련하였다. 여자가 이제는 자기를 마음대로 안아달라고 하소연하고 매달렸지만 가님은 칼리프의 것을 어찌 노예가 취할 수 있겠느냐며, 밤마다 여자의 애절한 유혹을 물리쳤다.

이렇게 석 달이 흘러가는 동안 가님은 실수를 범할까 두려워 늘 여자를 피했다.

한편 즈바이다 왕비는 혹시 자신의 계교가 탄로날까 두려워 목수로 하여금 시신 모양의 나무 상을 만들어, 궁전 한복판에 구덩이를 파고 목상을 묻은 후 묘지로 꾸몄다. 그리고 왕비 자신도 상복을 입고 모든 시녀와 내시에게도 상복을 입혔다.

얼마 후 칼리프가 여행에서 돌아왔다. 모두들 상복을 입은 걸 본 칼리프는 불길한 예감이 들었다. 그런데 아니나 다를까, 사랑하는 애첩 쿠르브가 죽었다는 것이 아닌가. 칼리프는 놀라움과 슬픔에 정신을 잃고 그 자리에서 졸도하고 말았다. 칼리프는 아무래도 의심이 들어 쿠르브의 무덤을 파헤쳐 시신을 꺼내보았다. 수의가 눈에 띄자 칼리프는 수의를 벗기고 얼굴을 한 번 보고 싶었다. 하지만 알라가 두려워 그만두고 말았다. 그때부터 칼리프는 한 달 동안 틈만 나면 쿠르브의 무덤 앞에 찾아와서 앉아 있곤 했다.

어느 날 칼리프가 잠을 자다 설핏 깨어났는데, 부채질을 하던 노예 계집과 다리를 주무르던 노예 계집이 칼리프가 깊이 잠든 줄 알고 자기들끼리 소곤거리는 소리가 들렸다. 즈바이다 왕비의 계략에 깜빡 속아 넘어가 쿠르브가 죽은 줄로 알지만 사실은 쿠르브가 살아서 지금 가님네 집에 살고 있다는 것이었다. 그러니까 칼리프는 시체도 없는 빈 무덤 앞에서 눈물을 흘린 셈이었다.

모든 진상을 깨달은 칼리프는 미친 듯이 노해 펄펄 뛰면서, 자파르에게 당장 가님네 집을 짓부수고 두 남녀를 끌고 오라고 추상같이 명령했다. 자파르는 대신과 총독을 비롯한 호위병과 백인 노예를 데리고 칼을 뽑아들고서 가님의 집을 포위하였다. 마침 우연히 밖을 내다보던 쿠르브가 이 광경을 보게 되었다. 쿠르브는 가님에게 누더기를 입히고 머리에는 빵 부스러기가 든 소쿠리를 이어주고 빨리 집을 빠져나가도록 재촉했다.

가님이 도망친 뒤 쿠르브는 자파르에게 체포되어 궁전으로 끌려갔다. 칼리프는 가님이 쿠르브를 유혹하여 틀림없이 몸을 더럽혔으리라고 짐작했다. 그 죄로 쿠르브는 궁전 안 컴컴한 방에 갇히게 되었다.

칼리프는 가님이 고향 다마스쿠스로 도망쳤다고 짐작하고 다마스쿠스의 왕 술라이만에게 가님을 체포해오라고 명령했다. 그리고 전국에 포고를 내려 재물을 약탈하고 싶은 자는 모두 가님의 집으로 가라고 공표했다. 도둑과 폭력배 들이 의해 가님의 집을 모조리 부수고 약탈했으며, 가님의 어머니와 누이동생마저 집에서 쫓겨나 멀고도 험난한 방랑의 길을 떠나게 되었다.

## 가님과 쿠르브, 칼리프의 오해가 풀려 사랑을 이루다

한편 가님은 슬픔에 잠긴 채 정처 없이 발길을 옮기다가 한 마을에 당도하여 이슬람교 사원에 들어갔다. 심한 굶주림과 슬픔, 피로에 지친 가님은 사원 바닥에 쓰러졌다. 날이 밝자 아침 기도를 올리러 온 마을 사람들은 굶주림과 추위에 지친 가님을 발견하고, 측은히 여겨 보살펴주었다. 그러나 한 달이 지나도 가님의 병세는 점점 더 악화되고 몸은 쇠약해졌다. 할 수 없이 그들은 가님을 바그다드의 병원으로 보내 치료받게 하기로 결정했다.

그즈음 여자 거지 두 명이 사원을 찾아왔다. 바로 가님의 모친과 누이였다. 그러나 모습이 너무 변한 탓에 그들은 서로를 알아보지 못하고 헤어지고 말았다.

이튿날 동네 사람들은 낙타를 끌고 와서 낙타 몰이꾼에게 병자를 바그다드로 데려가 병원 앞에 내려놓으라고 말했다. 가님은 송장처럼 낙타에 실려 바그다드에 당도한 다음, 날이 샐 때까지 병원 앞에 누워 있었다. 아침이 되자 지나 가던 사람들은 성냥개비처럼 피골이 상접한 병자를 발견했다. 이윽고 시장 관리자가 나타났다. 가님의 몰골을 보니 병원에 있다가는 단 하루도 못 견디고 죽어버릴 것 같았다. 그래서 그는 불쌍한 사내에게 적선을 베풀어 천당에 가야겠다는 마음으로 가님을 자기 집으로 옮겨와 정성껏 보살폈다. 가님은 하루하루 조금씩 회복되었다.

한편 칼리프의 노여움을 산 쿠르브는 80일 동안이나 캄캄한 방에 갇혀 있었는데, 어느 날 우연히 칼리프가 쿠르브 방 앞을 지나가다가 그녀가 중얼거리는 시를 듣게 되었다.

오, 그리운 이여, 나의 가님이여!
당신의 사랑은 어찌 그리도 깊고 맑은지요.
당신은 원수를 오히려 은혜로 갚고,
당신의 명예를 더럽힌 이의 명예를 지켜주고,
당신을 노예로 삼으려던 분의 애첩을 지켜주었지요.
언젠가는 신께서 당신의 누명을 벗겨주실 거예요.

칼리프는 쿠르브의 푸념 섞인 시를 듣고 쿠르브가 누명을 쓴 것을 알게 되었다. 집무실로 돌아온 칼리프는 내시 마스룰에게 쿠르브를 데려오도록 했다. 쿠르브가 슬픈 얼굴로 나타나자 조금 전에 읊조린 시 속의 그가 누구인지를 물었다.

"아이유브의 아들 가님입니다. 오, 임금님의 관대하신 마음에 맹세컨대, 그분은 한 번도 음탕한 마음이나 추한 생각을 품고 저를 대한 적이 없습니다."

쿠르브는 칼리프에게 가님의 결백을 거듭 맹세하며 강조했다. 비로소 칼리프는 가님을 오해했음을 깨닫고, 쿠르브에게 소원이 무엇이냐고 물었다.

"제가 바라는 것은 오직 아이유브의 아들 가님뿐, 그 밖엔 아무것도 바라지 않습니다."

칼리프는 여자의 소원을 들어주기로 했다.

"만약 그 사람을 임금님 앞에 데려온다면 그 사람에게 저를 주시겠습니까?"

"좋아. 그 자가 내 앞에 나타난다면 나는 한 번 준 것을 도로 찾지 않는 대범한 사람이라는 걸 보여주기 위해 그대를 그 자에게 주리라."

이렇게 하여 쿠르브는 칼리프의 허락을 얻고 기뻐하면서 가님을 찾으러 길을 나섰다.

쿠르브는 장로들을 찾아다니면서 가님의 이름으로 기부를 했다. 다음 날에는 시장으로 나가서 시장 관리자를 만나 가님을 찾는 사연을 들려주고, 금화 1,000디나르를 내놓으며 곤궁에 빠진 길손들에게 나눠주라고 말했다. 이튿날도 다시 금화 1,000디나르를 시장 관리자에게 내놓고 똑같이 곤궁에 빠진 길손들에게 나눠주라고 말했다.

그런데 공교롭게도 이 시장 관리자는 다름 아닌 가님을 보호하고 있던 바로 그 사람이었다. 그는 여자의 얼굴을 찬찬히 살펴보더니, "내 집에서 품위 있는 미남자 하나를 보살피고 있으니, 가서 그 젊은 이를 한 번 만나보라"고 했다. 혹시나 하는 마음에 쿠르브의 가슴은 설렜다. 그러나 가님이 그동안 너무 이쑤시개처럼 바짝 말랐는지라 알아보지 못하고 그냥 돌아가버리고 말았다. 그 뒤로도 계속해서 쿠르브는 시장이란 시장은 모두 돌아다니며 가님을 찾아 헤맸다.

한편 가님의 어머니와 누이동생 또한 바그다드에 당도하였다. 곤궁한 길손들을 도와준다는 소문을 듣고 모녀는 시장 관리자를 찾아갔다. 시장 관리자는 쿠르브에게 알렸다. 쿠르브를 만난 모녀는 쿠르브에게 사람을 하나 찾아달라고 간청했다. 찾고 있는 사람이 가님이라는 말을 듣는 순간 쿠르브는 너무 기쁜 나머지 그만 정신을 잃고 말았다.

가님의 어머니와 누이동생을 만난 쿠르브는 기쁨의 눈물을 펑펑 쏟았다. 쿠르브는 시장 관리자에게 부탁하여 모녀를 극진히 모시게 하고, 목욕시켜 새 옷으로 갈아입혔다. 두 모녀는 귀부인으로 변했다.

다음 날 쿠르브는 관리자의 집을 방문하여 모녀와 함께 다시 한 번 젊은이를 문병하게 되었다. 가님의 머리맡에 앉아 있던 문병객들의 입에서 쿠르브의 이름이 오르내리는 걸 들은 가님은 쇠약해진 몸에 생기가 돌아 자기도 모르게 큰 소리로 쿠르브를 불렀다. 쿠르브는 젊은이를 조심스럽게 들여다보았다. 바로 꿈에도 그리던 그 가님이 아닌가.

잠시 정신을 잃었다가 깨어난 두 연인과 가족은 얼싸안고 눈물을 흘렸다. 감격적인 상봉이 끝나자 쿠르브는 가님에게 칼리프의 맹세와 약속을 전했다.

사흘 동안 잘 먹고 쉰 덕분에 가님의 모습은 몰라보게 달라져 귀티가 역력했다. 이윽고 가님은 자파르의 안내를 받아 칼리프 앞에 나아갔다.

칼리프는 가님의 웅변과 아름다운 목소리에 감탄했다. 가님은 바그다드에서 겪은 경험담과 묘지에서 겪은 일, 궤짝에서 찾아낸 쿠르브 등, 그동안 자신이 겪은 사연을 칼리프에게 자세히 들려주었다. 칼리프는 가님의 성실한 인품을 인정하고 자신의 실수를 사과했다.

이후 쿠르브와 가님은 칼리프의 허락을 얻어 결혼했다. 칼리프 또한 가님의 누이동생 피트나와 결혼했다. 두 쌍은 같은 날 밤에 신방을 꾸렸다.

## 45~146일째 밤

# 우마르 빈 알 누우만 왕과 두 아들*

## 샤르칸 왕자와 아브리자 공주의 비극적 사랑

칼리프 압드 알 말리크 이븐 마르완(우마이야 왕조 5대 칼리프. 재위 685~705)의 치세가 되기 전의 일이다. '평화의 도성' 바그다드에 우마르 빈 알 누우만이라는 왕이 있었다.

그의 군대는 페르시아는 물론 동로마제국에 이르기까지 위세를 떨치지 않은 곳이 없었고, 마침내 광대한 제국을 건설함으로써 '정복의 왕'으로 불리게 되었다.

누우만 왕에게는 왕비가 네 명 있었는데, 그 가운데 한 왕비가 아들

---

* 세상에서 가장 희한한 신세 이야기로, 천일야화 가운데 가장 길어 전체의 8분의 1 정도를 차지한다. 이슬람의 기사도와 유럽의 기사도 정신을 비교할 수 있어 흥미롭다. 시기는 성전 초기이며 역사상 실재한 인물도 등장한다.

샤르칸 왕자를 낳았을 뿐 다른 세 왕비는 아들을 낳지 못했다. 이로 인해 누우만 왕은 샤르칸 왕자를 끔찍이 사랑하여 왕국의 후계자로 삼았다.

그러나 누우만 왕은 왕비 외에도 코프트인의 1년 날짜와 같은 360명이나 되는 첩을 거느리고 있었다. 1년 열두 달에 맞춰 누각 열두 채를 짓고, 각 누각마다 방 30개씩 모두 360개의 방을 만들어 그 방 하나마다 첩 하나씩을 살게 한 다음, 법도에 따라 하룻밤 잠자리를 같이하고 나면 1년 동안 두 번 다시 같은 여자를 찾지 않았다.

그 첩들 가운데 소피아라는 로움 국, 즉 그리스 여자가 있었다. 로움의 한 왕이기도 한 케사레아의 군주가 누우만 왕에게 바친 여자인데, 절개가 높고 총명한 미인이었다. 이 소피아가 임신했다는 소식이 전해지자 왕은 크게 기뻐했다.

그러나 샤르칸 왕자의 마음은 편치 않았다. 어쩌면 아들을 낳아 자기와 왕위를 다툴지 모른다는 불길한 생각이 들었기 때문이었다. 만약 소피아가 아들을 낳는다면 죽여야 할지 모른다고 생각했다.

소피아가 진통을 시작했다. 달보다 더 빛나는 딸이 태어났다. 이름은 누자르 알 자만('세상의 기쁨' 이라는 뜻)이었다. 그런데 이상하게 얼마 뒤 다시 진통이 시작되었다. 두 번째 태어난 아기는 보름달처럼 탐스러운 아들이었다. 이름은 자우 알 마칸('나라의 빛' 이라는 뜻)이었다. 왕은 쌍둥이 남매의 탄생에 기뻐 어쩔 줄을 몰랐다.

샤르칸 왕자는 마침 소피아가 딸을 낳았다는 소식만 들었을 뿐, 이어서 쌍둥이 아들을 낳았다는 소식은 모르고 있었다. 부왕이 샤르칸 왕자에게만은 알리지 말라고 함구령을 내렸기 때문이다. 그리하여 샤르칸 왕자는 사내 동생이 태어난 줄도 모른 채, 무술을 연마하고 용감히 적들과 싸우기도 하면서 바쁜 나날을 보내고 있었다.

그러던 어느 날 콘스탄티노플 아프리둔 왕이 사신을 보내 구원군을 요청해왔다. 아프리둔 왕은 이오니아 국 및 나사렛 군대의 군주이며, 콘스탄티노플(이스탄불의 옛 이름. 비잔틴 제국의 수도)의 왕이었다. 그는 현재 케사레아의 왕자와 대치하며 치열한 전투를 벌이는 중이라고 했다. 전쟁의 원인은 이러했다.

일찍이 아라비아의 한 왕이 전쟁에 이겨 우연히 알렉산더 시대의 보고를 발견했다. 보물 중에는 특히 타조 알 크기의 보석이 있었다. 이오니아 글자가 새겨진 그 보석엔 신기한 효능과 힘이 깃들어 있어서, 이 보석을 갓난아기 목에 걸어주면 재앙을 모면하고 울거나 열병에 걸리지 않는다고 했다. 보석의 비밀을 안 아라비아 왕은 크게 기뻐하고 아프리둔 왕에게 선물하기로 했다. 그래서 선물을 배에 실어 보냈다.

배가 콘스탄티노플 가까이에 왔을 때였다. 별안간 근처에 해적이 나타나 배를 습격했다. 그중에는 케사레아의 왕자가 지휘하는 군대도 섞여 있었다. 그들은 배에 탄 사람들을 모조리 죽이고, 보석 세 개와 함께 배 안의 모든 재물을 빼앗아 갔다.

아프리둔 왕은 즉시 군대를 보내 이들을 치게 했으나 패했고, 두 번째 파견한 군대도 여지없이 패하고 말았다. 아프리둔 왕은 더욱 분노하여 "손수 전군을 이끌고 나가 케사레아를 폐허로 만들고 그 왕자가 지배하는 모든 도시를 유린하기 전에는 절대 물러서지 않겠다"고 맹세하고 바그다드와 호라산의 대왕인 누우만 왕에게 구원병을 요청하기에 이른 것이다.

누우만 왕은 원군 요청을 허락했다. 샤르칸 왕자와 재상 단단은 1만 대군을 이끌고 위풍당당하게 행군을 시작했다. 낮에는 행진을 계속하고 밤에는 야영을 하면서 길을 재촉하던 어느 날, 일행은 어느 널찍한 계곡에 당도하였다. 그곳에서 사흘간 야영하며 휴식을 취하기로 하고 모두들 말에서 내렸다. 얼마 안 있어 넓은 골짜기 양쪽 비탈은 온통 군사들의 천막으로 뒤덮였다.

재상 단단의 지휘 아래 군사들이 천막을 치는 동안, 샤르칸은 주변 지세를 살펴보러 골짜기 물가를 따라서 혼자 말을 몰았다. 두어 시간을 달리는 동안 피로가 몰려왔는지, 깜빡 말 위에서 잠이 들었던 모양이었다. 말이 나무뿌리에 걸려 비틀거리는 바람에 샤르칸은 깜짝 놀라 눈을 떴다. 주위를 둘러보니 숲속 깊숙이 들어와 있는 걸 깨달았다.

달이 떠올라 동서 양쪽의 지평선을 대낮처럼 비추고 있었다. 이런 외진 곳까지 혼자 와 있게 된 샤르칸은 "오직 알라만이 영광 있으며 알라만이 권력 있도다! 오, 영광스럽고 위대하신 알라여!" 하고 외쳤다. 그러는 이내 마음을 가라앉히고 냉정을 되찾았다.

교교하게 초원 위를 비추는 달빛에 사방은 마치 천국인 양 아름다웠다. 그때 어디선가 사람들이 웃고 떠드는 소리가 들려왔다. 말에서 내려 오솔길을 따라 개울가로 걸어가다 보니 여자의 고운 목소리가 들려왔다. 샤르칸은 소리가 들리는 쪽을 따라 더 걸었다. 개울이 흐르고, 영양이 뛰어다니고, 풀밭에선 들소가 떼 지어 놀고, 새는 즐거운 듯 지저귀고, 주위엔 온갖 꽃이 만발해 있었다. 그리고 그 위로 달빛을 받고 서 있는 기독교 교회가 눈에 띄었다. 높은 탑이 솟아 있고, 교회 한복판에는 조그만 시내가 화원 사이를 누비며 흐르고 있었다.

한쪽 기슭에 아름다운 처녀 열 명이 서 있었다. 그 한가운데 보름달처럼 아름다운 한 여자가 있었다. 약간 곱슬곱슬한 머리칼과 하얀 피부에, 이마는 반질반질 희게 빛나고, 크고 검은 눈동자는 생기 있게 초롱거리며, 관자놀이 위로는 전갈 꼬리를 연상케 하는 고수머리가 드리워져 있었다. 여자는 시녀들에게 씨름을 하자고 제안했다. 그리고 시녀 열 명을 차례차례 땅바닥에 내동댕이쳐서 허리띠로 묶어 버렸다.

옆에서 지켜보던 노파가 나섰다.

"그 정도는 아무것도 아냐! 상대도 안 되는 아이들을 내동댕이친 게 무슨 대수라고? 나와 한판 겨루자!"

대거리하는 폼이 여자도 만만치 않았다.

"자르 알 다와히 할머니, 진심이세요? 아님 놀리시는 거예요?"

노파가 정말 싸우겠다고 하자 여자는 질 각오를 하고 덤비라며 자세를 취했다.

노파는 알몸으로 싸우자며 진짜 옷을 다 벗고 비단 수건을 꼬아 허리에 감았다. 그 모습은 마치 백선白癬(전염성 피부병의 총칭)이 옮은 마녀신이나 얼룩 뱀 같았다. 젊은 여자도 장식대를 풀어 허리에 두 번 감고는 속옷을 걷어부쳤다. 통통하고 탄력 있는 두 다리가 달빛을 받아 수정을 박은 흰 석고처럼 드러났다. 또 사향 냄새가 은은하게 풍기는 배와 석류 같은 두 개의 젖가슴도 훤히 보였다.

이윽고 씨름이 시작되었다. 한참 서로 맞잡고 탐색전을 하던 중 젊은 여자가 몸을 구부려 노파 밑으로 들어가더니 왼손으로 허리띠를 움켜잡고 오른손을 목에 감아 상대방을 번쩍 들었다. 노파는 벗어나려고 안간힘을 썼지만 별 수 없이 두 다리를 쳐들고 벌렁 나가떨어지고 말았다. 젊은 여자는 자빠진 노파의 알몸에 엷은 비단 속옷을 걸쳐주고, 옷 입는 것을 도우면서 애교 있게 사과했다.

"다와히 할머니, 살짝 던지려고 했는데…. 자꾸 할머니가 내 손에서 빠져나가려는 바람에 저절로 그렇게 된 거예요."

자존심이 상했는지 노파는 한마디 대꾸도 없이 어디론가 사라지고 말았다.

샤르칸은 지금이 기회라고 생각했다. 말 위에서 잠이 든 것도, 말이 혼자 이곳으로 끌고 온 것도 어쩌면 신의 계시 아니면 운명이라고 생각했다. 샤르칸은 말을 타고 화살같이 내달리면서 칼을 뽑아 휘두르며 이슬람교도의 함성을 울렸다.

젊은 여자는 벌떡 일어나 개울을 훌쩍 건너뛰어 맞은편 기슭으로 가 큰 소리로 외쳤다.

"도대체 네놈은 누구냐? 여자들만 노는 곳에 전쟁하듯 칼을 휘두르며 함부로 뛰어들다니!"

"난 외국에서 온 이슬람교도다. 오늘 밤 혼자 사냥하러 나왔는데, 달빛이 비추는 대로 저 여자 열 명을 사로잡아 동지들에게 선물로 가져가겠다."

샤르칸의 도전에 젊은 여자는 콧방귀를 뀌었다. 당장 군사를 풀어 잡아들일 수도 있지만, 외국인에 대한 예의상 그렇게는 하지 않는 대신 씨름으로 내기를 걸었다.

"만일 내가 네게 지면 날 말에 태우고 우리 모두를 잡아가라. 대신 내가 이기면 내 말대로 해야 한다."

샤르칸은 코웃음을 치며 약속했다.

씨름이 시작되었다. 샤르칸은 몸을 구부리고 여자를 향해 덤비라는 듯 손뼉을 쳤다. 그런데 마주 선 여자의 아름다움 때문에 자꾸만 마음이 산란해지는 게 아닌가. 눈앞의 여자는 신의 물감으로 살갗을 물들인 것처럼 기막히게 아름다웠고, 또 '자비의 손'으로 키워지고 '행운의 산들바람'을 쐬고 '경사스러운 별' 주위에서 태어난 듯 고왔다. 샤르칸은 눈을 지그시 감고 마음을 다잡아 꾹 참고서 여자에게 다가가 승부를 겨루기 시작했다. 기선을 제압한 샤르칸이 여자의 날씬한 허리를 휘어 감았다. 그런데 손끝이 여자 허리의 말랑말랑한 살에 닿자 자기도 모르게 마음이 설레더니, 폭풍에 흔들리는 페르시아 갈대처럼 몸이 떨리기 시작했다. 공주는 때를 놓칠 세라 왕자를 번쩍 들어 땅바닥에 내동댕이치고는 곧장 샤르칸의 가슴 위에 말 엉덩이만 한 엉덩이로 타고 앉았다.

여자는 목숨만은 살려주기로 하고 샤르칸을 풀어주었다. 로움 국까지 전쟁하러 온 용사가 갈비뼈로 만든 여자 하나 이기지 못한다고 코웃음을 치자 자존심이 상한 샤르칸은 상대가 너무 아름다워 일부러 져준 것이라며 다시 한 번 도전했다.

젊은 여자는 시합이 끝나려면 시간이 좀 걸릴 것 같은 생각에 묶인 시녀들을 풀어주었다. 그리고 그리스어로 시녀들에게 안전한 곳으로 가 있으라고 말했다.

두 번째 시합이 시작되었다. 그러나 두 사람이 마주 보며 바짝 다가가 가슴과 가슴을 맞대고 허리가 허리에 닿자 이번에도 샤르칸은 그만 힘이 빠져버려 또다시 여자에게 당하고 말았다.

"다시 한 번 살려주마. 하지만 잘 들어. 콘스탄티노플을 구해주러 누우만 왕이 파견한 이슬람 군대에 너보다 힘센 자가 있거든 나한테 보내라."

샤르칸은 얼굴이 시뻘개져서 다시 도전하겠다며 외쳤다.

"우리 메소포타미아 사나이들은 여자의 포동포동한 넓적다리에 맥을 못 쓰거든. 그래서 그만 머리가 띵해져 진 거야. 너만 좋다면 이번엔 정신을 바짝 차릴 테니 다시 겨뤄보자. 씨름은 원래 '삼세 판'이라는 관례가 있으니 아직 한 판 남은 거 아니냐."

이렇게 하여 세 번째 대결이 벌어졌다. 한참 밀고 당기는 동안 여자는 샤르칸이 대단한 장사라는 걸 감지했다.

"이슬람교도야! 이번엔 정신 바싹 차린 모양이구나!"

"아무렴. 이번이 마지막이니까. 승패가 나면 동서로 헤어지고 마는 막판 아니냐?"

샤르칸의 이 말에 여자가 방긋 웃었다. 왕자도 따라 웃었다. 바로 그 순간 여자가 손을 뻗어 넓적다리를 와락 당기는 바람에 샤르칸은 그만 꽝하고 땅에 쓰러지고 말았다.

씨름 세 판을 다 이긴 여자는 샤르칸에게 적군의 습격을 받기 전에 빨리 돌아가라고 말했다. 여자가 돌아서자 당황한 샤르칸이 외쳤다.

"사랑에 상처 입은 이 사랑의 노예를, 처량한 외국인을 버려두고 갈 수 있습니까? 당신 나라 음식 한 번 대접 못 받고 돌아가란 말입니까?"

샤르칸이 떼를 쓰자 여자는 못 이기는 척하며 샤르칸을 손님으로 맞았다. 여자와 시녀들 그리고 샤르칸은 사원으로 향했다.

샤르칸은 여자에게 마음을 빼앗겨, 그녀에게 자신을 따라 이슬람교도 나라로 오지 않겠느냐고 청했다. 여자는 누우만 왕에 대한 비난을 퍼부었다. 특히 360명의 측실을 거느리고 있는 호색한 누우만 왕을 질타하고, '사로잡은 여자들은 노예로 소유하라'는 코란의 구절을 들먹이며 강한 불신을 드러냈다. 그리고 단호하게 덧붙였다.

"만약 그 누우만 왕의 아들 샤르칸이 여기 나타난다면, 그자에게 도전하여 안장에서 끌어내려 사로잡은 다음 그대로 차꼬를 채울 작정이에요."

샤르칸은 긍지와 분노와 질투를 못 이겨 당장 자기 신분을 털어놓을까 하다가, 사실이 밝혀지면 아름다운 여자를 다시 만날 수 없을 것만 같아 꾹 눌러 참았다.

여자는 자신의 침실로 가버리고, 시녀들을 시켜 샤르칸에게 산해진미를 대접하고 정성껏 시중을 들어주었다. 샤르칸은 남겨 두고 온 군사들을 생각하고 혹시 무슨 일이 일어나지 않았을까 걱정하느라 아침 해가 떠오를 때까지 잠을 이루지 못하고 뒤척였다. 아침이 밝아오자 번뇌에 사로잡힌 샤르칸은 이런 노래를 불렀다.

분별을 잊은 건 아니로되 할 바를 몰라 서성이노라.
아린 사랑에 열병 든 영혼 건져주는 임 있으시다면
가뭇없이 달아나고 싶구나, 금세 터질 듯한 이 가슴
사무치는 연정에 부서지나니, 믿을 분 오직 알라뿐.

노래를 마쳤을 때, 여자는 스무 명 남짓의 초승달 같은 시녀들에게 에워싸인 채 공주의 모습으로 나타났다. 수많은 별들에 둘러싸여 보름달 같이 빛나는 공주의 아름다움에 넋을 잃은 샤르칸은 두고 온 군사들은 물론 자신의 임무마저 까맣게 잊어버리고 말았다. 석류알처럼 탐스럽게 부푼 젖가슴, 온갖 보석을 박은 허리띠 밑으로 봉긋 솟았다가 미끈하게 흘러내린 엉덩이를 한들거리며 다가오는 자태에 정신이 아뜩해진 샤르칸은 자기도 모르게 노래를 불렀다.

> 백옥처럼 탐스러운 엉덩이, 수밀도마냥 풍만한 젖가슴
>
> 발걸음 날듯이 나붓나붓, 빛처럼 스며오는 몸놀림.
>
> 없는 듯 가슴 깊이 숨긴 건, 눈물인가 그리움인가
>
> 끝내 숨길 수 없으니, 저주도 노여움도 털어놓으리.
>
> 시녀들, 공주 앞서 걸으면 그대로 눈부신 진주목걸이.

그런데 놀랍게도 공주는 이미 샤르칸의 정체를 알고 있었다.

"이미 운명의 화살을 맞으셨으니 이제는 체념하시고, 신분을 숨기거나 거짓말하지 말고 솔직하게 밝히십시오."

샤르칸은 사실대로 신분을 밝혔다. 공주는 한참 생각에 잠겼다. 공주는 기독교도이고 왕자는 이슬람교도이니, 둘은 적국의 공주와 왕자 사이였다. 어찌 괴롭지 않겠는가. 이윽고 공주는 얼굴을 들고서 어떤 일이 있어도 안전하게 샤르칸을 지켜줄 것을 맹세했다.

그리고 공주는 예의를 다해 맹세를 지키고 신뢰를 지켰다. 그러나 샤르칸의 마음은 여전히 편치 않았던 모양이었다. 공주가 정성껏 술과 음식을 대접했으나 샤르칸은 손도 대지 않았다. 혹시 독약이 들었을지 몰라 불안했던 것이다. 공주는 그의 심중을 알아차리고 스스로 먼저 먹고 마심으로써 샤르칸의 불신을 없애주었다. 공주가 보여준 신뢰에 마음을 놓은 샤르칸은 공주와 먹고 마시며 사랑을 나누었다. 공주는 산들바람의 날개보다 가볍고, 낙원에 있는 타스민의 샘보다 달며, 걱정의 그림자라고는 털끝만큼도 없이, 비파를 뜯으며 노래로 샤르칸에게 사랑을 고백했다.

비록 밤의 장막이 내리면 각자 따로 잠자리에 들긴 했지만 하루 종일 함께 지내며 사랑을 희롱하다 보니 둘의 사랑은 점점 무르익었다.

사흘째 되던 날이었다. 그날도 아침이 되어 다시 만난 두 사람이 한참 즐거운 시간을 보내고 있을 때였다.

별안간 밖이 떠들썩하더니 난데없이 근위병 기사 한 무리가 칼을 빼 들고 들어왔다. 샤르칸은 공주가 꾸민 계략에 걸린 줄 알고 공주를 바라보았다. 하지만 공주의 얼굴은 창백하게 질려 있었다. 공주는 시치미를 떼고 위엄을 갖추더니, 기사들에게 허락도 없이 쳐들어온 무례함을 꾸짖고 호통을 쳤다.

그러자 근위대장은, 공주의 할머니인 자르 알 다와히 님이 공주의 아버지 하루두브 왕께 공주의 궁전에 샤르칸이 와 있다고 일러바쳤고, 왕이 격노하여 근위병 기사들로 하여금 샤르칸을 사로잡아 오라고 명령했다는 것이었다. 하지만 공주는 단호하게 말했다.

"그건 거짓말이야. 할머니께서 아무것도 모르시고 거짓말을 하신 거야. 이분은 샤르칸도 아니고 포로도 아니야. 내 손님일 뿐이야. 설사 샤르칸이라고 해도 내가 보호하고 있는 손님을 내준다는 건 체면상 안 돼. 이 손님을 배반하고 세상 사람들의 웃음거리가 될 수는 없어. 아버님께 가서 자르 알 다와히 님이 잘못 아셨다고 전해."

그러나 근위대장은 물러서지 않았다. 샤르칸을 잡기 전엔 돌아갈 수 없다고 버텼다. 이대로 돌아가면 공주님의 노여움은 모면하겠지만, 반대로 임금님의 노여움은 모면할 길이 없다고 했다. 위협도 하고 구슬려도 봤지만 근위대장은 꿈쩍도 하지 않았다.

공주는 한 가지 꾀를 생각했다. 근위병은 100명인데 손님은 혼자

이니 한꺼번에 덤벼들면 불공평하므로 한 사람씩 일대일로 맞서서 이기거든 잡아가도 좋다고 제안했다. 근위대장이 자신 있다는 표정으로 기꺼이 승낙하자, 공주는 샤르칸에게 상황을 설명했다. 공주의 말을 듣고 난 샤르칸은 공주에 대한 불신을 말끔히 씻고 기뻐했다. 그러나 다른 한편으로는 목숨을 건 사랑의 모험에 빠져, 소문이 퍼질 것에 주의하지 못한 자신의 무모함을 책망할 수밖에 없었다.

샤르칸은 공주의 제안을 승낙하고, 칼과 방패를 들고 적을 향해 무서운 기세로 달려들었다. 첫 번째 도전자인 근위대장 마스라도 질세라 칼을 뽑아들고 달려들었다. 샤르칸은 날뛰는 사자처럼 단번에 칼을 내리쳐 근위대장을 어깨에서부터 배까지 두 쪽으로 갈라놓고 말았다. 칼은 등에서 내장을 꿰뚫고 피에 젖어 번쩍였다. 경천동지할 칼솜씨에 공주는 샤르칸을 다시 보지 않을 수 없었다. 자기가 씨름에서 이긴 것은 자기 힘이 세어서가 아니라 샤르칸의 말처럼 자신의 아름다운 매력 덕분이었음을 깨달았다.

공주는 누구든 대장의 원수를 갚아보라고 소리쳤다. 용맹하고 난폭하다는 기사들도 샤르칸의 칼 앞에서 추풍낙엽처럼 스러졌다. 나중에는 떼거리로 덤벼들었지만 샤르칸은 그들을 무 베듯 순식간에 넘어뜨렸다. 100여 명의 기사 가운데 80여 명이 샤르칸의 춤추는 듯한 칼날 아래 쓰러지고 겨우 20여 명만이 겁에 질려 도망쳤다. 시녀들로부터 이젠 문지기 말고는 아무도 남아 있지 않다는 대답을 들은 공주는 샤르칸을 와락 끌어안았다. 이렇게 한바탕 격렬한 회오리가 몰아치고 나서 두 사람은 궁전으로 들어갔다.

그런데 사원 안에 두세 명의 기사가 피신해 있다는 것을 안 공주는 잠시 어디론가 사라지더니, 이윽고 촘촘히 짠 그물 갑옷을 입고 예리

한 인도식 언월도를 번쩍이며 나타났다. 그리고는 비겁한 자들로부터 샤르칸을 지켜주겠다고 했다. 공주는 우선 자신의 허락도 받지 않고 근위병 기사들을 들여보낸 문지기를 질책한 다음, 샤르칸으로 하여금 목을 베게 하였다.

이윽고 공주도 자기 신분을 밝혔다.

"저는 로움 국 하루두브 왕의 딸 아브리자입니다. 당신을 아버지에게 밀고한 건 틀림없이 저의 할머니 자르 알 다와히일 겁니다. 제가 이슬람교도인 당신의 편을 들어 아버지의 기사들을 죽게 하고 나사렛인을 배반했으니, 할머니는 저를 죽이려 할 것입니다. 당신은 물론이고요. 그러니 어서 몸을 피하십시오. 다만 어떤 일이 있어도 우리의 사랑만은 잊지 마세요. 저는 당신을 사랑한 탓에 아버지와도 원수 사이가 될지 모릅니다. 이 모든 게 당신 때문이니, 우리 사랑을 결코 저버리지 않겠노라 맹세하세요."

공주는 샤르칸에게 빨리 떠나라고 재촉했다. 그러나 사랑하는 공주를 위기에 몰아넣고 떠나야 하는 샤르칸의 가슴은 찢어질 듯 아팠다. 두 연인은 으스러져라 끌어안고 뜨거운 키스를 나누며 사랑의 약속을 굳게 맺었다.

공주는 샤르칸에게 돌아가거든 즉시 군대를 철수시키라고 부탁했다. 갑작스러운 부탁에 당황한 샤르칸이 부왕의 명령을 들어 난색을 표하면서, 공주의 아버지가 콘스탄티노플의 아프리둔 왕으로부터 빼앗은 보석 세 개가 문제라고 말하자, 공주는 그런 건 염려하지 말라고 안심시키면서 이번 전쟁의 숨겨진 진실을 알려주었다.

## 전쟁에 얽힌 이야기

우리 로움 국에선 해마다 사원제를 지내왔다. 이때는 주위 여러 나라의 왕과 귀족은 물론 상인들까지 가족을 데려와서 일주일가량 머무는 것이 관례였다. 나도 매년 사원제에 참석했지만, 두 분(하루두브 왕과 아프리둔 왕) 사이가 나빠진 뒤로는 7년 동안 참석을 금지당하고 있는 형편이다. 사이가 나빠진 사정은 이렇다.

어느 해인가 콘스탄티노플 아프리둔 왕의 딸 소피아 공주가 사원제에 참석했다. 모두들 이레째 되는 날 출발했는데, 소피아 공주는 굳이 뱃길로 가겠다고 고집을 부려 할 수 없이 배를 준비해 태워 보냈다. 그런데 그 배가 폭풍을 만나 표류하다가 운명의 장난으로 그만 기독교도 해적선을 만나게 되었다. 해적선에는 무장한 프랑크인 500여 명이 타고 있었는데, 그들은 오랫동안 바다를 누비며 약탈하고 돌아다니다가 장뇌도에서 돌아오던 길이었다. 그들은 소피아 공주가 탄 배를 나포해 끌고 전속력으로 자기들의 섬으로 달렸다. 그러다 갑자기 바람의 방향이 바뀌는 바람에 돛이 찢겨 나가면서 로움 국 해안 가까운 모래톱에 좌초하고 말았다.

로움 국 사람들은 해변으로 나가 하늘이 주신 선물로 알고 난파선을 수습했다. 해적들을 모두 베어 죽이고 배를 압수한 것이다. 그 안에는 소피아 공주를 포함한 40여 명의 처녀들과 문제의 그 보석도 들어 있었다. 소피아 공주가 아프리둔 왕의 딸임을 까맣게 몰랐던 내 아버지는 소피아 공주를 포함한 처녀 다섯 명을 골라 누우만 왕에게 선물로 보냈다.

그런데 금년 초 별안간 아프리둔 왕이 부왕에게 편지를 보냈다.

"두 해 전 왕께서는 해적들에게 나포된 우리 배를 약탈했는데, 그 배에는 내 딸 소피아가 타고 있었소. 그런데 왕께서는 내게 사건을 통지해주지도 않았고, 사자를 보내지도 않았소. 이 편지를 받는 즉시 내 딸 소피아를 돌려보내기 바라오. 만약 내 정당한 요구를 거부한다면 반드시 보복할 터이니 그리 아시오."

부왕은 난처한 입장에 처하게 되었다. 고민 끝에 부왕은 사과의 편지를 보냈다. 소피아 공주의 신분을 모른 채 누우만 왕에게 선물로 바쳤다는 것과 소피아 공주는 이미 누우만 왕과의 사이에서 아기까지 낳았다는 소식을 전해주었다.

진상을 알게 된 아프리둔 왕은 노발대발하며 원한을 갚을 것을 맹세했다. 벼르고 벼른 끝에 계략과 술책을 꾸몄다. 누우만 왕에게 지원군을 보내게 하여 그의 군사들을 생포하려고 한 것이다.

특히 세 개의 보석 이야기는 처음부터 꾸며낸 어처구니없는 거짓말이다. 보석은 전에 소피아 공주가 갖고 있었지만 아버지가 소피아에게서 빼앗아 내게 선물로 주었으므로 지금은 내가 갖고 있다.

이 전쟁의 숨은 비밀을 털어놓은 공주는, 샤르칸이 프랑크인과 그리스인 나라에 깊이 들어갔다가는 퇴로가 막혀 독안에 든 쥐가 될 것이니 그 전에 군대를 철수하라고 충고했다.

"만약 내 충고를 무시하고 군대를 이끌고 깊이 진격하면 적이 길을 차단할 것이고, 그러면 빠져나갈 구멍이 없어져 결국 처참하게 복수를 당하게 될 겁니다."

샤르칸은 한참 넋을 잃고 생각에 젖어 있다가 이윽고 공주를 끌어안고 이별의 아픔을 나누었다. 공주도 그의 목에 팔을 감고서 눈물을 흘리면서 사흘 후에 다시 만나 함께 바그다드로 떠날 것을 약속했다. 그러면서 애잔한 목소리로 이별의 슬픔을 노래했다.

> 예전엔 미처 몰랐어라, 이별이 이리 슬픈 줄을.
>
> 한손으로 눈물 훔치며 한손으로 임을 끌어안네.
>
> 부끄러운가, 물으시면 조금도 아니라 대답하리.
>
> 사랑하는 이를 보내는 것, 가장 큰 수치일지니.

샤르칸은 부대로 돌아가는 도중에 단단과 두 태수를 만나 아브리자 공주가 들려준 이 전쟁의 진상을 낱낱이 알리고 철수를 명령했다.

한편, 콘스탄티노플에서는 아프리둔 왕이 보낸 사신들이 헐레벌떡 달려와 누우만 왕이 보낸 원병이 가까이 왔음을 고했다. 아프리둔 왕은 즉시 샤르칸의 군대를 사로잡기 위해 준비하기 시작했다.

그러나 그 무렵, 골짜기에 진을 치고 있던 샤르칸의 군대는 즉시 회군하여 25일간 행군을 계속한 끝에 국경 근처에 이르렀다. 샤르칸은 단단에게 먼저 군대를 이끌고 바그다드로 돌아가라고 일렀다. 그리고 샤르칸은 100명의 부하와 함께 뒤에 남았다. 아브리자와 만나기로 한 약속 때문이었다.

두 시간 뒤 샤르칸과 부하 일행이 두 산 사이의 골짜기에 이르렀을 때였다. 멀리 모래 먼지가 자욱이 일어나더니 사슬 갑옷을 입은 기독교 군사 100여 명이 나타나 다짜고짜 욕설을 퍼부으며 도전해왔다.

샤르칸의 군사는 칼을 빼들고 노도처럼 돌진했다. 기독교 군사도 질세라 반석처럼 버티면서 어울려 싸웠다. 전투는 갈수록 치열해졌다. 그렇게 번쩍이는 칼을 휘두르며 싸우는 사이에 어느덧 해는 기울어 밤이 되었고 주위는 어둠에 싸였다. 하루 종일 대결했으나 결판이 나지 않았던 것이다.

이튿날은 일대일로 결투를 벌였다. 그러나 샤르칸의 기사 20명이 차례로 생포되어 끌려가고 말았다. 그다음 날은 샤르칸과 적군 대장과의 결투가 벌어졌다. 그러나 이틀 동안 겨루어도 일진일퇴를 거듭할 뿐 끝내 결판이 나지 않았다.

사흘째 날 오후였다. 적군 대장이 말에 박차를 가하여 몰더니 갑자기 고삐를 당겨 말을 세웠다. 그 바람에 말이 비틀거리며 발목을 삐고 기수와 함께 쓰러졌다. 샤르칸은 이때다 하고 덤벼들어 칼을 내리치려고 높이 쳐들었다. 그런데 그 순간 적장이 소리쳤다.

"오, 샤르칸 님, 용사는 여자에게 그런 짓을 하지 않아요!"

어디서 듣던 목소리였다. 샤르칸은 천천히 상대의 얼굴을 들여다보았다. 아니 그녀는 바로 아브리자 공주가 아닌가.

샤르칸은 깜짝 놀라 공주 앞에 무릎을 꿇었다. 공주는 시녀들로 이루어진 여군을 이끌고 있었는데, 샤르칸의 용맹한 검술, 창술, 기마술을 보고 싶어 일부러 싸움을 걸었던 것이다.

이렇게 샤르칸과 아브리자는 다시 만나 엿새 동안 행군을 계속한 끝에 마침내 바그다드에 도착하였다.

귀국하자마자 샤르칸 왕자는 아버지 누우만 왕에게 아브리자 공주를 만난 일과 철군하게 된 이유 등 자초지종을 보고하였다. 누우만 왕은 친히 공주를 불러 치하했고 공주는 간직하고 있던 보석 세 개를 누우만 왕에게 바쳤다.

누우만 왕은 샤르칸에게 보석 한 개를 주고는, 나머지 두 개는 쌍둥이 동생에게 주겠다고 했다. 샤르칸은 그때서야 이복 남동생 자우 알 마칸의 존재를 알고 깜짝 놀랐다. 겉으로 내색은 하지 않았으나 샤르칸의 마음속에는 분노가 솟아올랐다.

샤르칸은 아브리자 공주를 만나 이복동생에 대한 속마음을 숨김없이 털어놓았다. 또한 누우만 왕이 아브리자 공주를 탐내는 걸 눈치채고, 혹시 왕이 공주에게 청혼하면 어쩔 건지 떠보았다. 공주는 목숨을 끊을망정 절대 그런 일은 없을 것이라고 거듭 맹세했다.

공주는 공주대로 혹시나 부왕 하루두브가 딸을 잃은 원한 때문에 아프리둔 왕과 동맹을 맺어 이 나라를 쳐들어오면 어쩌나 걱정하고 있었다. 샤르칸은 어떤 적이든 물리칠 자신이 있다는 말로 공주를 안심시켰다. 샤르칸은 누우만 왕에게 받은 보석을 공주에게 맡겼다.

누우만 왕은 쌍둥이 남매의 목에 보석을 걸어주면서 소피아가 콘스탄티노플 아프리둔 왕의 딸인 줄 미처 몰랐던 점을 깊이 사과하고 위로했다. 그리고 소피아 공주를 왕비로 대우하고 왕비와 두 아이를 위한 궁전을 새로 마련해주었다.

그런데 아브리자 공주를 한 번 본 뒤로 누우만 왕은 욕정이 활활 타오르기 시작했다. 밤마다 공주를 찾아가 온갖 감언이설로 꾀었지만 공주는 요지부동이었다. 공주가 몸을 뺄 때마다 왕의 정욕은 더욱 복받치고 애가 타서 죽을 지경이었다. 왕은 참다못해 재상 단단에게 고백하고 공주를 취할 묘책을 물었다. 단단은 공주의 술잔에 마약을 타먹이라고 일러주었다. 왕은 주연을 열고 공주와 술을 마시며 즐기는 척 몰래 공주의 술잔에 마약을 털어넣었다.

약 기운에 취해 공주가 정신없이 잠든 사이, 누우만 왕은 정욕에 눈이 멀고 악마에 홀린 나머지 잠든 아브리자 공주의 처녀를 빼앗고야 말았다.

공주가 깨어나 보니 시녀 마르자나가 침상 옆을 지키고 있었다. 그런데 시녀가 전하는 말이, 어젯밤 장딴지가 피투성이가 된 채 공주가 누워 있었다는 것이었다.

하늘이 무너지는 것 같았다. 공주는 비탄과 절망에 싸여 몇 달 동안을 울면서 아무도 만나지 않고 두문불출했다. 그사이 누우만 왕은 열화 같은 정욕의 불길이 차차 가라앉고 연정도 식어서 공주로부터 마음이 멀어져갔다.

그러나 불행하게도 공주의 뱃속에는 누우만 왕의 씨가 자라고 있었다. 자승자박이라고, 이 모든 불행은 양친과 고국을 배반하고 떠나온 자신 때문이었다. 처녀를 빼앗겼다는 수치심 때문에 밖에 나갈 수도 없었고, 그렇다고 고국으로 돌아갈 면목도 없었다. 그러나 배가 차츰 불러옴에 따라 공주는 바그다드를 떠나 고국의 양친에게 돌아갈 마음을 굳혔다. 그리하여 시녀 마르자나와 함께 도망갈 기회만 엿보고 있었다.

해산 예정일이 며칠 앞으로 다가온 어느 날이었다. 때마침 누우만 왕도 사냥 나가고, 샤르칸 왕자도 어느 요새에 가서 머물게 되었다. 이때다 싶어 공주는 출발을 결행하기로 하고, 시녀 마르자나에게 남자 시중꾼을 하나 구해오라고 시켰다. 시녀는 궁전 문지기인 알 가즈반이라는 흑인 노예를 데리고 왔다.

흑인 노예는 공주를 보자마자 연모의 정에 사로잡혀 두말없이 승낙했다. 공주는 어쩐지 가슴이 섬뜩하고 맘에 들지 않았으나 급박한 처지라서 다른 도리가 없었다. 노예는 맘속으로 두 여자를 다 제 맘대로 할 요량을 품었으나 겉으로는 안 그런 척하면서 낙타 두 마리와 말 세 필을 끌고 왔다.

공주와 시녀 그리고 흑인 노예 이렇게 세 사람은 각자 말에 타고 길을 떠났다. 벌써 공주의 진통은 시작되어 거의 까무러칠 지경이었다. 일행은 밤낮을 가리지 않고 산길을 헤치며 길을 재촉하여, 마침내 고국이 눈앞에 보이는 지점에 이르렀다.

공주의 진통이 다시 시작되자 모두 말에서 내렸다. 공주는 땅바닥에 뉘어졌다. 누워 있는 공주를 보자 흑인 노예는 악마에 홀렸는지 별안간 칼을 빼들고 공주의 몸을 범하려고 달려들었다. 공주가 호통을 치자 격분한 흑인 노예는 난폭해져서 길길이 날뛰며 핏발 선 눈으로 공주에게 다가서더니 칼로 공주의 목을 쳐서 치명상을 입히고 말았다. 그러고는 공주의 말에 보물을 싣고 산속으로 달아나 버렸다.

공주는 쓰러지면서도 그 순간 달과 같은 아들을 낳았다. 시녀가 아기를 받아 어머니 옆에 눕히니 아기는 막 죽어가는 어머니 가슴으로 파고들었다. 가슴을 도려내는 듯 애처로운 광경을 목격한 시녀는 목 놓아 울면서 옷을 잡아 찢으며 머리에 흙을 뿌리고 피가 나도록 자기 뺨을 때렸다.

"그토록 용맹하신 공주님이 하찮은 검둥이 노예놈의 손에 목숨을 잃다니!"

이렇게 시녀 마르자나가 비탄에 잠겨 통곡하고 있는데, 저 멀리서 먼지가 자욱이 떠올라 지평선을 뒤덮었다.

그것은 공주의 아버지 하루두브 왕의 군대였다. 하루두브 왕은 딸이 누우만 왕의 궁전에 있다는 소문을 듣고 군사를 일으켜 딸을 찾으러 가던 길이었다. 왕은 멀리서 세 사람의 모습을 흘낏 보고서 혹시나 딸 소식을 들을 수 있을까 하여 말을 몰았다. 그런데 악당 검둥이 노예가 먼저 위태로움을 깨닫고 공주를 죽이고 도망친 것이다.

왕은 이미 숨이 끊어진 딸과 딸의 시신을 붙들고 통곡하고 있는 시녀의 모습을 보자 슬픔이 복받쳐 앞이 보이지 않았다. 이윽고 왕은 딸의 시신을 수습하여 고국 케사레아로 돌아가 왕궁 안에 묻었다.

이제 남은 건 아브리자 공주의 원한을 갚기 위한 피의 복수뿐이었다. 아버지 하루두브 왕과 할머니 다와히는 피의 복수를 굳게 맹세했다.

우선 시녀들 가운데 가장 아름답고 총명한 처녀들을 선발했다. 이들은 이슬람 국에서 초빙한 가장 훌륭한 이슬람 현자들에게 철저하게 훈련받았다. 이슬람 칼리프들의 역대사와 이슬람 국왕의 연대기, 그리고 아라비아인의 전설 등을 포함한 이슬람 역사와 종교, 철학 등 모든 학문적 이론은 물론이거니와 궁중 예의범절에서부터 대화술, 시 짓는 법에 이르기까지 광범위한 지식과 기예를 배우고 익혔다. 이들을 4년 뒤 누우만 왕의 궁전으로 들여보내면 그때부터 복수극은 막을 올릴 터였다. 이 모든 준비는 철통같은 비밀 속에서 착착 실행에 옮겨졌다.

한편 샤르칸은 아브리자 공주가 없어진 사실을 알고 비탄에 잠겼다. 아버지 누우만 왕이 공주를 유린한 사실을 까맣게 모른 채 샤르칸은 공주가 자신을 배신했다고 생각해 혼자 번뇌했다. 더욱이 부왕 누우만은 날이 갈수록 쌍둥이 남매를 더 총애했다.

그의 번민은 더욱 깊어지고 몸도 점차 쇠약해져갔다. 샤르칸은 부왕을 찾아갔다. 질투심에 번민하고 있는 자신의 심경을 솔직히 털어놓고, 바그다드를 떠나게 해달라고 호소했다.

"눈에 띄지 않으면 슬픔도 없다"는 말도 있지 않은가.

누우만 왕은 아들을 위로하고 제국 영토 내에서 가장 큰 다마스쿠스 태수에 임명했다. 이리하여 샤르칸은 다마스쿠스의 태수가 되어 바그다드를 떠났다.

## 알 마칸과 알 자만 남매, 기구한 운명을 자초하다

세월이 흘러 어느새 쌍둥이 남매는 열네 살이 되었다. 남매는 학문과 예의범절, 신앙심 등 어느 것 하나 빠지지 않는 훌륭한 젊은이로 자랐다.

어느 날 자우 알 마칸은 바그다드 거리를 걷다가 메카를 참배하고 무함마드의 묘지를 찾아가는 이라크 순례자 행렬과 마주쳤다. 그들을 보자 순례를 떠나고 싶은 마음이 간절해지기 시작했다. 그는 부왕에게 순례를 허락해달라고 간청했다. 그러나 부왕은 1년만 기다리라며 거절했다. 모처럼의 소원이 1년 뒤로 연기되자 왕자는 더 이상 참을 수가 없었다. 그는 누이동생 누자르 알 자만에게, 부왕 몰래 순례를 떠날 계획을 털어놓았다. 그러자 동생도 함께 데려가 달라고 간청했다. 그날 밤, 왕자와 공주 남매는 부왕 몰래 도성을 빠져나가 순례 길에 올랐다.

다행히 남매는 이라크 순례 대열에 끼게 되어, 무사히 성지 메카를 순례하고 무함마드 묘지를 참배한 뒤 순례자들과 고향으로 돌아가게 되었다. 그런데 귀국 도중 예루살렘과 아브라함의 묘지를 참배하고 싶은 욕심에 참배자 일행과 함께 배를 타고 예루살렘으로 향했다.

그날 밤 공주는 오한이 들며 신음했으나 다행히 가까스로 회복했다. 그러자 다음엔 왕자가 병이 들었다. 예루살렘에 도착한 뒤에도 왕자의 신열은 더 높아지고 몸은 점차 쇠약해져갔다.

할 수 없이 어느 대상 객주에 묵으면서 공주는 오라버니의 병을 간호했다. 그러나 공주의 정성스러운 간호에도 불구하고 오라버니의 병은 낫기는커녕 점차 깊어졌다. 마침내 돈도 다 떨어지고 빈털터리가 되었다. 옷까지 팔아 약값을 대다 보니 낡은 담요 하나밖에 남은 게 없었다. 1년이 지나도록 거지 신세로 전락한 이들을 누구 하나 찾아오거나 도와주는 이 없었다. 어쩔 수 없이 공주가 밖에 나가 일을 해서 돈을 벌어올 수밖에 없었다.

공주는 돈을 벌기 위해 오라버니를 남겨두고 처소를 나섰다.

그런데 하루 이틀이 지나도 누이동생은 돌아오지 않았다. 왕자는 배고픔과 동생에 대한 걱정으로 안절부절못했다. 그의 부탁으로 객줏집 하인은 그를 업고 시장 거리에 내려놓았고, 그는 구걸로 겨우 배고픔을 달랠 수 있었다. 이윽고 밤이 되자 사람들은 제각기 집으로 돌아가고, 왕자 혼자 남아서 오한에 떨다가 완전히 의식을 잃고 쓰러지고 말았다.

아침이 되자 시장 사람들이 그 주위에 모여들었다. 그들은 측은한 마음에 십시일반으로 은화 37디르함을 모아 낙타 몰이꾼에게 주면서, 환자를 다마스쿠스의 병원에 데려가 맡기라고 당부했다. 그러나 낙타 몰이꾼은 다 죽어가는 병자를 다마스쿠스까지 실어다 주기가 싫어서, 어두운 밤을 틈타 그를 어느 목욕탕 화구 가까운 잿더미에 버리고는 줄행랑을 쳐버렸다.

다음 날 아침, 다행히 목욕탕 화부가 그를 발견하고 집으로 데려갔다. 화부 내외가 정성껏 간호하고 돌본 덕분에 왕자는 조금씩 기운을 회복하고 병세도 한결 호전되었다. 약병아리를 고아 먹이는 등 화부 내외가 지성으로 치료하고 보살핀 결과, 왕자는 한 달쯤 지나서는 완전히 건강을 되찾았다. 깨끗하게 목욕하고 좋은 옷으로 갈아입으니 그의 몸에서는 다시 고귀한 기품이 살아나 흘러넘쳤다.

자우 알 마칸은 화부에게 누이동생과 헤어진 사연을 들려주고 다마스쿠스로 가는 길을 물었다. 화부는 그를 혼자 보내기가 염려스러웠고, 무엇보다 정이 듬뿍 들어 이대로 헤어지기도 싫어서, 재산을 모두 처분하고 부부가 왕자와 함께 다마스쿠스로 떠났다.

다마스쿠스에 당도한 지 얼마 안 되어 화부의 아내가 병이 들어 눕더니, 며칠 만에 그만 죽고 말았다. 그동안 친자식처럼 자기를 보살펴준 화부 아내의 죽음은 왕자에게도 충격이었지만, 화부에게는 땅이 꺼지는 듯한 슬픔이었다.

어느 날 왕자는 비탄에 잠긴 화부를 위로하기 위해 함께 시내 구경을 나갔다. 그런데 우연히 엄청나게 많은 낙타와 말에 궤짝과 양탄자와 비단 등을 싣는 광경을 목격하였다. 다마스쿠스의 태수가 누우만 왕에게 보내는 선물과 공물이었다. 바그다드로 보낼 공물이라는 말에 왕자는 갑자기 부왕과 고향이 그리워 견딜 수가 없었다. 화부 역시 아내를 잃은 슬픔에 사로잡혔다. 아침이 되자 화부는 왕자의 향수병을 눈치 채고 함께 바그다드로 떠나자고 제안했다. 지금까지 동고동락했으므로 내친 김에 끝까지 동행하여 시중을 들 테니 함께 떠나자는 것이었다. 자우 알 마칸은 춤이라도 출 듯 기뻤다.

그리하여 왕자와 화부 두 사람은 식량과 짐을 싣고 바그다드로 향했다.

한편 누자르 알 자만은 병든 오라버니를 남겨둔 채 낡은 낙타 담요를 걸치고 일자리를 찾아 헤매고 있었다. 그때 한 노인의 눈에 공주의 모습이 들어왔다. 얼굴은 천하 미인인데 낡은 담요를 뒤집어쓴 걸로 보아 궁핍한 처지임이 분명했다. 한눈에 공주의 딱한 사정을 눈치챈 노인은 몰래 공주의 뒤를 밟았다. 이윽고 공주가 좁은 골목으로 들어서자 앞을 가로막고서는 거짓말로 딱한 사정을 하소연하기 시작했다. 딸 다섯이 죽고 막내딸만 하나 남았는데, 그 막내딸 말벗이 되어 위로해달라고 간청했다. 공주는 노인의 말을 곧이듣고 자신의 처지를 털어놓았다. 낮에는 말벗이 되어줄 수 있지만, 병든 오라버니 때문에 저녁에는 돌아가야 한다는 조건을 붙여 노인의 부탁을 승낙했다. 노인은 터지려는 웃음을 감추고 속으로 쾌재를 불렀다. 노인은 한술 더 떠, 누추하지만 자기 집으로 오라버니를 데려와 함께 살자고 꾀었다. 감격한 공주는 그 말에 감쪽같이 속아 넘어가 집으로 안내하겠다는 노인의 뒤를 따라갔다.

그러나 노인은 부하들에게 눈짓하여 예루살렘 교외에 낙타를 준비시켜놓았다. 이윽고 예루살렘 교외로 공주를 유인하는 데 성공한 노인은 공주를 낙타 뒤에 태우고 밤새껏 달렸다. 그때서야 공주는 자기가 노인의 꾐에 속아 넘어간 걸 깨달았다.

노인은 인적을 피해 산길로만 달렸고, 잠깐씩 낙타에서 내려 쉴 때면 공주에게 마구 욕을 퍼붓고 채찍으로 사정없이 후려갈겼다. 공주는 분한 마음을 꾹 참고 자신의 처량한 신세와 병든 오라버니를 생각하며 하염없이 눈물을 흘렸다.

사흘 동안 쉬지 않고 달린 끝에 노인 일행은 다마스쿠스에 도착했다. 노인은 자만 공주를 여관방에 가둬놓고 시장으로 나가 한 거간꾼과 흥정을 시작했다. 아주 예쁜 숫처녀인 데다 예의범절도 바르고 머리도 인물도 나무랄 데가 없는 노예 계집이라는 칭찬에 한 거간꾼이 살 의향을 비쳤다. 다만 조건이 하나 있는데, 살 사람이 허락하면 즉시 현금을 지불하겠지만 아니면 반품하겠다는 것이었다. 노인은 다마스쿠스의 태수 샤르칸을 들먹이며, 태수가 좋다고 허락하면 크게 한몫 챙길 수 있을 것이라며 바람을 넣었다.

마침 상인도 샤르칸 태수에게 볼일이 있는 터라 잘되었다는 생각이 들었다. 세금을 면제받으려면 왕이 허락한 특허장이나 추천장을 관청에 제시해야 했다. 샤르칸 태수가 추천장이나 특허장을 써주면 누우만 왕에게 그걸 가져다 세금 면제 허락을 받을 참이었다.

상인은 공주를 보자마자 맘에 쏙 들었다. 놀라운 미모에다 아라비아 말까지 하고, 읽고 쓸 줄까지 안다니 태수에게 바치면 톡톡히 한밑천 잡을 수 있을 것 같았다. 공주 역시 저 흉악한 노인의 손아귀에서 벗어나 하루라도 빨리 상인에게 팔리기를 바라마지 않았다.

그러나 흥정이 시작되자 노인은 터무니없이 비싼 값을 불렀다. 상인은 우선 노예의 얼굴을 자세히 살펴봐야 한다면서 공주의 베일을 벗기려고 다가갔다. 상인이 이름을 묻자 공주가 대답했다.

"예전의 이름은 누자르 알 자만(세상의 기쁨)이었지만, 지금의 이름은 구자르 알 자만(세상의 저주)입니다."

그리고 병든 오라버니를 홀로 남겨두고 소식이 끊긴 자초지종을 소상히 말하며 눈물을 흘렸다. 상인이 측은한 마음에 눈물을 닦아주려고 손을 뻗치자 알 자만은 베일로 얼굴을 가려버렸다. 멀찍이서 이 광경을 지켜보던 노인은 공주가 상인의 손을 뿌리친 걸로 지레짐작하고는, 다짜고짜 공주에게 달려들어 낙타 고삐로 죽어라 모질게 후려갈겼다. 공주는 땅에 고꾸라졌고, 돌멩이에 부딪혀 눈썹이 찢어져 피가 볼을 타고 흘러내렸다. 공주는 비명을 지르며 기절하고 말았다.

이 광경을 목격한 상인은 무슨 일이 있어도 저 노예 처녀를 못된 노인의 손에서 구해줘야겠다고 결심했다. 그러나 노인이 하도 터무니없는 가격을 부르는 바람에 흥정은 제자리를 맴돌았다. 정신을 차린 공주는 상인에게 제발 구해달라고 속삭였다. 노인이 금화 9만 디나르를 부르자 화가 난 상인은 샤르칸 태수에게 호소하여 강제로 빼어버리겠다고 윽박질렀다. 그러나 결국 금화 10만 디나르에 합의하고, 상인은 집에 가서 돈을 가져와 지불한 뒤 공주를 그의 처소로 데리고 갔다.

악당 바다위 노인은 이번엔 '계집년의 오라비도 잡아다 팔아먹어야겠다'며 예루살렘으로 달려가 여기저기 수소문했으나 끝내 찾지 못했다.

태수를 만나러 가기 전에 상인은 공주에게 두 가지를 귀띔했다. 태수에게 돈을 받아내려면 상인이 공주를 산 가격을 태수가 눈치 채게 해야만 했다. 또 하나는 샤르칸 태수에게 특허장과 추천장을 얻어내는 일이었다. 그걸 누우만 왕에게 바치고 장사할 때 세금을 면제받으려는 목적이었다.

누우만 왕의 이름을 듣자마자 공주는 아버지에 대한 그리움으로 눈물을 흘렸다. 상인이 왜 우느냐고 캐묻자 공주는 이렇게 둘러댔다.

"저는 누우만 왕의 공주와 함께 자랐어요. 그래서 임금님의 귀여움을 많이 받았어요. 만일 누우만 왕에게 소청이 있으면 제가 직접 편지를 써드리겠어요. 편지를 전할 때는 반드시 이렇게 말씀드려주세요. '시녀 누자르 알 자만은 운명의 쇠망치에 얻어맞은 듯 기진맥진해서 이리저리 팔려다니는 신세가 되고 말았습니다. 그리고 지금은 다마스쿠스 태수님에게 가 있습니다' 라고 말입니다."

누자르 알 자만은 편지 한 장을 써서 봉해 상인에게 건네주었다. 편지의 마지막에는 "일가친척이며 고향을 떠나 슬픔의 구렁텅이 속에서 흐느껴 우는 소녀 누자르 알 자만 올림"이라고 씌어 있었다.

공주는 목욕하고 화장을 한 다음 값비싼 옷과 패물로 치장을 마쳤다. 길 가던 사람들은 공주의 눈부신 아름다움에 매료되어 가던 길을 멈추고 눈길을 떼지 못했다. 이윽고 상인은 공주를 데리고 샤르칸 태수 앞으로 나아갔다.

핏줄이 당긴 탓인지 샤르칸은 대번에 공주에게 마음이 끌렸다. 이복형제였지만 한 번도 얼굴을 본 적이 없던 터라 불행하게도 두 사람 다 서로를 알아보지 못했다. 샤르칸은 공주의 몸값으로 금화 32만 디나르를 상인에게 주었다. 또한 십일조 세금뿐 아니라 통행세와 그 밖의 모든 세금을 면제한다는 면세특허증을 써주고, 태수의 영토 내에서는 아무도 상인을 가해할 수 없다는 내용의 특허장도 써주었다.

이윽고 샤르칸은 재판관을 불러 공주를 노예에서 자유의 몸으로 해방시켜주고, 공주와의 혼인증명서를 작성하였다. 그리고 왕은 처녀와의 사이에 휘장을 치라고 명령했다. 그런 다음 태수는 수많은 고관대작들 앞에서 공주를 시험해보기로 했다.

공주는 나라를 다스리는 법, 임금의 의무, 신의 법칙에 맞는 지배자의 정치, 백성들에게 존경을 받기 위한 임금의 태도 등 왕도에 대해 유창하게 갈파했다. 대대로 전해 내려오는 정통 칼리프 대부터 우마

이야 왕조 대의 임금들의 언행이 기록된 열왕기략을 예로 들면서 공주는 정치와 역사에 대한 식견을 막힘없이 줄줄 쏟아냈다.

주위에 모여 있던 사람들은 이구동성으로 공주의 박학다식함에 찬사를 퍼부었다.

"오, 태수님, 이 처녀는 참으로 이 세상의 놀라움이며, 이 세상에서 찾기 힘든 진주입니다."

곧 결혼식을 올린 샤르칸은 피로연을 베풀었다. 잔치가 끝나고 첫날밤이 깊어 공주와 침소에 든 태수는 고이 간직해온 처녀를 범하여 교합했다. 이윽고 공주가 아이를 잉태하자 샤르칸은 부왕 누우만에게 결혼한 사실과 아내 자랑이 늘어지는 편지를 써서 보냈다. 한 달쯤 뒤에 부왕에게서 답신이 왔다.

쌍둥이 남매가 부왕의 명을 어기고 몰래 순례 길을 떠나 1년이 지나도록 소식이 없으니, 힘써서 소식을 알아보라는 사연이었다. 샤르칸은 한편 부왕이 측은하기도 하고 한편 동생들의 실종을 내심 기뻐하기도 했다.

어느새 공주의 해산 날이 다가왔고, 곧 딸을 순산했다는 말에 샤르칸은 한달음에 공주의 방으로 달려갔다.

샤르칸이 막 태어난 귀여운 딸에게 입을 맞추려고 몸을 굽힌 순간이었다. 태수는 아기의 목에 걸린 보석을 보고 깜짝 놀랐다. 그 보석은 다름 아닌 아브리자 공주가 갖고 있던 세 개의 보석과 똑같았다. 샤르칸은 공주가 보석을 훔친 것으로 오해한 나머지 분노로 치를 떨며 이성을 잃고 말았다.

"이 노예 계집년아! 이 보석은 어디서 났느냐?"

샤르칸이 이글거리는 눈으로 공주를 향해 호통을 치자 공주는 자신의 신분을 밝혔다.

"노예라뇨? 부끄럽지도 않으세요? 저는 노예가 아니라 당신의 아내이자 궁중의 윗사람입니다. 그리고 누우만 왕의 딸 누자르 알 자만이며, 이 보석은 부왕에게서 선물로 받은 것입니다."

순간 샤르칸은 몸을 부들부들 떨며 고개를 숙였다. "누우만 왕의 딸"이라는 말을 듣는 순간 가슴이 울렁거리고 얼굴이 새파랗게 질리면서 그만 깜빡 정신을 잃고 말았다.

이윽고 정신을 차린 샤르칸은 공주로부터 모든 사연을 듣고, 틀림없는 누이동생임을 확인하자, 슬픔에 젖은 목소리로 깊이 탄식했다.

"아, 이 노릇을 어찌하면 좋단 말이냐? 피를 토하며 울고 싶구나. 나는 누우만 왕의 아들 샤르칸, 바로 네 오라비니라. 우리 남매가 빠진 이 큰 죄를 씻으려면 알라의 구원에 매달릴 수밖에 없겠구나."

공주도 미친 듯이 울부짖으며 얼굴을 막 때리며 비명을 질렀다.

샤르칸은 즉시 사태 수습에 나섰다. 누이동생을 아내로 삼았다는 사실이 세상에 알려지지 않도록 해야만 했다. 그래서 태수가 신방에 들기 전에 공주와 인연을 끊고 그 대신 시종장에게 시집보낸 것으로 말을 맞췄다. 그리고 딸의 이름을 쿠지아 파칸이라 지었다. 그는 서둘러 공주를 시종장에게 시집보내 딸아이와 함께 시종장의 집에서 살게 하였다.

때마침 부왕 누우만으로부터 샤르칸에게 편지가 왔다.

"즉시 네가 아내로 삼은 여자와 함께 다마스쿠스의 공물을 마련하여 보내길 바란다. 거기엔 특별한 연유가 있다. 최근 로움 국에서 성자로 보이는 노파와 다섯 처녀가 나를 찾아왔는데, 지식과 교양을 겸

비했을 뿐 아니라 예의범절이 바르고 기예도 뛰어난 처녀들이다. 비싼 대가를 요구하지도 않는구나. 다만 성의 표시로 반드시 다마스쿠스의 공물을 받아야겠다고 고집을 부리는구나. 학자들 앞에서 이 처녀들과 며느리를 토론시켜보고 싶으니, 서둘러 며느리를 보내주기 바란다."

샤르칸은 누이동생과 의논한 끝에 이렇게 결정했다. 동생과 시종장이 함께 바그다드로 가서 부왕에게 "샤르칸 왕이 노예로 팔린 동생을 사서 자유의 몸으로 만든 다음 시종장과 결혼시켰다"고 아뢰기로 했다. 누자르 알 자만과 남편 시종장이 바그다드로 떠나기로 한 날, 샤르칸은 딸 쿠지아 파칸의 목에 보석을 걸어주었다.

한편 자우 알 마칸 왕자와 화부는 함께 바그다드로 향하던 중, 시종장 부부 일행을 만나 동행하게 되었다.

바그다드가 가까워 오자 일행은 모두 휴식을 취하게 되었는데, 자우 알 마칸 왕자는 바그다드 쪽에서 불어오는 산들바람을 살갗에 느끼자 더욱 고향이 그리워졌다. 그래서 누이동생 걱정을 하며 자기도 모르게 슬픈 노래를 불렀다.

그리운 누이야, 가없는 이 시련 언제쯤 끝날거나.

보고픈 너 있는 곳, 알려줄 이 아무도 없으리니

슬프다, 함께 한 날의 행복은 이슬처럼 덧없구나.

알라여, 죽음보다 슬픈 우리 이별 어서 끝내소서!

옷을 벗기면 보게 되리, 야위어 막대 같은 이 몸,

잃어버린 사랑의 대가려니, 위안을 삼으라 하지만

심판의 그날까지 어찌 위안을 얻을 수 있을 쏜가.

우연히 이 노래를 듣게 된 공주는 내시장에게 노래를 부른 사람을 데려오라고 일렀다.

모두들 잠이 들었던 터라 누가 노래를 불렀는지 알 수가 없었다. 누구든 깨어 있는 사람이 있으면 틀림없이 그가 노래를 불렀을 테니, 깨어 있는 사람을 데려오라는 명이 떨어졌다. 마침 왕자는 노래를 마치고 슬픔에 정신을 잃고 쓰러져 있었고, 그 옆에 화부만이 혼자 깨어 있었다. 화부는 노래 부른 사람으로 오인되어 내시장에게 끌려갔다. 화부는 노래 때문에 화를 당할까 겁이 나서 절대로 자기가 아니라고 극구 부인하고, 지나가던 나그네가 노래를 불렀다고 둘러대 겨우 위기를 모면했다.

얼마 뒤 자우 알 마칸 왕자가 정신을 차리고 사방을 둘러보니 달은 이미 중천에 걸려 있고 새벽녘의 산들바람이 살랑살랑 불고 있었다. 또다시 처량한 생각이 든 왕자는 기침을 하고 다시 노래를 부르려고 했다.

이를 눈치 챈 화부는 노래를 부르지 말라고 극구 말렸다. 왕자가 정신을 잃은 사이에 내시장이 몽둥이를 들고서 잠자는 사람들을 하나하나 뒤지고 다니면서 노래 부른 사람을 색출하려고 혈안이 되었는데 거짓말로 겨우 위기를 모면했노라 말했다. 그러나 왕자는 무슨 변을 당하건, 고향도 가까우니 무서울 게 없다면서 노래를 부르겠다고 고집을 부렸다. 화부는 정 그렇다면 자기가 떠나겠다고 윽박질렀다. 그래도 왕자는 끝내 고집을 꺾지 않고 다시 노래를 불렀다.

노래를 마친 왕자는 다음과 같은 즉흥시를 지어 읊은 다음 그 자리에 쓰러지고 말았다.

우리 남매 예전엔 바라는 대로 세월 보냈네.
그지없이 아름다운 집에서 늘 함께 즐거웠네.
사랑하는 이의 집, 다시 찾아줄 이 없을 건가,
마칸과 자만이 남매로 태어나 살아온 정든 집.

누자르 알 자만 공주는 또다시 내시장에게 노래 부른 사람을 찾아오라고 호령했다. 이번엔 금화 1,000디나르를 주고 정중히 예를 다해 모셔오라고 신신당부했다.

내시장은 아무래도 화부가 의심스러워 또다시 화부를 닦달했다. 화부는 절대 아니라고 부인하고 공손하게 얼버무렸다.

"아까 날 잡으러 왔을 때도 난 여기 있었고, 지금도 여기 이 자리를 떠나지 않고 있잖아요? 내 자리를 알고 있으니까 안심하고 당신 자리에 가 계세요. 그럼 이번에 또다시 노래를 부르는 자가 나타나면 내가 붙잡아서 알려드릴 테니까요."

내시장은 물러나더니 한 바퀴 돌아와 몰래 숨어서 화부를 엿보았다. 주인아씨에게 빈손으로 돌아갈 엄두가 나지 않았던 것이다. 그런 줄도 모르고 화부는 정신을 잃은 왕자를 깨워 자초지종을 알리고, 시종장 부인이 잠을 방해당했다고 화가 단단히 나서 노래 부른 사람을 혼내주려 하니 제발 참으라고 간곡히 충고했다. 그럼에도 불구하고 왕자는 세 번째로 노래를 불렀다.

이 모든 광경을 지켜보던 내시장이 불쑥 모습을 드러냈다. 화부는 겁이 나 자리를 피한 뒤 멀리서 지켜보았다. 내시장은 왕자에게 다가가 정중하게 인사를 했다. 그리고 지갑을 건네며 따라오라고 공손하게 청했다.

자우 알 마칸 왕자는 내시장을 따라 누자르 알 자만 공주의 처소 앞에 이르렀다. 화부는 왕자가 저승길을 갈지 모른다고 짐작하고, 먼발치에서 한시도 눈을 떼지 않고 뒤를 따랐다.

공주는 혹시 양친과 사랑하는 사람 곁을 떠나지 않았느냐고 물었다.

"그렇소. 나는 양친이나 사랑하는 사람과 헤어졌소. 그중에서도 가장 사랑했던 사람은 누이동생이었는데 이마저도 운명의 장난으로 헤어지고 말았소."

공주가 헤어진 연유를 묻자 왕자는 노래로 대답했다. 누이동생 누자르 알 자만의 아름다운 모습을 읊은 노래였다. 공주는 노래가 끝나기가 무섭게 휘장을 쳐들고 젊은이를 바라보았다. 틀림없는 오라버니였다. 공주는 한달음에 달려들었다. 두 남매는 부둥켜안은 채 정신을 잃었다. 깨어나 서로 살아온 이야기를 나누며 남매는 뜨거운 눈물을 흘렸다.

공주는 남편인 시종장을 불러 오라버니에게 인사를 시켰다. 시종장은 그때까지 누자르 알 자만을 노예 출신으로 알고 있었다가, 비로소 자기가 누우만 왕의 사위였음을 확인하고 무척 기뻐했다.

왕자는 화부를 칭찬하며 동생에게 이렇게 말했다.

"화부는 다 죽어가는 나를 살려준 은인이며, 그동안 자신의 모든 것을 바쳐 나를 보살펴주었다. 남자가 사랑하는 자기 애인에게 또는 아버지가 아들에게도 그렇게 잘해줄 수는 없을 거다. 자기는 굶으면서도 나를 먹여주었고, 자기는 걸으면서도 나를 말에 태워주었다. 내가 지금까지 목숨을 지탱한 것은 오직 그 사람 덕분이다."

공주는 내시장을 불러 화부를 데려오라고 일렀다. 내시장은 시동을 데리고 화부를 찾으러 다니다가 화부가 대열 맨 뒤에서 당나귀에 뱃대끈을 채우고 도망갈 차비를 하고 있는 걸 발견했다. 붙잡혀 사형당할 게 두렵기도 하고, 한편으로는 자우 알 마칸과의 이별이 너무 슬퍼 화부는 몰래 혼자 울고 있던 중이었다. 어느새 내시장과 시동이 그의 주위를 둘러쌌다. 그러고는 앞을 막아서더니 화부를 끌고 갔다. 화부는 자기에게 깍듯이 대하는 내시장의 태도가 의아했지만 두려운 마음에 울고불고 무죄를 거듭 강조하면서 일행을 뒤따랐다. 내시장은 한 마디도 사연을 말해주지 않았다. 화부는 이제나 저제나 처형을 당할까 조바심을 치면서 왕자와의 기구한 인연과 타국에서 당하는 자신의 운명을 생각하며 눈물을 흘렸다. 그러는 사이에 어느새 일행은 바그다드를 사흘 앞둔 지점에 당도했다.

## 누우만 왕, 로움의 다와히 노파에게 독살당하다

자우 알 마칸 왕자와 누자르 알 자만 공주 일행은 자욱한 먼지를 일으키며 다가오는 기병들과 마주쳤다. 시종장이 앞으로 나아갔다. 그런데 그들의 입에서 청천벽력과 같은 소식이 전해졌다. 누우만 왕이 독살당했다는 비보였다. 기병들은 시종장을 재상 단단에게 안내했다. 재상 단단은 시종장에게 경위를 설명했다.

누우만 왕이 독살당한 후 후계자 문제로 분쟁이 벌어졌는데, 다행히 네 법관의 판결에 따라 다마스쿠스의 샤르칸 왕자를 후계자로 삼기로 합의했다는 것이다. 둘째 왕자 알 마칸을 후계자로 삼자고 주장하는 사람도 있었으나 5년 전 성지순례를 떠난 후 소식이 끊겨 행방이 묘연한 상태니 어쩔 수 없었다고 했다.

시종장은 한편으로 혹시 처남이 왕위를 계승할 수 있을지 모른다는 생각에 은근히 야심을 품게 되었다. 그래서 단단에게 둘째 왕자와 공주가 돌아온 사실을 알리고, 그동안 일어난 자초지종을 설명했다. 단단은 두 남매의 기구한 운명의 장난에 놀라움을 금치 못했다. 단단을 비롯한 대신들 그리고 태수들이 한자리에 모였다. 자우 알 마칸 왕자가 살아 돌아옴에 따라 다시 후계자 문제를 논의하게 된 것이다. 시종장은 회의석상에서 재상과 함께 상좌에 앉았다. 처음의 결정을 번복하고, 후계자는 자우 알 마칸 왕자로 결정되었다.

회의가 끝나자 고관대작들은 공주의 남편이자 새로운 왕의 처남이 된 시종장에게 엎드려 존경을 표하고 선물을 바쳤다. 그리고 새로운 왕에게 자신들의 지위를 그대로 유지할 수 있게 힘을 써달라고 부탁했다.

시종장은 단단보다 한발 앞서 왕자와 공주에게 돌아갔다. 시종장은 누우만 왕의 서거 소식을 전하고, 자우 알 마칸 왕자가 국왕에 선출되었음을 알렸다. 남매는 비탄의 눈물을 흘렸다. 이윽고 재상 단단이 바그다드와 호라산의 군대를 이끌고 나타났다.

시종장이 바그다드로 먼저 들어가 국왕의 거처를 마련하는 동안 자우 알 마칸 왕은 재상 단단과 열흘 동안 야영지에서 주둔하기로 했다. 재상 단단과 단둘이 부왕이 살해당한 연유와 앞으로의 문제를 의논하기 위해서였다. 재상 단단은 누우만 왕이 살해된 전후 사정을 털어놓았다.

## 누우만 왕이 독살당한 이야기

누우만 왕은 왕자와 공주가 순례의 길을 떠나 소식이 끊긴 뒤 무척 상심하여 낙담해 있었다. 그렇게 한 해가 지난 어느 날 수도사 차림의 노파와 아리따운 처녀 다섯이 찾아왔다.

노파는 누우만 왕에게 처녀들을 바쳤는데, 하나같이 눈부신 미모에다가 코란에 정통했으며 온갖 학문이며 고대 민족의 역사에도 조예가 깊었다. 누우만 왕은 노파의 얼굴에 고행으로 단련된 신앙심이 견고한 구석이 나타나 있음을 간파하고 가까이 불러 옆에 앉혔다. 그러자 노파는 이렇게 아뢰었다.

"오, 대왕이시여. 저 다섯 처녀들은 지금껏 어느 임금님도 가져보지 못한 지혜로움과 아름다움과 착한 마음씨를 가졌습니다. 저들이 임금님을 섬기고 싶다고 간청하기에 데려온 것이니, 몸소 두루 시험해보신 후에 결정하십시오."

누우만 왕은 눈을 들어 처녀들을 보자마자 한눈에 흠뻑 빠져들어, 한 사람씩 차례대로 고대 민족의 역사나 문학, 전설에 대해 아는 바를 무엇이든 얘기해보라고 허락했다.

첫 번째 처녀는 "사람은 지체가 높을수록, 특히 임금님이라면 덕행을 쌓는 데 더욱 힘써야 하며, 무릇 친구라면 신실해야 하고 그런 친구를 배반해서는 안 된다"고 했다는 가르침을 전하면서 현자의 시를 읊었다.

> 삼갈지니, 남의 마음에 상처를 주는 일,
> 한번 상처 입은 마음은 아물기 어려우니.
> 믿음이 사라지고 사랑이 떠나버린 마음은
> 깨진 유리 같아서 다시는 이을 수 없나니.

두 번째 처녀는 "인자한 사람은 성났을 때 비로소 드러나며, 용감한 이는 전쟁에 나갔을 때 알 수 있고, 참된 친구는 궁핍하거나 위험에 빠졌을 때 알 수 있다"고 했으며, "색욕에 눈이 멀어 마음이 허공에 뜨고, 그로 인해 지식이 흐트러져 사리를 분별하지 못하는 자가 세상에서 가장 불행하다"고 한 현자의 가르침을 전하면서 옛 시인의 노래를 들려주었다.

> 자기 잘못은 모른 채 남의 허물만 들춰내는,

그런 자들의 괜한 간섭을 피해 몸을 숨긴다네.

재물이나 재간은 잠시 걸치려고 빌려 쓰는 것,

진짜배기는 영혼과 마음에 입히는 옷뿐이라네.

첫 문을 잘못 찾아들면 일을 망치게 마련이니

바른 길을 가려거든 부디 첫 문을 바로 들게나.

이렇게 여러 날에 걸쳐 다섯 처녀와 노파의 이야기를 모두 들어본 누우만 왕은 흡족하기 그지없었다. 처녀들과 노파는 하나같이 학문적으로도 막힘이 없고 신앙심 또한 깊고 철저했다.

누우만 왕은 처녀들에게 아브리자 공주가 살던 궁전을 내주고 열흘 동안 머물게 했다. 처녀들은 열심히 기도했고, 노파 역시 낮에는 단식하며 오직 기도에만 열중했다. 마음이 흡족해진 왕은 노파에게 처녀들의 몸값이 얼마인가 물었다.

"어떤 금은보화를 받아도 처녀들과 바꿀 생각은 조금도 없습니다. 정 원하신다면, 왕께서 한 달 동안 단식하시고 밤에는 주무시지도 않으며 낮에는 금욕을 행하시겠다고 약속하십시오. 그러면 처녀들을 임금님께 바치겠습니다."

왕은 노파가 정직하고 신앙심 두텁고 물욕이 없는 점에 깊이 감탄했다. 그의 눈에는 노파가 점점 위대하게 비쳤다. 그래서 왕은 뭐든 노파가 시키는 대로 하겠다고 약속했다.

노파는 물병에 물을 가득 넣고서 주문을 왼다며 이상한 말을 지껄이더니 물병에다 헝겊을 씌우고 자신의 도장반지로 봉인한 다음 왕에게 주었다.

"첫 번째 열흘 단식이 끝나 열하루째 되는 날 밤에 이 물병의 물을 마시십시오. 그러면 임금님 가슴속에 있는 현세의 집착이 사라지고 광명과 신앙으로 가득 차게 될 것입니다. 그사이에 저는 보고 싶은 동료들을 만나러 신도들의 모임 '보이지 않는 세계'에 갔다가 열흘 후에 돌아오겠습니다."

왕은 물병을 궁중의 밀실에 간직하고 문에 자물쇠를 채우고 열쇠를 주머니에 넣고, 이튿날부터 단식을 시작했다. 그리고 열흘간의 첫 단식을 마친 뒤 물병의 물을 마셔보았다. 기분이 너무 좋아 하늘로 날아갈 듯했다.

노파는 열흘 단식이 채 끝나기 전에 돌아왔는데, 푸른 나뭇잎에 싼 맛 좋은 음식을 왕에게 진상했다.

"제가 '보이지 않는 세계'의 동료들에게 임금님 얘기를 했더니 모두들 반색하며 임금님께 축복을 보내달라고 하지 않겠어요? 그리고 그 나라의 명물인 맛 좋은 하루와라는 과자를 전해달라고 해서 가져왔습니다. 두 번째 단식이 끝나는 마지막 날에 이 과자를 드시고 액풀이를 하십시오."

왕은 기뻐하며 노파의 손에 입을 맞추고 처녀들을 후하게 대접했다.

노파는 왕의 두 번째 단식 동안 또다시 '보이지 않는 세계'로 사라졌다가 그 마지막 날에 돌아왔다.

"제가 '보이지 않는 세계'의 동료들에게 처녀들 얘기를 했더니, 그 아이들이 전하의 것이 된 것을 기뻐하면서 그 아이들을 위해 기도를 올리고 그 아이들의 소원을 이루고 싶다고 너무나 간곡하게 청하기에 이번엔 처녀들을 데리고 갈까 합니다. 돌아올 땐 이 세상의 보물을 얼마간 가지고 돌아올 겁니다. 스무이레째 되는 날 출발했다가 다음 달 초에 다시 돌아오겠습니다. 그때는 임금님의 단식도 끝날 것이고 처녀들도 월경이 끝나 부정도 사라질 것이므로 임금님 마음대로 하실 수 있을 겁니다. 그런데 한 가지, 이 궁전에서 임금님께서 가장 아끼는 한 사람을 동행하게 해주십시오. 그분에게도 '보이지 않는 세계' 수도사들의 축복을 받을 수 있게 말입니다."

왕은 노파에게 소피아를 데리고 가서 축복을 받게 해달라고 했다.

이번에도 노파는 왕에게 봉인한 컵을 하나 주었다. 30일째 날에 목욕을 한 뒤 밀실로 들어가 컵 속에 든 것을 마시고 푹 자면 소원이 이루어질 거라고 했다.

왕이 단식에 들어간 지 스무이레째 날에 노파는 다섯 처녀와 소피아 왕비를 데리고 떠났다. 그리고 사흘 뒤 왕은 노파의 말대로 단식을 끝낸 뒤, 목욕을 하고 밀실로 들어가 방문을 잠그고 컵 속에 든 걸 마시고 자리에 누웠다.

그런데 이튿날까지 기다려도 왕의 침소에서는 아무 소식이 없었다. 큰 소리로 불러보아도 아무 반응이 없자 모두가 문을 뜯고 들어가 보았다. 그러나 왕은 이미 피를 토하고 죽은 뒤였다.

컵 속을 들여다보니 뚜껑 안쪽에 종이가 한 장 붙어 있었다.

"악행을 자행한 자는 후회를 모르리라. 이는 왕의 딸을 배반하고 더럽힌 자가 마땅히 받아야 할 보복이다. 이 글을 보는 모든 사람은 다음과 같은 사실을 알 것이다. 샤르칸이 우리나라에 와서 우리 아브리자 공주를 유괴하여 끌고 갔다. 그리고 누우만 왕은 공주를 검둥이 노예놈에게 맡겼고, 다시 이 노예놈은 공주를 살해했다. 우리는 그 시체가 사막에 버려져 야수의 먹이가 되는 것을 보았다. 이 어찌 왕 된 자가 할 짓이냐! 이런 악행을 저지른 자는 그에 합당한 벌을 받아 마땅하리라. 그러니 너희는 누우만 왕을 살해한 임자를 애써 찾으려 하지 마라. 그 임자는 다름 아닌 자르 알 다와히다. 그리고 나 다와히는 왕비 소피아를 그의 아버지(콘스탄티노플의 아프리둔 왕)에게 데려가니 그리 알라. 이제야 모든 것이 제자리를 찾아가는 셈이니, 억울해하거나 성낼 일도 아니다."

재상 단단은 이렇게 누우만 왕의 죽음을 소상히 얘기하고, 왕의 서거 후 한 달 동안 두 왕자 가운데 누구를 후계자로 삼느냐는 논쟁을 벌인 일과 샤르칸 왕자를 국왕으로 모시기 위해 가던 도중 알 마칸 왕자를 만난 경위까지 모두 전했다.

남매는 얼싸안고 목 놓아 울었다. 하지만 슬픔과 비탄에만 잠겨 있을 때가 아니었다. 이윽고 알 마칸 왕은 눈물을 거두고 왕의 소임을 다하기 위해 일어섰다. 그가 왕으로서 처음 한 일은 단단을 재상으로 재임명한 뒤, 군사들을 사열하고 시종장이 가지고 온 다마스쿠스의 공물을 장병들에게 나눠준 것이었다.

## 이슬람교군과 기독교군, 피의 복수전을 벌이다

알 마칸 왕은 마중 나온 군사들을 총지휘하여 사흘간 행군하여 마침내 바그다드에 입성, 선왕 누우만 왕의 궁전으로 들어갔다.

우선 알 마칸 왕은 재상 단단에게 친필로 쓴 편지를 형님인 샤르칸 태수에게 전달하라고 일렀다. 선왕이 독살당한 자초지종과 아울러 아버님의 원수를 갚고 오명을 씻기 위해 함께 성전聖戰에 나서자는 내용이었다. 게다가 샤르칸 태수가 원하면 바그다드의 왕위를 형에게 양위하고 자신이 다마스쿠스의 태수로 가겠다는 전달도 잊지 않았다.

그동안 알 마칸 왕은 사냥을 갔다가 돌아오는 길에 한 처녀와 동침하였는데 그 길로 처녀는 잉태하였다.

재상 단단이 임무를 마치고 돌아와 샤르칸 태수가 바그다드로 오고 있음을 알려주었다. 알 마칸 왕은 군사를 이끌고 친히 형님 사르칸을 맞으러 나갔다. 샤르칸은 시리아 군사의 호위를 받으며 삼군을 호령하는 늠름한 모습으로 나타났다.

말에서 내린 형제는 끌어안고 복받치는 울음을 터뜨렸다. 잠시 부친의 별세를 애도하고 서로 위로한 뒤 두 형제는 나란히 바그다드의 왕궁으로 들어갔다.

알 마칸 왕은 각지에 군사를 소집하는 명령을 내리고 성전을 위한 원정을 선포했다. 한 달이 지나자 사방의 이슬람교 나라에서 군대가 모여들었고 군비도 정비되었다.

샤르칸의 시리아 군대가 도착한 지 석 달이 지났다. 곧 사방에서 모여든 아라비아의 전 군대가 출전하는 날이 다가왔다. 자우 알 마칸 왕이 선두에 서고 보병과 연합군은 그 뒤를 따랐다. 그리고 다이람군과 터키군도 가세했는데 다이람군 대장은 루스탐, 터키군 대장은 바아람이었다.

알 마칸 왕은 중앙을 통솔하고 우익은 형 샤르칸 태수, 좌익은 매부 시종장이 맡도록 배치하였다. 군대는 사각형 모양의 방진대형方陣隊形을 갖추고 일제히 행군을 시작했다. 군대는 일주일에 사흘씩 휴식하면서 꼬박 한 달을 진군에 진군을 거듭한 끝에 마침내 그리스에 도착하였다. 엄청난 대군의 침입에 깜짝 놀란 사람들은 수도 콘스탄티노플을 향하여 다투어 피란길에 올랐다.

한편 하루두브 왕과 알 다와히는 콘스탄티노플의 아프리둔 왕에게 누우만 왕을 독살하고 소피아 왕비를 데려왔다고 전하고, 이슬람교군에 맞서 전 기독교군이 연합할 것을 제안하였다. 아프리둔 왕은 매우 기뻐하면서 그 제안을 흔쾌히 수락하였다. 그리하여 기독교군은 채 석 달도 안 되어 막강한 연합군을 형성하였다. 프랑크인을 비롯하여 프랑스인, 게르만인, 라그사인, 베네치아인, 제노아인, 거기에 황색인까지 합류하여 도성이 터질 정도였다.

아프리둔 왕의 출동 명령이 떨어지자 전군이 도성을 빠져나가는 데만 열흘이 걸렸다. 부대는 진군하여 마침내 이슬람교군과 정면으로 맞섰다.

천지를 뒤덮은 자욱한 먼지가 서서히 걷히면서 이슬람교군의 번쩍이는 창검과 무수한 깃발, 그리고 무함마드의 군기가 선명하게 드러났다. 해를 가린 먹구름마냥 갑옷으로 무장한 기마병들이 굽이치는 노도처럼 밀어닥쳤다. 이렇게 하여 양군은 정면으로 충돌하여 백호와 청룡이 다투듯 서로 물어뜯으며 격렬한 혈전을 벌였다.

맨 먼저 단기 접전에 나선 것은 재상 단단이었다. 그가 거느린 시리아 기병은 3만, 그 옆에 터키군의 용장 바아람과 다이람군의 용장 루스탐이 기병 2만을 거느리고 뒤따랐다. 그리고 그 뒤에는 흐린 밤하늘을 지나가는 보름달과도 같이 갑옷으로 몸을 감싼 사해 연안에서 모여든 군사들이 대군을 이루어 대기하고 있었다.

이에 맞선 나사렛의 기독교군은 예수와 마리아의 이름을 외치면서 십자가를 높이 쳐들고 적장 단단이 지휘하는 시리아 기병대를 향해 돌진했다.

그런데 이는 모두 노파 알 다와히가 출전에 앞서 아프리둔 대왕과 꾸민 계략이었다. 알 다와히는 5만의 군사로 하여금 배를 타고 바다를 건너 연기산에 잠복하도록 했다가, 이슬람교군이 접근하면 육지에서는 일시에 정면 공격을 감행하고 해변에서는 배후를 기습한다는, 이른바 양동작전을 세웠다.

작전은 처음엔 척척 들어맞는 듯 보였다. 처음 골짜기에 진격한 이슬람교군은 기독교군의 공격을 받고 만신창이가 되었다. 그때 12만 기를 헤아리는 바그다드와 호라산의 군대가 알 마칸 왕을 앞세우고 달려왔다. 해변에 잠복해 있던 기독교군이 때를 놓칠세라 이슬람교군의 후면을 기습했다. 그러나 알 마칸 왕은 이를 미리 알아차리고 군사들에게 "돌아서서 이교도의 군사를 맞아 싸우라"고 호령했다. 이슬람교군은 기다렸다는 듯이 날렵하게 뒤돌아서 기독교군과 맞서 싸웠다. 이때 또다시 샤르칸이 10만의 군사를 이끌고 달려왔다. 처음엔 기독교군의 병력이 자그만치 16만에 이르러 이슬람교군이 열세를 면치 못했는데, 후속 부대가 속속 합류하면서 이슬람교군도 열세를 벗어나 사기가 하늘을 찌를 듯했다. 양쪽 대군은 칼과 창으로 불꽃 튀는 혈전을 벌였다.

샤르칸은 단신으로 진영을 빠져나가 구름 같은 적진 한복판으로 뛰어들더니 적의 간담을 서늘케 할 정도로 종횡무진 적을 무찌르는 분전을 거듭하였다. 성난 사자처럼 날카로운 칼로 적을 닥치는 대로 베어 쓰러뜨린 끝에 마침내 샤르칸은 적군을 해변까지 밀어내고 말았다.

첫 싸움은 기독교도군의 완패로 끝났다. 병력의 우세를 과신한 탓이었다. 기독교군 전사자는 4만 5,000명, 이슬람교군 전사자는 3,

500명으로, 알라는 이슬람교군에게 승리의 월계관을 씌워주었다.

이튿날 로움의 용장 루카 빈 샤무르트(별명은 '구세주의 칼')가 기독교군의 선두에 서서 샤르칸에게 대결을 신청했다. 샤르칸은 성난 사자와 같은 기세로 적장을 향해 돌진했다. 루카는 이마를 두드리며 손바닥에 새겨진 십자가에 기도를 올린 다음, 창을 비스듬히 겨냥해 잡고 샤르칸 쪽으로 표범처럼 돌진했다. 그리고 창을 하늘 높이 공중으로 던졌다가 마치 요술쟁이처럼 떨어지는 창을 한 손으로 받아들고서 샤르칸을 향해 번개같이 던졌다. 창은 루카의 손을 떠나 유성처럼 샤르칸을 향해 날아갔다. 병사들은 "와아!" 함성을 지르며 샤르칸을 바라보았다. 그러나 샤르칸은 조금도 동요하는 기색 없이 날아오는 창을 한 손으로 잡아냈다. 그 민첩한 동작에 사방에서 또다시 함성이 터져 나왔다.

이윽고 샤르칸은 부러질 정도로 창을 휘둘러서 하늘 높이 던진 다음, 떨어지는 창을 다른 손으로 날쌔게 되받아 가지고 뱃속에서 나오는 우렁찬 목소리로 알라의 이름을 외친 다음 루카를 향해 던졌다. 루카가 손을 뻗쳐 창을 잡으려는 순간, 샤르칸이 연달아 두 번째 창을 던졌다. 창은 루카의 이마 십자가 한복판에 꽂혔고 루카의 혼은 곧장 지옥불 속으로 떨어졌다.

성난 기독교군은 열심히 기도를 올린 다음 일제히 한 덩어리가 되어 돌진했다. 이때부터 양군은 서로 뒤섞여 격전을 벌였다. 말발굽에 짓밟혀 죽어가는 아수라장 속에서 양군은 몸을 가누지 못할 정도로 지쳐갔다. 이윽고 해가 서쪽으로 기울고 땅거미가 깔리자, 양군은 더 이상 싸울 기력을 잃고 각자의 진지로 돌아갔다.

그날 밤, 샤르칸은 아우 알 마칸 왕과 재상 단단 그리고 시종장과 한데 모여, 군대를 나누어 기독교군을 섬멸할 계략을 짰다.

다음 날 동이 트기 무섭게 이슬람교군과 기독교군은 전투태세를 갖추고 맞섰다.

칼은 아침 햇살을 받아 번쩍거리고, 창은 새하얀 번갯불처럼 갑옷에 부딪쳐 눈이 부셨다. 이윽고 양군의 접전이 시작되었다. 죽음의 맷돌은 빙빙 돌아 그 거대한 이빨로 사람들을 갈아 으깨었다. 머리와 몸이 둘로 나누어지고, 입 속에선 혀가 빠져 없어지고, 동공에선 눈알이 빠져나갔다. 칼이 한 번 번쩍거릴 때마다 머리는 땅에 흩어졌고, 쓸개는 찢어지고, 팔은 동강이 나고, 말은 피바다에 뒹굴었다.

이슬람교군이 "자비로우신 알라의 영광을 칭송하라! 영원히 더해가는 그 은총에 의하여!" 하고 소리 높이 부르짖으면, 이에 질세라 기독교군도 큰 소리로 "십자가와 가죽 띠에 포도원과 포도를 짜는 자에게, 그리고 승려와 수도사와 부활제와 대사교에게 영광 있으라!" 하고 맞섰다.

얼마 후 알 마칸 왕과 샤르칸은 진격을 멈추고 후퇴하는 것처럼 대형을 짜기 시작했다. 기독교군은 적이 퇴패하는 것으로 잘못 알고 배후에서 육박하여 섬멸하는 백병전을 준비하기 시작했고, 이슬람교군은 코란의 '황소의 장' 첫머리를 목이 쉬어라 외었다.

기독교군은 적을 추격하면서 외쳤다.

"오, 구세주의 신도들아! 이슬람의 병사들은 깃 떨어진 새처럼 도망치고 있다. 놈들의 목에 칼을 찔러라! 안 그러면 마리아의 아들 구세주의 버림을 받으리라!"

패주하는 이슬람교군을 본 콘스탄티노플의 아프리둔 왕은 승리를 확신하고 로움의 하루두브 왕에게 전승의 축사를 보냈다. 기독교군은 이구동성으로 "루카의 원수를 갚자!"고 이를 갈며 맹세했다. 하루두브 왕도 "아브리자 공주의 원수를 갚자!"고 부르짖었다.

바로 그때 알 마칸 왕의 명령이 떨어졌다. 이슬람교 군사들은 후퇴하던 발걸음을 멈추더니 갑자기 뒤돌아서 기독교군을 향해 언월도를 휘두르며 덤벼들었다. 또한 샤르칸의 군사들은 적의 퇴로를 차단하고 적진 속으로 뛰어들어 종횡무진 닥치는 대로 적군을 무찔렀다.

그때였다. 난데없이 위풍당당한 기사 하나가 앞으로 뛰어나오더니 단신으로 기독교군 진영으로 돌진하여 좌우로 말을 달리며 닥치는 대로 적을 무찔러 죽여 삽시간에 시체가 산을 이루었다. 기독교군은 공포에 질려 벌벌 떨며 몸을 피했다. 기사는 이글이글 타오르는 두 눈과 두 개의 날카로운 칼과, 하나는 길고 하나는 짧은 두 개의 창을 갖고 있었다.

샤르칸이 누구인가 궁금하여 이름을 물어보니, 입 가리개를 벗고 아름다운 얼굴을 드러내 보였다. 다름 아닌 바로 알 마칸 왕이었다. 샤르칸은 동생의 용감무쌍한 활약에 기뻐하면서도 내심 걱정이 되었다.

이렇게 이슬람교군은 밀물처럼 적진으로 몰려들어 포위망을 좁혀 독 안에 든 쥐를 잡듯 오만불손한 적을 산산이 격파했다. 이슬람교군의 노도와 같은 맹공을 이겨내지 못하고 참패한 아프리둔 왕은 크게 실망하여 싸움터를 빠져나가 해변에 있는 배를 타고 도망치려 하였다. 그때 뜻밖에도 재상 단단이 이끄는 부대가 해안을 따라 공격해왔다. 또한 그 뒤를 따라 샤므스의 태수 바아람이 이끄는 부대가 나타났다. 이슬람교 대연합군이 정면과 측면에서 공격하자 적은 치명상을 입었고 배에 남아 있는 적군마저 바다에 수장되었다. 이렇게 전사한 적군은 10만이 넘었다. 이로써 기독교 연합군은 마침내 완전히 섬멸되고 말았다. 따라서 이슬람교군은 적의 군함과 금은보화, 그리고 5만 필의 말 등 엄청난 전리품을 노획했다.

살아남은 얼마 안 되는 기독교군 패잔병들은 필사적으로 콘스탄티노플로 도망쳤다. 마침 도성 안은 하루두브 왕이 보낸 승전보로 축제 분위기에 들떠 흥청거리고 있던 참이었다. 날벼락 같은 대패 소식에 도성 사람들은 경악했다. 하루두브 왕은 아프리둔 왕에게 이슬람교군의 후퇴는 속임수였다며 패배의 경위를 설명했다.

## 이슬람교군, 다와히의 계략에 말려 위기에 빠지다

노파 다와히는 전혀 다른 차원의 새로운 계략을 궁리했다. 이제 이슬람교군은 수적으로 절대 우세인 데다가 사기도 충천하여 정면 대결로는 이길 가망이 거의 없었다. 따라서 바그다드 궁전 안으로 들어가 누우만 왕을 독살했듯이, 누군가를 이슬람교군 진영 안으로 잠입시키는 묘안을 짜냈다. 다와히는 물건을 팔러 다니는 시리아인 기독교도의 힘을 빌리기로 하고 시리아 나지란 태생의 상인 100명을 모았다. 그들은 왕 앞에서 메시아를 위해 목숨을 바칠 것을 맹세했다. 그리고 살아 돌아오면 금화 100디나르씩을 보상받기로 하고 이슬람교도로 변장하여 다와히를 따라 적진으로 들어갈 것을 약속했다.

다와히는 항복나무 뿌리를 구해 오라 하여 물에 담갔다가 시커먼 성분이 빠질 때까지 달였다. 긴 헝겊 한쪽 끝에 그 약물을 묻혀 얼굴에 발랐다. 그런 다음 헐렁한 웃옷을 입고 손에 염주를 들었다. 왕이나 측근들까지도 그녀를 알아보지 못할 정도로 기막힌 변장술에 모두들 감탄했다. 다와히는 시리아 출신 기독교도 상인 대여섯을 거느리고 바그다드의 적진을 향해 길을 떠났다.

원래 다와히는 마녀 중의 마녀로 기막힌 마술 솜씨를 지녔으며, 교활하고 음탕하기 그지없는 호색한인 데다가 속임수의 달인이었다. 이슬람교의 코란을 배우고 메카의 성전에 참배했는가 하면, 2년 동안 예루살렘의 성도에서 유대교를 공부하기도 했다. 이는 모두 이슬람교도의 의식 또는 코란의 난해한 시구를 배우기 위해서거나 사람과 악마의 마술을 터득하기 위한 것일 뿐 신앙과는 아무 관계가 없었다. 그녀는 종교가 무엇인지도 모르는 흉측하고 사악한 마녀였다.

다와히가 하루두브 왕의 궁전에 머문 중요한 이유는, 동성애의 노리개로 삼을 수 있는 아름다운 노예 처녀들이 많아서였다. 마음에 드는 처녀에게는 음핵과 음핵을 서로 비벼대는 비법을 가르쳐주거나 정신을 잃을 정도로 쾌감을 유발시키는 사프란이란 향료를 음핵에 발라주기도 했다. 또한 말을 잘 들으면 계략을 써서 아들 하루두브 왕의 마음을 처녀에게 기울게 했지만, 말을 듣지 않으면 처녀를 없애버리기도 했다. 아브리자 공주가 다와히를 멀리한 것은 이런 음탕하고 교활한 나쁜 버릇 때문이었다.

이윽고 다와히는 이슬람교도로 변장시킨 상인들을 거느리고, 값비싼 물건들을 노새 100마리에 잔뜩 싣고서, 아프리둔 왕의 서한(세금과 공물의 면제와 어떤 위해도 가해선 안 된다는 증명서)을 휴대하고서 도성을 나섰다. 그리고 흰 양털로 지은 헐렁한 웃옷을 입고, 자기 이마를 일부러 쥐어뜯어 상처를 낸 다음 고약을 발랐다. 그러자 다와히의 모습은 바싹 말라빠진 몸매에다 눈은 움푹 꺼져 초라해 보였다. 그녀는 끈으로 양쪽 발목을 세게 졸라매고 걷다가 이슬람교군 천막이 가까워오자 끈을 풀었다. 노파의 발목엔 끈 자국이 깊이 파이게 되었고, 노파는 그 짓무른 자국에 뱀의 피를 바르더니 동행한 상인들에게 이렇게 지시했다.

"나를 사정없이 때린 다음 궤짝에 넣고 당나귀에 태워다오. 그리고 큰 소리로 기도를 외며 이슬람교군 진지를 지나가란 말이다. 누가 물어도 아무 대꾸도 하지 말고 반드시 알 마칸 왕 앞에 나가서 이렇게 말해야 한다. '지금껏 이교도 나라에 있었지만 아무것도 빼앗기지 않았습니다. 우릴 방해하거나 위해를 끼치는 자가 없도록 여행증명서와 면세증명서를 써주어 보호해주었습니다. 그러니 왕께서도 우릴 보호해주십시오' 하고 말이다.

그리고 만약 왕이 '로움 국에서 장사에 재미를 봤느냐?' 고 묻거든, 이 궤짝을 보여주면서 '우리는 15년 동안 지하 감옥에 갇혀 이교도들에게 괴롭힘을 당한 신앙심 깊은 한 사내를 구해주었습니다' 라고 말한 뒤 성자에 대해 묻거든 '장사를 마치고 귀국하던 길에 별안간 벽에 사람의 그림자가 비추더니 성자에 대해 말해주었습니다—사흘 동안 더 여행을 계속하면 고행자 마트루히나의 암자에 당도할 터인데 거기 토굴 속에 성도 예루살렘에서 온 성자 아브불라가 있을 것이다. 그 성자는 기적의 힘을 행하는 분이지만, 어떤 승려의 속임수에 빠지는 바람에 포로 신세로 지하 감옥에 오랫동안 유폐되어 있었다. 너희들이 그분을 구출하면 전쟁에 나가 싸우는 것보다 더 알라의 뜻에 맞는 일일 것이다 — 그래서 우린 그림자의 말대로 지하 감옥이 있는 암자로 가서 암자 주인을 죽이고 성자를 데려왔습니다' 라고 말한 뒤 여기 그 성자가 있다면서 궤짝을 주면 된다."

나사렛 상인들은 다와히가 말한 그대로 그녀를 실컷 때린 다음 궤짝 속에 넣고 이슬람교 진지로 향했다.

한편 이슬람교군의 진지는 승리의 기쁨과 여유가 넘치고 있었다. 샤르칸과 알 마칸 왕 형제는 샤르칸의 딸 쿠지아 파칸을 알 마칸이 앞으로 낳을 아들과 결혼시킬 것을 약속하며 형제의 우의를 다졌다. 그리고 단단과 셋이 합심하여 끝까지 성전을 이끌겠다는 결의를 다졌다.

그리하여 이슬람교 전군은 출동 명령에 따라 콘스탄티노플을 향해 강행군을 계속하여 광막한 대평원에 다다랐다. 엿새 동안 물 한 방울 마시지 못한 군사들을 위해 사흘간 휴식을 취하기로 하고 야영을 시작했다.

그때 마침 소란스러운 소리가 들렸다. 시리아 대상들이 이슬람교군의 습격으로 소지품을 빼앗겼다는 호소였다. 상인들은 알 마칸 왕 앞으로 달려와 "이교도의 나라에서도 약탈당한 적이 없는데, 같은 동포인 이슬람교군이 물건을 빼앗았다"면서 원망 어린 푸념을 늘어놓았다. 왕은 물건은 되돌려주겠다고 약속했지만 이교도 나라로 물건을 가지고 간 것은 용서하지 못한다고 말했다. 그러자 상인들은 "일찍이 누구도 얻지 못한 물건을 갖고 왔지만 비밀이니 콘스탄티노플 왕에게 소문이 들어가지 않게 해야 한다"며 궤짝을 들고 안으로 들어왔다.

샤르칸과 알 마칸 형제가 밀실로 안내하자 상인들은 다와히가 일러준 그대로 고행자에 대한 이야기를 늘어놓으며 눈물을 흘렸다. 두 왕도 감격하여 따라 눈물을 흘렸다.

"성자는 구출했으나 후환이 두려워 암자 주인을 죽이고, 허둥지둥 도망치는 바람에 금은보화를 가져오지 못했습니다. 그런데 믿을 만한 사람의 말에 따르면 암자에는 금은보화가 가득 보관되어 있다고 합니다."

그리고는 궤짝을 열어 다와히를 꺼냈다. 팔가락지 쇠처럼 새까맣게 말라빠진 모습에다 수갑과 차꼬마저 채워진 모습을 보자, 두 왕은 알라의 고행자 중에서도 가장 충실한 고행자로 믿고 말았다. 얼굴에 바른 고약 탓으로 이마가 번들거려 누구보다 신앙심이 두터운 성자로 오인했다. 두 형제는 통곡하며 고행자의 손발에 입을 맞추었다.

그녀는 15년 동안 단식했다며 음식도 거부하고 나흘째가 되자 소금 뿌린 과자만 조금 먹고는 다시 단식을 계속했다. 그녀가 내일의 출정을 앞두고 승리의 기도를 올리자, 두 왕과 재상 단단은 감동하여 그녀를 찾아가 감금된 사연을 물었다. 다와히는 샤르칸과 알 마칸에게만 특별히 비밀을 말해준다며 거짓말을 늘어놓았다.

예루살렘에 있을 때의 일이다. 우연히 바닷가에 나갔다가 물 위를 걷게 되었다. 누가 나처럼 물 위를 걸을 수 있단 말이냐, 하는 교만한 생각이 들어 그때부터 여행을 시작하여 로움 국을 꼬박 1년 동안 방랑했다. 그러다 마트루히나라는 수도승이 살고 있는 암자를 발견하고 수도사의 환대에 속아 어두운 방으로 이끌려 들어왔다가 그만 감금당하고 말았다. 수도사는 문에 쇠를 채우곤 먹을 것도 물 한 모금도 주지 않았다.

그러던 어느 날 다키아누스라는 기사가 천하일색의 딸 타마시르를 데리고 암자를 찾아왔다. 기사는 나를 죽도록 때렸으나 나는 교만과 자존심 때문에 알라에게 벌을 받는다고 반성하며 참았다. 그들은 내게 수갑과 차꼬를 채워 지하 감옥에 가두고 사흘 걸러 빵 한 조각과 물 한 그릇만을 넣어주곤 했다. 기사는 한두 달 걸러 암자를 찾아와서는 갖가지 금은보화를 엄청나게 많이 보관해두었다. 내가 두 왕을 도와 금은보화를 찾아 성전에 참가한 용사들에게 나눠주게 하겠다. 상인들이 그림자의 목소리를 들은 것은 바로 알라가 내게 내려준 기적의 힘이었다. 상인들은 암자를 찾아 수도사 마트루히나의 수염을 잡아 뽑아 고문을 가한 뒤 내가 있는 장소를 자백시켜 나를 구출하고 수도사를 죽였다. 내일 밤에는 기사 다키아누스와 그의 딸 타마시르가 오는 날이다. 기다렸다가 둘을 붙잡으면 될 것이다. 타마시르는 두 임금 형제에게 어울리는 천하절색이다. 다만 군사를 몰고 가면 다키아누스가 눈치를 채고 겁을 먹은 나머지 암자로 안 들어갈지 모른다.

단단은 노파의 말에 수긍이 가지 않은 데가 있었으나 왕 형제는 무척 기뻐했다. 날이 새자마자 알 마칸 왕은 전군에게 콘스탄티노플로 진군하라는 명령을 내렸다. 그리고 시종장과 터키군, 다이람군의 지휘관에게 왕 형제의 지휘권을 맡기고, 군사들에게 왕 형제가 지휘하지 않는다는 걸 비밀로 하라고 당부했다. 왕 형제는 사흘 뒤 합류하겠다고 굳게 약속했다. 명령대로 전군은 왕 형제와 대신 단단이 빠진 줄도 모른 채 콘스탄티노플로 출발했다.

밤이 되기를 기다려 샤르칸과 마칸 왕과 재상 단단은 날쌘 기병 100명만 데리고 보물을 옮길 궤짝을 실을 당나귀를 끌고서 다와히의 뒤를 따랐다. 마녀가 쳐놓은 덫 속으로 걸어들어 가는 줄은 꿈에도 생각지 못했다.

다와히는 이미 그 전에 통신 비둘기를 띄워, 일이 뜻대로 되어가고 있으니 용감한 기독교군 1만 명을 선발하여 산기슭을 따라 매복하고 있으라고 일렀던 것이다.

1만 기독교군이 산기슭에 매복한 줄도 모른 채 왕 형제와 재상은 다와히를 따라 암자에 도착했다. 수도사 마트루히나가 얼굴을 내밀자마자 그녀는 죽이라고 소리쳤고, 모두 칼을 뽑아 단숨에 죽여버리고 말았다. 그녀는 보물과 헌납품이 있는 곳으로 안내했다. 엄청난 보물을 찾은 이슬람교군은 노획물을 궤짝에 담아 당나귀에 실었다.

그러나 기사 디키아누스와 미녀 타마시르는 이슬람교군이 무서워 끝내 나타나지 않았다. 사흘 동안 기다려도 오지 않자, 출정한 군사를 걱정한 왕 형제는 서둘러 자리를 떴다. 일행은 좁은 산길을 내려오기 시작했다. 그때 기독교군이 사방에서 칼을 뽑아들고 에워싸며 돌진해왔다. 좁은 골짜기에서 만난 적의 대군에 왕 형제는 당황했다. 단단은 누우만 왕과 같이 콘스탄티노플을 공격할 때를 기억하며 산꼭대기로 올라가자고 권했다. 적이 먼저 꼭대기를 정복하면 돌을 굴릴 것이고 그러면 전멸할 것이라고 판단했다. 그 말에 모두가 허겁지겁 산골짜기를 빠져나가려 했으나 다와히는 겁먹지 말고 알라의 뜻에 따라 맞서 싸우라고 소리쳤다. 그녀의 말에 힘을 얻은 왕 형제와 이슬람교군은 그리스군에 용감하게 맞서 칼을 휘둘렀다. 그녀는 몰래 샤르칸을 죽이라고 신호를 보냈지만 샤르칸은 그녀가 축복한 승리의 힘을 믿고 더욱 용맹하게 적을 베어버렸다. 밤이 되자 싸움은 멈추고 이슬람교군은 산골짜기의 동굴로 후퇴했다. 남은 이슬람교군은 45명뿐이었다.

다와히는 싸움 도중에 어디론가 사라졌다가 싸움이 끝나자 적장의 목을 들고 나타났다. 하지만 사실 이 목은 한 터키군의 화살에 맞아 불운하게 절명한 기독교군의 목으로, 터키군 병사는 분노한 기독교군에게 난도질을 당하고 말았다. 다와히는 이미 죽어 있는 적장의 목을 베어 와서는 이슬람교군의 신임도 얻고 자신의 용맹도 과시하기 위해 적장의 목을 베어 왔다고 거짓말을 했다.

"여기는 당신들이 맡고, 난 벌써 콘스탄티노플 성문에 도착해 있을 이슬람교군에게 달려가 2만의 구원병을 이끌고 여기로 돌아오겠어요."

적군에 에워싸인 이 골짜기를 노파 혼자 무슨 수로 빠져나간단 말인가. 사람들이 다와히를 말리자 그녀는 자기의 육신은 적의 눈에 보이지 않으니까 걱정 말라고 속였다.

"두 분 형제가 원하면 두 명까지는 데리고 갈 수 있어요."

샤르칸은 자기 대신 알 마칸 왕과 단단을 데리고 가라고 했다. 그녀는 잠시 동정을 염탐하고 오겠다고 나가서는 기독교군에게 달려가 자기를 봐도 공격하지 말라고 짜고는 다시 시치미를 떼고 돌아왔다.

다와히는 알 마칸과 단단을 데리고 길을 나섰다. 그녀가 기독교군 한복판을 지나갔으나 기독교군은 미리 짠 대로, 보고도 가만히 내버려 두었다. 그걸 본 단단과 알 마칸은 신기해하며 감탄했다. 그사이 갑자기 기독교 군사들이 사방에서 달려들어 두 사람을 붙잡고 말았다. 단단은 기독교 군사들에게 다외히를 가리키며 "저 노파가 안 보이느냐?"고 소리쳤다. 군사들은 "네놈들 둘 외엔 아무도 안 보인다"며 시치미를 뗐다.

결국 다와히는 사라지고, 알 마칸과 단단 두 사람은 생포되어 발에 차꼬를 찬 채 철통같은 감시 아래 놓이고 말았다.

아침이 밝자 기독교군은 샤르칸에게 알 마칸과 단단이 포로가 되었다고 외쳤다.

샤르칸은 통곡했다. 그는 부하들과 함께 맹호 같은 기세로 죽을힘을 다해 분전에 분전을 거듭하였고, 해가 지자 싸움은 멎었다.

다음 날이 되자 샤르칸은 머지않아 구원군이 올 것이라는 희망을 품고 동굴 밖으로 나가 동굴 입구의 벽에 등을 대고 진을 쳤다. 이렇게 하여 적의 침입을 막아 모조리 적을 베어 죽였다. 그러는 동안 날이 저물고 다시 밤이 되었다.

이제 샤르칸의 부하는 겨우 25명밖에 남지 않았다. 기독교군은 동굴 입구에 장작을 산더미처럼 쌓아놓고 불을 질렀다. 결국 샤르칸과 부하들은 항복하고 포로가 되었다. 적들은 포로를 죽이기보다는 아프리둔 왕에게 바치자고 결정했다. 포로들을 결박해서 차꼬를 채우고 철통같이 감시했다.

승리에 취한 기독교군은 그날 밤 술에 곯아 떨어졌다. 샤르칸은 미칠 듯한 분노로 몸부림을 쳤다. 그 바람에 수갑 사슬이 끊어지고 포박한 밧줄도 끊어졌다. 샤르칸은 감시병 대장에게 다가가 주머니에서 차꼬의 열쇠를 훔쳐 모두 풀어주었다.

이제 어떻게 할 것인가? 샤르칸은 기독교군을 죽이고 변장하여 빠져나가자고 주장했고, 알 마칸은 잘못 죽여 비명을 지르게 되면 들킬 위험이 있으니 몰래 살짝 빠져나가자고 주장했다. 알 마칸의 주장대로 몰래 기병들의 말 스물다섯 마리를 훔쳐 타고 달아나기 시작했다. 샤르칸은 칼과 창 등 무기를 긁어모아 일행의 뒤를 쫓았다. 이렇게 하여 추적자가 미치지 못하는 곳까지 이르렀다. 또다시 작전 계획을 놓고 형제는 옥신각신하게 되었다.

샤르칸은 산꼭대기로 올라가 큰 소리로 "알라흐 아크바르! 이슬람교군이 왔다!" 하고 외치고 기독교군이 혼비백산하여 우왕좌왕하는 사이에 그들을 치자고 주장했고, 반대로 알 마칸 왕은 잘못해서 적이 잠을 깨 습격해오면 전멸할지도 모르니 차라리 본대로 돌아가자고 주장했다. 샤르칸이 주장을 굽히지 않았으므로 모두들 산꼭대기로 올라가 고함을 질렀다.

"알라흐 아크바르!"

귀를 찢는 함성에 적들은 혼란에 빠졌고 서로 자기들끼리 치고받았다. 기독교군은 날이 밝자 포로가 도망친 걸 알았다. 그들은 곧장 추격해와 샤르칸 일행은 결국 포위되고 말았다. 알 마칸은 샤르칸의 실책을 나무랐다. 형은 아무 대꾸도 하지 않았다. 아우는 형님을 위해서라면 죽어도 좋다는 각오를 하고 "알라흐 아크바르!" 하고 외치며 산을 달려 내려갔다.

바로 이때 뜻밖에도 이슬람교군 2만 명이 물밀듯 밀려왔다. 결국 그리스군은 풍비박산이 되어 산속으로 달아났고 이슬람교군은 질풍처럼 이들을 추격해 목을 베었다.

그사이에 해는 지고 사방은 어두워졌다.

구원군은 다이람군의 대장 루스탐과 터키군의 대장 바아람이었다. 콘스탄티노플 도성에 도착한 이슬람교군은 적군의 수가 100배나 더 많은 걸 알게 되었다. 여기에 왕 형제가 없다는 사실이 알려진다면 적들이 덤벼들 것이고 그러면 속수무책으로 당할 것이 불을 보듯 뻔했다. 그래서 루스탐과 바아람은 왕 형제를 데려오기로 하고 급히 달려온 것이었다.

한편, 다와히는 이슬람교군에게 말을 몰아 달려가고 있었다. 샤르칸과 알 마칸 왕과 재상 단단이 포로로 잡혔다는 걸 알려 사기를 떨어뜨리기 위해서였다. 그런데 마침 바아람의 터키군과 루스탐의 다이람군이 오고 있는 것이 아닌가. 처음엔 후퇴하는 줄로 알았으나 군기를 거꾸로 들지 않은 걸 보자 그게 아니란 걸 안 그녀는 쏜살같이 행렬 앞으로 다가가 왕 형제와 재상이 포로가 되었으니 빨리 가서 악마의 적군과 싸워 구출하라고 외쳤다.

바아람이 달려와 보니 산꼭대기에서 알라를 외치는 왕 형제가 보였다. 그래서 봇물 터지듯 적진으로 돌진해 간 것이다. 모두가 이구동성으로 콘스탄티노플의 본대에 빨리 합류하자고 외쳤다. 그래서 모두들 서둘러 떠났다.

한편, 다와히는 이슬람교군 진영에 이르러 시종장에게 다급히 외쳤다.

"루스탐과 바아람을 만났으나 적군은 그보다 더 병력이 많아 걱정이니 여기 병사를 서둘러 급파하여 왕 일행을 구하라."

시종장은 놀라 타르캇슈를 대장으로 정예부대 1만을 급파했다. 타르캇슈는 밤낮 없이 행군을 계속하여 마침내 아군 진영에 이르렀다. 다와히가 와서 알려주었다는 타르캇슈의 말에 모두가 깜짝 놀랐다. 무장한 기병이 열흘 걸릴 거리를 하루 낮과 밤 사이에 걸어갔다는 건 성자가 아니고선 불가능한 일이었기 때문이다. 샤르칸은 모두에게 강행군을 명령했다.

그때 하늘 높이 먼지가 일며 지평선이 구별되지 않을 만큼 사방이 컴컴해졌다. 그리고 시커먼 기둥 하나가 다가왔다. 뜻밖에도 그것은 다와히였다. 모두 그녀의 손에 입을 맞추며 몰려들었다. 그녀는 이슬람교군이 기습을 당하여 전멸 직전이니 서둘러 구하라고 말했다.

그런데 재상 단단은 "멸망을 모르는 종교를 믿는다"는 그녀의 말에 의심을 품고 말에서 내리지 않았다. 샤르칸은 함부로 음해하는 건 옳지 않다며 재상 단단을 나무랐다. 그녀는 샤르칸이 나귀를 타라고 권해도 한사코 걸어갔다.

콘스탄티노플이 가까워 오자 염려대로 이슬람교군은 대패를 당하고 시종장은 급히 도망치려던 참이었다.

이슬람교군이 대패하게 된 건 다와히의 간계 때문이었다. 그녀는 이슬람교군을 분열시켜 사기를 꺾어놓았다. 그러고는 곧바로 기독교군 쪽으로 달려갔다.

"이슬람교군은 지금 왕이 없어 사기가 꺾이고 군대마저 분산되었다. 지금이 적기니 즉시 전군을 진격시키라."

그녀의 말대로 기독교군은 진지를 뛰쳐나가 공격했다. 이슬람교군은 적군에 포위당했다. 날이 저물어 한숨을 돌렸으나, 다음 날 왕이 없는 걸 알고 사기가 꺾여 마침내 패퇴하기에 이르렀다. 몇 개 군단이 기독교군에게 점령되어 괴멸 직전에 있던 그때였다.

샤르칸 왕이 이끄는 이슬람교군이 알 마칸 왕, 단단, 바아람을 비롯한 루스탐, 타르캇슈와 함께 싸움터로 달려들었다. 이 돌연한 사태에 적이 혼비백산 허겁지겁 도망을 치자 사기를 되찾은 이슬람교군은 도망치는 적을 추격하여 크게 무찔렀다. 이슬람교군은 서로 격려하고 치하하며 기뻐했고, 기독교군 진영에서는 작전을 짜느라 분주했다.

## 샤르칸, 끝내 다와히의 비수에 살해당하다

그때 로움 군 진영에서 사자가 달려 나오더니 아프리둔 왕의 결투 신청을 전해왔다.

샤르칸이 내일 대결하자고 응답했다. 아프리둔 왕은 춤이라도 출 듯 기뻐했다. 자신의 무예는 천하에 감히 상대할 자가 없는데, 범 무서운 줄 모르는 하룻강아지 샤르칸이 죽음을 자초한다고 생각했기 때문이다.

다음 날 두 사람은 결투를 벌였다. 두 사람은 마치 두 산이 서로 부딪치듯, 파도가 서로 물어뜯듯, 맹렬히 창을 휘두르며 일진일퇴, 몰아쳤다가는 물러서고, 어울렸다가는 떨어졌다. 칼과 창을 휘두르며 솜씨를 다해 격투를 벌이니 싸움은 언제 끝날 지 모를 지경이었다.

그런데 갑자기 먼지가 기둥처럼 솟아오르며 해를 누렇게 가려 사방이 삽시에 컴컴해졌다. 그때 아프리둔 왕이 샤르칸에게 소리쳤다.

"그대의 부하들은 그대가 노예이기나 하듯이 굴지 않은가. 보라, 그대에게 말을 갈아태워 싸움을 계속하게 할 모양이다. 너 같은 놈과는 싸우기도 싫다. 만약 밤까지 나와 겨룰 생각이라면 마구도 말도 갈지 말고 고매한 기개를 끝까지 사람들에게 보여라."

샤르칸은 격분하여 뒤를 돌아보고 마구와 말을 갈 필요가 없다고 손짓하려 했다. 바로 그 순간 아프리둔 왕이 창을 높이 쳐들어 힘껏 던졌다. 속았다고 깨닫는 그 순간 창이 날아왔고, 샤르칸은 피하려고 몸을 홱 틀어 안장에 머리가 닿도록 뒤로 젖혔다. 하지만 때는 늦어

창은 샤르칸의 가슴을 스치고 피부를 뚫었다. 샤르칸이 실신하자, 아프리둔은 죽은 줄 알고 승리의 함성을 질렀고 기독교군의 사기는 하늘을 찌를 듯했다. 샤르칸은 안장 위에서 몸을 가누지 못해 당장 땅에 떨어질 것만 같았다. 이걸 본 알 마칸 왕은 기마병을 그곳으로 보냈다. 급히 이슬람교군이 구원하러 격투장으로 달려들자 기독교군도 덩달아 달려들었고, 양군은 격렬한 접전을 벌였다.

맨 먼저 단단이 샤르칸에게 달려갔다. 뒤이어 바아람과 루스탐이 달려와 샤르칸을 부축하여 알 마칸 왕에게로 데려다놓은 뒤 다시 싸움의 소용돌이 속으로 뛰어들었다. 양군의 무기가 부딪치면서 전투는 밤이 깊도록 계속되었다. 마침내 기진맥진해 더 싸울 기력도 없어지자 양군은 휴전하고 자기 진영으로 돌아갔다.

다음 날 다시 전투가 시작되었다. 알 마칸 왕이 한복판으로 나섰다. 단단과 시종장, 바아람은 이구동성으로 만류했으나 왕은 질풍처럼 말을 몰고 적진으로 돌진하여 종횡무진으로 적의 목을 베었다. 그리고 아프리둔 왕에게 결투를 신청했다. 그런데 엉뚱하게도 하루두브 왕이 나와 싸우겠다며 칼을 뽑아 들고 내달렸다.

알 마칸과 하루두브 왕은 양군이 가슴을 조이는 가운데 쫓고 쫓기며 온갖 비술을 총동원하며 싸움을 계속했다. 그러던 중 한순간 알 마칸 왕은 벼락같이 고함을 지르며 하루두브에게로 달려들더니 한칼에 목을 베어 그 자리에 거꾸러뜨렸다. 이를 본 기독교군이 한 덩어리가 되어 알 마칸 왕에게로 돌진하자 왕은 그들을 모조리 베어 넘겨 피가 강을 이루었다. 이후 양군 사이에는 일대 격전이 벌어졌으나 사기가 하늘을 찌를 듯한 이슬람교군이 기독교군을 크게 무찔렀다. 하루 만에 5만 기병을 죽이고 그 이상의 병사를 포로로 잡았다. 이슬람교군은 의기양양하여 진영으로 개선했고, 알 마칸 왕은 곧장 샤르칸에게 달려와 하루두브 왕과 격투를 벌여 그의 목을 벴다고 말했다. 형은 무척 기뻐하며 아우를 축복해주었다.

옆에서 듣고 있던 다와히의 안색은 창백해지고 눈에서는 눈물이 흘렀다. 아들이 죽었으니 어찌 슬프지 않겠는가. 그러나 그녀는 겉으로 내색하지 않고, 너무 기뻐서 우는 것처럼 굴었다. 그리고 마음속으로 이번엔 반드시 샤르칸을 살해하겠다고 다짐했다.

샤르칸은 전투의 고단함도 풀 겸 모두 물러가 쉬라고 일렀다. 병시중하는 두 하인도 잠들고 이윽고 샤르칸도 잠들었다. 자는 척하고 있던 다와히는 벌떡 일어나 속옷에서 한 자루의 비수를 꺼냈다. 칼날엔 한 방울로도 바위가 녹을 만큼 강한 맹독이 칠해져 있었다. 그녀는 비수를 뽑아들고 잠든 샤르칸의 머리맡으로 소리 없이 다가가 그 목을 몸뚱이에서 잘라버렸다. 잠든 두 하인의 목과 시종 30명의 목도 모조리 잘랐다.

이번엔 알 마칸 왕의 막사로 향했다. 하지만 감시병의 감시가 너무 엄중해 재상 단단의 막사로 향했다. 이때 재상 단단은 자지 않고 코란을 외고 있었다. 그녀는 성자의 목소리가 들려서 찾아 나선 길이라며 그 자리를 떠났다. 의아하게 생각한 단단은 그녀의 뒤를 미행했다. 이를 눈치 챈 다와히는 돌아서더니 단단에게 이렇게 둘러댔다.

"성자에게 나리가 찾아와도 좋다는 허락을 받은 뒤 곧 다시 모시러 오겠습니다. 허락도 없이 나리와 같이 가면 성자님이 불쾌해 할지도 모르니까요."

이렇게 나오니 뒤를 따라갈 수가 없었다. 단단은 어물어물 노파와 헤어져 잠을 청했으나, 잠이 오지 않아 이리저리 뒤척이다가, 샤르칸 태수와 이야기를 나누고 싶은 마음에 태수의 막사로 갔다. 그런데 이게 웬일인가. 막사 안은 선혈이 낭자하여 강을 이루고 있고, 시종들은 모두 하나같이 목이 잘려 죽어 있는 게 아닌가.

단단은 큰 소리로 비명을 질렀고 모두가 잠이 깨어 달려왔다. 막사 안이 온통 피바다로 변한 걸 보자 사람들은 울며불며 큰 소동이 일어났다. 알 마칸 왕도 벌떡 일어나 형의 막사로 달려왔다. 재상 단단이 통곡하고 있고 머리 없는 형의 시체가 쓰러져 있었다. 그 참경을 보자마자 알 마칸 왕은 그만 정신을 잃고 쓰러지고 말았다.

재상도 루스탐도 바아람도 모두가 하늘이 무너질 듯 비탄에 잠겨 울부짖었다. 단단은 알 마칸 왕에게 다와히가 처음부터 마음에 들지 않았던 점과 사악하고 수상한 언행들, 그리고 뒤를 미행하다 놓쳐버린 경위 등을 고하였다.

알 마칸 왕은 형의 시신을 관에 넣고 산에 매장하였다. 왕을 비롯한 전 장병들은 샤르칸 태수를 애도하며 하염없이 눈물을 흘렸고 모두들 슬픔에 잠겼다.

다음 날 적의 성문 역시 굳게 닫히고 사람의 그림자도 보이지 않았다. 알 마칸 왕은 형 샤르칸의 원수를 갚기 전까지는 몇십 년이 걸릴지라도 결코 철수하지 않겠다고 맹세했다. 장기전에 대비하여 왕은 마트루히나 암자에서 노획한 보물을 장병들에게 골고루 나누어주면서, 고국의 가족에게 생활비와 함께 편지도 써 보내라고 일렀다.

대신 단단이 군사를 이끌고 성벽을 공격했으나 적은 그림자조차 보이지 않았다. 사흘이 지나도 역시 마찬가지로 적의 모습은 보이지 않았다.

한편 다와히는 감시병이 내려준 밧줄을 타고 성벽을 기어올라 성안으로 들어갔다. 아프리둔 왕에게 샤르칸 왕과 그 시종 30여 명을 죽인 경위를 설명하고 난 뒤 다와히는 아들 하루두브 왕의 죽음에 목놓아 울었다. 그녀는 반드시 알 마칸 왕과 단단을 죽이고 이슬람교군을 전멸시키겠다고 맹세했다. 아들의 목숨을 보상받기엔 샤르칸의 목 하나로는 어림도 없노라고 외쳤다. 다와히는 이슬람교군에게 보내는 편지를 써놓고는, 상복을 입고 사흘 동안 교회에 들어가 아들의 명복을 빌었다.

나흘째 날이었다. 성문을 뚫어지게 감시하던 이슬람교군의 눈에 한 기독교도 기사가 활을 쏘는 장면이 들어왔다. 그 기사는 이슬람교군 진영으로 화살을 날렸는데 화살엔 자르 알 다와히가 보낸 편지가 꽂혀 있었다.

"자르 알 다와히가 이슬람교군에게 한마디 적어 보내노라. 나는 전에 너희 나라에 잠입하여 누우만 왕을 궁전 한복판에서 살해했느니라. 또한 얼마 전 산속의 동굴 전투에서는 수많은 이슬람교군을 살육했고, 마지막에는 샤르칸과 그 시종들을 처치했다. 앞으로는 반드시 알 마칸 왕과 재상 단단의 목숨을 빼앗고 말리라. 성자로 변장하여 계략과 속임수를 쓴 장본인이 바로 나다. 즉시 철군하라. 아니면 스스로 파멸을 자초할 것이다."

알 마칸 왕과 단단은 악마 같은 노파에게 속아 형을 죽게 만든 걸 뼛속 깊이 후회하며 분노로 몸을 떨었다.

## 재상 단단, 사랑 이야기로 알 마칸 왕을 위로하다

전열을 정비한 이슬람교군은 콘스탄티노플 성을 향하여 총공격을 재개했다. 하루도 공격을 늦추지 않았다. 그러나 알 마칸 왕은 형을 잃은 슬픔에 눈물이 마르지 않았다. 그 때문에 몸까지 쇠약해져 쇠꼬챙이처럼 야위고 말았다. 재상 단단이 문병을 와서는, 형님의 원수를 갚기 위해서라도 기운을 차려야 한다고 간언하면서 시인의 노래를 들려주었다.

간사한 꾀를 모두 버리면 온전한 세상이 되리니,
이내 행복은 오고, 어리석은 자만이 쓸쓸히 살리라.

그러던 어느 날 바그다드에서 기쁜 소식이 날아들었다. 왕비가 아들을 낳았고, 누이동생 누자르 알 자만이 아이의 이름을 칸 마칸으로 지어주었으며, 고마운 화부는 (아직 자기로서는 영문도 모를 과분한 대접을 받으며) 행복한 나날을 보내고 있다는 소식이었다.

왕자의 탄생 소식에 기운을 얻은 알 마칸 왕은 형의 묘지 옆에 천막을 치게 하고 "이젠 슬픔을 거두고 형님의 명복을 빌기 위해 코란을 읽고 공양을 베풀도록 하라"고 일렀다. 다들 밤새도록 고인의 명복을 빌었으며, 왕은 형의 묘를 부둥켜안고 하염없이 흐느끼며 슬픔을 노래했다. 이어서 재상 단단과 샤르칸 태수의 술친구가 고인의 유덕을 기리며 시를 지어 읊었다.

이윽고 왕이 재상 단단 등을 불러 군사 작전을 의논하느라 하루 낮 두 밤을 보냈지만 묘책을 구할 수 없었다. 이에 왕은 답답하고 울적해하다가 어느 날 불쑥 "역대 왕들의 모험담이나 사랑의 포로가 된 연인들의 사랑 이야기를 듣고 싶다"고 했다. 재상 단단은 그런 것은 부왕 때부터 자신의 소임이었다며 자신이 이야기하겠다고 자청하고 나섰다.

밤이 되자 알 마칸 왕을 비롯해 시종장과 루스탐, 바아람, 타르캇슈 등이 자리를 잡고 앉았다. 단단의 이야기가 시작되었다.

## 타지 알 무르크와 두냐 공주 이야기

옛날 이스파한의 산 뒤에 '푸른 도시'라 불리는 왕국의 수도가 있었다. 그 도시에는 '푸른 나라'의 제왕이며 이스파한 산의 왕, 슬라이만 샤라는 임금이 살고 있었다. 왕비도 자식도 없었던 왕은 어느 날 대신을 불러 이슬람교국 가운데 훌륭한 공주를 골라 정식으로 혼인하고 싶다는 뜻을 내비쳤다. 대신은 '하얀 나라'의 자르 샤 왕의 딸이 절세미인이라며 왕의 배필로 소개했다. 왕은 기뻐하며 당장 내일 그 공주에게 청혼하러 떠나라고 했다. 그리고 반드시 공주를 데려오라고 명령했다. 대신은 왕의 지엄한 명에 따라 헤아릴 수 없이 많은 보석과 선물을 낙타와 나귀에 싣고 노예 계집 100여 명과 함께 길을 떠났다.

이윽고 '하얀 나라'에 도착한 대신은 자르 샤 왕의 마중을 받고 어전으로 안내되었다.

대신은 유창한 언변으로 슬라이만 샤 왕의 청혼을 밝혔고, 왕은 흔쾌히 허락하였다. 결혼식은 일사천리로 진행되었고 두 달 동안 계속 성대한 축연이 열렸다. '푸른 나라'의 슬라이만 샤 왕은 신방에 들자마자 욕정을 억제하지 못하고 보름달처럼 아름다운 왕비의 몸을 탐하며 열락에 빠졌다. 왕비는 그 즉시 잉태하였으며, 왕은 한 달 동안이나 왕비 곁을 떠나지 않을 정도로 사랑에 취했다. 마침내 달이 차자 왕비는 아들을 낳았는데 그가 바로 타지 알 무르크 카란('왕관'이라는 뜻)이었다.

세월이 흘러 왕자는 학문과 무예를 닦으며 무럭무럭 성장하여 어느새 늠름하고 아름다운 청년이 되었다.

왕자는 사냥을 무척 좋아했다. 부왕 슬라이만 샤의 만류에도 불구하고 어느 날 왕자는 부하들을 데리고 사냥 길에 나섰다. 많은 짐승을 사냥한 뒤 그날 밤 사냥터에서 야영을 하고 있는데, 마침 어느 대상 일행이 왕자의 야영장 가까이에서 야영을 하고 있는 걸 보게 되었다. 왕자의 부하들이 "어찌 감히 왕자님이 머무는 곳에서 야영을 하고 있느냐"며 그 무례함을 꾸짖자 대상이 대답했다.

"여기서 멈춘 것은 다음 숙소까지 멀기 때문입니다. 또한 우리는 슬라이만 샤 임금님과 타지 알 무르크 왕자님을 믿고 있기 때문입니다. 그 영지에만 들어서면 누구나 안전 무사하기 때문입니다. 게다가 우리는 왕자님께 드릴 귀중한 선물을 가지고 왔습니다."

이렇게 하여 대상들은 왕자에게 존경을 표하며 선물을 바쳤고, 왕자는 대상들의 물건을 사주었다. 대상들이 떠나려 할 즈음 일행 속에 수려한 얼굴 뒤로 애수와 슬픔이 감도는 한 젊은이가 눈에 띄었다. 사랑하는 연인과 헤어지기라도 한 듯 깊은 슬픔에 잠긴 표정에 왕자는 궁금증이 일었다.

왕자가 짐작한 대로 젊은이는 슬픔에 잠겨 닭똥 같은 눈물을 흘리면서 애달픈 시를 읊었다.

만나지 못하는 이 고통, 날마다 시름만 보태는구나.
슬픔으로 범벅된 눈물, 마냥 흐르노니 하염없어라.
임 떠나온 뒤, 희망 없는 세상에서 더욱 쓸쓸하노니,
임이여, 잠시나마 머물러 쓸쓸한 내 곁을 지켜주오.
골수에 사무친 이 병, 고칠 약은 임의 그 말뿐이려니.

노래를 마친 젊은이는 정신을 잃고 쓰러졌다가 가까스로 일어나더니, 먼 데를 바라보듯 멍한 눈에 눈물을 그렁그렁 달고는 다시 시를 읊었다.

마녀가 내쏘는 듯한 사나운 그 눈길 조심할지니
쏜살같은 그 눈길에 맞으면 뉘라도 상처 입으리.
짙은 시름에 젖은 눈길은 칼보다 깊이 찔러온다.
달콤한 처녀의 속삭임에 넋을 빼앗기지 말지니
은밀한 처녀의 정염은 뼈도 살도 영혼도 녹인다.
그 고운 살결, 스치는 비단에도 붉은 피 흘린다.
몸 가운데 요염한 매혹의 샘, 그대는 아끼지만
어떤 향기가 이토록 날 취하게 하는 기쁨을 주랴.

노래를 마친 젊은이는 흐느껴 울다 다시 정신을 잃고 쓰러지더니, 이윽고 정신을 차려 왕자의 발밑에 꿇어 엎드려 땅에 입을 맞추었다. 왕자가 젊은이에게 말했다.

"네가 가져온 물건을 보여다오. 그리고 네 신상에 관한 이야기도 듣고 싶다. 보아 하니 울어서 눈이 퉁퉁 부었는데, 만약 누가 너를 못살게 괴롭히는 자가 있다면 말해보거라, 내가 해결해줄 테니. 혹시 빚으로 고통 받는 건 아니냐? 그렇다면 내가 대신 빚을 갚아주마. 너를 본 그 순간부터 내 가슴은 타는 것만 같구나."

왕자는 젊은이가 가져온 물건을 보여달라고 졸랐다. 젊은이는 완강히 거절했지만 시종들이 억지로 가져오고야 말았다. 상품을 하나 하나 꺼내 늘어놓자 왕자는 금화 2,000디나르를 호가하는 황금으로 수놓은 비단 저고리 하나를 집어 들었다. 그런데 저고리 갈피 속에서 헝겊 조각이 하나 떨어졌다. 젊은이는 그걸 얼른 집어 감추고는 한사코 보여주지 않았다.

젊은이가 눈물까지 글썽이자 왕자는 계속 다그쳐 끝내 헝겊 조각을 펼쳤다. 거기엔 각각 금실과 은실로 수놓은 영양이 마주보고 있었다. 그리고 황금 목걸이에는 감람석과 관옥이 세 개 꿰매져 있었다. 수놓은 솜씨가 하도 아름다워 감탄사가 절로 새어나왔다.

젊은이는 헝겊 조각과 그것을 준 여자, 즉 그 헝겊에 수를 놓은 여자에 대한 이야기를 들려주었다.

### {아지즈와 아지자의 슬픈 사랑}

내 이름은 아지즈인데, 내게는 아지자라는 사촌 여동생이 있었다.

나는 부유한 상인의 아들로, 어릴 때부터 백부의 딸인 아지자와 정혼한 사이였다. 백부가 일찍 돌아가시게 되자, 임종 때 부모들끼리 두 집안의 정혼을 약속했던 것이다.

부모님은 금요일 기도가 끝난 시간에 결혼식을 거행하기로 하고 손님을 초대하고, 음식 등 만반의 준비를 갖추었다. 혼인계약서를 작성하고 신방으로 들어가는 일만 남았을 때였다. 나는 목욕 후 새 옷을 갈아입고 친구를 초대하러 친구 집으로 향하였다. 그런데 그만 길을 잃고 어느 낯선 골목으로 들어서게 되었다. 더위도 식힐 겸 잠깐 돌의자에 손수건을 깔고 앉아 쉬고 있는데 땀이 비 오듯 흘러내렸다. 손수건이 없어 옷자락으로 땀을 닦고 있자니 어디선가 하얀 손수건 한 장이 떨어졌다. 영양을 수놓은 손수건이었다.

나는 손수건의 임자를 찾아 두리번거리다가 창밖으로 얼굴을 내밀고 밖을 내다보던 어떤 여자와 눈이 마주쳤다. 여자는 나를 보더니 집게손가락을 입에 갖다 대고 다음엔 집게손가락에다 가운뎃손가락을 얹어 가슴 사이에 댔다. 그리고는 창을 닫고 사라져버렸다.

단 한 번뿐이었는데도 나는 순식간에 연정의 불길에 휩싸이고 말았다. 억제할 수 없는 욕정에 넋을 잃고 기다렸으나, 다시는 아무 인기척도 그림자도 보이지 않았다. 손수건에서는 향내가 코를 찔렀다. 그리고 사랑의 시가 적힌 조그마한 두루마리가 하나 나왔다. 손수건 가장자리에도 사랑의 시가 수놓여 있었다. 나는 견딜 수 없었다. 하지만 연애 경험도 없는 숙맥인 나는 무작정 여자가 다시 나타나기만을 기다리며 애를 태우다 자정이 넘어서야 단념하고 집으로 돌아왔다.

태수를 비롯하여 많은 손님은 신랑을 기다리다가 혼인계약서도 작성하지 못한 채 그대로 돌아갔다. 결혼 잔치에 많은 비용을 들인 아버지는 내년으로 결혼식을 미룰 수밖에 없다고 탄식했다. 아지자는 눈물을 흘리며 나를 원망했다. 나는 한 여자에게 마음을 빼앗겼노라고 고백했다. 아지자는 칼로 저미는 듯한 마음의 상처를 감추고 애타는 내 심정을 위로하면서 여자가 내게 보인 몸짓의 의미를 설명해주었다.

"손가락을 입에 댄 건 영혼이 육체에 붙어 있는 것과 마찬가지로 두 사람은 떨어질 수 없다는 뜻이고, 사랑니로 깨물어 먹어버리고 싶을 정도로 사랑스럽다는 뜻이에요. 손수건의 의미는 그 여자의 생명은 그대에게 달려 있다는 뜻이고, 두 손가락을 젖가슴에 댄 것은 그대만 보면 내 슬픔은 사라진다는 뜻이니 분명 그 여자도 오라버니를 사랑하고 있어요. 그러니 걱정 말아요."

아지자는 내 눈물을 닦아주며 위로했다. 나는 아지자의 무릎을 베고 잠들었다.

다음 날 나는 용기를 내서 다시 한 번 그 여자네 집 앞으로 갔다. 그러자 뜻밖에도 열려 있는 창문으로 여자의 모습이 보였다. 황홀한 눈으로 올려다보니 여자는 손에 거울과 붉은 손수건을 들고 있었다. 시선이 마주친 순간, 여자가 무언가 또 몸짓을 해 보이더니 창가에서 사라진 뒤 다시는 나타나지 않았다. 기다리다 지친 나는 자정이 넘어서야 집으로 돌아왔다.

사촌동생 아지자는 눈물을 흘리며 탄식하고 있었다. 그걸 본 난 양심의 가책을 느끼고 가슴이 아팠다. 그러나 아지자는 날 보자마자 오히려 위로하며 격려했다.

"다섯 손가락을 벌리고 손바닥과 손가락으로 가슴을 찰싹찰싹 친 것은 닷새 후 다시 오라는 뜻이고, 손을 뻗어 창밖으로 거울을 내보인 후 붉은 손수건을 아래위로 흔들다가 수건을 손바닥에 뭉쳐

쥐고 짜는 시늉을 한 것은 심부름꾼이 찾아갈 때까지 염색집 가게에서 기다리라는 의미입니다."

아지자가 가르쳐준 대로 닷새를 기다리는 동안 나의 애간장은 다 타들어갔다. 아지자는 나를 목욕시켜주고 새 옷을 갈아입힌 후 소원을 이루고 돌아오라고 격려까지 해주었다.

그런데 그날은 안식일이라 염색 가게 문이 닫혀서 가게 앞에 앉아 기별이 오기를 기다렸다. 그러나 밤늦도록 아무 소식이 없어 기다림에 지친 나는 비틀거리며 집으로 돌아왔다.

아지자는 상처 입은 자신의 사랑을 탄식하며 비탄의 노래를 부르고 있다가 날 보자 어째서 소원을 이루지 못하고 돌아왔느냐고 물었다. 괜히 짜증이 치민 나는 화풀이라도 하듯 아지자를 때렸고, 아지자는 쓰러지면서 그만 모서리에 이마를 부딪쳐 피까지 흘리고 말았다. 그런데도 아지자는 화를 내기는커녕 오히려 마침 피를 뺄까 했는데 잘되었다며 미소까지 머금고 다가왔다. 난 그런 아지자를 보면서 양심의 가책으로 괴로워 미칠 지경이었다.

그 여자가 나타나지 않은 것은 참을성과 진실성을 시험해보려는 의도이니 내일 다시 가면 어떤 신호를 보낼 것이라며 아지자는 나를 위로해주었다.

다음 날 골목에 가서 기다리자 여자가 창문을 열고, 거울과 주머니와 푸른 화초를 심은 화분을 들고, 한 손에는 램프를 들고 이상한 몸짓을 했다. 집에 돌아가서 여자의 몸짓을 이야기하자 이마에 붕대를 두른 아지자는 미어지는 슬픔을 참아가며 내게 여자가 보인 몸짓의 의미를 설명해주었다.

"거울을 주머니에다 넣고 끈으로 매어 방 안으로 던진 것은 '해가

지거든' 이란 뜻이고, 머리칼을 풀어 얼굴 위로 늘어뜨린 것은 '밤의 장막이 내려 깜깜해지거든 오라' 는 뜻이에요. 그리고 파란 화분은 '골목 안의 화원으로 들어오라' 는 뜻이고, 화분 위에 램프를 놓은 것은 '그곳에 들어오거든 램프의 불빛이 보이는 데까지 와서 기다리라' 는 뜻입니다."

저녁이 다가오자 아지자는 내게 사향 한 조각을 주면서 당부했다.

"오라버니, 이걸 입에 넣고 가세요. 그리고 소원을 이룬 다음에는 반드시 이런 시구를 읊어주세요."

> 오, 세상의 모든 사랑하는 이들이여!
>
> 알라께 맹세코 오로지 진실만을 말하라.
>
> 피 끓는 젊은 날, 애가 타고 녹아들어
>
> 어찌할 수 없는 사랑 때문에 시름할 때.

아지자는 내게 입을 맞추고, 연인과 헤어지기 전까지는 이 시를 절대 읊어서는 안 된다고 신신당부했다. 그러마고 맹세한 나는 초조하게 밤이 되길 기다렸다가 골목 안의 화원으로 달려가 등불을 향해 걸어갔다. 별채인 듯한 곳에 램프가 달려 있었는데, 양탄자가 깔린 거실에는 음식과 포도주, 과일과 과자 등이 푸짐하게 차려 있었다.

그러나 아무리 기다려도 사람의 그림자도 비치지 않았다. 제대로 식사도 못한 터라 배가 고파 참을 수가 없었다. 나는 게걸스럽게 음식을 먹었다. 배가 부르자 손발이 나른해지면서 죽여도 모를 만큼 졸음이 밀려들어 견딜 수가 없었다. 그래서 결국 잠이 들고 말았다.

그런데 이게 웬일인가. 눈을 뜨고 보니 배 위에 소금과 숯이 조금

놓여 있는 것이었다. 나는 비참한 나 자신의 꼴이 부끄럽고 불안해져 눈물을 흘리며 집으로 돌아왔다. 누이동생은 가슴을 치고 눈물을 비 오듯 흘리고 있다가 날 보자 얼른 상냥하게 웃으며 다가왔다.

"소금의 뜻은 잠든 무관심한 남자는 맛없는 음식과 같으니 간을 쳐야 한다, 즉 싱거운 남자라는 뜻입니다. 입으로는 못 산다 떠들어대면서도 실제로는 곯아떨어져 있으니 사랑하는 남자의 자세가 아니며 결국 사랑은 거짓일 뿐이라는 거죠. 또한 숯은 아직 철부지 어린애라 먹고 마시는 것, 잠자는 것밖에 모르는 주제에 겉으로만 사랑이니 뭐니 떠들어대다간 알라께서 얼굴을 까맣게 칠해버릴 거라는 일종의 암시입니다."

나는 아지자에게 좋은 방법을 가르쳐달라고 졸랐다. 아지자는 내게 절대 음식을 먹지도 말고 잠들지도 말 것을 신신당부하였다.

나는 밤이 되자 또다시 화원 있는 골목길로 걸음을 재촉했다. 별채에 들어서니 이번에도 어젯밤처럼 갖은 요리와 음료수 등이 준비되어 있고 맛있는 냄새가 코를 찔러 구미가 당겼다. 난 꾹 참고 또 참았으나 도저히 유혹을 이겨낼 수가 없었다. 결국 잔뜩 배부르게 먹고 또다시 잠이 들고 말았다. 깨어보니 아침이었고 배 위에는 네모난 뼈와 막대기 하나, 푸른 대추야자씨, 카리브 열매 깍정이 등이 얹혀 있었다.

아지자는 그동안 사랑을 잃은 슬픔에 울며 밤을 새웠다. 아침이 되자 내가 힘없이 들어와 자초지종을 들려주자 동생은 잠이 든 나를 나무랐다.

"뼈와 막대기는 몸은 여기 있지만 마음은 딴 데 가 있으니 사랑할 자격이 없다는 뜻이고, 대추야자씨는 진정으로 사랑하는 사람이라면 어찌 감히 잠이 오겠냐는 뜻입니다. 원래 사랑의 즐거움이란 생명 속에 격렬한 불길을 태우는 파란 대추야자 같은 것이니까요. 또 카리브는 애인의 마음은 몹시 지쳐 있으니까 만나지 못하더라도 욥과 같이 꾹 참으라는 뜻입니다."

나는 너무 애가 탄 나머지 누이동생에게 제발 그 여자를 내 손안에 넣을 수 있게 무슨 수를 써줄 수 없느냐고 졸랐다. 동생은 울음 섞인 목소리로, 잠만 들지 않으면 소원을 이룰 수 있다고 격려해주었다. 그리고 내게 음식을 갖다 주면서 미리 든든히 배를 채우고 가라고 충고했다. 나는 잔뜩 배불리 먹고 동생이 입혀준 화려한 옷을 입고 그 화원으로 가서 별채로 들어가 앉았다.

하지만 그날 밤도 나는 결국 식욕과 잠의 유혹을 못 견디고 음식과 포도주를 마시고는 깊은 잠에 빠지고 말았다. 일어나 보니 이번엔 배 위에 식칼과 쇳조각이 얹혀 있었다. 집으로 돌아오자 아지자가 그 의미를 말해주었다.

"쇳조각은 그 여자의 오른쪽 눈을 가리키는 것으로, 알라의 오른쪽 눈에 맹세코 또 잠이 든다면 이 식칼로 목을 베어 죽이겠다는 뜻입니다."

아지자는 충분히 잠을 자두게 하려고 나를 낮 동안 어린애처럼 재워주었다. 또한 음식도 미리 배불리 먹여주었다. 이윽고 저녁이 되자 아지자는 간곡한 당부의 말과 함께 나를 보내주었다.

"목숨을 잃을지도 모르니, 오늘 밤만은 잠들어선 안 돼요. 여자는 새벽녘에야 오니까 그때까진 잠들지 마세요. 그리고 소원을 이룬 다음 여자와 헤어질 때는, 전에 제가 읊어드렸던 그 시를 꼭 읊으셔야 해요."

그날 밤 나는 잠들지 않고 기다렸다. 새벽녘이 다가올 무렵 마침내 여자가 시녀들을 거느리고 나타났다. 밤에도 자지 않는 건 그만큼 사랑이 깊다는 증거이며, 씩씩한 인내의 증거라며 나를 칭찬했다.

시녀들을 물리친 여자는 나를 꼭 끌어안고 입을 맞췄다. 우리 둘은 약속이나 한 듯이 함께 바닥에 쓰러졌다. 여자는 속옷 끈을 풀더니 발뒤꿈치까지 속옷을 밀어 내렸다. 마침내 우리는 서로의 알몸을 끌어안고 애무하였다. 아침까지 밤새도록 나는 사랑의 환락에 빠져들었다.

다음 날 헤어지려는데 여자가 잠깐 기다리라고 하더니 영양을 수놓은 헝겊 조각을 나에게 주었다. 자기 동생이 수놓은 것인데 동생의 이름은 누르 알 후다라고 했다. 나는 그 헝겊 조각을 받아들고 돌아오면서 너무 흥분한 나머지 아지자가 읊어주라던 시구를 까맣게 잊고 말았다.

집에 돌아오니 아지자는 자리에 몸져누워 있었다. 동생이 그 헝겊 조각을 달라고 하기에 나는 아무 생각 없이 그걸 동생에게 주었다. 아지자는 신신당부했다.

"오늘 밤엔 반드시 헤어지기 전에 제가 들려준 그 시구를 잊지 말고 읊어주세요."

밤이 되어 화원에 가보니 이번엔 여자가 먼저 와서 기다리고 있었다. 나는 여자와 더불어 밤 깊도록 욕정을 한껏 불살랐다. 다음 날 아침 헤어지기 전에 나는 여자에게 동생이 들려준 그 시구를 읊어주었다. 이 노래를 들은 여자는 눈물이 그렁그렁하여 노래로 화답했다.

가슴속 괴로움 애써 달래며, 하나뿐인 진실을 숨기네.

참고 또 참으며 겸손하게 한결같이 연민만을 구하네.

집으로 돌아가니 아지자는 병이 들어 누워 있었다. 어머니는 동생을 돌보지 않고 내버려두었다고 나를 꾸짖었다. 하지만 욕정에 달뜬 나는 다음 날도 또 다음 날도 화원으로 달려가 여자와 즐겼다.

그러던 며칠 후, 아지자는 경련을 일으키며 앓았다. 하지만 나는 아랑곳하지 않고 그날 밤에도 여자와 더불어 열락에 빠졌다. 그런데 다음 날 아침에는 여자에게 동생이 읊어주라던 그 시를 들려주자 여자는 슬피 울면서 "이제 그 노래를 읊은 여자는 틀림없이 죽었을 것"이라고 말했다. 그 여자가 누구냐고 묻기에 사촌동생이라고 대답하자 여자는 깜짝 놀라며 말했다.

"거짓말 마세요. 정말 사촌동생이라면 그 여자와 마찬가지로 당신도 그 여자를 사랑했을 것이 틀림없어요. 당신이 그 여자를 죽인 거예요. 아, 여자를 죽게 만든 자는 알라께서 죽여버려야 마땅해요. 처음부터 당신을 사랑하는 사촌동생이 있다는 걸 알았더라면 만나지도 않았을 텐데."

여자는 탄식했다. 사촌동생이 암호를 풀어주고 모든 걸 가르쳐주고 격려해주었다고 말하자, 여자는 빨리 돌아가 동생을 위로해주라고 말했다.

불안한 마음을 안고 집 근처에 오자, 통곡 소리가 들렸다. 여자의 말대로 아지자는 벌써 죽어 있었다. 어머니는 나를 보자마자 나 때문에 동생이 죽었다며 심하게 책망하였다.

사흘 동안의 장례식을 마친 후 어머니는 아지자가 내게 남긴 유언을 들려주었다. 그리고 내가 그 여자와 밤을 보낸 다음 헤어질 때마다 "성실은 선, 불성실은 악이니라!"라는 두 마디를 잊지 말고 꼭 들려주라 했다고 전했다. 그러나 동생이 맡긴 유품은 내가 진정으로 동생의 죽음을 슬퍼하기 전까지는 주지 말라고 부탁했다면서 끝내 보여주지 않았다.

다른 여자에게 온통 정신이 팔려 있던 나는 동생의 죽음 따위엔 아랑곳하지 않고 그저 여자와의 환락만 생각하면서 장례가 끝나자마자 기다렸다는 듯이 여자에게로 달려갔다. 여자는 아지자의 죽음을 애도하면서 아지자의 진심을 몰라주고 그 사랑을 무참히 짓밟은 나를 몹시 책망했다. 그리고 왠지 불행한 일이 일어날 것만 같아 불안하다고 말했다. 나는 동생이 여자에게 들려주라던 두 마디를 외었다.

"성실은 선, 불성실은 악이니라!"

여자는 이 말을 듣더니 큰 소리로 외쳤다.

"동생이야말로 당신을 내게서 구해주었어요. 나는 당신을 이용해서 장난을 칠 생각이었으니까요. 하지만 앞으로는 상처를 입히거나 괴롭히지 않겠어요."

나는 그 말이 무슨 뜻인 줄도 모르고 이렇게 반문했다.

"그럼 당신은 지금까지 날 어떻게 생각한 거요? 서로 사랑을 맹세한 사이가 아니었소?"

"당신은 어리고 세상을 너무 몰라서 나 같은 여자에게 홀딱 빠진 거예요. 거짓말 같은 걸 모르니까 당신은 여자들의 악의나 농간을 전혀 모를 수밖에요. 지금까지 당신을 지켜준 것은 바로 당신의 동생이에요. 그분은 당신의 생명의 은인이고 당신을 파멸에서 구해준 분이에요. 앞으로는 모든 여자를 조심하세요. 당신은 순진하고 세상 물정을 모르는 분이라 여자의 농간이나 간계에 곧잘 속아 넘어가는

데, 앞으론 그런 걸 가르쳐줄 여자가 세상을 떠났으니, 이젠 당신을 구해줄 여자가 아무도 없어서 큰 걱정이군요."

여자는 내게 부디 여자를 조심하라고 간곡히 충고했다. 그리고 동생의 무덤으로 안내해달라고 부탁했다. 여자는 무덤에 가는 도중에도 행인들에게 아낌없이 지갑을 털어 돈을 희사하면서 "아지자의 명복을 빕니다. 영혼을 위로합니다" 하고 외쳤다. 그리고 무덤에 도착하자마자 여자는 무덤에 몸을 던지고 울음을 터뜨리며 아지자의 죽음을 애도했다.

그런데 놀라운 것은 그다음부터 여자의 태도가 달라진 것이다. 자기를 버리지 말라면서 살이라도 베어줄 듯이 내게 극진히 대했다. 그리고 헤어질 때마다 동생이 남긴 두 마디를 들려달라고 조르기까지 했다.

이렇게 꼬박 1년이 흘러간 새해 명절날 밤이었다. 그날도 여자에게 가던 길이었는데, 취해서 그만 길을 잘못 들어 장관거리라는 뒷골목으로 들어섰다.

우연히 한 노파가 촛불과 편지를 들고 다가오더니 편지를 읽어달라고 했다. 편지는 객지에 가 있는 어떤 남자가 친구와 사랑하는 사람들에게 보낸 안부 편지였다. 편지 내용을 들은 노파는 고맙다고 인사를 하고 가버렸다. 그러나 곧 다시 되돌아오더니 잠깐만 어디로 가자고 청하는 것이었다.

"젊은 양반, 실은 그 편지는 장사 떠난 지 10년이 되도록 소식이 없던 아들에게서 온 편지라오. 하도 소식이 없어 죽었나 보다 하고 걱정이 이만저만 아니었는데, 반가운 편지가 왔으니 오죽하겠소. 딸애가 하나 있는데 너무 오라비 걱정을 하길래 네 오라비는 무사하다고 말해주었다오. 그런데도 통 믿으려 하질 않고, 자기 앞에서 직접 편지를 읽어줄 사람을 데려오면 믿겠다고 고집을 부린다오. 그러니 미안한 말씀이지만 나와 함께 우리 집에 가서 휘장 뒤에서라도 좋으니 편지를 읽어주구려. 그러면 딸애를 불러다 문 안쪽에서 들으라고 할 테니까 말이오. 부디 이 늙은이의 청을 저버리진 말아주오."

난 아무 의심 없이 노파를 따라 어느 으리으리하고 웅장한 저택 앞에 다다랐다. 노파가 페르시아 말로 버럭 소리를 치자 문이 열리고 처녀가 달려왔다. 새하얀 종아리를 드러내고 두 팔을 어깨까지 드러낸 야한 차림이었다. 내가 편지를 들고 처녀 앞으로 가까이 가서 읽어주려고 문 안으로 머리와 어깨를 들이미는 순간 갑자기 노파가 나를 대문 안으로 밀어 넣더니 번개처럼 몸을 날려 눈 깜짝할 사이에 문을 잠가버렸다.

모든 게 다 노파의 술책이었다.

처녀는 내게 달려들어 끌어안고 애무하더니 어느 침실로 들어갔다. 그리곤 다짜고짜 죽기 싫거든 자기와 결혼하자고 졸랐다.

"당신이 지금껏 1년 4개월을 함께 지낸 그 여자는 뚜쟁이 할멈 다리아의 딸이에요. 그 여자만큼 불결하고 악독한 여자는 없을걸요. 당신과 사귀기 전에도 얼마나 많은 남자를 죽였는지, 얼마나 방자한 짓을 했는지 이루 헤아릴 수 없을 정도예요. 근데 오직 당신만 살아남아서 지금껏 사이좋게 지낸다는 건 불가사의한 일이에요. 도대체 어떤 사연이 있기에 그런 건가요?"

나는 지금까지의 자초지종을 말해주었다. 처녀는 눈물을 흘리면서 내 동생 아지자의 죽음을 슬퍼했다.

"지금껏 당신이 살아남을 수 있었던 건 순전히 동생의 공덕이에요. 동생이 유언으로 남긴 그 두 마디가 당신의 생명을 지켜준 거죠. 동생 때문에 그 여자는 결코 당신을 죽이지 못할 테니 이젠 마음이 놓이네요. 동생은 살아서뿐 아니라 죽어서도 당신을 지켜주고 있는 거예요."

그러고 나서 처녀는 말했다.

"저 역시 일찍이 당신을 사모하다가 오늘은 계략을 써서 유인한 거예요. 당신은 세상일이라곤 아무것도 모르는 풋내기여서 젊은 여자의 능란한 솜씨나 늙은이의 간교에 쉽게 넘어가거든요."

그리곤 돈은 벌어올 필요가 없으니 그저 수탉의 구실만 해주면 그걸로 충분하다고 했다. 잠시 후 미리 대기하고 있던 네 명의 법관이 들어오더니 혼인계약서를 작성하고 남자의 지참금으로 금화 1만 디나르의 빚이 있음을 증언해놓았다.

서명이 끝나자마자 이제 나의 아내가 된 처녀는 옷을 훌훌 벗어버리고 알몸으로 나를 끌어안더니 탐스러운 젖가슴을 위로 쳐들며 교태를 부렸다. 욕정이 들끓어 오른 나는 여자의 입술을 빨며 격렬하게 애무했다. 여자는 흐느껴 울듯 신음하기도 하고 수줍은 듯한 몸짓도 하면서 내 몸에 매달렸다. 이윽고 한껏 달구어진 여자는 백옥 같은 두 다리로 내 엉덩이를 감아올리며 다급한 목소리로 어서 힘껏 해달라고 재촉했다.

"아, 여보! 전 이제 당신의 것이니 목숨이라도 드리겠어요. 그러니, 제발! 어서 당신의 연장을 제 안에 넣어 힘차게 눌러주세요. 제발… 나 죽어요, 아아!"

이렇듯 우리는 달콤한 속삼임과 기쁨의 절규로 범벅이 된 열락의 도가니에 빠져 시간 가는 줄 몰랐다. 환희의 절정을 즐기고 난 우리는 아침까지 알몸으로 꼭 껴안고 잤다.

그런데 아침에 일어나 나가려 했으나 대문이 굳게 닫혀 있었다. 이 집 대문은 1년에 한 번밖에 안 열리는 문이었다. 나는 꼬박 1년 동안 수탉 구실만 하면서 자식까지 낳고 살았다. 1년이 지나고 새해가 되어 대문이 열렸으나 아내는 저녁이 되어서야 내보내주었다. 그것도 문이 닫히기 전에 돌아올 것과 안 그러면 이혼이라는 조건을 달았다.

나는 한달음에 화원으로 달려갔다.

다리아의 딸은 1년 내내 문을 열어놓은 채 나를 기다리고 있었다. 다른 여자와 결혼해서 애까지 낳았다는 얘기를 듣자 여자는 분노로 치를 떨더니 단도를 꺼내들고 목을 따겠다며 내게 달려들었다. 하지만 내가 동생이 남긴 두 마디를 외자 여자는 겨우 진정하고는, "동생 덕분에 목숨은 살려주지만, 나와 동생에게 저지른 소행에 대한 복수는 반드시 해야겠다"며 노예들을 시켜 사지를 꼼짝도 못하게 붙잡았다. 그리고 실컷 매질한 것도 모자라 나와 결혼한 뻔뻔한 여자에게 복수를 하기 위해 낙인을 찍어주겠다면서, 노예를 불러 나의 사지를 묶더니 발가벗기고 내 생식기를 면도칼로 잘라버렸다. 비틀거리며 간신히 집에 돌아왔지만 아내는 수탉 구실을 할 수 없게 된 걸 알고서 나를 뜰에 내동댕이쳐버렸다.

나는 할 수 없이 부모의 집으로 돌아갔다. 이미 아버지는 세상을 떠난 뒤였고 어머니는 나를 보자 눈물을 흘렸다. 그때 비로소 나는 나를 진정으로 사랑한 것은 사촌동생 아지자뿐이었음을 깨닫고 그녀의 명복을 진심으로 빌며 슬피 울었다. 그리고 어머니에게 모든 자초지종을 고백했다.

그때서야 어머니는 아지자의 유품을 가져왔다. 내가 진심으로 아지자를 생각하고 다른 여자와의 관계를 완전히 끊었을 때만 내주라고 당부했기 때문이었다.

유품은 다름 아닌 내가 동생에게 준 그 헝겊 조각이었다. 헝겊 조각 안에는 편지가 들어 있었다. 그것은 아지자가 나를 경계하기 위해 남긴 유서였다.

"이 헝겊을 항상 몸에 지니고 다니셔야 합니다. 이 헝겊은 당신이 안 계신 동안 제 친구가 되어준 것이니까요. 그리고 만일 당신이 이 영양을 수놓은 여자와 만나게 되더라도 그 여자를 꼭 피하셔야 합니다. 절대로 가까이 하거나 결혼하거나 해서는 안 됩니다. 다른 여자와 가까이하는 것도 안 될 소리입니다. 이 영양을 수놓은 여자는 해마다 이런 헝겊을 하나씩 만들어 먼 나라에 보내고 있어요. 이런 수를 놓을 사람은 세상에 자기밖에 없다는 명성을 과시하고 싶어서입니다. 뚜쟁이 할멈 다리아의 딸은 이 헝겊을 손에 넣은 것을 기회로 이걸 만든 건 자기 동생이라고 속이고 있지만 그건 터무니없는 거짓말이에요. 제발 알라께서 그 여자의 탈을 벗겨주시기를 바랍니다. 내가 죽은 뒤 이 세상이 싫어져서 어쩌면 고국을 떠나 타국을 헤매다가 이 그림을 수놓은 여자의 소문을 듣고 만나보려고 할지도 모릅니다. 그때가 되어서야 제 생각을 하게 되겠지만 그땐 이미 늦습니다. 제가 죽은 뒤가 아니면 제 진심을 몰라주실 거니까요. 헝겊에 영양을 수놓은 여자는 녹나무 섬 임금님의 공주입니다."

나는 뒤늦게 아지자의 진실한 사랑을 깨닫고 통곡했다. 눈물 속에서 1년을 보낸 후 나는 아지자에 대한 회한과 슬픔을 잊기 위해 대상 일행을 따라 여행길에 올랐다. 하지만 녹 나라의 수정궁까지 구경했어도 슬픔과 고뇌는 더욱 쌓여갔다.

녹 나라는 일곱 개의 섬으로 이루어졌고, 샤리만 임금이 다스리고 있었다. 딸 두냐 공주가 바로 이 영양을 수놓은 장본인임을 알았지만 이미 남자의 연장조차 잃어버린 신세인지라, 공주에 대한 연정은 더해가고 고뇌의 불길은 가슴속에서 활활 타올라 나는 슬픔과 시름의 바다 속에 빠지고 말았다. 그 후 난 뜬세상의 세파에 지치고 지친 나머지 이 세상이 싫어지고 말았다. 이젠 고향으로 돌아가 어머니 옆에서 죽을 수 있기만을 바랄 뿐이다.

아지즈의 신세 이야기가 끝났다. 그런데 뜻밖에도 타지 알 무르크 왕자의 가슴에 두냐 공주에 대한 사랑의 불길이 타올랐다. 아지즈가 공주를 본 것은 먼발치에서 잠깐이었다. 그것도 녹 나라 도성 안에 있는 공주의 화원을 찾아가 정원지기 노인에게 사정사정하여 몰래 화원에 숨어 들어가 기다리고 있다가 겨우 보았던 것이다.

아지즈는 왕자를 수행하여 시중을 들기로 맹세하고 왕자를 따라 왕궁으로 돌아왔다.

부왕은 왕자의 안색이 창백하고 기운이 없어 보여 걱정이 되었다. 왕자는 부왕에게 두냐 공주에 대한 사랑 때문에 번민하고 있음을 실토했다.

부왕은 자기가 왕비를 맞이할 때처럼 청혼사절단을 꾸려서 녹 나라로 보냈다. 아지즈는 그 청혼사절단의 길잡이를 맡아 대신 일행과 함께 길을 떠났다.

녹 나라에 도착한 청혼사절단 일행은 국빈 대접을 받고 어전으로 안내되었다. 두냐 공주에게 청혼하러 온 뜻을 알리자 왕은 갑자기

고개를 숙이고 난처한 빛을 보였다. 실은 두냐 공주가 남자를 싫어하여 결혼이라는 말만 들어도 펄쩍 뛴다는 것이다.

그럼에도 왕은 사절단의 정성을 생각해서 다시 한 번 시종을 시켜 두냐 공주에게 청혼의 뜻을 전달했다. 아니나 다를까, 두냐 공주는 노발대발하여 한마디로 청혼을 거절하고, 만약 부왕이 강제로 시집을 보내면 신랑도 죽이고 자기도 죽어버리겠노라며 앙살을 부렸다.

청혼사절단이 목적을 이루지 못하고 돌아오자, 부왕은 왕자에게 공주가 거절했다는 소식을 전하고 두냐 공주를 단념할 것을 종용했다. 하지만 왕자는 결코 포기할 수 없었다. 어떤 수를 쓰든 공주의 마음을 사로잡을 작정이었다. 왕자는 쓰러지는 한이 있어도 반드시 녹 나라로 가야겠으니 보내달라고 간청했다. 부왕은 할 수 없이 허락했다. 왕자는 아지즈를 데리고 대신과 함께 녹 나라로 떠났다.

두 달의 긴 여행 끝에 멀리 하얀 수정궁이 보였다. 마침내 녹 나라에 도착한 것이다. 여장을 푼 왕자 일행은 며칠 동안 여독을 푼 다음, 계획을 하나하나 실행에 옮기기 시작했다.

먼저 번화한 시장 한복판에 목 좋은 가게를 차리고 값비싼 최상품들로 진열대를 가득 채웠다. 최고급 상품만을 취급한다는 인상을 주기 위해서였다. 대신과 왕자는 부자 사이로 위장하고 다른 상인들과는 물론 특히 시장 감독과 돈독히 친목을 쌓아갔다. 왕자는 늘 목욕하고 값비싼 옷으로 치장하고 가게에 나와 앉았다. 왕자의 수려한 용모와 귀품 있는 태도는 한 입 건너고 두 입 건너 점차 장안에 널리 퍼져나갔다. 사람들은 왕자를 보기 위해 앞을 다투어 가게로 모여들었다.

그러던 어느 날, 한 노파가 찾아왔다.

노파는 왕자를 한참 동안 뚫어져라 쳐다보았다. 사람이 아닌 듯 너무나 황홀해서 노파는 부지중에 온몸이 땀에 젖었다. 왕자는 노파를 자기 옆에 앉히고 부채질을 해주었다. 왕자의 미모와 친절에 노파의 마음은 녹아버리고 말았다.

노파는 최고급 상품을 찾았다. 특히 샤리만 왕의 딸 두냐 공주에게 맞는 고급 옷감을 보여달라고 했다. 왕자는 뛸 듯이 기뻤다. 이 노파의 중매로 소원이 이루어졌으면 하는 기대로 한껏 환대하였다.

노파는 다름 아닌 공주의 유모였다. 유모가 사온 고급 비단을 본 공주의 눈이 휘둥그레졌다. 노파는 공주에게 젊은 상인의 수려한 용모와 친절에 대해 침이 마르도록 칭찬을 늘어놓았다. 공주는 그 젊은이에게 아쉬운 일이 있으면 뭐든지 도와주겠다고 말했다. 그리고 소원이 무엇인지 알아 오라고 유모를 보냈다.

유모의 말을 듣자 왕자는 기뻐 어쩔 줄을 몰랐다. 왕자의 소원은 오직 하나였다. 그것은 공주에게 편지를 전해주고 답장을 받는 것이었다. 왕자는 공주에 대한 애절한 사랑을 담은 편지를 써서 유모에게 건네주었다.

왕자의 편지를 보자 공주는 벌컥 역정을 냈다. 상인 주제에 감히 공주를 넘보며 수작을 부린다고 펄펄 뛰었다. 유모는 기지를 발휘해서 공주가 답장을 쓰게 했다. 앞으로 그런 뚱딴지같은 소리를 하지 못하게 단단히 야단쳐 혼을 내주라는 것이다.

답장을 본 왕자는 하늘이 꺼져라 상심했다. "두 번 다시 그런 편지를 보내면 죽이겠다"고 써 있었다. 유모는 왕자가 측은해서 견딜 수가 없었다. 꼭 젊은이의 소원을 이뤄주고 싶었다. 공주가 무슨 짓을 하든지 다시 한 번 편지를 전해줄 작정이었다. 왕자는 두 번째 사랑의 연서를 쓴 다음 즉흥시를 적어넣었다.

지난번 임의 편지로, 죽이겠단 말씀 들었지만
어차피 언젠가는 한 번 죽게 마련인 운명인데
차라리 임의 손에 죽는 것이 행복한 인생이리.
지나간 인생, 실연의 아픔에 가슴 쥐어뜯으며
고통 속에 사느니 차라리 죽어서 기쁨 찾으리.
세월 가면 결국 모든 것 가뭇없는 뜬세상이니
매정하게 굴지 말고 애달픈 이 사랑 받아주오.
그대의 노예 되어 사슬에 묶여 죽어가면서도
그저 임만 그리워할 이 내 몸, 가엾이 여겨주오.
고결한 그댈 사랑하는 마음에 무슨 죄 있으리오.

유모가 왕자의 두 번째 편지를 전했다. 공주는 더욱 불같이 화를 냈다. 유모는 공주에게 "앞으로 또 편지를 보내면 목을 베겠다"는 답장을 쓰라고 했다. 공주의 편지를 본 왕자는 낙담했고 다시 세 번째 편지를 썼다.

그런데 이번에 유모는 일부러 편지를 머리 안에다 감추고 공주에게로 갔다. 그리고 공주에게 자기의 머리를 풀어 달라고 부탁했다. 편지가 발견되자 유모는 깜짝 놀라며 누가 몰래 자기 머리 안에 넣은 것이니 돌려주겠다고 딴청을 부렸다. 두냐 공주는 편지를 빼앗아 읽어보고는 유모의 계교를 눈치챘다.

공주와 젊은이 사이에 편지가 오고간 소문이 나서 부왕의 귀에라도 들어가면 큰일이었다. 유모는 누가 감히 무서워서 소문을 내겠느냐고 공주의 걱정을 위로하고 다시 한 번 답장을 쓰게 했다. 앞으론 겁이 나서 단념하도록 아주 따끔하게 쓰라고 했다.

왕자는 공주의 편지를 보자 공주의 결심이 요지부동하여 자기의 소원을 받아줄 기미가 없다고 단념하고 이번엔 아지즈에게 대필시켜 네 번째 편지를 유모에게 주었다. 편지를 받아든 공주는 이 모든 것이 유모가 꾸민 계교라는 걸 눈치채고 유모를 기절할 때까지 때렸다. 그리고 유모의 출입을 금지시키고 말았다.

유모가 매질에 출입금지까지 당했다는 말을 들은 왕자의 가슴은 절망으로 찢어질 것만 같았다. 유모는 왜 공주가 남자를 싫어하게 되었는지 그 숨은 사연을 들려주었다.

### {두냐 공주의 꿈}

어느 날 두냐 공주는 꿈을 꾸었다. 새 몰이꾼이 그물을 쳐 새를 잡는 꿈이었다.

새 몰이꾼이 그물을 쳐놓고 모이를 뿌리자 새들이 날아와 모이를 쪼아 먹었다. 그중에는 비둘기 부부도 있었는데 수비둘기가 발이 그만 그물에 걸려 퍼덕였다. 그걸 본 다른 새들이 모두 놀라 달아났다. 그러나 암비둘기는 되돌아와 부리로 수비둘기 다리에 걸린 그물을 쪼아 벗겨내곤 수비둘기를 구출해 같이 달아났다.

새 몰이꾼은 찢어진 그물을 수리하고 또다시 그물을 쳤다. 이번엔 암비둘기가 그물에 걸려 퍼덕였다. 그런데 다른 새들과 함께 달아난 수비둘기는 영영 되돌아오지 않았고, 결국 암비둘기는 목을 비틀려 죽고 말았다.

이 꿈을 꾼 뒤부터 공주는 남자를 싫어하고 미워하게 되었다. 남자란 인정도 신의도 없는 이기적인 동물이라는 불신이 가득 차게 된 것이다.

왕자는 비록 목숨을 잃을지언정 한 번만이라도 공주를 보고 싶었다. 유모는 한 가지 묘책을 일러주었다. 유모는 왕자에게 공주가 화원으로 산책 나가는 날을 알려줄 테니 미리 정원지기를 잘 구슬려 놓았다가 화원 안에 들어와 숨어 있으라고 하였다.

왕자와 아지즈, 대신 세 사람은 가게를 연 목적을 이루었으므로 가게를 처분한 후, 머리를 맞대고 작전을 짰다.

우선 세 사람은 가장 비싼 옷을 입고 화원의 정원지기를 찾아가 정중하게 인사하고 금화 100디나르를 주고 환심을 산 다음 화원으로 들어가 구경해도 좋다는 허락을 얻어냈다.

세 사람은 화원 구경을 마치고 노인과 함께 먹고 마시며 화기애애한 분위기를 즐겼다. 대신은 정원을 이리저리 둘러보더니, 정원 한복판에 높이 솟은 훌륭하지만 낡아버린 누각을 가리키며 노인에게 슬며시 떠보았다.

"이 아름다운 정원에 뭔가 후세에 나를 기념해줄 훌륭한 일을 하나 해놓고 싶습니다."

금화 300디나르를 받자 노인은 망가진 누각이니 좋을 대로 수리하라며 흔쾌히 허락했다.

대신은 다음 날 미장공, 화공, 대장장이 등 인부들을 데리고 와 누각을 수리하기 시작했다. 대신은 사방의 네 벽에 횟물을 하얗게 칠한 다음 화공을 시켜 각각 그림을 그리게 했다.

첫 번째 벽엔 새 몰이꾼이 그물을 치는 모습을, 두 번째 벽에는 암비둘기가 그물에 걸린 수비둘기를 구하는 모습을, 세 번째 벽에는 새 몰이꾼이 그물에 걸린 암비둘기의 목에 칼을 대고 있는 모습을, 마지막 네 번째 벽에는 커다란 독수리가 발톱을 세우고 수비둘기를 꽉 움켜잡은 모습을 각각 그려넣었다.

어느 날, 공주는 정원을 산책하고 싶었다. 그런데 늘 동행했던 유모가 곁에 없는 것이 서운했다. 유모를 매질하고 출입을 금지시켰기 때문이었다. 공주는 시녀를 보내 유모를 불러들이고 유모와 화해했다. 그리고 유모를 위로할 겸 함께 화원을 산책하자고 말했다.

유모는 왕자에게 미리 알려 정원에 들어가 숨어 있으라고 귀띔한 다음, 공주와 화원으로 나들이할 채비를 했다.

왕자 일행은 이미 환심을 사둔 정원지기와 함께 여느 날처럼 정원에서 먹고 마시며 놀고 있었다.

그때 갑자기 공주가 유모와 함께 시녀들을 거느리고 정원으로 들어섰다. 공주가 너무나 급작스럽게 들이닥치다 보니 정원지기는 왕자 일행을 밖으로 내보낼 수도 없는 처지였다. 정원지기는 세 사람을 숨겨주고 들키지 않게 조심하라고 당부하고는, 공주 일행에게 달려갔다. 왕자는 몸을 감추고 가만히 공주의 모습을 바라보니 너무 아름다워 꿈인가 생시인가 분간이 가지 않았다.

유모는 공주를 유인하여 대신이 수리해놓은 누각 쪽으로 데리고 갔다. 무심코 벽을 바라보던 공주는 자신이 꿈에서 본 광경과 흡사한 그림이 그려 있는 걸 보고 깜짝 놀랐다. 그런데 마지막 네 번째 벽화에는 수비둘기가 암비둘기를 구하러 오다 독수리에게 걸려 잡혀 먹히는 그림이 그려 있었다. 공주는 그때서야 자기가 잘못 알았다는 걸 깨닫고 마음을 고쳐먹게 되었다.

"유모, 저 그림 좀 봐. 난 지금까지 남자란 남자는 모두 경멸하고 싫어해왔는데, 그게 아니었나 봐. 수놈은 암놈을 구하러 오다가 독수리에게 잡혀 먹혔던 거야. 수놈이 너무 가여워."

이때 유모가 왕자 일행에게 눈짓을 보냈다. 왕자는 모습을 드러내고는 우연을 가장한 채 누각 창 밑을 천천히 거닐었다. 그동안 자신을 얽어맨 남자에 대한 증오감이 사라진 터라 공주는 왕자의 훤칠한 미모를 보자 한눈에 반해버렸다. 평소의 분별심은 온데간데없이 사라지고 왕자의 수려한 풍모에 사로잡힌 공주의 가슴엔 정욕의 불길이 거세게 타올랐다. 이를 눈치챈 유모는 왕자더러 돌아가라는 신호를 보냈다. 공주는 아쉽고 안타까운 마음을 누를 길이 없어 체면도 염치도 없이 유모에게 젊은이를 한 번만 만나게 해달라고 졸랐다.

유모는 꾀를 내어 왕자를 여자로 꾸며서 몰래 궁궐로 데리고 갔다. 출입문 앞에서 내시장이 불심검문을 하자 유모는 일부러 내시장에게 화를 내며 크게 호통쳤다. 그 사이에 왕자는 유모가 시키는 대로 대기실 왼쪽 여섯 번째 문을 열고 들어갔다. 눈이 빠지게 기다리고 있던 공주는 왕자를 보자마자 달려들어 와락 껴안았다. 왕자도 정신없이 마주 껴안았다.

유모는 소문이 나지 않도록 모든 노예와 시녀를 밖으로 내쫓은 다음 공주의 방문 밖에서 망을 보았다. 불타오르는 연정을 주체하지 못한 왕자와 공주는 금세 알몸이 되어 으스러져라 부둥켜안고 밤이 새도록 사랑을 나눴다.

아침이 밝자 공주는 다른 방으로 가서 천연덕스럽게 시녀와 노예들에게 할 일을 지시하거나 이야기를 듣다가, 문득 혼자 있고 싶으니 물러가라고 한 뒤 왕자가 있는 방으로 되돌아와 뜨겁게 사랑을 나눴다. 밤낮을 가리지 않고 사랑에 몸부림치며 달콤한 밀월을 보내는 동안 꼬박 한 달이 눈 깜짝할 새에 지나갔다.

밖에서 이제나저제나 왕자가 돌아오기를 기다리던 대신과 아지즈는 혹시 왕자가 피살된 것이 아닌가 걱정이 이만저만 아니었다. 그렇다고 무작정 기다릴 수만도 없었다. 두 사람은 국왕께 보고하기로 하고, 길을 재촉해 조국 '푸른 나라'로 귀국하였다.

왕자가 공주의 궁전에 들어간 뒤 소식이 끊어졌다는 보고를 듣자 슬라이만 샤 왕은 심판의 날이라도 온 것처럼 비탄에 젖었다. 그리고 곧 왕자를 구출할 성전을 포고했다. 전국 방방곡곡에서 군사들이 모여들었다. 왕은 광야를 새까맣게 뒤덮을 만한 군대를 이끌고 왕자를 구출하기 위해 길을 떠났다.

한편 왕자와 공주의 사랑은 식을 줄 모르고 더욱 뜨거워져가는 가운데 어느새 6개월이란 시간이 흘렀다.

어느 날 왕자는 공주에게 자신의 신분을 밝히고 고국으로 돌아가 정식으로 사신을 보내 청혼하고 싶다고 말했다. 공주도 간절히 원하던 바라 가슴 터질 듯이 기뻤다. 두 연인은 서로의 장래를 의논하며 늦게 잠자리에 들었다. 그러다가 그만 두 사람은 해가 높이 떠오를 때까지 부둥켜안고 잠에 빠져버렸다.

한편 그 시각, 어전에서는 부왕 샤리만이 태수와 중신을 모아놓고 회의를 하고 있었다. 그때 대장장이가 큰 궤짝을 들고 들어와 금화 10만 디나르짜리나 되는 훌륭한 함을 꺼냈다. 함 속에는 갖가지 진귀한 보석이 가득 들어 있었다. 눈부시게 아름다운 보석을 보자 왕은 공주 생각이 났다. 그래서 내시장을 시켜 공주에게 갖다 주라고 했다.

내시장이 공주의 방으로 가보니 문이 잠겨 있고 유모는 문 앞에서 잠들어 있었다. 내시장의 호령에 겁이 난 유모는 열쇠를 갖고 오겠다고 거짓말을 하고 그길로 줄행랑을 쳐버렸다. 내시장은 아무리 기다려도 유모가 나타나지 않자 아무래도 수상쩍은 생각이 들었다. 그래서 문짝을 뜯어내고 방으로 들어갔다. 그런데 놀랍게도 공주와 젊은 사내가 알몸으로 꼭 끌어안은 채 세상 모르고 잠들어 있는 게 아닌가.

내시장에게 밀회 현장을 들킨 공주는 새파랗게 질려 비밀을 지켜 달라고 애원했으나 내시장은 거절하고 두 사람을 방에 그대로 가두어둔 채 왕에게 달려가 사실을 고했다. 경천동지할 일이 아닐 수 없었다. 왕은 두 남녀를 불러다 꿇어앉히고는 단도를 뽑아들고 왕자를 죽이려고 달려들었다. 공주는 왕의 앞을 가로막으며 왕자를 감싼 채 차라리 자기를 죽이라고 애원했다. 왕은 공주를 꾸짖어 데리고 나가게 한 다음 왕자를 다그쳤다. 왕자는 신분을 밝히고 자신을 죽이면 부왕이 군사를 이끌고 쳐들어올 것이라고 경고했다.

이 말에 샤리만 왕은 그 진위를 가릴 때까지 죽이지 말고 옥에 가둬두라고 했다. 그러나 대신은 공주를 더럽힌 극악무도한 놈이니 당장 목을 베야 한다고 목소리를 높였다. 마침내 왕은 대신의 주장을 받아들여 왕자를 처형하도록 명령했다. 형리는 왕자를 끌고 처형장으로 나갔다. 형리는 아까운 젊은 목숨을 뺏는 일인지라 가능하면 형 집행을 조금이라도 늦춰보려는 심산으로 태수들에게 이 일에 대해 의논을 붙였다. 이렇게 형 집행이 지체되자 샤리만 왕은 불같이 화를 내며 당장 형을 집행하지 않으면 대신의 목부터 베어버리겠다고 호령했다. 형리도 더 이상 지체할 수 없게 되자 한쪽 팔을 높이 쳐들어 왕자의 목을 내리치려고 했다.

그 순간 갑자기 사방에서 함성 소리가 들려왔다.

왕은 '푸른 나라' 대군이 성난 파도처럼 밀려오고 있다는 보고에 간담이 서늘해졌다. 때마침 왕자의 부왕이 파견한 사자가 샤리만 왕 앞에 이르렀다. 일전에 청혼사절단의 대표로 왔던 그 대신이었다.

"전하, '푸른나라' 및 '두 기둥의 나라'와 이스파한 산들을 다스리는 슬라이만 샤 왕의 아드님이 이 도성 안에 있습니다. 왕자님께서 무사하시다면 다행이지만 만약 불행한 일이 일어났다면 전하의 왕국은 파멸을 면치 못할 것이며, 이 도성은 하루아침에 까마귀 우는 황야가 되고 말 것입니다."

그런데 대신이 주위를 살펴보니 사형수 자리에 앉아 있는 왕자가 눈에 띄었다. 그는 벌떡 일어나 한달음에 달려가 왕자를 얼싸안았다. 뒤이어 모두들 왕자를 부둥켜안고 손과 발에 입을 맞추었다. 왕자는 대신과 아지즈를 보자 너무 기쁜 나머지 정신을 잃고 말았다.

왕자가 깨어나자 샤리만 왕은 왕자에게 정중하게 사과했으며, 왕자와 공주의 결혼을 기꺼이 허락하였다. 그리고 막대한 선물을 준비하여 고관대작들을 거느리고, 도성 밖에 진을 치고 기다리던 슬라이만 샤 왕을 몸소 찾아가 모시고 도성 안으로 안내했다. 기다리던 타지 알 무르크 왕자와 슬라이만 샤 왕은 마침내 감격적인 부자 상봉을 하였다. 두 왕은 왕자와 공주의 혼인계약서를 작성하고 성대한 결혼식을 올렸다. 그리고 아지즈는 왕자의 배려로 온갖 금은보화를 싣고 금의환향하여, 어머니의 품으로 돌아가 여생을 안락하게 보냈다.

슬라이만 샤 왕은 왕자 부부 일행을 데리고 귀국길에 올랐다. 온 백성이 기뻐하며 열렬히 환영하였다. 온 도성이 성대한 축제를 베풀고 두 신혼부부를 극진하게 맞았다. 타지 알 무르크 왕자와 두냐 공주는 온갖 기쁨과 무한한 행복에 젖어 여생을 보냈다.

## 알 마칸 왕, 4년 만에 콘스탄티노플에서 철수하다

재상 단단은 여기서 이야기를 마쳤다. 알 마칸 왕은 비탄에 젖은 사람의 마음을 달래주고 왕의 친구로서 정사를 올바른 길로 이끌어준 단단을 높이 치하했다.

이슬람교군은 여전히 콘스탄티노플을 포위한 채 4년이란 긴 세월을 보내고 있었다. 장병들은 고향 하늘을 그리워하며 전쟁에 싫증이 나 점점 더 불평이 늘어갔다.

알 마칸 왕은 재상 단단에게 장수들을 소집하라 하여 이 일을 의논했다.

부왕의 원수를 갚으려다가 오히려 형님 샤르칸 왕을 잃고 그로 인해 슬픔과 불행이 두 배로 늘어났으니, 따지고 보면 이 모든 재앙의 원인은 바로 그 노파 자르 알 다와히였다. 부왕과 형님을 살해한 원수니만큼 반드시 복수를 해야만 했다. 하지만 재상과 장수 들은 한결같이 일단 철군하여 고향에서 휴식을 취한 뒤 다시 원정하는 게 좋다는 데 뜻을 모았다. 알 마칸 왕 역시 아들 칸 마칸과 형님의 딸 쿠지아 파칸 공주가 보고 싶었다. 그리하여 이슬람교군은 철군하여 바그다드의 도성으로 돌아왔다.

## 알 마칸 왕의 매부인 사산 왕이 권력을 장악하다

귀국한 뒤 알 마칸 왕은 화부를 불러 소원을 물었다. 화부는 성도 예루살렘 목욕탕 화부의 총감독이 되고 싶다고 했다. 배석한 신하들이 모두 웃었다. 다시 묻자 이번엔 예루살렘이나 다마스쿠스의 거리 청소 책임자로 임명해달라고 대답했다. 또다시 중신들은 배꼽을 잡고 한바탕 웃었다. 알 마칸 왕은 국왕의 위신에 어울리는 소원을 말해보라고 일렀다. 생각다 못한 화부는 재상 단단이 농담 삼아 말한 대로 다마스쿠스 태수로 임명해달라고 했다. 그러자 즉석에서 허락이 떨어져 화부는 지부르 한('신앙의 전사' 라는 뜻)이란 이름과 알 무자히드라는 성을 하사받고 다마스쿠스 태수로 임명되었다.

재상 단단과 지부르 한 태수는 함께 다마스쿠스에 도착하여 정사를 돌보았다. 정사가 어느 정도 안정되자 단단은 샤르칸 태수의 딸 쿠지아 파칸 공주를 수행하여 바그다드에 당도하였다.

칸 마칸과 쿠지아 파칸은 어느새 열두 살이 되었다. 알 마칸 왕은 칸 마칸 왕자에게 국왕의 지위를 물려줄 뜻을 비쳤다. 재상 단단은 왕자가 아직 어린 데다가 생전에 왕위를 물려준 왕치고 장수한 적이 없다는 예를 들어 반대했다. 그러나 결국 알 마칸 왕은 시종장을 칸 마칸의 후견인으로 삼아 돌보게 한다는 조건을 붙여 칸 마칸 왕자에게 왕위를 물려주었다. 그리고 증인들 앞에서 칸 마칸과 쿠지아 파칸의 혼인을 선언했다.

그러고 나서 얼마 후 알 마칸 왕이 병석에 눕자 왕의 대리인 자격으로 시종장이 나라를 다스리게 되었다. 한 해가 저물 무렵 알 마칸 왕은 아들 칸 마칸과 대신 단단을 불렀다.

"내가 죽거든 재상 단단을 아버지로 알아라. 이 세상에 더 미련은 없다. 다만 한 가지 못다 한 일이 있다. 알라께서 네 손을 빌려 풀어 주셔야 할 짐의 원한이 있다. 네 할아버지 누우만 왕과 백부 샤르칸 왕을 살해한 원수 자르 알 다와히 노파를 알라의 가호를 받아 반드시 처단해다오. 그리하여 이교도로부터 받은 치욕을 씻어다오. 그리고 그 악마 같은 할멈의 농간에 넘어가지 않도록 조심하고 무슨 일이든 재상 단단의 충언을 듣도록 하라. 단단은 내 평생의 스승이자 우리 왕국의 기둥이다."

알 마칸 왕의 병세는 날로 악화되었고, 그사이 4년이라는 시간이 흘렀다. 그동안 매부인 시종장이 왕의 대리인으로 나라를 다스렸다. 칸 마칸 왕자와 쿠지아 파칸 공주는 둘 다 자나 깨나 마술, 창술, 궁술 훈련에 여념이 없어 하루 종일 밖에서 지내다 돌아오곤 했다. 밤이면 알 마칸 왕자는 아버지의 머리맡을 지키며 병을 간호했고, 아침이면 다시 쿠지아 파칸 공주와 함께 밖에서 훈련에 몰두했다.

마침내 알 마칸 왕은 영원히 눈을 감고 말았다. 왕의 서거 소식이 전해지자 온 백성은 슬픔에 잠겨 애도했다.

# 사산 왕, 칸 마칸 왕자를 살해하려다 번번이 실패하다

세월이 흐르자 사람들의 머릿속에서는 알 마칸 왕에 대한 존경심이 사라졌다. 게다가 왕위를 물려받은 칸 마칸 왕자는 고모부이자 부왕의 매부인 시종장에게 왕위를 빼앗기고 바그다드에서 쫓겨나고 말았다. 일찍이 실권을 행사해왔던 시종장은 왕자를 잘 보필하라는 선왕의 유지를 배반하고 스스로 왕위에 올라 사산 왕이라 칭하였다.

칸 마칸 왕자의 어머니는 사태를 냉정하게 판단하고 사산 왕에게 도움을 청할 요량으로 시누이인 누자르 알 자만을 찾아가 남편 없는 과부의 신세를 탄식하고 하소연했다. 누자르 알 자만은 오라버니 알 마칸을 생각하여 올케를 정중하고 친절하게 대접했다.

"사실 따지고 보면 오늘날 저희들이 이렇게 영화를 누릴 수 있는 것도, 모두 오라버니 내외 두 분의 덕이 아니고 뭐겠어요? 지금 저희들이 누리고 있는 집이며 재산 모두 돌아가신 오라버니 것이 아니고 뭐겠습니까?"

그리고 올케 모자를 궁전 가까운 곳에 살게 했다. 남편 사산 왕 역시 "자기가 죽은 뒤의 일이 알고 싶거든 남의 경우를 보면 된다"는 속담을 떠올리면서 모자를 잘 위로하고 유복하게 지내도록 도와주라고 일렀다.

한편, 칸 마칸 왕자와 쿠지아 공주는 무럭무럭 자라 열다섯 살이 되었다. 공주는 천하절색의 미인으로, 왕자 또한 늠름한 기상과 수려한 미모의 젊은이로 성장했다.

쿠지아 파칸 공주는 어느 축제일에 초대를 받아 시녀들을 거느리고 참석했다. 축제에 참석한 많은 미녀 가운데서도 하늘의 달처럼 홀로 돋보이는 공주의 미모에 홀딱 반한 칸 마칸 왕자는 자기도 모르게 시를 지어 읊었다.

> 암울한 마음, 이별의 상처 씻을 날 언제이런가.
>
> 불행한 나날 끝도 없으려는데, 그 어느 날에야
>
> 영원한 맹세 머금은 입맞춤이 내게 미소 지을까.
>
> 더불어 사랑에 몸부림칠 임, 언제쯤 만날 쏜가.

이 시를 들은 공주는 "많은 사람 앞에서 내게 망신을 줄 심산이냐"며 노여워하는 낯으로 사촌오라버니를 책망하고, 사산 왕에게 일러바치겠다고 을렀다. 사실 일찍이 부왕이 맺어준 배필로부터 이런 말을 들은 왕자는 화가 나서 집으로 돌아가 버렸다.

이 노래로 인해 왕자가 공주를 짝사랑한다는 소문이 금세 온 도성에 퍼졌다. 왕자는 냉가슴만 앓고 있었는데, 마침 소문이 사산 왕의 귀에까지 들어갔다.

사산 왕은 알 자만 왕비에게 공주를 후궁에 가두고 왕자의 출입을 금지시키라고 일렀다. 알 자만 왕비는 칸 마칸 왕자에게 사산 왕의 뜻을 전하고 앞으로는 공주와 만나지 말라고 당부했다. 왕자의 어머니 역시 왕자가 감정을 억제하지 못한 걸 탓하며 조심하라고 타일렀다. 시누이 부부에게 얹혀사는 신세다 보니 어쩔 도리가 없었다.

자존심이 상한 왕자는 어머니와 함께 도성을 나와 성밖 빈민 동네로 옮겼다. 왕자의 어머니는 가끔 궁전으로 가서 먹을 걸 얻어가지고 오곤 했는데, 그렇게 그날그날을 때워가며 힘겹게 살았다.

어느 날 쿠지아 파칸 공주는 숙모인 왕자의 어머니를 처소로 불러 칸 마칸 왕자의 근황을 물었다. 왕자가 공주를 끔찍이 사모하여 눈물 속에서 집에만 틀어박혀 지낸다는 소식에 공주는 눈물을 흘리며 고백했다.

"작은 어머님, 제가 오라버니를 탓한 것은 그분이 한 말 때문도 아니고 그분을 나쁘게 생각해서도 아녜요. 다만 그분을 좋지 않게 생각하는 사람들의 악의가 두려워서 그랬던 것뿐이에요. 세상에 어디 남의 일을 좋게 생각하는 사람이 있던가요? 저 역시 그분이 저를 사랑하는 것 이상으로 그분을 사랑하고 있어요. 하지만 섣부르게 그런 경솔한 언행을 일삼지 않았다면 아버지가 인연을 끊어라, 궁전 출입을 하지 마라, 하시지는 않았을 거예요. 인생이란 무상한 것이어서 사람의 운명이 언제 어떻게 변할지 누가 압니까? 그러니 어떤 경우든 참는 게 가장 중요하다고 생각해요. 언젠가 알라께서 저희를 부부로 살게 해주실지 누가 알겠어요?"

공주가 위로하자 왕자의 어머니는 공주에게 감사와 축복을 내려주었다. 어머니로부터 공주의 마음을 확인한 왕자는 절망에서 벗어나 안심이 되면서도, 그만큼 연정이 더욱 불타올라 견딜 수가 없었다. "공주 외에는 아무도 사랑하지 않을 것"이라고 용기백배하면서 왕자는 애타는 마음을 삭이며 하루하루를 보냈다.

어느새 왕자 나이 열일곱이 되었다. 용모는 더욱 수려해지고 재주와 지혜는 한결 깊어졌다. 어느 날 왕자는 잠이 오지 않아 이리저리 몸을 뒤척였다. 자신의 신세를 돌아보고 앞날을 생각하다 보니 많은 생각이 머릿속을 어지럽혔다. 사랑하는 여자를 만나지도 못하는 현실이 더 이상 견딜 수가 없었다. 가난하다는 것뿐, 아무것도 잘못한 것이 없지 않은가. 언제까지 이렇게 살아야 하나. 연인을 만날 수 없을 바에야, 여기서 고통과 굴욕을 참고 사느니 차라리 고향을 떠나 황야에서 죽는 게 어떨까. 그렇게 하여 왕자는 객지를 유랑하는 방랑의 길을 떠나기로 했다.

칸 마칸 왕자는 탁발승으로 변장하고 바그다드를 빠져나와 정처 없이 사막으로 걸음을 옮겼다. 왕자의 어머니는 곡기도 끊고 잠도 이루지 못한 채 오직 한탄과 눈물에 젖은 나날을 보냈다. 도성 사람들도 주린 백성의 배를 채워주고 정의와 자비를 베풀었던 부왕 알 마칸 왕을 생각하면서 칸 마칸 왕자의 신세를 염려했다.

이윽고 소문은 왕의 귀에까지 들어갔다. 선왕의 아들이며 누우만 왕의 손자인 칸 마칸 왕자가 유랑을 떠났다는 소식을 태수로부터 전해들은 사산 왕은 그 옛날 알 마칸 왕이 자기를 총애하고, 임종의 자리에서 칸 마칸 왕자를 잘 부탁한다던 유언을 떠올렸다. 그래서 타르캇슈에게 왕자의 행방을 알아오라고 명했다. 그러나 아무도 왕자의 소식을 아는 이가 없었다. 왕은 새삼스레 자신의 경솔한 행동을 후회했다.

한편 칸 마칸 왕자는 스무날 동안 정처 없이 사막을 헤매다가 어느 골짜기에 들어섰다. 과일을 따 먹으니 배가 불러 목욕한 다음 기도를 올리고 잠이 들었는데, 한밤중에 어디선가 노랫소리가 들렸다.

진주처럼 빛나는 그대의 흰 이, 황홀한 그 맵시
살아서 보지 못한다면 어찌 살아 있는 목숨이더냐.
사무치는 그리움에 그대 내 눈 속에 살아 있구려.
사랑에 애달픈 연인 서로 기대 청춘을 불사르는데
만발한 봄꽃 속에 세상은 나 없이도 향기롭구나.
그대 짐짓 사랑을 숨겼지만 이별할 제 흐느꼈나니
백년가약 굳게 믿어 기쁨으로 내 가슴 뛰었다네.
오, 어여쁜 사랑이여, 지금도 여전히 날 그리는가.
언제고 우리 다시 사랑의 밤을 불태울 수 있으려나.
병든 영혼, 그대 달콤한 입술 아니면 고칠 길 없으리.

사랑하는 처녀와 헤어진 슬픔을 절절하게 노래하는 걸로 보아 왕자와 처지가 비슷한 것 같았다. 왕자는 갑자기 슬픔과 그리움이 치밀어 올라 폭포같은 눈물을 흘렸다. 왕자는 처지가 비슷한 사람끼리 만나 신세 이야기를 나누면서 괴로움을 덜어보고 싶었다.

날이 밝자 왕자는 그 사내를 만났다. 그는 바다위족의 아라비아인으로 첫눈에도 사랑에 미친 젊은이라는 걸 알 수 있었다. 하지만 왕자의 나이가 어리고 거지 행색인 걸 본 젊은 바다위인은 왕자를 깔보고 애송이 취급을 했다. 왕자는 꾹 참고 공손하게 굴면서 그를 형님으로 대접해주었다.

그의 이름은 사바이고, 시리아에 사는 아라비아인으로, 사촌 누이동생인 나지마를 사랑하고 있었다. 그 역시 백부의 집에서 나지마와 함께 자랐다. 그러나 가난뱅이라는 이유로 백부는 둘 사이를 갈라놓았다. 친척과 족장 들이 백부를 비난하자 궁지에 몰린 백부는 궁여지

책으로 결혼을 승낙했으나, 그 대신 도저히 구할 수 없는 엄청난 지참금을 요구했다. 그래서 그는 지금 지참금을 벌기 위해 시리아를 떠나 이라크로 가는 길이었다.

왕자도 자신의 신분을 밝혔다.

"누우만 대왕의 손자이며, 자우 알 마칸 왕의 아들 칸 마칸이오. 하지만 박복한 팔자를 타고나 의당 내게 돌아올 왕위를 사산 왕에게 빼앗겼소. 그래서 남몰래 바그다드를 빠져나와 스무날 동안이나 사막을 헤매고 있는 중이오."

그 순간 사바의 머리엔 왕자를 납치해서 몸값을 받아 돈을 벌어야겠다는 욕심이 생겼다. 사바는 왕자를 윽박지르고 위협했으나 왕자는 아랑곳하지 않았다. 둘이 옥신각신하다 보니 결국 씨름으로 대결하게 되었다. 사바는 왕자의 상대가 되지 않았다. 맥도 못 추고 왕자의 일합에 땅바닥에 고꾸라져 박혔다. 이번엔 사바가 칼을 빼들고 덤볐다. 왕자는 방패로 칼을 막으며 결투를 벌였다. 아무리 칼을 내리쳐도 왕자는 요리조리 잘도 피했다. 결국 사바는 지쳤고, 그 순간 왕자는 벼락같이 달려들어 사바를 번쩍 쳐들어 땅에 내동댕이쳐버렸다. 결국 사바는 왕자에게 굴복하고 바그다드로 떠났다.

사바가 떠난 뒤 왕자는 알라에게 기도했다. 부디 결혼 비용을 벌어 빈손으로 돌아가지 않게 해달라고 빌었다.

그런데 뜻밖에도 그 순간 말을 탄 한 사내가 다가왔다. 그는 심한 부상을 입고 있었다. 놀라운 건 그가 타고 있는 말이었다. 그 말은 이 세상에 두 번 다시 찾아볼 수 없는 훌륭한 순종마였다. 왕자는 사내를 부축해 말에서 내린 뒤 친절히 간호해주었다.

그의 이름은 가산이고 평생 말 도둑으로 살아온 자였다. 그 준마는 로움 국의 아프리둔 왕 소유로, 이름은 알 카트루였다. 가산은 콘스탄티노플에서 이 말의 소문을 들었다고 했다. 그는 이 말이 자르 알 다와히 노파의 소유라는 것과 얼마 뒤에는 노파가 사산 왕을 만나 강화를 체결하고 노파의 추방령 취소를 요구하러 바그다드와 호라산으로 떠난다는 것을 알게 되었다. 그는 말을 훔치기 위해 노파 일행의 뒤를 밟으며 기회를 엿보고 있었는데, 뜻밖에도 두목 카르탓슈가 이끄는 강도 50여 명이 나타난 것이다. 사자보다 더 용맹무쌍한 이들은 눈 깜짝할 새에 노파와 노예를 잡아 묶어서 말과 함께 끌고 갔다. 노파는 울면서 풀어주면 나중에 더 좋은 말과 소를 주겠다는 등 달콤한 말로 구슬렸고, 두목 카르탓슈는 노파와 포로들을 풀어주었다.

가산은 카르탓슈 일행의 뒤를 밟아 마침내 말을 훔치는 데는 성공했으나 그만 발각되어 활과 창을 맞아 중상을 입게 된 것이다. 결국 그는 얼마 못가 숨지고 훌륭한 준마는 칸 마칸 왕자의 손에 들어오게 되었다.

한편, 그 무렵 재상 단단은 사산 왕에게 반기를 들고 거병을 하기에 이르렀다. 군사의 절반이 왕자를 지지하는 맹세를 하며 단단을 따랐다. 단단은 각지에서 군사를 모집하여 그 숫자가 나날이 불어나고 있었다. 단단은 칸 마칸 왕자를 왕위에 앉힐 때까지는 결코 칼을 칼집에 꽂지 않겠노라고 굳게 맹세했다.

이 소문이 어느새 사산 왕의 귀에 들어가게 되었다. 온 백성과 군사가 자기에게 반기를 들었다는 걸 안 사산 왕은 불안과 두려움에 떨지 않을 수 없었다. 왕은 돈을 마구 뿌려 신하들을 매수하는가 하면, 은근히 칸 마칸 왕자가 귀국하기를 빌었다. 왕자를 자기편으로 끌어들인 다음, 군대 통솔권을 주어 반란을 진압할 속셈이었다.

속셈이야 어쨌든 사산 왕이 왕자의 귀국을 바라고 있다는 소문이 상인들을 통해 왕자의 귀에 들어가자, 왕자는 준마를 타고 부랴부랴 바그다드로 돌아왔다.

도성의 온 백성들은 왕자를 열렬히 환영하였다. 왕자는 사산 왕에게 준마를 바쳤다. 대번에 그 말이 샤르칸 태수의 말임을 알아본 왕은 말을 자기가 받은 걸로 하고 왕자에게 다시 선물로 돌려주었다. 그리고 왕자에게 온갖 은총과 경의를 베풀었다. 전에 없던 예우에 흐뭇해진 칸 마칸 왕자는 마음속 원망에 눈처럼 녹아버리고 말았다.

하지만 여전히 왕자가 쿠지아 파칸 공주와 만나는 것만은 철저히 차단되었다. 왕자는 사다나라는 노파를 시켜 은밀히 공주와의 밀회를 꾸몄다. 그리하여 공주는 그날 밤 자정에 왕자의 처소로 찾아가기로 약속했다.

왕자를 보고 싶은 마음에 공주는 약속보다 이른 시간에 찾아와 자고 있는 왕자를 흔들어 깨우며, "사랑하는 사람이 온다는데 그리 태평스럽게 잠을 잘 수 있느냐"며 짐짓 토라진 척했다. "꿈속에서라도 당신을 보고 싶어 자고 있었다"는 왕자의 애교 섞인 말에 화가 누그러진 공주는 상냥한 목소리로 노래했다.

> 임의 사랑이 진실하다면 어찌 잠이 올까요.
>
> 가시밭길 쓰라린 사랑의 미로를 더듬으며
>
> 사랑을 맹세하신 님, 어찌 편히 주무실까요.
>
> 저를 목숨처럼 사랑하신단 말씀 진정인가요.

이윽고 두 연인은 뜨겁게 끌어안고 밤이 새도록 헤어져 있던 시간의 쓰라림을 하소연하며 애타는 사랑을 나누었다. 날이 훤히 밝자 공주는 돌아갈 채비를 했다. 왕자는 눈시울을 적시며 공주의 섬섬옥수를 부여잡고, 또 이렇게 보내야 하는 슬픔을 노래했다.

그대 입 속 숨은 이빨은 목에 건 진주이런가.
천만 번 입 맞추며 버들 같은 허리 끌어안고
온몸을 부비며 사랑의 불길로 한밤을 태웠네.
칼집에서 뽑은 칼인 듯 아침 햇살 반짝이니
짧은 만남 뒤로 하고 이제 다시 긴 이별이네.

노래가 끝나자 공주는 눈물을 글썽이며 왕자를 으스러져라 껴안고 작별 인사를 속삭인 다음 처소로 돌아갔다.

그런데 공주의 시녀 하나가 두 연인이 몰래 만난 사실을 사산 왕에게 일러바쳤다. 왕은 노발대발하여 공주를 죽이겠다고 위협했으나 왕비 알 자만이 달래 겨우 왕의 노기를 진정시킬 수 있었다.

왕자는 공주와 결혼하는 길은 오직 자기가 돈을 버는 것이고, 그러려면 대상을 약탈하는 수밖에 없다고 생각했다. 노파를 통해 다시 공주를 만난 왕자는 반드시 결혼 비용을 벌어와 이별 없는 만남을 이루겠노라 맹세하고, 눈물로 작별을 고하고 길을 떠났다.

왕자는 두건과 베일을 쓰고 준마 카트루에 올라 늠름한 차림으로 궁전을 빠져나갔다. 성문 앞에서 사바를 다시 만난 왕자는 그를 부하로 삼고 사막으로 향했다.

이윽고 어느 저지대에서 낙타, 소, 양, 말 등이 떼를 지어 한가로이 노는 광경을 보았다. 왕자는 짐승들을 약탈하기 위해 사바에게 습격을 명했다. 그러나 겁쟁이 사바는 몸을 사릴 뿐 나서지 않았다. 왕자는 단신으로 쳐들어가 가축들을 휘몰아쳤다. 노예들은 칼과 창을 빼 들고 약탈자인 왕자에게 달려들었다. 맨 앞에 선 터키 노예는 용감하게 왕자에게 돌진하며 큰 소리로 외쳤다.

"이놈! 잘 들어라. 이 가축은 그리스 군대의 것이다. 바다의 패자 사카시아인 군대 소유란 말이다! 숫자는 100명에 불과하지만 정예로 구성된 특수부대 병사들이다. 얼마 전 준마 한 필을 도적맞았는데, 그 말을 찾기 전엔 여기를 떠나지 않을 사람들이야."

왕자는 "내가 타고 있는 이 말이 바로 그 준마다!" 하고 소리치며, 노도처럼 달려가 노예들을 하나하나 베어버렸다. 노예들이 겁에 질려 뒷걸음질을 치고 있을 때였다.

별안간 먼지 구름을 일으키며 100명의 기사가 피에 굶주린 사자처럼 왕자 쪽으로 밀어닥쳤다. 그들은 이내 왕자를 에워쌌다. 그 가운데 하나가 앞으로 나섰다. 다름 아닌 두목 카르탓슈였다. 그는 천천히 칸 마칸 왕자를 바라보았다. 보면 볼수록 갈기가 풍만하고 힘에 넘치는 사자와 같은 용사이면서도, 얼굴은 보름달이 무색할 만큼 잘 생기고 미간에는 용맹함이 늠름하게 번뜩였다.

순간 카르탓슈는 혹시나 연인 파틴이 남자로 변장한 것이 아닌가 하는 의심이 들었다. 파틴은 처녀 용사로서, 일대일로 당당히 맞서 이기는 남자가 아니면 결혼하지 않겠다고 공언하던 터였다. 카르탓슈는 파틴보다 더 무력이 뛰어났으나, 차마 여자에게 먼저 도전하지 못하고 속으로만 끙끙 앓고 있던 터였다.

카르탓슈는 칸 마칸 왕자를 애인 파틴으로 착각하고 공연히 여자와 맞섰다가 지게 되면 창피만 톡톡히 당한다는 생각에 불안해졌다. 카르탓슈는 왕자 앞으로 다가가 외쳤다.

"파틴이여, 갸륵하도다! 내 용기를 시험해보려고 여기까지 왔군. 그보다 말에서 내려서 자, 내 아내가 되어다오. 그러면 내가 그대를 이 나라의 여왕으로 모셔줄 테니까!"

왕자는 모욕을 느끼고 어서 덤비라고 포효했다. 카르탓슈가 가까이 다가가 자세히 보니, 파틴이 아니라 용감한 기사요 무서운 적수임을 알았다. 그리고 갓 자란 수염으로 보아 아주 젊은 사내임을 알 수 있었다.

카르탓슈는 부하를 시켜 일대일로 대적하게 하였다. 왕자는 기사들을 하나둘 잇달아 베어나갔다. 분노에 찬 군사들은 살기를 띠고 한꺼번에 덤벼들었다. 왕자는 조금도 두려워하는 기색 없이 순식간에 창으로 이들을 찔러 죽였다.

왕자의 용감무쌍한 배짱과 뛰어난 무예에 은근히 겁이 난 카르탓슈는 용서할 테니 가축을 데리고 물러나라고 했다. 그러자 왕자는 창피하면 너희들이 도망을 치라고 응수했다.

모욕을 참다못한 카르탓슈는 자기 신분을 밝히고 왕자에게 말을 손에 넣은 내력을 물었다. 왕자 역시 신분을 밝혔다. 무예와 인품을 갖춘 것으로 보아 왕손임이 틀림없어 보였다. 카르탓슈는 알 마칸 왕에게 신세진 것도 있고 선왕을 생각해서 용서할 테니 순순히 물러가라고 외쳤다. 하지만 왕자는 싸워 이기기 전엔 화해하지 않겠다며 바다위인의 분노를 자극했다.

마침내 왕자와 카르탓슈는 맞붙어 혈투를 벌였다. 카르탓슈가 창을 확 내지르자 칸 마칸도 질세라 그의 가슴팍을 향해 번개처럼 창을 내질렀다. 왕자의 창끝이 번쩍, 하는가 싶더니 카르탓슈의 가슴을 꿰뚫고 등 뒤로 나왔다.

왕자는 뒤늦게 나타난 겁쟁이 사바를 앞세우고 가축과 노예 그리고 포로 들을 이끌고 바그다드로 향했다.

왕자가 당대의 유명한 말 도둑 카르탓슈의 목을 베어 창에 꽂고 전리품을 이끌고 도성으로 들어서자 상인들과 시민들은 기뻐하며 구경하러 구름처럼 밀려들었고, 너도나도 왕자의 무용담으로 얘기꽃을 피웠다. 왕자는 전리품을 시민들에게 나누어주었고, 시민들은 한결같이 왕자를 존경하였다.

사산 왕은 왕자가 돌아왔다는 소문에 더욱 두려움과 불안에 사로잡혔다. 그리하여 자신의 심복 중신들을 불러놓고 목숨을 건 충성 서약을 받은 다음, 왕자를 죽일 계략을 짰다. 왕자가 도성 밖으로 나가는 기회를 노려 왕자를 암살하기로 한 것이다. 이 흉계를 알게 된 공주는 노파를 시켜 왕자에게 미리 왕의 계략을 전했다.

어느 날 왕자는 사바를 데리고 바그다드 도성 밖으로 사냥을 나갔다. 영양 열 마리를 잡았는데, 그 가운데 귀엽고 검은 눈을 가진 한 영양이 사방을 두리번거리고 있었다. 그러자 무슨 까닭에선지 왕자는 그 영양뿐 아니라 다른 영양까지 모두 풀어주었다.

"새끼 가진 영양을 놓아주는 건 인정이야. 그 영양이 사방을 두리번거린 건 새끼를 찾기 위해서였어. 그래서 그 영양을 풀어준 건데, 다른 영양들도 그 영양을 생각해서 놓아주었을 뿐이야."

이때 난데없이 먼지가 하늘 높이 떠오르며 말발굽 소리가 들려왔다. 그들은 사산 왕으로부터 뇌물을 받고 왕자를 암살하라는 지령을 받은 다이람족 태수 자미와 그 부하들이었다. 그들이 왕자를 덮치려 하자 왕자는 오히려 한복판으로 뛰어들어 맹호같이 삽시간에 전원을 몰살시켰다.

한편 사산 왕은 왕자가 이미 피살되었을 것으로 철석같이 믿고 암살 부대를 치하하기 위해 말을 몰고 나왔다가 오히려 전멸을 당했다는 소식에 놀라 도성으로 되돌아왔다. 그런데 이미 도성 안에 소문이 파다하게 퍼진 터라, 도성 사람들은 왕을 보자마자 붙잡아 밧줄로 꽁꽁 결박해버렸다.

왕자는 암살 부대를 전멸시키고 도성으로 돌아오는 도중 어느 길가 외딴집 앞에서 한 젊은이를 만났다. 그는 시원한 우유와 고깃국을 대접하려고 했으나 왕자는 "원수를 갚고 한을 풀 때까지는 남의 음식대접을 받지 않기로 맹세했다"며 거절했다. 그러자 젊은이는 사산 왕이 감금되어 죽을 날이 머지않았다는 기쁜 소식을 전했다.

왕자는 사산 왕이 감금된 장소를 알아낸 뒤, 젊은이가 잠든 사이 몰래 사산 왕을 감금한 집으로 잠입하여 사산 왕을 데리고 나왔다. 사산 왕은 왕자를 죽이려는 계략을 꾸민 적이 없다고 한사코 부정했다. 왕자는 사산 왕을 용서해주고 함께 궁전으로 향했다.

사바가 미리 도성 시민들에게 왕자의 도착을 알려주었으므로, 도성 시민들은 모두 다 거리로 몰려나와 왕자를 크게 환영해주었다.

왕자가 사경에 처한 자신을 오히려 구해주었는데도 불구하고 사산 왕은 왕자를 더 질시하고 증오했다. 그런데 사산 왕과 알 자만 왕비는 칸 마칸의 신상을 두고 심하게 다투게 되었다. 왕비는 번번이 조카를 배신한 왕의 처신을 나무라면서, 민심이 왕자에게 쏠린 이상 차라리 공주를 왕자와 결혼시켜 집안의 화목을 꾀하는 편이 나을 것이라고 충고했다. 그러나 사산 왕은 어림도 없는 소리 집어치우라며 왕자를 반드시 죽이겠다고 길길이 날뛰었다. 그러자 왕비는 옛 노래를 들어 왕을 조롱했다.

그대 운이 나빠 누군가 그대 위에 서더라도
현명하다면, 운명이 정한 일을 탓하지 말고
그 사람 신분에 어울리는 경의를 다 바치면
그대 어디에 있든 행복이 그대 곁에 있으리.
그 사람을 어찌 여기든 입에 담지 말지니,
명예로운 자리에서 자기를 깎을까 염려하노라.
들러리 아무리 아름다워도 주인공은 신부라네.

이 노래의 뜻을 알아차린 사산 왕이 불같이 분노하여 "네년을 죽여도 내게 수치가 되지 않는다면 한칼에 베어 죽이고 싶다"고 사납게 갈기를 세우자 왕비는 짐짓 상냥하게 웃는 낯으로 왕에게 다가가 농담이었다며, 사실은 자기도 왕자를 없앨 요량으로 묘안을 생각해놓았다고 말했다. 이 말에 한결 누그러진 왕이 다그쳐 묻자 바쿤이라는 노예 계집을 시키면 간단하게 해결된다고 대답했다.

그리하여 또다시 왕자를 죽일 음모를 품고 왕자와 공주를 길러준 유모 바쿤을 불렀다. 바쿤은 산전수전 다 겪은 교활한 노파로 나쁜 일에서는 둘째가라면 서러워할 악당 중의 악당이었다. 노파는 왕으로부터 하사받은 단도의 칼날에 맹독을 칠해두었다. 그리고 단도를 가슴에 품고 왕자를 찾아가 공주와의 사랑 때문에 번민하는 왕자를 위로해주겠다며 재미있는 이야기를 시작했다.

옛날에 여자를 무척 밝히는 마약쟁이 사내가 있었는데, 그 때문에 그는 재산을 탕진하고 거지 신세로 전락하고 말았다. 어느 날 그는 목욕탕에 들어가 마약을 먹은 뒤, 고관대작이 되어 온갖 호사를 누리고 달 같은 처녀들의 시중을 받으며 한창 재미를 보는 환상에 젖어 있었다. 그때 갑자기 누군가 "이 게으름뱅이야. 한낮이 다 됐는데 아직도 자고 있냐?"며 소리를 지르는 것이었다. 벌떡 눈을 뜨고 보니 자기의 연장이 벌떡 서 있고, 사람들이 주위를 빙 둘러서 구경하며 깔깔 웃고 있는 게 아닌가. 사내는 연장을 처녀의 옥문에 마저 넣을 때까지 깨우지 말고 기다려주었으면 얼마나 좋았을까 하고 미처 못다 꾼 꿈을 아쉬워했다.

노파의 이야기를 들으며 왕자는 뱃살이 당길 정도로 깔깔대며 재미있어 했다. 노파는 계속해서 다른 이야기를 들려주었다. 그 사이에 왕자는 깜빡 잠이 들었다. 바쿤은 이때다 하고 벌떡 일어나 단도를 뽑아 들고 다가가 왕자를 찌르려 했다. 바로 그 위기일발의 순간, 뜻밖에 왕자의 어머니가 불쑥 방 안으로 들어섰다.

노파는 당황하여 학질이라도 걸린 것처럼 몸을 부들부들 떨었다. 어머니는 노파의 당황하는 태도에 의심을 하고 아들을 깨웠다. 어머니가 때마침 나타난 것은 쿠지아 파칸 공주가 왕 부부의 음모를 엿듣고 왕자의 어머니에게 재빨리 알린 덕분이었다. 이리하여 왕자는 공주 덕분에 두 번이나 목숨을 구하게 되었다.

## 칸 마칸 왕자, 숙부 루무잔 왕을 만나 권토중래하다

사산 왕이 또다시 자신을 죽이려 했다는 말을 어머니로부터 전해들은 왕자는 아무래도 이곳을 빠져나가는 것이 좋겠다고 판단하고 날이 밝자마자 도성을 빠져나가 재상 단단을 찾아갔다. 왕자가 떠난 후 사산 왕과 왕비는 옥신각신 시비를 다투다가 사이가 극도로 나빠지고 말았다. 결국 왕비는 공주와 함께 도성을 빠져나와 재상 단단 일행에게 몸을 의탁하게 되었다. 머지않아 고관대작들까지 왕자의 진영에 가세하였다.

칸 마칸 왕자와 단단은 군사를 일으켜서 누우만 왕과 샤르칸 태수의 복수를 위해 로움 국으로 원정을 떠났다. 그러나 이들은 불행하게도 그리스의 루무잔 왕의 포로가 되고 말았다.

루무잔 왕은 포로가 된 칸 마칸 왕자 일행을 불러 식사를 대접했다. 죽음을 각오하던 차에 융숭한 대접을 받으니 어안이 벙벙했다. 배불리 먹고 기운을 회복하고 나니 루무잔 왕이 재상 단단에게 자신의 꿈 해몽을 부탁하는 것이 아닌가.

"캄캄한 우물 같은 굴속에 갇혀 시달림을 받는 꿈을 꾸었소. 뛰쳐나오려고 아무리 기를 써도 굴속에서 나올 수가 없었소. 마침 발밑을 보니 황금 띠 두 개가 눈에 띄었소. 그래서 허리에 둘렀는데 세상에, 두 개가 하나로 되어버린 것이오. 세상에 이런 일이 어디 있겠소?"

재상 단단은 이렇게 해몽해주었다.

"임금님께는 자신도 모르는 형제나 조카 같은 가까운 핏줄이 있다는 징조입니다. 더구나 그분은 임금의 일족 가운데 가장 고귀한 분이십니다."

루무잔 왕은 칸 마칸 왕자, 누자르 알 자만 왕비, 쿠지아 파칸 공주, 단단과 그 밖의 포로 일행을 찬찬히 훑어보았다.

"지금 이자들을 모두 죽이면 적은 수뇌부를 잃게 되어 사기가 꺾일게 틀림없다. 그러면 나도 당장 귀국할 수 있으니 왕위를 남에게 뺏길 염려도 없을 것이다."

왕은 망나니를 불러 우선 칸 마칸 왕자의 목부터 치라고 명령했다. 그때 루무잔 왕의 유모가 앞으로 뛰어나와 안 된다고 소리쳤다. 유모는 왕에게 다가가 프랑크어로 말했다.

"어찌하여 전하의 조카와 누이동생과 그 딸을 죽이려 하십니까?"

유모는 다름 아닌 아브리자 공주의 시녀 마르자나였다. 루무잔 왕은 누우만 왕과 아브리자 공주 사이에서 태어난 아들로서, 알 자만 왕비와는 남매지간이고, 칸 마칸 왕자와 쿠지아 파칸 공주와는 삼촌과 조카 사이였다. 그동안 하루두브 왕의 분부로 루무잔 왕의 탄생에 얽힌 비밀을 함구하고 있던 마르자나는 루무잔 왕에게 모든 비밀을 실토하기에 이르렀다.

루무잔 왕의 목에 걸린 보석(아브리자 공주가 남긴 보석)과 알 자만 왕비가 쿠지아 파칸의 목에 걸어준 보석, 그리고 칸 마칸 왕자의 목에 걸린 보석 세 개가 같은 한 쌍임을 확인한 세 사람은 일행과 더불어 얼싸안고 폭포 같은 눈물을 쏟았다.

혈육을 찾은 루무잔 왕의 기쁨은 온 백성에게까지 알려져 모두가 자기 일인 듯 환호하며 큰 잔치를 베풀었다. 이렇듯 그리스군 진영에서 기쁨의 함성이 들려오자, 이라크군은 무슨 일인가 하여 사막의 싸움터로 달려왔다. 쿠지아 파칸 공주는 과거 화부였던 시리아의 다마스쿠스 지부르 한 태수에게 달려가 자초지종을 알려주었고, 지부르 한도 한달음에 달려와 더불어 기쁨을 나누었다.

숙부 루무잔 왕과 칸 마칸 왕자 일행은 바그다드로 돌아와 사산 왕을 폐하고 서로 왕위를 양보하다가, 단단의 제안으로 두 왕이 하루씩 번갈아 정사를 돌보기로 합의했다.

## 해묵은 은원 관계를 모두 청산하다

이렇게 두 왕이 아무 탈 없이 정사를 돌보며 나날을 보내던 어느 날이었다.

한 상인이 왕 앞으로 달려와 도둑들에게 빼앗긴 물건과 돈을 찾아달라고 호소했다. 이 상인은 다름 아닌 누자르 알 자만 왕비를 악당 노인에게서 구해 샤르칸 태수에게 바친 그 상인이었다. 두 왕은 상인의 은혜를 기억하고, 도둑 토벌의 길에 나서 300여 명의 도둑을 모조리 체포하고 잃어버린 물건을 되찾아주었다. 알 자만 왕비는 상인에게 후한 선물을 내리고 옛날 그가 베푼 은혜에 보답하였다.

체포한 도둑 떼 두목 세 명을 취조하다 보니, 그 가운데 하나가 참으로 희한한 도둑질 이야기를 들려주었다. 알고 보니 예루살렘에서 알 자만 왕비를 납치해 온갖 욕설과 매질을 가하고 상인에게 노예로 판 바로 그 바다위인 도둑 하맛드였다.

알 자만 왕비는 옛날 일을 생각하며 치를 떨었다. 왕비는 당장 칼을 뽑아들고 목을 베려고 달려들었다.

하맛드는 목숨을 구걸하며 이 세상에서 가장 희한한 이야기를 들려주겠다고 매달렸다.

얼마 전 일이다. 우리 도둑 일행이 사냥을 나갔다가 타조를 쫓던 중에 그만 사막에서 길을 잃었다. 그때 멀리 초원이 보이고 곧이어 천막이 나타났다. 천막 안에는 초승달처럼 잘생기고 늠름한 젊은이와 버들가지처럼 허리가 날씬한 처녀가 앉아 있었다. 둘은 남매였다. 도둑 일행이 누이동생을 달라고 조르니 젊은이는 결투를 해 결정하자고 제안했다. 젊은이가 이기면 도둑 일행을 모조리 죽일 것이고, 지면 누이동생을 주겠다는 조건이었다.

도둑들은 일대일로 나아가 젊은이와 겨루었으나 차례로 젊은이의 창에 찔려 죽고 말았다. 나는 겁에 질렸다. 나가서 싸워봤자 죽을 것이고 도망치면 수치가 될 것이고…. 그래서 우물쭈물하고 있는데, 젊은이는 생각할 틈도 없이 나를 말 위에서 끌어내려 내동댕이치고는 칼을 들어 목을 치려고 했다. 나는 젊은이의 옷자락에 매달려 살려달라고 빌었다. 젊은이는 나를 용서하였을 뿐 아니라 절대 배신하지 않겠다는 맹세를 수없이 되풀이하게 한 다음, 비단옷을 입히고 사흘 동안이나 음식과 술을 대접하였다.

사흘 뒤 젊은이는 목숨을 맡기고 잠을 자겠다며 칼을 베개 삼아 누워 잠이 들었다. 나는 젊은이의 베개 밑에서 칼을 뽑아들고 단번에 젊은이의 목을 베었다. 이를 본 누이동생은 울부짖었다.

"오, 저주받을 놈! 어찌하여 오라버니를 속여서 죽였느냐? 식량이며 온갖 선물을 주어 너를 고향으로 돌려보내 주려 한 오라버니가 아니었더냐? 다음 달 초순에는 나와 결혼까지 시켜주려 한다고 하지 않았더냐?"

누이동생은 나를 저주하며 울부짖더니, 밖으로 뛰쳐나가 가슴에 숨겨두었던 단도를 꺼냈다. 그리고 자루를 땅에 박더니 칼끝을 가슴에 대고 그 위에 푹 엎어져 자결하고 말았다. 나는 천막 안을 뒤져 값비싼 물건을 모조리 긁어모아 가지고 그곳을 도망쳐 나왔다. 시체를 처리할 겨를도 없이 내버리고 도망친 것이다. 이 이야기는 예루살렘에서 유괴한 노예 계집 이야기보다 훨씬 희한하다.

하맛드가 인면수심의 만행을 자랑하며 웃자 누자르 알 자만 왕비는 눈앞이 캄캄했다. 왕비는 자리에서 벌떡 일어나더니 번개처럼 칼을 뽑아들고 하맛드의 목을 단칼에 찔러버렸다. 목을 꿰뚫은 칼끝은 단숨에 도둑의 숨통을 끊어놓고 말았다.

"내 손으로 원수를 갚게 해주신 알라께 영광 있어라."

왕비는 소리치며 시체를 끌어내 개들에게 던져주라고 명령했다.

도둑 두목 세 명 가운데 흑인을 취조하던 중 뜻밖의 사실이 밝혀졌다. 그의 이름은 알 가즈반으로, 그리스 하루두브 왕의 딸 아브리자 공주를 죽인 바로 그 검둥이 노예였다. 루무잔 왕은 알라를 소리쳐 불렀다.

"내게 장수를 허락한 알라께 영광 있어라!"

그리고 언월도를 뽑아 단숨에 놈의 목을 쳐 어머니 아브리자 공주의 원수를 갚았다.

이제 도둑 두목 가운데 한 명만 남았다. 알고 보니 그는 자우 알 마칸 왕자가 예루살렘에서 병들어 쓰러져 있을 때, 시장 상인들이 병든 왕자를 시리아의 다마스쿠스 병원으로 데려다 입원시키라며 돈까지 주어 당부했던 그 낙타 몰이꾼이었다. 그는 상인들의 온정을 저버리고 병자를 목욕탕 옆 잿더미 위에다 버리고 간 파렴치한이었다.

칸 마칸 왕자는 도둑의 이야기를 듣자마자 그의 목을 단칼에 쳐버렸다.

## 자르 알 다와히 노파가 처형되면서 복수극이 끝나다

이제 남은 원수는 한 사람, 자르 알 다와히 노파뿐이었다. 루무잔 왕은 자기 증조할머니뻘 되는 노파 앞으로 편지를 썼다.

"저는 지금 다마스쿠스, 모스드, 이라크 등을 점령하여 이슬람교군을 격파하고 그 왕후들을 포로로 잡았습니다. 그러니 급히 아프리둔 왕의 따님인 소피아 공주와 누구든 좋으니 당신께서 좋아하시는 나사렛인 추장 하나를 데리고 이리로 왕림해주십시오. 그러나 군사를 거느리고 오실 필요는 없습니다. 이 나라는 평화롭고 완전히 저의 지배 아래 있으니까요."

노파는 루무잔 왕의 필적을 알아보고 크게 기뻐하며 곧 소피아 공주와 시종을 데리고 출발해 쉬지 않고 길을 재촉해 바그다드에 닿았다.

루무잔 왕과 칸 마칸 왕은 프랑크인 복장으로 갈아입고 노파 일행을 마중 나갔다. 루무잔 왕은 반가워하며 두 팔로 노파를 으스러져라 꽉 얼싸안았다. 그 순간 칸 마칸 왕과 재상 단단이 나타나 부하들에게 명령해 곧장 노파를 체포해 도성으로 끌고 왔다.

노파 다와히는 감옥에서 끌려나온 뒤, 머리에는 당나귀 똥칠을 한 종려 잎으로 만든 끝이 뾰족한 붉은 두건을 쓰고, 앞장선 조리꾼에게 이끌려 도성 안을 돌았다.

"임금님과 왕자님께 무엄한 짓을 한 반역자에 대한 천벌이다!"

조리꾼은 이렇게 외치며 도성 안을 돌아다녔다. 그리고는 노파를 바그다드의 한 성문에다 못 박아 죽여버렸다. 이를 본 노파의 시종들은 바로 그날로 모두 이슬람교로 개종하고 말았다.

칸 마칸 왕자와 숙부 루무잔 왕, 백모 누자르 알 자만 왕비, 재상 단단 등은 자신들이 겪은 기구한 운명을 후세 사람들이 길이 읽도록 한 권의 책으로 쓰게 했다.

이들은 모두 현세의 기쁨을 파괴하고 현세의 모든 인연을 끊어버리는 알라의 손에 의하여 이 세상을 하직할 때까지 즐겁고 행복하게 여생을 보냈다.

이렇게 긴 이야기가 끝나자 샤흐리아르 왕은 아주 흐뭇한 낯으로 셰에라자드에게 "새에 관한 이야기가 있으면 해달라"고 청했다. 그러자 옆에서 듣고 있던 두냐자드는 "임금님이 무척 재미있어 하신 걸 보니 언니의 앞날에 희망이 보인다"며 좋아했다.

셰에라자드가 "오늘 밤부터는 여러 가지 재미난 우화를 들려드리겠습니다" 하고 말하며 돌아보니 왕은 금세 잠들어 있었다.

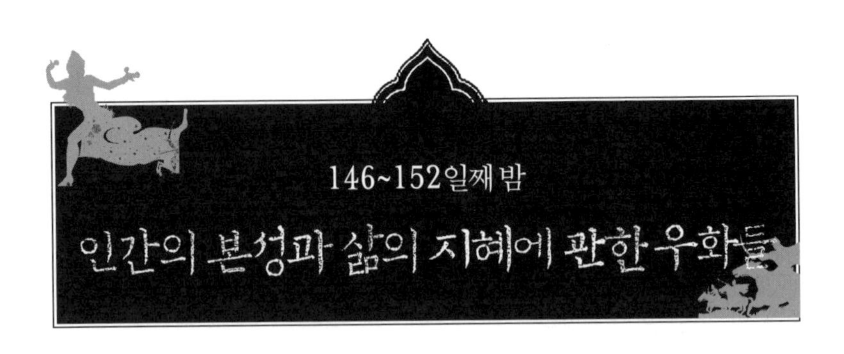

## 146~152일째 밤

# 인간의 본성과 삶의 지혜에 관한 우화들

## 짐승들과 목수

아주 먼 옛날 바닷가에 한 쌍의 공작새 부부가 살고 있었다. 부부는 사자를 비롯한 다른 짐승들이 무서워 밤에는 나무 위에서 자고 낮에만 겨우 먹이를 찾아 내려오곤 했다. 그러나 이런 생활도 더 견디지 못해 결국 그들은 샘물이 흐르고 수목이 우거진 한 섬으로 이사하게 되었다.

그 섬에서 편안한 나날을 보내고 있던 어느 날이었다.

들오리 한 마리가 잔뜩 겁을 먹고서 허둥대며 다가왔다. 들오리는 아담의 아들(인간)에게 당한 끔찍한 사건을 들려주었다.

## 들오리가 공작새 부부에게 들려주는 이야기

어느 날 꿈속에서 아담의 아들과 이 얘기 저 얘기를 하고 있는데, 어디선가 아담의 아들을 조심하라는 목소리가 들려왔다. "인간이란 놈은 교활하고 간사하기 때문에 언제 어디서 그의 꾀수나 감언이설에 속아 넘어갈지 모른다. 그들은 물고기를 속여 낚아채고, 화살로 새를 쏘아 떨어뜨리고, 코끼리까지 속여 함정에 빠뜨리는 자들이니 각별히 조심하라"는 경계의 목소리였다.

나는 깜짝 놀라 잠이 깼다. 그 뒤부터는 늘 불안과 걱정으로 좌불안석하게 되었다. 인간의 나쁜 꾀에 빠지지나 않을까 혹은 덫에 걸리지나 않나 무서워서 견딜 수가 없었다. 마음이 울적해진 나는 어느 날 저녁 기분 전환도 할 겸 산책을 나갔다.

마침 동굴 입구에 앉아 있던 새끼 사자가 나를 불렀다. 그 역시 아버지 사자로부터 항상 인간을 조심하라는 주의를 들었는데 바로 오늘 밤 꿈속에서 인간의 모습이 보여 기분이 좋지 않다고 했다. 나는 연신 새끼 사자에게 용기를 북돋우며 격려해주었다.

"사자님, 백수의 대왕이신 당신마저 인간을 무서워하면 되나요? 나는 당신 외에는 믿을 게 없어요. 아담의 아들을 만나면 죽여주실 거죠? 난 인간을 생각만 해도 무서워서 소름이 끼쳐요."

내 말에 용기백배한 새끼 사자는 벌떡 일어나 달렸다. 나도 그 뒤를 따랐다.

갈림길에 왔을 때였다. 자욱한 먼지가 떠올랐다가 사라지면서 당나귀 한 마리가 전속력으로 달려왔다. 인간에게서 도망쳐 오는 길이라 했다. 등에는 늘 인간을 태우고 달리면서도 온갖 욕설을 듣고 매질을 당하다가, 늙어서 달리지 못하게 되면 또 물장수에게 팔려가 무거운 물을 운반하느라 죽도록 고생을 해야 하는 자신의 운명을 탄식하면서, 당나귀는 인간의 손이 미치지 않는 아주 먼 곳으로 도망쳐버리고 싶다고 말했다.

이번엔 말이 나타났다. 그 역시 죽어라 달리며 울고 있었다. 인간이란 작자는 족쇄를 채우고 밧줄로 묶고, 높다란 못에 고삐를 매어 앉지도 눕지도 못하게 할 뿐 아니라, 발에는 편자를 붙이고, 등에는 안장을 얹고, 입에는 재갈을 물리고, 고삐를 쥐고 피가 날 때까지 내리치고, 옆구리를 발로 걷어차면서 이리저리 타고 다니다가 늙어서 기운이 없어지면 방앗간에 팔아버린다며 울먹였다. 거기서 죽도록 맷돌을 돌리다 보면 결국 도살업자에게 팔려가 가죽은 벗겨지고 기름은 녹여 초로 만들어지는 것이 말의 신세라며 한숨을 쉬었다. 그래서 말 역시 인간이 무서워서 하루도 더 견딜 수 없어 도망치는 길이라고 했다.

이번엔 낙타가 미친 듯이 달려왔다. 낙타 역시 인간이 무서워 도망치는 길이었다. 인간은 산양털을 꼬아 만든 밧줄을 코에 처박고, 이리저리 끌고 다니며 밤낮없이 무거운 짐을 지우고 장거리 여행을 다니다가 늙으면 도살장에 데리고 가 죽여 고기로 잘라 팔았다며, 인간의 악랄한 처사를 비난했다.

낙타를 비롯해 당나귀와 말은 인간에게 쫓기는 몸이라 한시바삐 그 자리를 벗어나려 했다. 새끼 사자는 그깟 작은 인간 하나 때문에 호들갑이냐며 콧방귀를 뀌었다. 인간을 갈기갈기 찢어발기는 걸 보여주고 그 뼈를 물어뜯고 그 피를 빨아 먹고 살은 너희들에게 주겠다며 큰소리쳤다.

"글쎄요, 사자님. 아담의 아들놈이 얼마나 지능적이고 교활한지 모르시는군요. 괜히 그러다간 되레 당할지도 모릅니다."

낙타는 포악무도한 폭군 밑에서 백성이 할 수 있는 건 나라를 떠나는 길뿐이라고 노래했다. 인간에게서 도망치는 방법 외에는 다른 길이 없음을 강조한 것이다.

이때 키가 작고 손발이 마른 노인 하나가 나타났다. 어깨엔 목수 연장을 넣은 궤짝을 짊어지고 머리에는 나뭇가지와 판자를 이고 있었다. 노인은 새끼 사자 앞에 넙죽 엎드려 절하고, 한껏 사자를 치켜세우며 찬사를 쏟아낸 다음 울면서 탄식과 불평을 늘어놓았다.

"세상의 위험에서 나를 지켜주시는 임금님, 힘도 뛰어난 임금님, 제발 알라께서 그대의 저녁에 축복을 주시고 그대의 힘과 용기를 더해주실 것을! 나를 괴롭힌 자, 내게 고통을 준 자로부터 나를 건져주옵소서."

새끼 사자는 으쓱하며 걱정과 근심을 없애주겠노라 큰소리쳤다.

"백수의 임금님, 저는 목수입니다. 저를 괴롭힌 자는 실은 아담의 아들로서 내일 아침이 밝으면 여기 나타나게 될 것입니다."

새끼 사자는 아침까지 자지 않고 밤새 기다렸다가 인간이 나타나면 잡아먹으리라 작정했다. 사자는 목수와 함께 산길을 동행했다.

목수는 사자 왕의 대신인 산고양이의 집을 지어주러 가는 길이라고 말했다. 집에 살면 인간의 침입을 막을 수 있고 인간으로부터 위험을 모면할 수 있다고 말했다. 그 말에 솔깃한 새끼 사자는 산고양이 집보다 먼저 자기 집을 지어달라고 위협했다.

목수는 할 수 없이 새끼 사자의 집을 짓기 시작했다. 판자를 못으로 박아 상자 모양의 집에 커다란 출입구 구멍을 뚫고는 거기에 큰 문을 단 다음 공기가 통하도록 구멍을 많이 뚫어놓았다. 그리곤 새끼 사자더러 몸에 맞는지 봐야겠으니 한번 들어가 보라고 했다. 사자가 엉금엉금 상자 안으로 기어 들어가 쭈그리고 앉자 목수는 사자 꼬리를 상자 안으로 집어넣고선 쾅당 하고 문을 닫고 못을 쳐 버렸다.

사자가 문을 열라고 소리치자 목수는 껄껄 웃으며 어리석은 사자를 실컷 비웃었다. 사자는 그때서야 아버지가 그렇게 귀가 닳도록 조심하라던 그 인간이 바로 목수임을 깨달았다. 그러나 이미 때는 늦었다. 목수는 상자 옆에 구덩이를 파고 상자를 그 안에 처넣었다. 그리곤 그 위에 마른 장작을 잔뜩 쌓아놓고 새끼 사자를 태워 죽였다.

이 광경을 목격한 나는 인간이 무서워 벌벌 떨면서 이틀 내내 정신없이 도망치고 말았다.

공작새 부부는 떨고 있는 들오리를 위로하고 친구로 사이좋게 지켜주겠다고 안심시켰다. 때마침 나타난 영양 한 마리도 함께 변치 않는 우정을 약속하고, 사이좋게 어울려 살았다.

그러던 어느 날이었다. 풍랑으로 길을 잃은 배 한 척이 섬에 표류해 왔다. 선원들은 섬 여기저기를 뒤지며 먹을 것을 찾아다녔다. 공작새는 물속으로 뛰어들었다가 공중으로 날아올랐고, 영양은 사막 쪽으로 달아났다. 하지만 들오리는 너무 무서워 벌벌 떨며 꼼짝도 못하고 있다가 그만 붙잡히고 말았다.

그렇게 조심했건만 불행이란 뜻하지 않는 순간에 엄습하여 운명을 옭아맸다. 영양은 들오리가 죽은 건 인간 탓이니 모쪼록 인간을 조심하자고 말했다. 그러나 공작새의 생각은 달랐다. 들오리는 "스판 알라!"(신에게 영광 있으라)를 외지 않았기 때문에 목숨을 잃었다고 여겼다. 이후 공작새와 영양은 열심히 알라를 칭송하는 송사를 외었다.

## 은자와 짐승들

산속에 몸을 숨기고 오직 신을 경배하며 살아가는 한 은자가 있었다. 그에겐 시중을 드는 비둘기 한 마리가 있었다. 은자는 항상 먹을 것을 비둘기와 반씩 나누어 먹었다. 이렇게 성자와 사이좋게 지내며 알라를 칭송한 덕분에 비둘기는 번식하여 수가 늘었다. 그러나 성자가 세상을 떠나자 비둘기들도 뿔뿔이 헤어져 날아가 버렸다.

또 이런 이야기도 있다.

어느 산에 신앙심 깊은 양치기가 살고 있었다. 오직 신앙의 행복에 젖어 산속에서 한가로이 근심 걱정 없이 살아가던 양치기는 중병에 걸리자 동굴로 들어갔다. 그래서 양들은 아침이 되면 초원으로 나갔다가 저녁이면 동굴로 돌아오곤 했다.

알라는 양치기의 신앙심과 인내력을 시험하고자 한 천사를 미녀로 변장하여 내려보냈다. 그러나 미녀가 아무리 미색과 교태, 교언으로 유혹해도 양치기는 흔들리지 않고 알라의 이름을 외며 신앙심을 굳건히 지켰다.

그런데 양치기가 사는 산 근처에 신앙심 좋은 한 은자가 살고 있었다. 어느 날 꿈속에서 계시가 들려왔다. 어느 산에 가면 양치기 은자가 있을 테니 그를 돌보라는 목소리였다.

은자는 양치기를 찾아 길을 나섰다. 가는 도중 날씨가 하도 무더워 그는 나무 그늘 아래서 샘물을 마시고 휴식을 취하고 있었다. 그때 산짐승들이 물을 마시러 왔다가 은자를 보고 도망쳤다. 은자는 자신을 책망했다. 산짐승들이 자신 때문에 물을 마시지 못했으니, 자신이 그들을 쫓아버린 거나 마찬가지라고 생각한 것이다. 은자는 자신이 산짐승에게 몹쓸 짓을 했다고 후회하며 얼른 그 자리를 떴다.

얼마 후 은자는 양치기의 동굴에 도착했다. 양치기는 말동무가 생긴 걸 기뻐하며 기꺼이 맞아들였다. 이렇게 두 사람은 산속에서 알라를 찬미하며 평화로운 나날을 보냈다.

## 물새와 거북

물새 한 마리가 강 한가운데 있는 바위에 내려앉았다. 그런데 별안간 저만치에 사람의 시체 하나가 떠내려 왔다. 다가가보니 퉁퉁 부은 시체의 온몸에 여기저기 창과 칼 자국이 무수히 남아 있었다. 물새는 속으로 이렇게 생각했다.

'아마도 죽은 자는 분명히 악당이었을 것이다. 그래서 모두가 달려들어 죽인 모양이다. 악당이 죽었으니 모두들 한시름 놓았겠구나.'

이렇게 물새는 마음속으로 혼자 생각하며 엉뚱한 공상에 빠졌다. 물새가 막 시체를 먹으려는 찰나, 사방에서 독수리와 솔개 들이 시체 위로 날아들었다. 물새는 겁이 나서 그 자리를 피하고 말았다.

이윽고 한가운데 나무 한 그루가 서 있는 개울에 이르자 물새는 나뭇가지에 앉아 먹이를 뺏긴 울적한 마음을 달래고 있었다. 그때 거북이 나타났다. 맹금에게 쫓겨 눈앞의 먹이도 못 먹고 도망쳐왔다는 물새의 푸념에 거북은 친구가 되어줄 테니 슬프고 괴로워도 참고 인내하며, 특히 너무 비관하지 말라고 위로해주었다.

얼마 후 물새는 시체가 있던 그 장소로 돌아가 보았다. 맹금도 사라지고 두려워할 것이 없었다. 그래서 물새와 거북은 그곳에 정착하여 평온한 나날을 즐겼다.

그러던 어느 날 갑자기 굶주린 독수리 한 마리가 날아와 물새 배를 손톱으로 할퀴어 죽이고 말았다. 평소 몸조심에 온 신경을 쓴 보람도 없이 비운의 최후를 맞이한 것이다. 이 모든 불운은 신을 찬미하는 일에 소홀했기 때문이었다.

"우리 주를 찬미할 지어다! 신은 명령하고 정해주시는 분이기 때문이니라. 우리 주를 찬미할 지어다! 신은 부와 가난을 주시기 때문이니라!"

## 늑대와 여우

옛날에 여우와 늑대가 한 동굴에서 살고 있었다. 늑대가 하도 여우를 괴롭히고 능멸하자, 어느 날 여우는 늑대에게 좀 더 다정하게 대해 달라고 사정했다. 늑대는 화를 벌컥 내더니 여우를 후려갈겼다. "절대로 악인에게 충고하지 마라, 보답이란 복수뿐이니까" 하는 속담 그대로였다. 여우는 기절해 쓰러졌으나 곧 깨어나 웃고는 건방지게 말했다며 사과했다. 이렇게 겉으로는 늑대를 무서워하는 척 아첨을 늘어놓고 딴청을 피우면서 여우는 실상 마음속으로는 어떻게 해서든지 한번 늑대를 단단히 골려주리라 다짐했다.

"오만 방자한 자는 비난을 받게 되고, 무지한 자는 후회하게 되는 법이며, 겁내는 자에겐 평안이 깃든다. 절도節度는 귀인의 특색이며, 예의 바른 행동이야말로 최대의 이득이니라."

여우는 이 경구를 늘 외고 또 외었다.

어느 날 포도밭에 가보니 울타리 한 군데가 헐려 있었다. 여우는 반신반의하며 조심조심 다가갔다. 울타리를 일부러 헐어놓은 걸 보면 근처에 분명 함정이 있을 것이라고 짐작했다. "아무리 군침이 돌아도 허욕으로 패가망신하는 잘못을 범해선 안 된다"는 격언을 떠올리며 여우는 조심조심 주위를 살폈다.

아니나 다를까, 포도원 주인이 포도를 훔쳐 먹는 들짐승을 잡으려고 파놓은 깊은 함정이 멍석과 쓰레기에 덮여 있었다. 여우는 이 함정에 늑대가 빠지면 얼마나 좋을까 생각했다.

여우는 곧장 늑대에게 달려갔다. 포도밭 주인이 이리에게 갈기갈기 찢겨 죽어 있고 포도밭엔 잘 익은 포도가 주렁주렁 달려 있으니, 빨리 가서 아무 걱정 없이 배가 터지게 포도를 먹자고 꾀었다. 늑대는 욕심에 눈이 어두워 단숨에 포도밭으로 달려갔다. 울타리 사이에 헐린 틈이 있으니 그리로 들어가면 된다는 여우의 말만 믿고 늑대는 아무 의심 없이 울타리 사이로 뛰어갔다. 그리고 결국 꽈당, 하고 함정에 굴러떨어지고 말았다.

여우는 고소해하며 깔깔 웃었다. 늑대가 구해달라고 애걸복걸하며 매달릴수록 여우는 그동안 늑대에게 당한 모욕에 대해 실컷 분풀이를 하고, 온갖 구박을 받은 설움을 토로하면서 늑대를 마음껏 경멸했다. 그리고 이런 이야기를 들려주었다.

### 송골매와 자고새 이야기

송골매가 자고새를 잡아먹으려고 쫓아갔다. 자고새는 푸른 둥우리 속으로 들어가 한참이 지나도 나오지 않았다. 송골매는 자고새를 꾀어 밖으로 나오게 할 양으로 꾀를 냈다. 굶주려 있을 걸 생각하니 하도 불쌍해서 쌀 낟알을 가지고 왔다고 속였다. 자고새는 송골매의 말을 곧이듣고 둥우리에서 나왔다. 때를 놓치지 않고 송골매는 날카로운 발톱으로 자고새를 낚아챘다. 자고새는 울며 부르짖었다.

"제발 알라여, 내 살이 이놈 밥통 속에서 목숨을 뺏을 돌이 되도록 해주옵소서!"

송골매는 단숨에 자고새를 먹어치웠다. 그 순간 송골매는 털이 빠지고 그 자리에 쭉 뻗더니 숨이 끊어지고 말았다.

남의 무덤을 파는 놈은 언젠가는 자기도 무덤에 빠지게 되는 법이다. 여우는 교묘하고 악랄한 수단으로 자기를 괴롭힌 늑대에게 욕설을 퍼부었다. 늑대는 절박한 심정으로 살려달라고 호소도 해보고 구슬려도 봤지만 허사였다. 비로소 늑대는 여우의 동정을 얻기란 글렀다는 걸 깨달았다.

마침내 늑대는 울면서 탄식했다. 알라의 도움으로 이 재액에서 벗어날 수 있다면 반드시 회개하여 앞으로는 약한 자들에게 건방진 행위를 절대로 안 하겠다고 맹세했다. 늑대의 겸손한 말과 지난 과거의 오만 방자한 행동을 회개하는 참회의 고백을 듣자 마침내 여우는 마음이 풀어져 늑대를 측은히 여기게 되었다.

그리하여 여우는 함정 가장자리로 접근하여 뒷다리로 버티고 서서 꼬리를 함정 안으로 쑥 늘어뜨렸다. 늑대는 재빨리 앞다리를 쭉 뻗쳐서 여우의 꼬리를 잡아챘다. 그 바람에 여우도 그만 함정 안으로 곤두박질치고 말았다.

같은 죽음이라도 동반자가 있으면 근사한 법이다.

늑대는 죽기 전에 먼저 여우의 목숨부터 뺏고 말리라 작정하고 여우에게 달려들었다. 여우는 "늑대 님이 저를 죽여봤자 아무 이득이 없으니 우선 둘이서 힘을 모아 이 함정에서 빠져나갈 길을 찾자"며 구슬렸다. 늑대도 고개를 끄덕이며, 함정에서 빠져나간 다음에 여우를 죽여도 늦지 않다고 내심 생각하였다. 여우는 "늑대 님이 저를 목말 태운 다음, 몸을 꼿꼿이 펴서 지면과 수평이 될 정도로 올려주시면 제가 먼저 밖으로 나간 뒤에 늑대 님이 올라올 수 있도록 막대기를 내려 받쳐드리겠다"며 그럴듯한 제안을 했다.

하지만 늑대는 여우의 말을 믿을 수가 없다고 했다. 그러자 여우는 "제가 꼬리를 내려 늑대 님을 구해드리려 한 사실을 금세 잊었느냐"며 자기의 진심을 의심하는 늑대를 은근히 나무랐다. 늑대는 속으로 여우의 말이 사실이라면 여우가 저지른 죄과도 피장파장이 될 테고, 만약 여우의 말이 거짓이라면 알라께서 천벌을 주실 거라고 생각했다. 늑대는 속는 셈치고 여우의 제안을 받아들이기로 하고, 여우를 목말 태워 지면 가까이까지 올려주었다. 여우는 땅 위로 가볍게 깡충 뛰어올랐다.

무사히 함정에서 빠져나온 여우는 실신한 듯 그 자리에 쓰러졌다. 늑대는 빨리 꺼내달라고 간청했다. 여우는 크게 웃었다. 늑대의 어리석음을 실컷 비웃는 웃음이었다. 그러고는 뱀 이야기를 들려주었다.

### 은혜를 베푼 뱀에게 오히려 물려 죽은 사내 이야기

땅꾼에게서 도망친 뱀이 한 사내에게 달려와 매달렸다.

"저를 숨겨주시면 톡톡히 사례하고 그 호의에 반드시 보답하겠습니다."

그러자 사내는 사례금도 받고 싶고 알라의 칭찬도 받고 싶었던지라 뱀을 가슴 주머니에 감춰주었다. 땅꾼이 그들을 지나쳐 멀리 사라지자 사내는 뱀에게 사례하라고 말했다. 그러자 이제 무서울 게 없는 뱀은 전혀 딴소리를 했다.

"내 독이빨로 어디를 물어줄까? 손? 아니면 불알? 난 사례의 정도를 벗어나는 그런 짓은 안 해."

그러면서 뱀은 사례의 대가로 순식간에 사내를 깨물었고, 사내는 그 자리에서 즉사하고 말았다.

여우는 늑대를 이야기 속의 뱀에 빗대면서 비난하고 한껏 조롱했다. 그리고 늑대가 어떤 최후를 맞게 될지 똑똑히 보여주겠다며 단호하게 소리쳤다.

여우는 포도밭이 내려다보이는 언덕으로 올라가 큰 소리로 포도밭 주인을 불렀다. 계속 시끄럽게 외치자 주인은 잠에서 깨어나 여우를 발견하고는 황급히 그 뒤를 뒤쫓았다. 여우는 주인을 함정 가까이 유인한 뒤, 다른 방향으로 도망쳐버렸다.

주인이 함정을 들여다보니 늑대가 빠져 있었다. 주인은 무거운 돌을 들어 함정 속으로 마구 던지고, 창으로 쑤시고, 칼로 찔러 마침내 늑대를 죽이고 말았다.

여우는 포도밭을 독차지하고는 한가롭게 여생을 살았다.

## 생쥐와 족제비

옛날 한 가난한 농가에 생쥐와 족제비가 살고 있었다.

어느 날 농부가 병이 들어 병원에 갔더니 의사가 껍질을 벗긴 깨를 먹으면 낫는다고 처방해주었다. 농부는 이웃에게 깨를 꿔갖고 와 아내에게 껍질을 벗기라고 시켰다. 아내는 깨를 물에 담갔다가 껍질을 벗긴 후 알맹이를 말리려고 앞마당에 널었다.

깨를 보자 족제비는 입맛이 당겼다. 그래서 깨알을 하나하나 자기 굴로 옮겼다. 하루 종일 부지런히 날라 거의 다 나르게 될 무렵이었다. 깨가 없어진 걸 눈치 챈 농부의 아내는 훔친 놈을 붙잡아 혼을 내리라 작정하고 눈을 부릅뜨고 철통같이 감시하기 시작했다.

"사태의 진전에 관심이 없는 자에게 운명의 신은 편들지 않은 법, 내가 선행을 보여주면 내가 결백하다는 것이 증명되어 이제까지 저지른 나의 악행도 무마될 것이다."

족제비는 이와 같은 격언을 떠올리며, 자기 굴에서 다시 깨알을 가져다 제자리에 되돌려놓기 시작했다. 족제비의 행동을 가만히 눈여겨보던 농부의 아내는 족제비가 어느 짐승이 훔쳐간 깨를 찾아 앞마당으로 날라주는 것으로 생각했다. 깨를 훔친 건 족제비의 소행이 아니라고 믿은 것이다.

족제비는 꾀를 내 생쥐를 찾아갔다.

"주인이 깨를 가져와서 모두들 실컷 먹었어. 그런데도 아직 많이 남아 있다네. 자네만 빠졌기에 알려주는 거야."

생쥐는 사태가 어떻게 돌아가는지도 모른 채 그저 하얗게 빛나는 맛있는 깨를 먹고 싶은 일념으로 깨가 널린 멍석에 달려들어 휘저으며 먹기 시작했다. 이 꼴을 본 농부의 아내는 작대기로 생쥐를 후려쳐 때려죽이고 말았다.

생쥐가 목숨을 잃은 것은 과욕을 부렸기 때문이다. 또한 사태의 진전을 살피지도 않고 저돌적으로 달려들었기 때문이다.

## 고양이와 까마귀

옛날에 까마귀와 고양이가 사이좋게 살고 있었다. 어느 날 표범 한 마리가 소리도 없이 다가왔다. 까마귀는 곧장 날아 나무 꼭대기로 피신했으나 고양이는 어쩔 줄을 몰라 쩔쩔매면서 까마귀에게 구해달라고 애원하였다. 까마귀는 친구를 구하기 위해 양치기들이 있는 곳으로 달려갔다. 양치기들은 개들을 데리고 있었기 때문이다.

까마귀는 땅에 닿을까 말까 할 정도로 낮게 내려왔다가는 다시 떠오르는 식으로 개들을 자극하여 유인했다. 까마귀의 행동이 이상하다고 여긴 양치기들도 개들의 뒤를 따라갔다. 개들은 까마귀가 교묘하게 자신들을 놀리는 것에 약이 올라 까마귀를 붙잡아 갈기갈기 찢어야겠다는 일념으로 계속 까마귀를 쫓아갔다. 까마귀는 붙잡히지 않을 정도의 거리를 유지하며 개들을 표범이 있는 곳까지 유인해냈다. 표범을 보자 개들은 미친 듯이 달려들었고, 표범은 놀라 도망쳐버렸다. 이렇게 하여 표범에게 잡혀 먹힐 뻔한 고양이는 까마귀 친구의 도움으로 목숨을 구할 수 있었다.

## 여우와 까마귀

여우 한 마리가 산속 동굴에서 살고 있었다. 어미 여우는 새끼가 크게 자라면 새끼를 잡아먹는 습관이 있었다. 새끼 여우가 자손을 퍼뜨리면 결국 자기가 굶어 죽게 되기 때문이다. 하지만 자기 자식을 잡아먹는 건 어버이로서 견딜 수 없는 일이었다.

한편 산꼭대기에는 까마귀가 살고 있었다. 여우는 까마귀와 친해지면 혹시 매일 끼니 정도는 해결될지 모른다는 기대를 하고 까마귀에게 접근하였다.

"이웃사촌이라는데, 앞으로 서로 친하게 지냅시다. 어때요?"

까마귀는 아무래도 여우가 의심쩍었다.

"진실이 깃들인 얘기가 가장 훌륭한 얘기지요. 그런데 당신은 어째 마음에도 없는 소리를 하고 있는 것 같군요. 당신이 말하는 우정이란 것이 그저 입에만 발린 허세이고, 마음속엔 적의가 숨어 있는 게 아닌가 싶어요. 당신은 먹는 쪽이고 나는 먹히는 쪽이니 말입니다. 따로따로 사는 편이 서로 교제하는 것보다 더 나을 것 같네요. 아무 이득도 안 되는 걸 요구하고, 될 것 같지도 않은 것을 바라면서 형제의 연분을 맺자는 건 당치도 않지요."

까마귀가 거절하자 여우는 오히려 까마귀의 신중함을 칭찬했다.

"훌륭한 물건의 본질을 알고 있는 사람은 물건을 선택할 때도 더 좋은 물건을 고를 줄 안다고 하던데, 지당한 말씀이오. 그렇게 되면 가족 전체가 덕을 보게 될 테니까요. 내가 사이좋게 지내자는 건 서로 돕고 싶어서랍니다. 진정한 우정의 아름다움에 대한 이야기를 하나 들려줄까요?"

여우는 우정과 보은에 관한 이야기를 시작했다.

## 벼룩과 생쥐 이야기

어느 부자 상인 집에 생쥐 한 마리가 살고 있었다. 어느 날 밤, 벼룩 한 마리가 상인의 잠자리로 기어들어가 피를 빨아먹었다. 따끔하고 가려운 통증에 잠이 깬 상인은 노예와 하인을 불렀다. 주인의 명에 따라 노예와 하인은 벼룩을 찾기 시작했다.

벼룩은 도망치다가 얼른 생쥐 구멍으로 들어갔다. 그리고 생쥐에게 잠시 숨겨달라고 부탁했다. 양식도 풍부한 터라 생쥐는 허락하고 벼룩을 안심시켰다.

“진정한 애정에는 순수한 의도만 있으면 족하니 걱정하지 마라.”

그날부터 생쥐와 벼룩 사이에는 깊은 우정의 샘이 생겼다. 벼룩은 밤에는 상인의 침상으로 기어들어가 배가 터지게 피를 빨아먹고 낮이면 생쥐 굴에서 살았다.

어느 날 상인이 금화를 잔뜩 가져와 베개 밑에 놓고 잠이 들었다. 금화에 욕심이 난 생쥐는 금화를 수중에 넣을 방도를 궁리했다. 벼룩은 난색을 표했다.

“해낼 능력이 없으면 도리어 뜻하지 않은 함정에 빠져 모든 희망이 다 허사가 되고 말아요. 당신에겐 금화를 훔칠 능력이 없고 나는 금화 한 닢 들 힘도 없어요. 도대체 돈 같은 것이 무슨 소용이 있겠는가 말입니다.”

그러나 생쥐는 포기하지 않고 집요하게 벼룩을 구슬렸다.

“내가 이 집에 파놓은 출입구만도 일흔 개니 들락날락하는 데는 아무 문제가 없어. 게다가 귀중품을 보관할 견고하고 안전한 장소도 마련해놓았거든. 그러니까 네가 무슨 꾀를 써서라도 주인을 집 밖으로 유인해내기만 하면 일은 술술 잘 풀릴 거야.”

벼룩은 할 수 없이 생쥐의 말대로 주인을 자꾸 물어 귀찮게 만들었다. 성가셔진 주인은 아예 밖으로 나와 문간 앞 침상에 누워 잠을 잤고, 그동안 생쥐는 한 닢도 안 남기고 금화를 몽땅 쥐구멍 안으로 날랐다.

이야기를 마친 여우는 까마귀를 은근히 유혹하며 이렇게 덧붙였다.
“생쥐가 벼룩한테 은혜의 보답을 받았듯이, 당신도 언젠가는 내 신세를 지게 될지 모를 일이 아니겠어요?"

까마귀가 말했다.

"당신 꾀는 천하일품이군요. 하지만 잔꾀와 계략에 능한 사람은 아무리 맹세를 해도 쇠귀에 경 읽기라는 말도 있죠? 맹세를 해도 신용할 수 없는 사람은 성실이라곤 눈곱만큼도 찾을 수 없답니다. 최근에 당신이 동료를 배신했다는 소문을 들었어요. 오랫동안 한솥밥을 먹은 자도 그런 꼴을 당했는데, 하물며 전혀 종류가 다른 나 같은 것에 무슨 짓을 할지 누가 알겠어요? 뻔하죠. 나와 당신 사이를 비유하면 라가루매(수렵에 쓰는 매)와 참새 사이와 같다고나 할까요?"

까마귀는 여우에게 라가루매 이야기를 들려주었다.

## 라가루매와 참새 이야기

옛날에 동정심이라곤 눈곱만큼도 없는 잔인한 폭군 라가루매가 살고 있었다.

모든 새와 짐승은 라가루매를 무서워했지만, 이 매도 세월이 흘러감에 따라 힘이 쇠약해졌다. 그 대신 잔꾀는 점점 늘어 힘으로 먹고 살기보다 잔꾀를 부려 배를 불리며 살아가는 꼴이 되고 말았다.

까마귀는 여우에게 말했다.

"당신도 라가루매처럼 힘으로 안 되니까 잔꾀로 단단히 한몫 챙기려는 모양인데, 필경 나와 사귀려는 것도 먹을 걸 수중에 넣기 위한 속셈이겠지요. 그러나 나는 그런 얄팍한 수에 안 넘어갑니다. 알라께서는 내게, 깃에는 힘을, 마음에는 경계심을, 눈에는 날카로운 시력을 주셨습니다. 자기보다 나은 자를 흉내 내면 패가망신하기 딱 맞죠. 참새가 바로 딱 그 경우죠."

## 참새와 독수리 이야기

어느 땐가 참새는 독수리가 갓 낳은 새끼 양을 움켜쥐고 날아가는 걸 보게 되었다. 참새는 독수리를 흉내 내보겠다는 생각에 신이 나서 곧장 털이 복슬복슬한 살찐 염소 등에 앉았다. 그런데 염소는 분뇨 속에서 뒹굴며 살기 때문에 털이 솜뭉치처럼 엉켜 있었다.

이 사실을 새까맣게 모른 참새는 앉자마자 발이 털뭉치에 엉켜버려서 아무리해도 빠지지가 않았다. 참새는 깃을 팔딱거리며 날아가려고 발버둥을 쳤다. 양치기는 참새를 붙잡아 두 다리를 노끈으로 묶은 다음 아이들에게 던져주며 말했다.

"이게 바로 자기보다 나은 자를 흉내 내려다 불행한 꼴을 당한 놈의 말로다!"

이야기를 마친 까마귀는 여우에게 마지막으로 경고했다.

"당신은 참새를 닮았어요. 앞으로는 패가망신하지 않도록 자기보다 나은 자를 흉내 내는 짓을 하지 마세요."

그리고 까마귀는 뒤도 돌아보지 않고 훨훨 날아 자기 집을 향해 떠나버렸다.

## 고슴도치와 산비둘기

옛날에 고슴도치 한 마리가 대추야자 옆에 집을 짓고 살고 있었다. 그런데 대추야자 속에는 산비둘기 부부가 남부럽지 않은 유복한 생활을 하고 있었다. 고슴도치는 비둘기 때문에 나무 열매를 독차지하지 못하는 게 못마땅해 술책을 꾸미기 시작했다.

얼마 후 고슴도치는 나무뿌리에 구멍을 파고 그곳으로 이사했다. 그리고 구멍 옆에 기도소를 만들어놓고 그 안에 틀어박혀서 겉으로는 신앙심이 굳고 세상을 버린 은자인 양 행세하기 시작했다.

남편 비둘기는 고슴도치에게 이것저것 묻다가 왜 하필이면 이곳을 택했느냐고 물었다.

"길을 잃고 방황하는 자를 올바른 길로 인도하고 무지한 자를 깨우치기 위해서입니다."

고슴도치가 그럴듯하게 둘러대자 비둘기는 돈독한 신앙심에 감복하여 고슴도치에게 내세를 깨우쳐주고 올바른 길을 인도해달라고 청했다.

고슴도치는 비둘기 부부의 게으름을 질타한 다음 이렇게 충고했다.

"씨를 뿌리지 않으면 수확도 없듯이 내세에 가서 복을 받으려면 지금부터 저 세상으로 갈 준비를 해야 합니다. 그건 얼마 안 되는 양식으로 연명하는 일입니다. 우선 나무를 흔들어 열매를 떨어뜨리세요. 1년 양식은 충분히 나올 게 아닙니까. 그런 다음 나무 기둥 아래에 둥지를 치고 사세요. 길을 잃지 않도록 기도를 올리기 위해서요. 그리고 열매는 모두 당신네 집으로 옮겨 열매가 열리지 않는 계절에 대비해 저축해두세요. 만약 부족하면 단식하는 거죠 뭐."

비둘기는 고슴도치 말대로 대추야자를 열심히 흔들어 마지막 하나 남은 열매까지 떨어뜨렸다. 그 사이에 고슴도치는 신바람이 나서 열매를 모조리 자기 창고에 옮겨다 가득 채웠다.

비둘기 부부가 열매를 주우러 나무 꼭대기에서 내려와 보니 열매가 하나도 없는 게 아닌가. 식량이 하나도 없으니 앞으로 어떻게 살아야 하나, 비둘기 부부가 탄식하자 고슴도치는 알라가 구원해줄 것이니 열심히 기도만 하라고 설교했다. 비둘기 부부는 감쪽같이 속아 고슴도치가 만들어놓은 기도소 안으로 발을 들여놓았다. 그 순간 고슴도치는 태도가 돌변하여 이빨을 부득부득 갈았다. 비둘기 부부는 그때서야 고슴도치에게 속은 걸 깨달았다.

"박해받은 사람에게는 반드시 신의 구원이 있다는 걸 모르나요? 남을 함정에 빠뜨리면 오히려 두 사기꾼처럼 자신이 해를 입는 법이지요. 잔꾀와 책략은 그만두세요."

비둘기는 고슴도치에게 두 사기꾼이 남긴 교훈을 들려주었다.

## 상인과 두 사기꾼 이야기

옛날 어느 도시에 한 부호 상인이 살고 있었다. 어느 날 상인은 낙타를 준비하고 상품을 마련하여 어느 도시로 장삿길을 떠나게 되었다. 그런데 이 상인과 동행한 길동무는 다름 아닌 사기꾼들로, 그들은 이 부호 상인을 죽이고 상품을 모두 빼앗기로 모의했다. 그런데 두 사기꾼은 제각각 상인의 상품을 혼자 독차지하고 싶은 나머지 서로 죽일 잔꾀를 품었다. 둘은 서로 상대방 음식에 몰래 독약을 넣었다. 결국 두 사기꾼은 독약이 든 음식을 먹고 동시에 죽고 말았다. 두 사기꾼은 남을 속이려다 도리어 해를 입었고, 덕분에 상인은 목숨을 구했을 뿐 아니라 두 사기꾼의 상품까지 차지하게 되었다.

## 참새와 공작

먼 옛날 참새 한 마리가 살고 있었다. 무척 부지런하고 성실한 참새였다.

어느 날 새들의 회의가 열렸다. 새들의 숫자가 늘어 싸우는 일이 잦아졌으니 임금을 뽑아 분쟁을 해결하기로 했다. 공작새가 임금으로 선출되었다. 참새는 비서 겸 재상이 되었다. 그런데 어느 날 참새 재상이 지각을 했기에 공작새 임금이 그 까닭을 물었다.

"며칠 전 우리 옆집에 새 몰이꾼이 나타나 그물을 치고 낟알을 뿌려 놓고 숨어서 기다리고 있었어요. 근데 오늘 아침 불행하게도 학 부부가 그물에 걸려 비명을 지르지 않겠어요? 그 소리에 새 몰이꾼이 날쌔게 달려들더니 학 부부를 붙잡고 말았어요. 그걸 보자 너무 슬프고 무서워서 그 집에 살고 싶은 마음이 도저히 나지가 않아요."

공작새 임금은 참새 재상을 위로하고 타일렀다.

"그렇다고 집을 떠나면 되나? 운명을 피해보려고 조심해봤자 결국 소용없는 일이야, 꾹 참고 견디는 수밖에는 없어."

왕의 충고대로 참새 재상은 밤낮으로 몸조심했다.

그러던 어느 날 참새 두 마리가 땅에서 싸우는 걸 본 참새 재상은 둘을 화해시킬 작정으로 땅으로 내려갔다. 그 순간 새 몰이꾼이 던진 그물에 그만 붙들리고 말았다.

참새 재상은 그렇게 염려해온 함정에 빠진 자신의 운명을 탄식했다. 불행한 운명을 피하려고 하는 데까진 애를 써보았지만 결국 모두가 헛수고였다. 아무리 조심한다 해도 타고난 운명은 자신의 힘으로는 어쩔 수 없는 모양이었다.

그야말로 시인의 이 말은 명언이 아닐 수 없다.

"일어날지 어떨지 모르는 일은 절대로 일어나지 않지만, 꼭 일어나고야 마는 운명은 반드시 일어나는 법. 정해진 때에 어김없이. 그것도 모르고 바보는 항상 '아아 슬프다' 고 외친다."

☞ 2권으로 이어짐

# 《아라비안나이트》 사용설명서

고전을 끝까지 그러면서도 재미있게 읽는 뾰족한 수는 없을까? 누구나 한번은 이런 고민을 해봤을 것이다. 특히 《아라비안나이트》처럼 방대한 분량의 고전이라면 그 묘수를 더 갈망하기 마련이다. 필요가 발명의 어머니라 했던가? 그래서 마련한 것이 《아라비안나이트》 사용 설명서다.

《아라비안나이트》에 대한 최소한의 정보와 지식을 담은 글을 쓰고 싶었다. 그런데 들어가야 할 항목이 너무 많아 어떤 걸 넣고 빼야 할지 난감했다. 우선 기준이 필요했다. 고심 끝에 관점과 시점 가운데 시점을 택했다. '누구의 관점'이 아니라 '현재 시점'에 맞추기로 한 것이다. 결론적으로 말하면 이 사용 설명서는 《아라비안나이트》를 현대적으로 해석하는 기준이다.

## 1. 세상의 모든 이야기

|169편이 묶인 하나의 이야기|

아무리 긴 대하소설도 처음 시작이 힘들지, 일단 이야기가 본궤도에 오르면 정신없이 글에 빨려들게 된다. 읽는 속도도 빨라지고 잠시도 손에서 책을 놓을 수 없게 된다. 시간이 아까워 밥을 먹으면서도 눈은 활자를 따라가기 바쁘다. 자는 것도 잊고 밤을 새우다가 결국 책에 미쳐 열 권 스무 권을 단 며칠 만에 독파해버리기도 한다.

이런 경험이 있는 독자라면 다섯 권짜리 《아라비안나이트》쯤이야 식은 죽 먹기라고 생각할지도 모른다. 그런데 그게 아니다. 몇 번이나 책장을 덮어버리고 싶을 정도로 《아라비안나이트》는 읽기가 힘들다. 이유야 많겠지만, 그중 으뜸이라면 포개진 이야기가 너무 많다는 점이다. 중심 이야기는 하나인데 주변부 이야기가 자그마치 169편이나 된다. 《아라비안나이트》는 169편이나 되는 단편, 중편 소설을 모아 장편으로 묶은 책이라고 할 수 있다. 《아라비안나이트》 읽기를 방해하는 치명적인 걸림돌은 바로 이 '액자식' 으로 엮인 수많은 이야기가 아닐까 싶다.

|곶감 빼 먹듯 읽기|

《아라비안나이트》는 대하소설이 아니다. 고로 대하소설 읽듯 처음부터 순서대로 읽을 필요가 없다. 사전을 읽는다고 상상하면 된다. 사전을 읽듯, 이 책 역시 마음대로 필요한 것, 읽고 싶은 것부터 골라 읽어도 무방하다. 1001일이라는 날짜도 신경 쓸 필요가 없다. 1001일과 169편과는 아무 상관이 없다. 중심 스토리인 '샤흐리아르 왕과 셰

에라자드 이야기' 한 편 말고는 모두 여담일 뿐이다. 결국 지금의 목차가 재미와 감동을 극대화하는 유일무이한 것은 아니다. 사람마다 재미와 감동을 느끼는 코드가 천차만별일진대, 목차에 상관없이 자신의 취향에 따라 읽어도 아무 문제가 되지 않는다. 짧은 이야기를 먼저 읽든, 제목이 매력적인 이야기를 먼저 읽든, 곶감 빼 먹듯 골라 읽으면 된다.

셰에라자드는 샤흐리아르 왕의 살인 행각을 막고 그를 교화하기 위해 이 이야기를 시작했다. 그렇다고 권선징악적인 교훈이나 지루한 설교를 늘어놓은 건 아니다. 만약 그랬다면 왕에게 죽임을 당했을지 모른다. 그녀는 왕의 복잡하고 다양한 감성과 오감에 호소하며 진정한 감동을 주려고 노력했다. 마치 비수를 부드러운 솜으로 감싸 감추듯이, 이야기의 진짜 의도와 목적을 재미와 감동 속에 숨겼다. 진정한 교화는 자발성에서 비롯되며, 자발성은 재미와 감동 없이는 추동되지 않는다는 걸 셰에라자드는 이미 알고 있었다. 그녀는 아마추어 이야기꾼이 아니었다. 독자들은 그녀를 믿고 자신이 읽고 싶은 이야기부터 읽으면 된다.

## 2. 다중 액자의 향연

### |이야기 속에 이야기 속에 또 이야기|

앞서 언급했지만, 《아라비안나이트》는 전체가 거대한 액자로 짜여 있다. '샤흐리아르 왕과 셰에라자드 이야기'가 거대한 바깥 테두리 혹은 틀 역할을 한다면, 나머지 이야기 169편은 그 안에 들어 있는 작은 액자라고 보면 된다. 그런데 이 작은 액자 안에는 더 작은 액자들이 이중 삼중으로 포개져 있다. 즉, 이야기 속에 이야기 속에 이야기가 있다.

### |액자식 구조의 대표 이야기|

《아라비안나이트》 전체에서 가장 많은 '액자'를 가진 이야기는 〈여자의 원한과 간계〉이다(《아라비안나이트》 3권). 자그마치 스물여덟 개의 액자를 거느린 긴 이야기이다.

왕의 애첩은 왕자를 유혹하려다 실패하자, 오히려 왕자가 자신을 겁탈하려 했다고 모함한다. 애첩은 왕에게 왕자를 죽일 것을 간청하지만, 현명한 일곱 대신이 왕자를 죽이면 안 된다며 왕을 만류한다. 이때 애첩과 대신들은 자신들의 주장을 피력하는 강력한 수단으로 여러 우화와 일화를 들려준다. 일곱 대신들은 열세 가지, 애첩은 열한 가지 이야기를 쏟아낸다. 마지막에 왕자가 나타나 자신이 그동안 말하지 못한 사연을 설명하며 네 가지 우화와 일화를 들려준다. 결국 애첩을 죽이지 않고 국외로 추방하는 것으로 문제를 해결한다.

참고로 이 이야기는 중세 동서양에 걸쳐 구전으로 널리 알려진 여성의 비열한 속임수에 대한 이야기다. 이 이야기는 《아라비안나이트》뿐만 아니라 《센데바르》라는 독립된 이야기책에도 편집되어 실렸다. 이 《센데바르》 이야기는 제목을 바꿔 《일곱 현자의 이야기》(1135), 《여인의 속임수에 관한 이야기》(1253)로, 아랍어에서 에스파냐어로 번역되기도 하였다.*

* 장지연, 〈《일곱 현자 이야기》, 《센데바르》, 《신드반》 비교 연구: '새 이야기', '강아지 이야기', '검 이야기'를 중심으로〉, 《중동문제연구 제8권 1호》, 명지대학교 중동문제연구소, 2009.

### |이야기만큼 복잡하고 다양한 판본|

이야기 구조만큼 《아라비안나이트》의 판본은 복잡하고 다양하다. 한 예를 들면 이렇다. 우리나라 최초의 《아라비안나이트》 번역본인 《유옥역전》은 《아라비안나이트》의 핵심 이야기인 '샤흐리아르 왕과 셰에라자드 이야기' 하나만을 따로 독립시켜 만든 판본이다.*

《유옥역전》을 《아라비안나이트》의 진본으로 철석같이 믿어온 독자들이라면 당연히 '리처드 버턴판'은 가짜라고 여길지 모른다. 이런 오해는 리처드 버턴의 영역판과 마르드류스의 프랑스어 번역판을 놓고도 똑같이 벌어진다. 둘 가운데 어느 것을 먼저 봤느냐에 따라, 독자들은 이 판본이 진짜고 저 판본은 가짜라고 여긴다. 때로는 이야기 하나만을 발췌하여 어린이용으로 편역한 《알리바바와 40인의 도둑》, 《알라딘의 마술 램프》, 《신드바드의 모험》 등을 '아라비안나이트'라는 타이틀로 소개함으로써, 대다수 독자가 자신이 어릴 때 분명 《아라비안나이트》를 읽었다고 착각하게 만드는 경우도 있다.

이런 혼란은 어쩌면 이 책이 유럽에 처음 번역 소개되던 초기부터 예견되었다고 볼 수 있다. 1001일 동안의 전체 이야기가 다 수집되지 않은 상태에서, 먼저 수집된 것부터 하나둘 독립시켜 '아라비안나이트'라는 타이틀로 출판하다 보니, 나중에는 수많은 판본들이 난립하게 되었고, 자연히 혼란에 빠지게 된 것이다. 사실 혼란의 요인은 이 책 자체의 성격 탓이 크다. 169편 이야기 하나하나가 완성된 구조를

* '셰에라자드'를 한국식 이름 '유옥역'으로 옮겼다. 《유옥역전》은 '타운젠트판(갈랑판 계통의 어린이용 영어판)'과 레인판을 바탕으로 일본어로 옮긴, 나가미네 히데키의 최초 일본어 번역판《놀랍고도 기이한 아라비아 이야기》(1875)를 한국어로 중역한 것으로 추정된다. 《아라비안나이트》(시대의창 판) 1권 〈샤흐리아르 왕의 슬픔으로부터 비롯한 천일야화〉와 5권 〈샤흐리아르 왕 형제와 셰에라자드 자매의 뒷이야기〉 두 개만을 따로 떼어 단행본으로 엮은 책이다.

가진 독립적인 이야기이기 때문이다. 그러고 보면 독립된 판본 하나하나가 다 '아라비안나이트'이기도 하고, 동시에 '아라비안나이트'가 아닐 수도 있다.

## 3. 양념 맛으로 먹는다

|여담과 전체 줄거리는 지구의 자전과 공전의 관계다|

중심 이야기 한 편과 나머지 이야기 169편은 어떤 관계가 있을까?

'샤흐리아르 왕과 셰에라자드 이야기'는 전체의 5퍼센트에도 못 미칠 만큼 턱없이 적은 분량이지만 《아라비안나이트》의 핵심 줄거리이다. 반면에 나머지 이야기는 전체의 95퍼센트에 달하는 방대한 분량이지만 핵심 줄거리를 벗어난 여담이다. 어떻게 보면 별개의 이야기, 조금 심하게 말하면 '군더더기'라고 볼 수도 있다. 이런 연유로 나머지 이야기를 아예 무시하거나 싹 없애버리려는 시도가 왕왕 생기는 것이다. "샤흐리아르 왕은 1001일 동안 셰에라자드의 이야기를 듣고 감동하여 살인 행각을 멈추고 성군이 되었다." 이 한 문장으로 《아라비안나이트》가 다 요약된다고 생각하는 사람이라면, 큰 줄거리만 알면 됐지 굳이 1001일 동안 무슨 이야기를 들었는지 그 내용까지 시시콜콜 알 필요가 있겠느냐고 반문할지도 모른다. 하지만 이는 《아라비안나이트》의 진짜 재미를 모르고 하는 말이다. 이 시시콜콜한 여담에서 바로 이야기의 '참맛'이 우러난다. 음식을 날것 그대로 먹는 것과 각종 양념으로 맛을 내서 먹는 것은 하늘과 땅만큼 다르다. 음식 맛은 양념 맛이라고 하지 않는가. 마찬가지로 이야기의 참맛은 여담에 있다. "여담이란 햇빛과 같은 것이며, 독서의 생명이자 영혼이다. 작가의 재주가 있고 없음은 바로 이 여담을 요리하고 다루는 데 있다."*

### |이야기의 진짜 맛은 여담에 있다|

여담은 여담만으로 끝나지 않는다. 전체 줄거리에도 결정적인 영향을 끼쳐 이야기가 흘러가게 만드는 중요한 요소이다. "여담과 작품 전체는 서로 교차하며, 서로 복합적으로 얽히고, 전체가 지속적으로 돌아가도록 한다. (중략) 이는 마치 지구가 지축을 도는 자전운동을 하면서 동시에 타원형 궤도를 따라 진행함으로써, 해가 바뀌게 하고 다양한 계절의 변화를 초래하여 인간을 즐겁게 해주는 것과 같다."** 로렌스 스턴의 장편소설 《트리스트럼 샌디》는 주인공 트리스트럼 샌디가 어머니 배 속에서 태어나는 장면에서 시작된다. 하지만 소설은 더 이상 앞으로 나아가지 않고 오히려 과거로 거슬러 올라간다. 주인공의 아버지와 삼촌, 그리고 샌디 가문 이야기가 1권 내용을 다 차지한다. 1권 마지막에 가서야 마침내 주인공이 태어나는 것이다. 이 소설에서 주인공 탄생 이전의 이야기가 모두 여담이다. 이 이야기는 주인공이 앞으로 어떤 배경에서 자랄지 독자들이 짐작할 수 있게 하는 중요한 요소다. 이 소설은 여담을, 단지 이야기의 전체 줄거리를 단절시키는 잡담에 불과하거나 군더더기일 뿐이라고 치부할 수 없는 증거를 보여준다.

* 로렌스 스턴, 홍경숙 옮김, 《트리스트럼 샌디》, 문학과지성사, 2001.
** 로렌스 스턴, 앞의 책.

《아라비안나이트》 169편의 여담에 주목해야 하는 이유가 바로 여기에 있다. 169편의 이야기에 빠져 한참 읽다 보면, 셰에라자드가 왜 이런 수다를 끝없이 늘어놓는지 처음의 의도와 목적을 잊어버릴 때가 많다. 169편 이야기 하나하나가 너무 재미있어 그만 큰 줄거리를 놓치게 되는 것이다. '샤흐리아르 왕과 셰에라자드 이야기' 가 재미있고 감동적인 것은, 어쩌면 이 여담들 덕분이 아닐까 싶다. 여담 하나하나의 재미와 맛을 제대로 음미하다 보면, 《아라비안나이트》의 진면목을 느낄 수 있을 것이다.